U0938830

行走的意蕴

XINGZOU DE YIYUN

程振华 著

合肥工业大学出版社

图书在版编目(CIP)数据

行走的意蕴/程振华著.—合肥:合肥工业大学出版社,2018.4
ISBN 978-7-5650-3904-1

Ⅰ.①行… Ⅱ.①程… Ⅲ.①散文集—中国—当代 Ⅳ.①I267

中国版本图书馆CIP数据核字(2018)第067520号

行走的意蕴

程振华 著　　　　责任编辑 朱移山 王钱超

出 版	合肥工业大学出版社	版 次	2018年4月第1版
地 址	合肥市屯溪路193号	印 次	2018年5月第1次印刷
邮 编	230009	开 本	710毫米×1010毫米 1/16
电 话	人文编辑部:0551-62903310	印 张	18.75
	市场营销部:0551-62903198	字 数	302千字
网 址	www.hfutpress.com.cn	印 刷	安徽联众印刷有限公司
E-mail	hfutpress@163.com	发 行	全国新华书店

ISBN 978-7-5650-3904-1　　　　定价:32.00元

序《独秀文丛》

丁酉年是我的本命年。年初，我即作出一个决定：暂别京城回故乡。沈从文说：一个士兵不是战死沙场，便是回到故乡。我不是士兵，北京之于我也算不得战场，但我现在需要回到故乡。父母业已离去，故乡即是家园。我在安庆的江畔购置了一处房产，三楼是工作区域，有书房和画室，有阳光房和茶室。每日在这里写写画画，闲暇南望，眼前大江一横，水天一色，江南峰峦一带，江上帆樯几点——颇有点张陶庵《湖心亭看雪》的意思。而我这里，叫“泊心堂望江”——泊心堂是我的斋号。岁末迁入新居之际，适逢朱移山出差到此，顺便给我捎来了两件宣纸。那天来的朋友很多，济济一堂。茶过三巡，朱移山即给我出了题目，说怀宁有五位中青年作家，将在他供职的出版社集中出一套散文集，名号“独秀文丛”，希望我能写个序言。我未作踌躇当即答应，对家乡涌现出来的这些比我年轻很多的写作者，我是高兴的，尽管这是件多余的事。

对于一个写作者，都会面临这样一个不是问题的问题，即：为什么需要写作？诚然，写作的动机因人而异。去年安徽文艺出版社出版“潘军小说典藏”，在序言中对此我有如下阐述——

我是个自由散漫的人。换言之，我毕生都在追求自由散漫。当初选择写作，看中的正是这一职业高度蕴含着我的诉求。通过文字进行天马行空的想象与自由表达，以此建筑自己的理想王国。这种苦中作乐的美好与舒适，只有写作者亲历才可体味。

这是我写作的动机。但不是全部。随着时间的推移，我意识到，我的写作动机其实还包括对写作本身的迷恋，或者说是对文字叙述的迷恋。我们习惯把好的散文称作美文，这美，在我这里主要是语言文字之美。语言文字其实也不仅是载体，同时也应是被载的一部分，如同喝红酒，总会向往一只高脚酒杯，尽管用瓷缸来喝丝毫不改变酒的味道，但会让你感到一种莫名的缺憾。文字之美的发现与领悟，是需要历练的，年轻时容易会被华丽、冷僻甚至艰涩的辞藻所迷惑，以为这样才是与众不同的高深，其实不然。后来就会觉得，准确平白的文字更耐人寻味，朴素的美终是大美。然而这种朴素的文字之美往往是不易察觉的，比如“一株是枣树，另一株也是枣树。”（鲁迅《野草·秋夜》）鲁迅没有直说“我的后园有两株枣树”，当你第一次读时，你或许会放过这样的句子与表述，甚至会觉得啰嗦。可能某一天，你再与这样的句子邂逅时，你会怦然心动，你会发觉这其中大有意味。至少，我会觉得这样的表述有语气上徐缓，有形式上的映照，有视角上的转换。1993年，我在海口与前辈作家汪曾祺先生有过一次关于小说语言的谈话，他说很多人说他的小说像散文，他说自己也分不清小说与散文的界限在哪里。但他认为：某种意义上，写小说就是写语言。这句话给我印象极深，我想对于每一位写作者都应该是很好的启迪。

我与散文的写作没有多少经验，写得也不多。在我浏览过五位作者的若干篇什之后，我更多的是被他们写作的姿态所打动。一个时代总会拥有她的写作者，如今的文学，早已远离了喜庆的年月，失去了热闹，倒是意外获得了一份安静。这种源自心灵的安静，正是一个真正的写作者需要恪守的。就散文创作而言，在我这里，现当代散文的高度，依然是周氏兄弟。他们的散文，我每年都会读。有时候我会想，我的这种偏爱究竟是何缘故？是钦佩鲁迅的思想深度，还是欣赏周作人的冲淡文风？最后我发现，我喜爱的是他们的文字。白话文写作，始于胡适，终于鲁迅。如果说胡适开启了白话文写作的局面，那么，最终由鲁迅呈现出辉煌。我甚至认为，只有深爱文字的人才能写出好的散文。

怀宁是一块文化的土地。近现代史上出现过陈独秀这样划时代的新文化运动领袖，当代史上出现过海子这样的浪漫诗人——今天，是海子的诞辰，也是他的忌日。1989 年的这一天，我在芜湖，突然接到他离世的消息，悲从天降，盘踞心头久不散去。二十九年后的今天，我为他作了一幅画，以寄托我的哀思：一片苍茫的雪原，一株瘦弱的树，一个渺小远去的背影，给我们留下一派广袤的寂寥。我想以圣洁代替惨烈。所以当我写这篇文字时，心情是沉重而复杂的。我只想告诉几位比我年轻的朋友，写作的路只会越走越窄，但是，也会越走越远。

是为序。

潘　军

2018 年 3 月 26 日，于安庆

自拔与救赎（代自序）

程振华

不知不觉，我爱上了写作，但写作真的是一件痛苦的事情。著名诗人、评论家沈天鸿先生在为我的散文集《幸福在路上》作序时，开篇说道："所有的作家、诗人最初都只是一个文学爱好者。与一般文学爱好者不同的是，他们不仅爱好文学而且进行文学写作……"我，一介布衣，既没有固定的工资收入，又没有渊博的知识，按理说与写作无缘，纵然有那份心意，也是年轻时的一种冲动，但有些人却坚持了下来，甚至当成了一辈子的爱好。这类人中，譬如我，辛辛苦苦写出的文字比不上曹植被兄长曹丕治罪，七步之内噙泪咏出的《七步诗》，但我早已将生活之余的所有闲暇，作为一种牺牲，交付给了文学的祭坛，同时接受着生存和灵魂的双重煎熬。身边的数位文友，几乎每天都有作品见诸报刊，较之于他们，我所从事的写作，无异于一块鸡肋：食之无味，弃之又可惜。写作之于我，跟谋生有点关联，但我明白，写作，尤其是从事纯文学写作，它的本质不是一项功利性的事业，爱上它，无异于爱上寂寞、孤独和窘迫。

跻身写作者的行列，我并不想做昌耀、梵·高、尼采，包括海子式的殉道者，是写作本身的那种不可抗拒的魅力，诱惑着我坚持了30年。每当构思并完成一篇新作，我俨然成了影视作品中寻找宝藏的探险人，明知前方困难重重，甚至有葬身的危险，但骨子里早应验了那句"不到黄河心不死"的无悔。当有文字被编辑先生斧正并采用时，那些不为亲友们所理解的孤独、伤痛，甚至因为生活上的窘迫而遭受的漠视，都变成了浩渺珍宝中极小的一颗——美丽、神圣且高贵。

我曾经将介宾结构的词语“在路上”视为人生的主题，并借此勉励自己。我们随时处在时间的路上，处在社会的路上，处在人性的路上。“时间是一味良药”“吃一堑，长一智”，这些哲语，正是人们在迷惘、苦闷、自卑、绝望中走出来后，理性的总结。我们拼命摆脱平庸、偏执、贪婪、势利、狂妄……目的是使自己活得像个人（诗人于坚说：我们一辈子的奋斗，是要装得像个人）。写作，正是心怀冲动的我最有力的应对“在路上”的方式，因为写作不仅仅是打发时间的一种消遣方式，更是一种精神的自拔与救赎，我的写作谈不上建树，却能自我慰藉。写作的时候，我们的灵魂无异于接受一次洗礼，就像教徒在虔诚的忏悔和祈祷中，能使灵魂得到“慰藉”般的净化和升华一样。它的光芒，通解了自身存在的一切痛苦，超拔于对世俗功利的拥有。于是，写作使那些不甘平庸的心灵爱上了它，同时也爱上它的痛苦与艰难。正是写作的这种纯粹和丰富，世上才有了活着时把日子过得很糟糕的写作者，譬如杜甫、蒲松龄、曹雪芹……又譬如狄金森、亨利·梭罗……他们的文字中散发出的金质的光芒，不但没有一丝酸腐气，反而照亮了人类的精神家园，并代代相传。

因为热爱才写作，因为热爱才坚持。不奢求自己的文字能流传，但我们都应该有一颗伟大的心。写作总是伴随着阅读，这正是我们对心灵的自我充电与训练的必要方式。于是，我喜欢上了一位作家说过的一段话：“我经常在想，人的一生不一定要干出什么惊天动地的事业才算幸福，其实能够拥有一份健康美丽的心情，让生命的每一刻都处在爱与被爱的心境中，那么，再平凡的人生，都是一曲动人的歌……”而这，也正是我将它排在《幸福在路上》扉页的一个理由。

不会因为写作而后悔，也不管它带给我怎样的人生，甚至遭受怎样的生活窘迫。毕竟我认真地付出过，写过，还将坚持下去，于是便有了这第二本文集——《行走的意蕴》。

目　　录

第一辑　呓语或瓷片

第二辑　胎记或符号

第三辑　缅怀或倾诉

第四辑　醉美或墨痕

第五辑　素读或有感

附　　录

第一辑　呓语或瓷片

沉入生活，深入写作者的心底，接受那朴素、温暖而芳香的气息的熏陶。我的言行受到了许多规范，所以我喜爱沉默的招手。沉默，在交际上是一种病态，但在阅读上是一种常态。我这个喜欢热闹，有着打探各种信息嗜好的人，如今只想清静地独处一隅，接受老聃的提醒：五色令人目盲，五音令人耳聋。

——《教读人生》

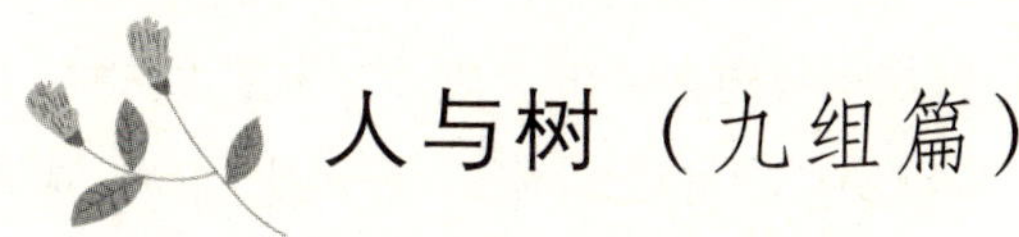

人与树（九组篇）

人与树（一）

当一些事物以时间的方式老去时，它已经不能恢复原来的样子了。譬如一棵枯朽的树吧，当我们想在它的身上找寻一点实在的东西时，就连树自己也不能把握。这种以时间的方式老去的树，除了曾经生长的过程和可以劈为薪柴外，再也没有多余的东西，生存的意义随着自然老去而不复存在，意义便自行消解了。这样的树，我见过几种。在乡下沟渠或池塘边，一群古老的杨树什么时候开始落根的，没有人能说出个大概时间。现在，它们长成了龙钟之态：有的倒在水中，有的已经折毁。枯死的枝干，裸露于地表，像朽骨狰狞不堪，只有头顶那一簇簇的绿，诠释着生命的坚强与壮美。躲进树干内部的蛀虫，早将树干掏成了一棵棵空心树。仔细瞅，还能发现几只木耳长出来，它是在倾听岁月吗？还是倾听将朽的树木传出什么回光返照的话语？

在一棵泡桐树旁，我找到了白蚂蚁走过的痕迹。那棵树是张三家的，却长在邻居家老房子后面的一块斜坡上，因为多年不曾伐倒，树干约要两人才能合抱。记忆里，邻居曾要求张三家伐去，可能是因树占基的心理作祟吧，张三家总是借口说目前用不上，让它多长几年，邻居便不再催促了——自家的余基地长着别人家的树，这需要一种多大的雅量啊！数年后，邻居新辟了房基，老宅子就空余出来了，自然地，邻居也没必要去催促了。在早些年的乡下，泡桐树干锯成木板，那可是优质的家具材料，它不仅轻便、防潮，更隔音、不变形，木工操作也容易。因此，一棵泡桐树最好能锯成木板。而一棵松树，最好能架在房梁上或打造成家具的框架。

有些树老而弥坚，有些树老而弥空。那棵两人才能合抱的泡桐树，因为白蚂蚁啮咬树根，加上雨水从枯死的树枝上渗入，腐烂了树心，泡桐树成了一棵名副其实的空心树。前年的一场大风给泡桐树重新命了名或者说刷新了内涵——吹倒的树杆子压垮了邻居家的老房子。不可避免的争议维持了十多天，张三家最终将邻居家的老房子恢复了——因树占地的劣根性被老而弥空的泡桐树重重地惩罚了一回！

“十年树木，百年树人”，人与树的生命张力包括价值取向浓缩在这句俚语里了。“树老中空，人老冬烘”，树与人的最终状态如此地神似。万物在消逝，同时也是一种呈现或定向。挤满这个世界并充斥我们视野的许多事物，若干年后都会只剩下一副皮囊，像草木走进秋天后，不可抗拒地接受衰落或凋零。对于未知的事物，我们往往依赖于假想和推测，但我们所能记住的，往往是某些重要的东西或者一些细节。人和树在鲜活下来的乡谚俚语里相提并论了，就证实人也是事件中的一部分，都不可抗拒地接受时光的考验。如果说细节是事件的血肉，那情感就是事件的筋脉。血肉和筋脉不存，徒有骨架何益？让那些“人性化”的泡沫和放纵的欲念早日湮灭吧，那些被舍弃了私欲的坦荡与淡然，才是真正的壮阔与健美！

凡夫俗子的我们，真的应该记住生活里的“几棵树”。

人与树（二）

木质的棒槌、搓衣板等家居用品，对于水泥筒子楼里的居民来说，业已淡出生活，被现代化的洗衣机替代，但树没有停止与人类的奔跑。就像今夜，我坐在床上，只要我稍稍用力扭动一下，它就会“吱呀”一声——床上的木板已经成就一个符号了，若将它还原成曾经高大的树，它在喊“疼”呢？还是放下高大屈尊于我的身下发出的反抗？抑或要唱和窗外那一排整齐的香樟，在明亮的街灯下起伏？

眼下是深冬，我依旧喜欢打开玻璃窗户睡觉，不可避免地，窗外的风会携带香樟树散发的淡淡的清香轻袭我，像熟睡中的妻子散发的发香与肤香，穿行于时间，充溢于空间，共同支撑一个深深的梦。房间里每一件木质的生命，从某棵树切割下来之时，就已经改变了它原来的身份，再重新组合在一起，便赋予了生死相恋或唇亡齿寒的新情缘，成为共荣共存的最好释疑——我很难想象，某件家具，若用质地坚硬的木块，比如乡下常见的松树做框架，而整个门料却用质地疏松的泡桐木，它们却能长久地默契下去。经常开合的泡桐木，吃不住钉子，势必先毁坏，或迟或早地退役，便意味着家具生命的终结，意义的终止。树与树之间尚且存在匹配的问题，何况有着各自思想的、活体的人。

尚有利用价值的事物是时空的一半，也是生命的一种延续。再说身下的这张床吧，与我一家人相处久了，便有了一种不忍割舍的情结。它每天在我眼前晃来晃去，我看见的是它的实体，想到的却是美好的情愫，心境快乐或不快乐，与它无关。它依旧发出“吱呀”的声音，但我从来不曾产生厌恶的情绪，甚至不会无端生发重新换一张的念头，除非它到了非换不可的地步。尽管时下网络上流行“任性一把”，但它在我的心里留下的是美好的情结，而不是情伤。

自然界里的树仍然在山间、沟渠乃至行道旁飞行，在原野里与花草为伴。那黄叶飘落，在切割时空的同时，也会给空间切割一道优雅的曲线。落叶，是树对生命“化作春泥更护花”的觉醒还是对季节的悲愤？一叶知秋，那可是压倒继续生长的气势，再好的天气搭出舞台，再多的昆虫去粉饰、去矜持，最终是会迎接一片片叶儿的卸妆。它们明白自己的美丽，也明白自己在人类眼中的神秘与不可或缺，但树和人类一样，都不能把握自己。

我亲眼见过几棵有些年岁的树，因“树老中空”而折断死去；也见过无端戕害树木的人，几刀子下去，碗口粗的树木便倒下了；更见过收购树木的人，先“削足适履”再“削发美容”，然后倒拖着运到另一块地方，从来没有考虑树是否愿意或存在“水土不服”，最终成了一截枯木。人也一样，因身体器官病变或老化，便或长或短、或迟或早地离开人世，一切有生命之物，都无法主宰自己。对于树，人类常常就是这样对待的，先是循“图”索“骥”地欣赏，紧接着，占有的欲念便产生了，膨胀了，甚至把美好揉碎了，还会理直气壮地“阿Q”一回。“宁可玉碎，不为瓦全”，表达的是一种坚贞的情操，用在这儿，却是褒为贬用了。乌木、上古的木质建筑、简片，乃至年代久远的家具器件等，都是相对应的那棵树存留下的活体或符号；木乃伊、干尸、骨骸等，是某个人残存的死体，而以人名命名的建筑、纪念物、署名等，便是以精神、思想的方式洞烛并传承下来的一颗不朽的符号，诚如雨果所言：“熄灭的火炬，以思想的方式复燃。”人类和树，就这样相互依存，互为映照。生命就这样从有限进入无限，并存于苍茫时空。

抛弃旧物与另觅新欢，都是思想作用下的产物。我们眼前所有的，不一定都失去价值或存在缺陷。客观且公正地赋予其内涵，价值就能体现，缺陷就会缩小。

一棵树即便在岩缝间生长出来，那也是它自己的决定，人类若使它“离开自己的躯体/怒放成一朵花”（沈天鸿《蝴蝶》），只会东施效颦，类似给人安上翅膀，照旧飞不起来一样。

身下的床是若干年前某棵大树的另一种存在，托举过父母亲及我们兄妹四人酣睡的好梦，也镌刻着两代人清贫而幸福的时光。今夜，孩子是第一次睡上去，希望他拥有一个甜美的梦。从梦中醒来，若发出哪怕是最简单的“舒服”二字，便是对那棵曾经的树最好的褒奖了。

宽 容

愿望是一枝花，开在心灵的一隅，但有时候你别指望它会实现你的期待。

一棵树就是一种念想，只要它存活一天，那种期待就会一天天地增粗加长。选择了举家寄居县城打工，可是六年前我随手丢下的一棵成材周期短的小树苗，在无人照看的情况下幸运地接通了地气，在阳光雨水的公平恩赐下，逐年粗壮起来，窜向了高空。

按理说，我就是这棵树的主人。然而去年岁末，那棵树成了河渠边的一簇没有合法身份的庄稼，被他人收割了。树，变成记忆里的一个名词，像孵过的蛋，只剩下壳，留下了的粗壮的树蔸子，袒露着电锯切割下的整齐的年轮。最外沿的树皮边，流出的汁液似痉挛的躯体上挂出的眼泪。这种突如其来，给了我无法遏制的那种叫作平静的心境——我们可以在貌似无关的事物中扮演和事佬的角色，也可以袖手旁观地看待一些人或事，但当事情的发生关乎自己时，多半人是难以做到退一步海阔天空的，我自然也未能例外。我知道，我占不住那棵树附近的一块地面，但那棵我亲手栽下的树理所当然地归属于我，即便需要伐去或者枯死了，也可以替母亲赚一把柴火的。与一位知情的邻居打听起此事，得知了伐木人，却令我大感意外——平日里不怎么亲近的一位邻居，他何来理由去拥有那茂盛的枝干？处事上一向很低调的母亲再三嘱咐我冷静，我听从了母亲的建议。“冷处理”一月之后，心情在天色的灰暗中渐次明朗了起来——人，所面对的不应仅仅是挂满微笑的表情，而是要尽量地显示一种常态，必要时，还可以在沙化的人际关系里坦然、大度地接受生活里的许多意外。

春节里一次合适的机会，与邻居家小我十多岁的晚辈即兴聊起此事。当日傍晚，自知父母理亏的晚辈，担来了那棵树被束成捆的枝丫，而他的父亲扛着树干尚在半道上，我连忙迎了出去。见到我，邻居便丢下树干悻悻地走了，他的动机被他孩子劝说后恢复的良知击碎了。看着他那微驼的背影，我不禁感动且神伤——一棵树于我究竟有多大意义呢？我念念不忘那棵树，甚至在祥和的春节里与他的孩子提及，却没有去想他或许已经为自己一时间的行为感到后悔了，更没有想到他会舍弃面子将树杆子送回——对于一位上了年岁的人，这需要一种多大的雅量去包容别人，乃至自己一时间率意的行为！

我在半道上将树杆子送回邻居了，并谢他替我办了我想办但未办成的事。邻居不无尴尬地笑了，事情也就这样轻而易举地一笔抹去了，其他邻居也不因为缺乏笑料而刻意地去拨动他人的记忆之弦。邻居们不再提起往事，显示了人们的宽容。倒是我，上次回家时，看着树蔸子像掐过的一茬韭菜，旁边又侧生出了嫩芽，在和风里快活地放歌，我看着，心头颇为不安。

邓林的福祉

肉身百年，追思千载。面对那些古树名木，人类的思绪能追思多远？从邓林归来，这个问题一直萦绕心头。它们寂寞地屹立在邓林村的房前屋后、山场或沟渠边已经几百年了。这一漫长且艰辛的过程，人类除了敬畏还是敬畏。看着它们龙钟的神态和沧桑的躯干，我感觉它们也在打量我，刹那间，我疲惫的灵魂得到了一种或轻灵或飘忽的召唤——它们是古树，却又不是古树，而是一种与自然灾害包括人为砍伐相抗击的幸存者，或者是树自身意义下精神的参照体，可亲且可爱。

何为古树名木？古树是指生长百年以上的老树；名木，则指树种稀有、名贵，具有历史价值和重要纪念意义的树木。《安徽省古树名木保护条例》规定，古树按照树龄分为不同等级，树龄500年以上的为一级，树龄300年以上不满500年的为二级，树龄在100年以上不满300年的为三级。名木则按照一级古树保护。据了解，海螺山目前拥有百年以上的天然望春花树种170多棵，其中树龄在400年以上且被林业部门授予国家二级保护古树名木的就有60多棵，这是树木的荣幸，也是邓林人的福祉。

那些古树，大多分散地生长，却也彼此守候，遥相呼应，像是提纲挈领，也像是支撑或召唤。它们老态龙钟了，还不愿被岁月打败，仍然悲壮地演绎着生命的坚强与壮美，呈现的是人与树的和谐相处，张扬的却是忝列作文之人的我难以用语词定位的某种哲理。周边，农户家新盖的民居与古树浑然一体，这种静中见动的和谐局面，叙述着岁月的嬗递、历史的变迁，构成了特有的历史画卷。

缓步走向一棵古树，二人多高处悬挂的塑料牌告诉我，它的身份是拥有400多年树龄的望春花树。一照面，我就被一人不能合抱的半身死去的枯干和一人高处衍生的新干震慑住了。枯干上，旁枝及树皮早已腐朽脱落，裸露的躯干在日晒雨淋下，侵蚀成了暗灰色，上面布满一道道裂纹，像是被岁月之刀刻下的烙痕。紧挨它的身旁，曾经的青春借助伯仲躯干鲜活着，让人联想到“打虎亲兄弟”这句俗语。换作人类，我们可以说成枯干之前的树干，为了身旁的幼干，在迎击某次风暴时牺牲了自己，如今，被保护的树干更加粗壮了，便感恩地荫庇着枯干。而对于这棵树，从来不曾感觉生与死的并举有什么别扭和不妥——这是树性亦即人性的正反两面。它们有着截然不同的结局，却又统一于同一个物体。靠近它，我们能感受到它的悲苦与欢歌，但当我用心贴近的时候，枯干上一串并不显眼的树洞，油然传出啄木鸟啄破树皮时“笃笃笃”的敲击声和抓住蛀虫后振翅远飞的“扑棱”声。现在，那一串树洞，犹如一只只梦魇的睡眼在盯着我，它在阅读来人，洞察世界吗？

在这棵古树面前，走过的人肯定无数，走来的人也将无数。我相信许多看到它的人对它注入过生命意义或人性上的思考，但人类对它除了滋生悲悯，哀叹不幸，唯一能做的就只剩下保护——若走来的人对它打上变卖的“小算盘”，那么，那些失去巢穴和活动天堂的鸟儿们就等不到它了，村庄里淡蓝的炊烟抚摸不到它了，一代代常常蹲在树脚下休憩的农人更盼不到它了。届时，脚下被填平而曾经被刨开的树坑，始终像结痂的伤口让邓林疼痛着。村庄表面看去的繁荣昌盛，会湮没在一种难以言表的空旷和虚浮里，也湮没在风来雨去里，那其实是骨子里无法逾越的苍凉！可喜并欣慰的是：邓林村的人及古树，享有了那份天然和尊崇，不由得让人暗暗叫好！

我清楚，一个拥有古树的村落，一定是生生不息的幸福家园，那家园里繁衍着一茬茬、一代代具有爱心的人们。我到过一些以树命名的地方，譬如樟树组、枫树脚、榆树屯、皂荚沟什么的。我曾经好奇，这些地方是先有树还是先居住人的呢？为什么以树来命名村庄？这些地方，有的还能看到龙钟之态的古树，有的却只有响亮的命名了。所以，我坚信，树是村庄的一个符号，或者说，树是村庄的一件胎衣。眼前的邓林，在命名上无愧于一个“林”字，但“邓”字是当地人的姓氏吗？我没有去查问，也不想去查问。但我乐意认定当地人是跟着那些古树长大的，或者说，是在古树的荫庇下长大的。很多个黄昏，当我一个人默默地站在县城的某幢筒子楼里眺望家的方向时，我依稀看到了老家那棵高大的红叶枫树下，一位年迈的老人右手搭出的凉檐堪比红叶枫树伸长的枝干怅望的情景，心头便为一位乡野才子的浪漫胸襟大声叫好。他把家园比喻成一棵参天古树，把一茬茬、一代代的乡亲们比喻成一只只鸟儿，这种贴切、温馨的诗意，即使是不懂文字不懂修辞的人也能从中领会一首朴素诗章的深切内涵。所以我坚信，海螺山的古树，不仅给了邓林人质朴且浓浓的诗意，也赋予了外出的青年们以浓郁的乡思和乡愁。它像一只温热的大手，紧紧牵扯着那些从村庄里飞出的风筝，又像一个沧桑的岁月鸟巢，永远在他们灵魂深处唱响着一声又一声的苍凉召唤，即便是他们搬离老家住进城市中，“老家”“皈依”这些词眼儿会不时地撞击他们的心灵，使得他们对老家投入了更多的关注。这种情怀，像我这种毫无建树的人，便只能用行动上的“常回家看看”来表达了。

白驹过隙，定居异地的邓林人，故乡熟稔且日渐模糊的身影会引领他们沿着梦的方向回家，因为故乡的山山水水乃至那些古树永远地住进了他们的心里，越扎越深，扎向了只能遥想却无法预卜的未来……即便他们在畅饮城市的灯红酒绿之后，那依然啜饮老家古树上盈涌的一滴滴苍凉的泪……

人啊，无法求得肉身的千年不腐，那就留住身边的大树吧，大树的凝敛厚重、朴实无华和华盖荫护，正是精神之树常青的写照呢。

椰树，海南岛的感叹号

在海南岛众多热带树种中，我钟情于椰树！

30 年前，我曾在海南打工，认识了椰树、桄榔、槟榔、菠萝、芒果等树种，但我对椰树的印象最为深刻。去年 9 月，一个偶然的机会，我有幸到海南走了一圈，领略了幽邃的椰林里缱绻着的故事，葱郁的椰林里藏匿着的传奇。而我对椰树的钟情，顿时上升成了钟爱，进而提升到敬爱、景仰。

椰树，是一种古老的树种，它的全身都是宝：椰汁清如水、甜如蜜，饮之甘甜可口；椰肉芳香滑脆，柔若奶油；树干富含纤维，在 12 级台风中都不易折断……这种坚韧、奉献的精神，使我想起了两个传说：很久以前，海南岛西部有一个部落首领叫骆王，他带领手下打了胜仗，在一次庆典中，被一伙叛徒砍下脑袋挂在一棵小树上。仅在一夜之间，这棵小树便疯长到四五丈高，骆王的头变成坚硬的椰果，那华盖般的椰叶是骆王的头发，挺拔伟岸的树干是骆王的身躯……

另一个传说源自台湾高山族：很久以前，台湾岛上没有河流，人们只能用器皿接雨水喝。有个叫椰子的姑娘，为了让人们能喝上水，毫不犹豫地吞下妈祖婆递过来的红果子，最终却变成了一棵椰树，结出又圆又大的椰果，供人们摘下来解渴……好家伙，椰树流传下的佳话，和神话关联着呢！

海南土著人，很早就与大陆来往，在往来的过程中存在着物品上的交换与出售，大陆人应当是在那时品尝到了椰子的甘甜爽口。唐代诗人柳珪、张谔，宋代诗人陆游、刘克庄、陈延龄、方回、洪咨夔、李石等人，流传下来的诗作中都有椰子的身影。那些诗作，从不同的角度对椰子进行了赞美。明代海南人钟易有一首《椰子》："老干苍皮更不群，亭亭枝盖自清芬。别来不为风狼藉，只为长天扫白云。"具有自强不息精神的椰树，和陈毅元帅笔下的"青松"，有异曲同工之妙！

至于结这种果子的树木是什么样子，品尝者心头升腾起来的只有一个大大的问号，这个问号，被交换者、出售者以"不枝不蔓，高大挺秀"的说辞草草地拉直成了感叹号。试看郭沫若先生的《咏椰子树》："独立无枝挺碧空，一头凤尾啸熏风。成林竟作撑天柱，坠地浑疑掷弹筒。"好样的，椰树作为热带一个普遍的物种，落进古今文人墨客的笔端，何等荣耀啊！

作家钱钟书先生在诗作中也镌进“椰子”意象，并赋予了美好的象征：“开卷愁无记事珠，君心椰子绰犹馀……”不一一搜罗和椰子有关的诗作诗句了，无须列举历代优秀诗家词人关于海南的作品了，但海南拥有那么多的名篇佳作，是海南人莫大的荣耀和福祉！瞧瞧吧，椰树和文化的情缘包括人文情怀，深厚且源远流长呢！

首先当提唐宣宗时的李德裕，他曾贵为宰相，却因牛党执政贬到了崖州。这位“帝京意识”浓厚的大人物，将眼中的桄榔、椰树、红槿等写进诗中，反倒成了心头刺，勾起了强烈的“怀乡情结”，折射出对故土的浓浓思念。唉，原本寻常的椰树，一下子成了他及其后众多被贬官员们思乡的反衬物！

一年后，李德裕客死海南贬所，海南人没有排斥他，而是将他及宋朝时被贬来的李纲、赵鼎、李光及胡铨等官员，纳入“五公”，进行纪念。如今，海口市蔚为“瀛海人文”之壮观的五公祠内，一副楹联就很好地代言了海南人民的纯朴及向上、向善、崇高的追求意境：“唐宋君王非寡德，琼崖人士有奇缘。”

另一位名气更大、更响的人杰——苏东坡，于北宋绍圣四年也被贬到了海南！这位六十多岁的老头，一踏上海南的土地，第一眼看到的是高大的椰林。来海南前抱定“做一口棺材，寻一块墓地”的他，相反坦然了许多。行走在茂密的椰林中，头戴椰笠，脚踏木屐，一点都不像一名贬官，也不像一个失去生活信心的人。慢慢地，他与李光一样，开始喜欢上了海南。李光留下了反映办学宏愿的“坐令南海变东周”及异想天开的“跨空结飞梁”等诗句，但我在读苏翁那一时期的诗作或所填的词时，感受到，他的心头泛起了压抑不住的喜悦。三年后，苏翁遇赦北归。临行前，他看了又看代表南国风情的椰林及栖身的木屋，然后泪涔涔地起身了。踏上船的那一刻，只有那一棵棵站成感叹号一样的椰树，聚集了他守望的目光。于是，苏翁由衷地慨叹：“九死南荒吾不恨，兹游奇绝冠平生。”

在海南本土生活过一段传奇岁月的两位重要的女性——冼夫人和黄道婆，这里姑且一笔带过了，但可以肯定的是，她们同样是充满憧憬地来，在椰林的怀抱下，饱受椰树的恩赐，然后泪涔涔地带着祝福离去……

以上说的是外来海南的名流大家，下面说说海南本土脱颖出来的人杰。首先当推“海南双璧”的邱浚和海瑞。邱浚从小就被称为神童，幼年时作的借写五指山的雄奇秀丽，来寄托自己胸襟抱负的《题五指山》，可谓手笔不凡！

“理想”就是“离乡”！果然，邱浚科举高中，仕途顺达，官至礼部尚书、文渊阁大学士、户部尚书等。这位幼年时意欲指点中原江山的高官，晚年却一意回归故里，海南岛潜在的魅力当不言自明了。从他描写故乡风物的《琼山》《七星山》《琼台春晓》《下田村》及大量思乡诗作中，我们体会到一名游子的拳拳故土情。尤其是那首《椰林挺秀》：“千树榔椰食素封，穹林邀望碧重重。腾空直上龙腰细，映日轻摇凤尾松。山雨来时青霭合，火云张处翠荫浓。嘴来笑吸琼浆味，不数仙家五粒松。”邱浚在京城闭上双眼前，温热的目光投向的依然是家乡，包括那高大的椰林！具有母性的椰林送出了自己，但自己老了却没能走进椰林的怀抱，不能不说是一件憾事……

邱浚去世 19 年后，故里下田村，又出了一位长江后浪推前浪的俊彦，他就是海瑞，哺育了邱浚的椰林，又哺育了海瑞；当年守望邱浚的那些椰林，如今再次守望着海瑞。啧啧，椰树在历史的长河中，聚集过太多的温暖的目光，有幸且有福，了不得哩！

最后提到的三位海南女性，出生于上海，但骨子里她们是海南的后人。她们浪迹于海南之外，虽没能回去看看老家的椰林，但以她们高贵的身份和地位，绝对饮用过家乡的椰子及其他水果，而那些具有感叹号特质的椰树，会经常地生长在她们的梦境，使得她们将动荡时局的大问号，以辅助的方式拉直成感叹号，最终圈成句号。她们就是对中国一代政治生活产生深远影响的宋氏三姐妹……

当今看来，海南的确是一方令人艳羡的风水宝地。只是，令我景仰的，不是古今海南的人文或遗迹，而是漂流过来并扎根生长在这片土地上的椰树。它不怕酷热，不惧狂风，颇似历经贬谪的古代官员或文人墨士，默默地适应，然后默默地奉献自己。椰树在接受南国光照、抗击强烈台风的同时，孕育出果实的甘甜，这是君子之风啊！世间的一切事物，都有它的因果渊源和自生的规律，置身一种环境，坦然接受，在持守一份坚定道义的同时，挖掘出生的意义，这就是椰树给我们讲述的道理！

我衷心地赞美椰树！它们不需要刻意栽培，不求特别护养，就能长成参天大树。它们奉献给社会的，不只是一份甘甜，还有不为人知的许许多多……

海南的椰树，是一个伟大的物种，更是人类社会物质和精神上的双重财富。设若大自然也有一部历史，那么，椰树当有浓墨重彩的一笔！

慰 藉

起了个早，去体育中心活动身骨，晨风拂过，感觉凉飕飕的。身边，穿黄马甲的环卫工人，低头清扫着行道树下的落叶——哦，仲秋了，树在一片片地脱“衣服”，早晚时间，我得添一件衣服了——人类和树木，就这样树脱人添、树添人脱地守望着，组成了一对亲密的“冤家”和朋友。

租住在临街的安居房的二楼，书房的窗户正对着一棵树。敲键困顿的时候，我就踱步到窗前，看秋风婆娑枝叶，听枝叶细微呓语。不疾不徐的，我就觉得它们在逗我游戏，或者有什么话要对我说。因为生活的匆忙，我很少静下心来聆听，最近一段时间居家，这棵树，便成了我参照最多的对象。

一天深夜，我忙于写一篇采风作业，中途却陷入了困顿，索性捻灭台灯，扭头看着窗外，却发现一杆枝叶贴在了窗玻璃上。它的偷窥被我无意中识破了，从不说话的树只好开口打起招呼来：“老朋友你好，现在是仲秋，我在开始删繁就简了，但你的语句却很拖沓啊。”这是秋冬之际，树儿们告诫我的，那么春夏之交呢？一定在说：“老朋友，我在努力地展现生命的坚强与壮美，你的作品也得郁郁葱葱才是啊。”

我羞红了脸，自然无言以对了，便友善地推开纱窗，握了握它递过来的手臂，然后掩好纱窗，捻亮台灯，重新坐到了电脑跟前。那天夜间，有风轻轻地拂过，枝叶在窗外喃喃自语着，仿佛一位文学前辈在指点着我文字中的不足——生活圈中人，口头上说“请多批评”，内心里却渴望听到溢美之词，我自然没有例外。

次日下午，从朋友家聚餐归来，发现房东已经将那杆枝叶剔除了。蓦然间，我感觉失去了一位忠实的朋友，或者是习作上的第一读者。站到窗前茫然看去，断臂的树正在嘤嘤哭泣，以至乳白的眼泪多日不曾断流。恍惚之间，我听到了这样的告白：“老朋友，你的手指骨折，已经接上了，而我却失去了手臂啊……”

窗内，一个人手指受伤；窗外，一棵经常探望的树断臂，这样，人和树就对称了？

记忆中的一棵树

这是一位杂木中的长者，学名为榆树，生长在村头分水岭处。因为长得极其高大，显得很苍老，没有人能说清楚它究竟在这里存活了多少年。不知何故，就在一个万物复苏的季节里，这棵苍老的榆树像孤苦无依的老人一样，寂寞地死去了。留下干枯的枝干无助地伸向天空，烙给人们几许隐痛，几许猜想。

我是个对植物世界的认知几近空白的人。但是有一点我敢肯定而且更加确信，所有的植物对于生命的感知应该毫不逊色于人类。所以我想，眼前的这棵榆树在感知自己的生命之行即将结束时，会不会像我们人类一样，对自己的生命历程作一个回顾，或者说会不会像人类一样，抱着既定的目标而来，最终却赤手空拳地撒手而去了。

生命的过程是极其艰难的，而且存在许多不确定的偶然性。这里，我们不妨从主干的年轮中央揣测这棵树的开始：某一年的秋天，一颗榆树的种子从飞翔着的鸟儿口中跌落，或者被秋风裹挟着从某一处飞来，或者夹在牲畜的粪便落在泥土里，扎根于此处。与年轮相对应的那年春天，这颗孤独的种子悄然萌动了，它先是从湿润的土层下面拱出芽来，然后长出两片鲜嫩的绿叶，尽管不显眼，但是对于这个世界来说，毕竟是一个生命的全新展示。这期间，或许有人从它纤细的身上踏过，有牲畜咬啮过它娇嫩的叶片，却不曾浸泡过浑浊的洪水，它没有夭折，而是顽强地生长了起来。它一点一点地生长，从当初的高出地面，到高出周围的小草，这个过程它用了一个春天。当它将远处的风景尽收眼底时，它已经是一棵大树了，于是它有些激动，经常对着面前空旷的原野大喊一声：“啊，生命是如此的美好……”

自从被称之为树苗开始，便不时地有一只只可爱的小鸟从远处飞来，栖落在它的身上，这时，它稚嫩的枝干承受住了小鸟的重量。有时，小鸟的动作粗鲁得近乎癫狂，这棵年幼的榆树还是愉快地接受并包容了它。风和雨也经常来光顾它，把它弄得左右摇晃的，可是它并不害怕，相反地，它还发出了快乐的笑声。小榆树就这样长大了，直至长成若干年后现在的模样。

在附近劳作的先人们，有时也会来这里纳凉歇脚，将耕牛拴在树下，顺便聊聊家长里短的，榆树因此知道了村子里新近发生的事。这位落叶乔木中的长者，已经把自己当成了乡村里的一员，迎送着那些时光里渐近和渐远的人与事。粗壮的干，密集的枝，茂盛的叶，招来了许多留鸟和候鸟来树上安家做窝，然后生育。假想某一天清晨，榆树刚刚从睡梦中醒来，它听到了一串串细细的声音，这声音就出自自己的怀抱里，细心一感受，原来是鸟巢里多了几个可爱的毛茸茸的小生命，榆树禁不住一阵喜悦，它从心里祝福这些幼小的生命快快成长的同时，担起了为它们遮风挡雨的重任，更为它们提供了练翅试飞的场所。是的，这是一棵怀有仁爱之心的榆树。

生命仅仅是一种过程，最终都要复归于自然，榆树也深知这一点。村里的哪户人家的老人去世了，哪户人家的媳妇孕育了新生命，这些榆树都知道。于是榆树站在那里陷入了沉思，它想到了死，它不知道真的到了那天会是怎样一番情形。它不愿意再想下去之时，便抬头看天，天空中有乱云飞过，有群鸟结伴同行；它低头看地，地上繁花似锦，不时地还飘来鸡鸣犬吠声、牛羊嘈杂声以及牧童清越的歌声……“啊，这一切多么美好！”榆树高声喊道。

再长的岁月都是历史长河的一部分，但回首时便是短暂的一瞬了。若干年后的某日晚上，老榆树睡不着了，它睁眼一看，正是夜深人静之际，它感觉身体内部有些隐痛，但不真切。不几日，啄木鸟医生来了，为自己衔出了几条蛀虫。日复一日，主干上留下了窟窿，像张开的小口，又像一只眼睛。雨水顺着窟窿进入了内心，慢慢地，主干内部开始腐烂了，老榆树于是成了一棵空心树。接下来的岁月里，一阵阵大风呼呼吹过，某一日竟然把它的一只胳膊吹断了。榆树想，自己是真的不行了，胳膊脆弱了，连风也抵挡不住了。有一段时间，榆树就在那儿昏昏欲睡，在寒流雨雪过去之后的又一个充满希望的季节，这棵榆树却没有苏醒过来，它走过了漫长的一生，记忆随之消失了。在这个世界上，我们再也看不到它伟岸的、挺拔的身影，就如同从这个世界消失的许多事物一样。

生命的奇迹到处都是，相信这一点，这个世界就会充满希望和梦想。

嫣然一笑的红颜

家乡并不遥远，一个小时的车程就到了。村头，那棵高大的古枫树挺拔地站在路旁，苍劲有力的臂膀指向四方，像热情的导游小姐迎接着四面八方的宾客，投给四年前才修通的水泥路面以斑驳的碎影。晚秋，满树的红叶像熊熊燃烧的火焰，照耀着这个淳朴安宁的村庄，也照亮了从村庄里走出的一代又一代的儿女们夜行的脚步，以至于蛰居在城市某个花园的单元房里骨子里仍潜伏有乡土情结的游子们，在身心感到疲惫或者生发了厌烦情绪的时候，不自觉地就想起老家，想起了那个荒芜而美丽的村庄，以及村庄前那棵古枫树被秋风摩挲后呈现出的嫣然一笑的红颜，进而愉悦地享受这红颜渗进365个日子所带来的惬意与快感。

村庄又一年地以崭新的面貌呈现在我的眼前，恬静而悠然。田垄中，谢花的油菜慢慢地弯下了腰身；疯长起来的野草欣喜地蹲在沟渠边，借助清澈的河水端详着自己碧绿的倒影；红花草高擎着食用八角一般的心事，开始走完它的登台献艺；只有那羞赧的樱花风风火火地挤满一树，踮脚望着娉婷的采茶女纤手掐断茶枝上“一碧千里的渴望”，看空空的竹篮逐渐装满春天的梦想，然后听任垂涎的双唇咂巴着一棵茶树感人肺腑的苦心……大自然造化的春天，一切都美得那般触目惊心，目不暇接，以至于我有限的感官难以消受这神赐的福祉！

吃过母亲亲手做的晚餐，我牵着终日陪伴母亲的那条黑犬，踏着月色来到了古枫树下。微凉的夜风是无处不在的，它们飘忽着，游移着，随着我的视线，要么在枝头轻轻撒娇，要么淘气地挠痒新生的花草，直将沁人肺腑的暗香一次次地推搡到我的鼻端。我的灵魂深处顿时被一种久违了的东西耸动了一下，让我一颤再颤。我不知道，是这神秘的月色惊醒了草木的灵魂，还是我的怅然搅动了这不觉晓的春夜……拾起一片冰凉的花瓣在手中，我不知道花瓣的母体是否谅解那个叫作花期的家伙摧残性的动作以及那份无奈的结局。在断落绝别的那一瞬间，母体和子体是否也有着人类那般刻骨铭心的挣扎与撕心裂肺的呼叫。一种生命的绚烂固然重要，但当它们面对凋零的哀伤、枯干的凄凉时，显然又是那般的从容和矜持，甚至对花期报以谅解的一笑，这份淡泊和释然，是我揣摩不透的，这也许是人类和植物最重要的区别之一吧。“落红不是无情物，化作春泥更护花。”龚自珍老先生说的是平常的物象，道的却是生命的力度。这一点，植物和人类倒有些相似的。我们这一辈，行走在父母和儿女中间，坦然地送走上一辈，呕心地抚育下一辈，行走中践行的是责任和义务，心灵和行为开出绚烂之花，记在心中，陶醉了一生。也像那些嫣然一笑的红颜吧，将曼妙的身姿定格成经久不息的芬芳，作别红尘时，仍不忘将色彩埋葬给苍茫的大地！

都道是落花有意，流水无情，流水真的无情了？那夜，它们分明在古枫树脚边对我灵动地潺湲呢。我们热爱的作家路遥、膜拜的诗人海子都远去了，而茫茫人海中，我们却每天都在与熟悉或不熟悉的人们擦肩而过，这些就是今生注定的人缘。语言与语言的沟通，眼神与眼神的彼此惦念，其本身就是一道丰厚的暖意，为迷路的灵魂呐喊，为心跳的等候沸腾……

黑犬不时地蹭动我的裤管，它是否读懂了我出了窍的灵魂？或者替我做了无谓的分神而在善意地提醒？我不清楚。跟随黑犬回到家，母亲正倚门翘盼着，严重的眼疾使得她看不清来者是谁，从而发出了不能确定的疑问：“二伢吗？我不知道你去了哪儿……”“是我，妈，我只是出去走走……”

那个月朗星稀的夜晚，我偎在母亲的身边畅谈了好久，像一只迷途的羔羊终于回到了母亲的身边。只身在家过活的母亲，多少有些孤援少助，这是现实的无奈。在未来的某一天，母亲必定像春天里的那些红颜一般，惨痛地凋谢在我的怀中，烙给刻在碑文上的下一代以绵远的记忆。

邂逅一株桂

一场姗姗来迟的秋雨，平复了喧嚣、躁动和不安。燥热难耐的夏天，拽着拖地长衫快步离去，仿佛就是一夜之间的事，秋天款款地走来了。

秋雨绵绵，一下往往就是一整天。黄昏时分，我撑一把伞站在楼顶平台上眺望，密密的雨丝儿织就了一张大网，轻柔地，把比高的楼宇，比绿的大树，比艳的花圃，尽揽怀中。视野中的物事，似撒娇的孩童，被母亲左手搂着，右手轻轻一拍，便进入了欲睡状态。

雨幕清扫出的巨大空间，仿佛静谧了许多，安详了许多，一切显得清爽徐来，滋润归来，舒展开来。就连独秀公园内的人工湖边，也褪去了往日的喧闹、浪漫与温馨，在周遭楼宇的臂弯里，人工湖宛若慵懒的睡美人，格外的温柔与恬静——成群结队的孩子稀疏了；在长椅上纳凉话家常的老人不见了；在高分贝的音乐中激情起舞的广场舞消失了；身处戏窝，再好的嗓音也得暂时禁闭，或在家中孤芳自赏，或待雨过天晴，学那雨后春笋……秋雨，带来了一些物事，却也带走了一些东西，此刻的我，倾心于什么？我梳理不清时下的心境，是留恋秋雨带走的，还是憧憬秋雨所带来的？

闲步街面，深深地嗅着被秋雨过滤的空气，偶尔一阵桂花的沁香，将我的身心酥软了，烙给人的清新、爽朗，俨若一种通透的感觉，尤其在这有雨的初夜，恰巧自己又置身那种氛围中。漫步在高大的行道树下，积水的地面反射着晕黄的灯光，疾驰而来的车辆的灯光，给人一种不及躲避的错觉。细雨沙沙，从树叶上滴落的雨滴努力地敲打着伞面，发出了清脆的“嘭、嘭”声。间或一两个行人，与我擦肩而过，他们没有撑伞，却很从容地走着——他们是蓄意听凭细雨拂过全身，享受这久违的清凉，还是忘记带上雨具？我同样梳理不清。也许，我持伞闲步，才是不合时宜的吧。

又是一阵沁香袭来，我刻意地放慢了脚步。古有闻香下马，我今闻香寻花，当不为过吧。那是一株约两人高的金桂，细碎的米粒般的花瓣，俨然是香脂凝成，那是桂树蓄积了一年的“香料”，就为了在金秋释放！那些高高低低茂密的叶片，在秋雨的洗礼下，越发光亮，越发丰满了。抚触离我最近的一枝，我像遇见多年的老朋友一般，握了握“手”，但我绝对没有折枝的意思。这种亲昵，在路人看来，会做何感想？一个年近“天命”的男人，还“拈花一笑”？我没有看清路人脸上的表情，却能估摸出鄙夷的可能性要高出许多。

潜意识里，我踱开了桂树，自然就避让了路人的鄙夷。但我依旧享受着它通透的芬芳，进而肃立起来。那种情形，类似于我在默念闪现于心头的一个灵感，在没有纸笔记录的情况下，加深并拓宽思索的成分，形成文稿的雏形。“自古逢秋悲寂寥，我言秋日胜春朝。”桂树，这入秋后的精灵，将细细密密的心事晾在世人眼底，将丝丝缕缕的浓香送入我们鼻端，在扩张我们肺器官的同时，便抖落了上班的辛劳与不悦，同时抖落的，还有一滴闲愁……

我可以带走一枝桂枝，但我带不走那一树的芬芳。哲学家赫拉克利特说：人不能两次踏进同一条河流。今夜的我，便是如此吧。我相信，未来的日子里，只要我愿意，就可以尽情地消受这个季节里，不同的桂树演绎给我的雷同的背景和雷同的兴奋，但我会继续下一次吗？我不能作答，只有追问自己。我知道，自己带不走那一树的芬芳，回家了，就学学画家吧，将这棵桂树移植进心头，让它开花，并且竭尽所能地让笔下的文字流溢出一股清芬，那才是曼妙的境界吧。

秋风拂来，细雨亲昵了我的裤管，接着，一片秋叶在空中翻转、下坠。我知道，这是自然规律的一种，又何尝不是个体生命的轨迹？季节更替催人老，我们鬓边的白发和眼角的皱纹，都无法抗拒。世间万物，谁能抵御岁月的洗礼……当代学者周国平说："人最宝贵的东西是生命和心灵，把命照看好，把心安顿好，人生即是圆满。"

那么，就从今夜开始爱自己吧，让肉体和灵魂，在岁月里修炼，或成为春天枝头上的一片嫩叶，或缀成秋天的一枚熟果……

“辈字”中的家训

父亲中年猝死后，身子单薄又染有眼疾的母亲，用她那惊人的毅力和博大的母爱，为我们撑起了一片生命的蓝天。那些日子里，母亲起早贪黑地干活，除了辛勤耕作刚刚分得的责任田外，又新垦了不少荒滩及沟渠隙地，用来种植杂粮，用剩余稻谷变卖的粮款和“鸡屁股”银行里的“活存折”，五分一角地给我们买笔买书本，供我们读书，但我从没有听到母亲喊一声苦、叫一声累……

父亲的棺柩留置土面“望乡”满三年的那年孟冬，母亲嘱咐稚肩持家的兄长张罗父亲的“归窆”，并立碑铭记。记得“复山”那天，业已读初中的我特地留意了墓碑的铭文，发现父亲名字刻成了“程公廷X”，而我们兄弟三人被刻成了“从A从B从C”。面对陌生的父亲和我们兄弟仨，我只好回家问母亲。刚从悲伤中走出来的母亲，慢下了手中活，然后一字一顿地说道：“二伢，‘从’字是你的辈分，你们一生下来就被确定了，这是别无选择的。你也要记住，你们程姓现行的辈分是‘应至梦遇显，景其以之光，朝廷从学起，一维希延良，忠厚传家远，诗书衍庆长，发祥咸先德，万世永流芳……’，这样，你就知道你之前的先人及将来的孩子各是什么辈分了。”

“哦。”我似懂非懂地点了点头，“那，妈妈你姓胡，胡姓也有辈分吧?”我小心地问道。“有。你舅父名字中间的‘兴’字，就是我的辈分。女人都是菜籽命，撒到哪儿哪生根，你们将来若给我立碑，最多是带个姓了……”母亲说着，陷入了迷惘，然后又像数家珍般地说道，“秀胜天永重，京谋宗学文，罗启明荣显，景尚应龙兴，积德传家世，忠诚华国心……”

成家后，忙着续修《陈氏宗谱》的岳父要我对着陈姓辈字查看初谱的讹误，我知道，它们是陈姓家谱不可或缺的部分，更是一个家族的印记，由此激起了我探源辈字的兴趣，进而留意起周边异姓现行的“辈字”来。如陈姓的“传家维一金，忠诚吴广厚……”钱姓的“一世定荣昌，逢时建嘉绩……”黄姓的“圣世光大显，成平乐有溪……”江姓的“复庆从天锡，忠厚贻谋远……”等等。这些辈字，都是属于很典型而且比较优秀的五言类诗体，它包含的内容非常广泛，约略可分为修身类、处世类、治家类、报国类四个部分。因为它们通俗易懂，所以，稍通文墨的妇孺老少，都能理解接受。同时，辈字与自己的姓名、先人的墓刻融为一体，能让子孙时时得见，耳濡目染，从而在潜移默化中传承良好的家教、家训。熟读族谱上的辈字，我们能感知并感念先辈们把自己在生活中悟到的为人之道、处事之理、修生之法、养性之规，以“辈字代家训”的形式嵌于姓名之中，撰于族谱之内，刻于墓碑之上，就是要子孙时时获取教益。每一姓的辈字的编撰排列，都是一则苦心孤诣、呕心沥血的教子诲孙的篇章。它们所透露的不仅是祖辈对人生的理解，更是一颗崇尚高洁的心。所以，将辈字嵌入姓名，正是传承千年族谱文化、延续千年人文的重要取名形式，也是古代一种特别的“礼”制，一直延续到现代。由于各种原因，自20世纪五六十年代以后，世人对辈字谱变得陌生了，这种现象，在年轻一代身上更是明显。

家是最小国，国是千万家。诸如那些“劝人行善积德”，诸如家母的“力行勤俭有为”等家风，融合积极向上的家规、祖训及辈字，绝大程度上渗进了我们的血液，渗进了我们的文化，影响着社会风气，它们都是中国传统文化和传统教育的重要组成部分。“好的家风、家训、家教，是一代又一代人健康成长的保证，是社会主义核心价值观的微观体现，是推动社会文明进步的正能量。”同时，也体现出人类对荣誉的珍惜、对生命的敬畏、对国家的贡献、对人类的关怀。我国各姓的辈字，深刻诠释了家训、家风的内容，它让我们感知到了血脉中的中国传统文化基因，看到了一代又一代各姓人浓浓的家国情怀。通过辈字，我们还可以把两个不认识的人团结到一块儿，使多个陌生的同姓人产生一种突如其来的“同宗共祖”的亲切感，进而产生一种“应互相帮助”的使命感。辈字作为姓氏文化的一部分，我们应该将它很好地继承和发扬下去。

认　　识

去一家新单位应聘，见一年龄比我稍长的老员工颇为面熟，仔细搜寻，认定他是我记忆中的一名过客——我喜欢“过客”这个词，因为它带有一种诗意或哲学的意味。

第一天上班，照例是全厂员工大扫除，我走近他的身边，试探地问老师傅你是否在某某单位呆过，他惊异地看着我，回答是，并问我当年干什么。我说出门卫两个字后，他记起什么了，便说我发福了。发福？这真的是个很夸奖人的褒义词，在我的意识里，它同义于心宽体胖，但我真的拥有健康的身体，并且衣食无忧吗？车间主任见我俩聊得很亲热，走近前问我们认识吗？我只能说我们以前在同一家企业的不同岗位上过班。

当我确定用“认识”这个词作为文章标题来“感悟”我和他之间的过客关系时，一种毫无来由的苍凉感顿时袭击了我，同时也凝重了我漂泊的心绪——这八年，我一直行走在身无一技之长的求职路上，只是偶尔才会在繁华的地段匆匆踏过，不敢过多停留，因为那里不属于我。在别人的眼里，我是一名过客，而我那些没有深交的工友，在我的眼里，也是过客，没有记忆，没有怀念，能拥有的只是面熟而已。

我一直没有深究面熟和认识这两个词之间的差别。我们走过一个地方，留下了自己的脚印，却不可能留下自己的历史，就像我提到的那位老员工，他的影子晃过了我的记忆，给我留下了一点什么，也许什么也没留下。我们的生命属于不停地行走，除非到了非停下不可的地步。在求职的路上，我觉得自己是一朵飘浮在高空的云，无法落到坚实的土地上，一时找不到属于自己可以停留的地方。不是我挑三拣四，不是我这山望着那山高，而是我所应聘的企业，或好景不长，或我与企业主管性格不合，呆下去，我的心情会很抑郁，而拥有多处“暗疾”的我，最需要的是保持好心情。

所以，一个人的时候，我常常思考求职途中曾经出现的过客们，思考他们在我的生命中扮演了什么样的角色，但我并不能将他们统统记住。我能记住的人，或者给过我不好的印象，或者他们曾带给我一些东西，这些人中，有的还在联系，有的也经常碰面，而诸多的平常的人，在我脑海中都模糊乃至消失了，偶尔一张熟悉的面孔走到眼前，我是怎么也想不起他的姓名。这或许是面熟与认识之间的隔阂或有些细微差别。他们是我生命过程中必需的存在，或者是人生的另一层意义，就如卞之琳的《断章》所描述的一般：“你站在桥上看风景，看风景的人在楼上看你。明月装饰了你的窗子，你装饰了别人的梦。”生活中，我还拥有许多性格不同、文风各异，甚至不曾结识的文友们，他们的姓名让人印象深刻，拜读他们作品的幸福感，让人值得怀念。他们是我“熟稔”的朋友，却也是生活中的过客，从这层意义上说，就比单纯的认识深厚了许多。

过客是个体生命中的一种生存状态，它印证了哲学上的“存在就是合理”的命题。广而言之，苍蝇蚊虫是某些昆虫的食物链，但我不会说它们的存在也是合理的，毕竟，“以人为本”的人类，崇尚以自我为中心的生存法则。

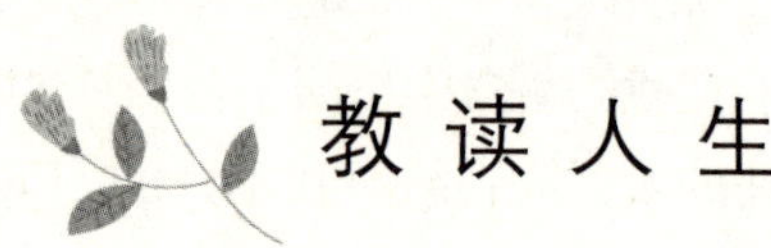

教读人生

从事过教书育人的工作，一年里还有两个大假可以独自支配，窃以为满足此生的择业观了。然而，漫漫假期中无所事事时，我习惯于手持一册书，漫不经心地闲读，读得多了，自然有了一些涉及人生及阅读的思考。

不久前在街头，偶遇几位昔日好友，被邀至一酒店。觥筹交错中，感觉彼此的眼神有些怪异，光波里闪着新奇，话语中闪烁着思考。是啊，执教的那些年，大家的主要精力，多半是与书籍打交道的，也基于自身对孩子们的影响，逼迫着自己的言行举止较以前斯文了许多——这是环境的促成因素，也是一种自知之明。

闲暇中不忘手持一册书，装扮灵魂及人生履历。对于文学，我矢志不渝地酷爱着。从那些优美的小说、散文、诗歌中，我体会到文学是理想化的童年。我的着迷表现在，常往现实里去想象、寻找作品中感受到的美好。但生活把我逼上了一条更为“现实”的道路——遭遇辞退。因此，磕磕碰碰伴随了我的“成长”，进而镀上了一层悲剧性的色彩。从迷惘中走出来，快乐多于不幸。面对讲台前渴望求知的眼神，感动的眼泪更易令我铭刻心怀，流汗虽比流血多，但多年以后，曾经的学生站到面前，亲亲热热地称呼我“老师”时，那种亲昵和亲切，可谓触目惊心。所以，我对某位作家笔下相似的美好场面，深有同感，读不出半点困惑。既然我逃避不了成人世界，也就无法守住自己的童年。而略知我爱好写作的人们冠以我“作家”的头衔或光环时，我知道自己就是那路边的行人，徒令他人歆羡一阵，然后挥手。

我已过了“为稻粱谋”的时段，加上身体出现的暗疾，只好压缩了曾经持守的“只问耕耘，莫问收获”的梦想。所不同的是，我在遭遇困顿时，仍然不忘手持一册书，而这一点，怕是好多人要放弃了的。今天，我又从琐碎的事务中脱身，不由分说地写起了感慨，怕是应了梭罗的一句话：“有时间改善自己灵魂资产的人享有真正的闲暇之乐。”二十多年的风风雨雨，竟未能熄灭心灵中那一豆烛光，可见书籍或者写作，尤其是从事纯文学写作之于我的魅力。这并非叶公好龙或者抬高自己。一名作家的作品公之于世，总得有阅读市场吧，我一名爱书者，捧个场会是自娱自乐的个人行为？同时，我将自己心迹晾于白纸黑字之间，相信“不忘手持一册书”的读者，不会随心所欲地将“添置”了的新书置若罔闻。

年龄大了，按说情感会坚强一些。可我读一些“闪烁”浓郁亲情及“催泪”题材的小说，往往泪津潸溢。妻子常戏谑地说我变了，应该没错。不过，窃以为这是一种值得欣慰的变化。我在读一位老乡写的小说时，竟然眼眶红红的，且为主人翁掬了一捧泪，这是情之所致，也庆幸四下无人——这些年来，我在会议桌旁、在酒席宴上，也曾唾沫四溅地指点过，却未曾打动过他人。而那位作家取材于生活又高于生活的作品却打动了我，这是文字的力量，也是一种折磨，折磨得我近乎患得患失了。

书籍是文字的连缀，而文学是语言的艺术。爱上文学书籍和写作，则是爱上一种生活。它会使人生少一点浮夸，多一点务实，到头来或多或少会有一些收获。沉入生活，深入写作者的心底，接受那朴素、温暖而芳香的气息的熏陶。我的言行受到了许多规范，所以我喜爱沉默的招手。沉默，在交际上是一种病态，但在阅读上是一种常态。我这个喜欢热闹，有着打探各种讯息嗜好的人，如今只想清静地独处一隅，接受老聃的提醒：五色令人目盲，五音令人耳聋。

生活中不缺乏美。文学诞生在爱的摇篮里，也在爱的怀抱里成长。同我持守的业余写作一样，都是一项爱的工作、生活的祷语。阅读者更多的是时间上的付出，这种接受颇为受益。如果说，一个写作者在蓄意作文的同时，也在陶冶着自己的情操，那么，坚持阅读者，便是直接的潜移默化者，同时，也是另类地“书写”着自己的人生。

杯　具

杯具是容器的一种，它度量的对象通常是液体或细小的固体，如芝麻、大豆等。但当我们把它理解为一种尺度或标准时，它就不仅仅是度量液体或细小固体的杯具，而有可能是道德标准、交往的限度，甚或某些成文的规范、戒律包括评判的眼光等。总之，它来自个体人的精神开阖。

我们与外界一切事或物的联系，总要遵循那些既定的又被绝大多数人接受的约束。譬如，看待某件事物，就以自己为原点，融入那些既定的规范，从而做出比较合理的评判。而对待一个大众性的命题时，不妨先听听他人的见解，了解他人的声音，最后衡量两者之间是高出一筹，是所见略同，还是有所差异，这不同的评判眼光，其实也是一种尺度。这种尺度，来自不同个体衡量标准的高下，“智慧者大多视存在为本然，至于合理不合理，生活在其中，收获也便在其中”。取长补短，由此成了丰富心灵容积和思想含量的重要支流，使自己在不断学习、不断修改中趋于完善、趋于成熟。这种被扩充了的尺度，无异于一把解剖事物深度的剪刀，被一颗信念的铆钉铆住，两片剪叶足以剪去一切芜杂。所以，智慧的人，能将乱如麻的生活，随时剪开。如果我们想弄清自己是否持有一把这样具有深度的剪刀，生活会反问你，你刻意打造它吗？那可是由众多源头分泌的各种况味炼就的丹药，你若想达到那种水准，你的心灵和思想必须具备足够量的容器来容纳！

人的一生，实质上是逐渐扩充容器的一生。至于对物质的索取，那是以生存为前提的必需，太多了无益，缺乏了难以立身。所以，每一个个体的人都是一只只杯具。杯具与杯具生活在一起，于是有了社会——这只更大的容器。你做出成绩了，鲜花、掌声及应得的褒奖肯定随之而来，但同时，嫉妒、诋毁、损伤也会随之而来，杯具若无警惕、甄别之心，悲剧就真的上演了。成功与失败、荣誉与诋毁，就这么相伴相生，难以截然分开，在人生长河里，最终都会被社会——这尊更大的容器慢慢消融，徒留杯具一道或暗淡或亮丽的擦痕。若能跳出杯具的冠名，那容器会告诉你，什么是对、什么是错，什么是中庸之道；谁可以成为你的朋友，谁是你的障碍者，谁的心胸宽广一些，谁的心胸狭窄一点，谁会站到你的一边，谁会在你需要的时候伸出一双温暖的手……假若社会这尊大容器授予你的倾向于道德方面的，这就需要你有剔除的目光，做到经常“洗具”，人生的喜剧才会富于“戏剧化”；否则，掌声和荣誉背后滋生的敌对尺度入侵了，你依然会把它当成朋友。长期发展下去会同化了你，杯具从此沦为悲剧了。当然，人的思想包括甄别的目光并非万能，亦不能及时剔除，原因在于杯具最终的取向。大小之异，剔除能力不同，导致杯具与杯具之间缘分的亲疏不一。一般来说，情投意合的多个人，能够做到互补互谅，达成默契呼吸相通。而“道”外之人，因“道不同不相为谋”，加上性格难以匹配，自然“话不投机半句多”了。我们每个人满有信心地说别人，却很难说清自己，智者是把对别人的发现，当作审视自己的途径。绝大多数人嘴上说请你批评，内心里却巴不得听到对方赞赏的溢美之词。自恃的人往往被这种溢美迷惑了，吃亏也就从此开始了。待当你渴盼听到他人的直言，你交往的圈子内，再也听不到一句掏心窝子话了。好比餐具吧，一日三餐时有填充，但很快被吃个干净。我们在打量别人时，如果觉得对方某一点卑鄙，智慧的人会赶紧摁住这份发现，认真打量自己，慢慢沟通对方，待走进对方的心灵后，在保持一份尊重的前提下，给对方以正确的忠言。“我是偏激了，谢谢你把我看成参照物!”对方嗫嚅着，但不一定会说出：人生（人参）泡在杯具里，入味了!

杯具再怎么多，永远不可能将光阴装下，且都在光阴的喂养中长大、变老，最终碎裂，若能在碎裂时发出“咯嘣”一声碎响，且绵延进光阴的未来，那他无异于为自己竖起了一座纪念的丰碑。光阴改变了人们的身体，成熟了人们的意识、观念，同时也在那一只只杯具里装进了更多、更复杂的东西，让人们的思想在有限的生命里美不胜收。

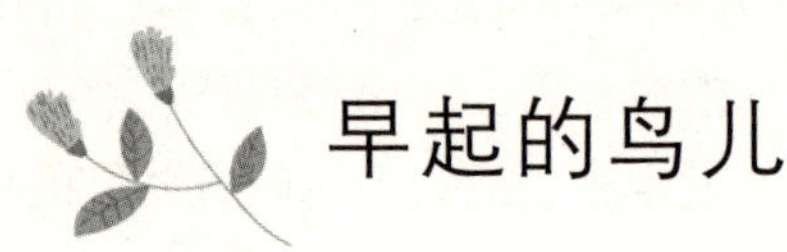

早起的鸟儿

为了赶生意，妻子通常起得很早，每天天不亮就借助昏黄的街灯去菜市场采购货源，回来后我便帮忙制作。小区的底层，租住的多半是高考的学生及部分陪读的父母，我们的对话声只能是细切的，颇似初恋时的絮语。为此，我经常戏谑地调侃妻子在“重温恋爱的时光”。

邻居们也乐意有我一家的共处。他们清晨推开窗，朝外呼吸新鲜空气，一定闻到了煮面的香味或盒饭的清香，我想，考生们再疲惫，他们的胃口也会被这弥散的清香勾起食欲，加上看着我们操作，心中关于卫生的顾虑自然削减不少，要不，那些考生们怎么爱往妻子的流动摊前站呢？我这样想着，一种淡淡的幸福感就罩住了我，同时也清香了我的心情。所以，比较清闲的周末，我通常要将心头涌起的生活的温馨和诗意，借助敲键，流淌成行行文字。小书《幸福在路上》付印后，小区的邻居们在我们清闲时，就往我家钻，买下一本后免不了对我恭维一番，亦问我们的生意做得如何，我在陪着啦呱的同时，总虚荣地说还可以，显出一副满足的样子，而我进房间之后，妻子总要纠正一番，笑着说其实并不怎么样，平平过而已。这两种说辞之间，我们都没有虚妄和欺诈，也没有遮掩和做作，所不同的是，我和妻子的出发点不同而已。就像凌晨时分的太阳能街灯和白炽灯吧，它们能发出多强的光亮就发出多强的光亮，行人在感受它们的亮度时，自然就不一而足了。但无论怎样，在这熙来攘往的人群里，我们在尽自己所能地消受并感恩着，在生活的夹缝里捡拾快乐的同时，也在这城市的一隅焙出我们爱情的暖色调及本真滋味，静静地品味属于我们的岁月和爱情。

不知从什么时候开始，小区内多了一对与我们一样早起的“邻居”——布谷鸟，这让我和妻子欣喜了好久。每天清晨，我们在操作时，看见它们在身边盘旋，我们便尽量不发出大的响声或者做出什么惊吓它们的动作。它们这才胆怯怯地落到我家门前，或者啄食煮面时弄碎了的碎面，或者捡食妻子炒盒饭后扫出的遗落的饭粒，或者在妻子倒出的洗豆芽的脏水里拣食豆芽茎……时日久了，我们便亲近了起来。某日清晨，我和妻子完成操作，看看时间还早，不着急出摊便坐在屋内闲聊。好家伙，它们居然踱进了屋内，是为觅食却不失机警。我和妻子都发自内心里欣喜起来，我们已经好久没有这样近距离地打量它们“夫妻俩”了，它们的穿着打扮也一点没改变，眼神虽然亲切，但步态却不那么悠闲——同样生活在这城市的一隅，你们过得怎么样？我真想留住它们好好聊聊天，可惜我无法与它们交流，我只能用眼睛的余光瞥它们，用心灵的虔诚感应它们。两种生命，在“糊口度日”的轨道上切近，并且是在近距离的情境下交融，这是多么难得的生命际遇！两种生命的物质需要，已经超越于物质之上，用一份“醉”爱和善念铺陈，艰难苦涩的日子，亦不再苍白和空乏！

“夫妻本是同林鸟”“早起的鸟儿有虫吃”，这些俗语教会了我们很多。偷窥那对布谷鸟夫妇，我只能一动不动，听任它们对我说教，并且低俯下万灵之长的头颅……

扫出心灵的清芬

新年里，我在数家企业的岗位上报了名，正月过去了，也未见一家企业打来录用电话。眼下是高考、中考前的紧张阶段，相当部分学生家长赶到城里来陪读了，加上此类餐饮点、流动摊多，因此，妻子办的流动炒面、盒饭摊，生意不是很好。为了保障正常的生活开销，妻子便托熟人介绍，进某小区兼职做了保洁员。某几日，流动摊的生意一度好转，妻子便忙得像陀螺，早晚进货并加工，白天则出摊、打扫小区及料理家务。这一根根无形的鞭子抽打得她高速旋转。因病赋闲在家的我，心中甚是过意不去，便随妻子去了那家小区。看到事情不是太重，也未看到有朋友之类的熟人进出，我便接下了保洁员一职，一来减轻妻子的重负，二来也为自己找了一份工作。

一个周日，我正戴着口罩，拿着扫帚簸箕在清扫过道，一名男子提着袋装垃圾向垃圾桶走去。仔细一看，我差点失声喊了出来——他正是我的一位朋友，新年里的一天，他还赶到我租住的住房里看望过我呢。这下子，我窘得不知怎么办才好了，忙低下头，向另一幢楼走去。隐约中，我听到朋友在好奇地嘀咕：小区的保洁员怎么是个男的，而且还很年轻？……

整整一下午，我像犯了错误的职员一般，心中始终忐忑不安的，生怕被朋友认出来，也害怕再次遇上熟人。扫到一僻静的角落时，弯腰时间过长的我，感觉腰部有些酸疼了，便在草坪边的一块路界石上坐了下来，四处一看，没有人，便掏出香烟点燃了一支，然后低头瞅着脚下。路界石边的垃圾较多，我正要埋怨，一芽嫩绿吸引了我的眼球。我顺手找了一根树枝拨开垃圾，一株嫩黄的芽苗嫩歪歪地挺立在我的视野里。因为它顺延缝隙生长，所以长得弯弯曲曲，样子虽然不美，但我被它的顽强打动了，心头蓦然间升腾起了一袭敬意。我是个对植物世界的认知几近空白的人，这株不知名的小草，被重重垃圾堆压，仍不忘在它萌发的季节里越过重重障碍，甚至冒着被铲除的危险，顽强地挺出芽叶，若幸运不被铲除，它还会开花的，我比得上它吗？整整一下午，我的脑海始终跳跃着那株嫩草。所以下班前铲除垃圾时，我特意留下了那一抹芽叶，尽管它日后会给我添加麻烦，但我乐意这样做。

下班骑车经过小区门口，我看见朋友在百货店里购物，觉得没必要打招呼，便一溜烟地驶过去了，原本忐忑不安的心情，此刻却豁然开朗了起来——因为生活，正常营生并不丢人，为什么连朋友都不敢见了？眼下的我，只不过像那株小草，处在劣势而已。“没有一种草不开花，给我一个机会，我会努力地展示生命的坚强与壮美！”隐约中，像是那株小草在说话……

回家后说起此事，妻子便坚持说自己辛苦一点，继续那份保洁员的差事。我笑了，说自己能避开熟人就避，实在避不开，也没什么丢人的。妻子见我执着，便说明日带我去菜市场，熟悉流动摊每日所需的货源和采购点，回来后在家操作，至于出摊和打扫小区，还是由她去操办……

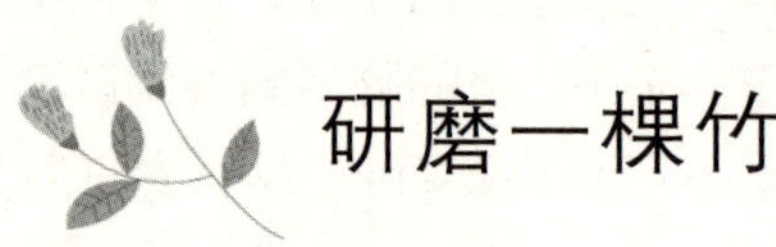

研磨一棵竹

一束束阳光将斑驳的竹影投撒在地面上，虚幻中带着真切。一阵寒风掠过，竹影婆娑，沙沙声响过之后是那种突然跃起的沉默。静默中，冬阳放大了所有的响动，也打开了视力之内的所有真相，包括我的思想。

每个人都有自己的热爱，这种热爱同义于喜欢。它创造了曾经的陶醉与无悔，那些经历是实实在在的实践，与陶醉几乎同步出现的挫折、困难，是对喜欢的否定，它天生对陶醉抱有成见。人也是这样，只有走过了挫折，克服了困难，才是进入了无悔的状态。就像眼前那株从石缝里钻出来的竹子，是阳光和雨水引诱了它，使得它能在贫瘠中展示生命。能体味其间真趣的，郑板桥不是第一人，我自然也不是落伍者。但郑板桥的吟竹诗，却不是我辈能践行得到的。

世间还有什么比努力更具有活力？当一颗竹笋悄然从竹根上萌发，蓄积所有的能量从地面上冒出，它就如万物一样，已经向生长的空间步步展开了。渐渐消耗的途中，竹竿自然就慢慢变细了。若是开始的部分不被动物践踏、不被人类锄去，那这棵竹笋便是幸运的。三五日的挺进，便足以使它成长为一棵嫩竹。这时候，人类便没有多少理由要去夭折它了。尽管开始包含着风险，但不努力，哪有机会新生呢？生与灭的风险里，笋芽表达了完美，在最终的结局里，个体的灭延伸了同类生的希冀……

土层是我所能看到的表象。表象下面，竹根纵横地盘结着，绵延成了一个庞大的家族。我的思想只能触及一块小得可怜的地方，并不能知道多少。

有时我想表达我的欲望，也只能抬起头颅，短暂地仰望虚妄的蓝天。广袤的天空，早被茂盛的竹枝竹叶划割，成了斑斑点点。就在这斑斑点点中，我看到许多人被定位在上面：言不由衷的，善恶不辨的……他们烙给常人的表情、语言乃至举止，已与内心剥离。更大的一片区域里，许多人在实实在在地生活着，妙不可言，他们有滋有味地进行着无悔的事情。斑斑点点也好，更大的一片区域也罢，都是这个物欲世界的一部分，要不这世界怎这般五彩缤纷呢？斑斑点点是人的另一半，同样生活在阳光下，也没有人刻意地将他辨析出来。我们就活在这样的安慰里，都感觉自己不属于那斑斑点点之类，因此没有沙化之感，表面看去个个都是良民，似乎人人纯粹。他们也不是天外来客，他们的面孔很熟悉，说不准他们就是自己的好朋友——在常人的眼里，这种现象其本身就是那株病态的竹子——或者断了梢，或者在中间部位锈死了一块，从而影响了它的功用与价值。身边的竹子也习惯了这棵病竹，良莠同处一园，心安理得地接受着阳光雨水公正地恩赐，但最终，那棵竹子注定缺乏了生命的张力，迟早会被竹园的主人抛弃。

砍伐竹子的那天，砍刀看见了一棵生命在痛苦的泪水里所爆发出的颤栗。砍刀结束竹子生命的那一刻，却也给了竹根无遮无拦的新生的机会。感念先人恩情并恸哭不已的是凡胎肉体的人，而于竹子，似乎变得多余。砍刀收割的是竹子的身体，而竹子的品性，却是对大地无限忠诚的基石上衍生的寓意与象征。我无意揣测一棵竹子，但竹子却以卑微而平常的心态成就了自己，承受风霜雨雪的谦卑形态，正是它抗衡的需要。纵然遇上开花之年，被统统伐去，那也只有自己死去，留待新芽来年破土。

我对竹子的另外一种情感，并不止于竹子的自然功用，或者它的比喻及象征意义。郑板桥给自己题的妙趣书联，每每想起便使人怦然动容：“咬定几句有用书，可忘饮食；养成数竿新生竹，直似儿孙。”比高的树，比艳的花，比广的草，遍布在人群穿过的地方，却少有竹子的风采。

脚　印

脚印是目标的“同胞弟弟”。一个人一旦将目标看成是信仰或必需，且为了这种信仰或必需而有了动作，这种在琐碎中具体化的行为，便是处在进行时的状态下了。因此我常常这样认为：人世间并不缺乏有着鲜明目标的脚印，只是泥泞中的脚印，随着泥泞消失后，脚印若得不到温习或铭记，便会变得模糊起来。

脚印又是路的一种，但并不是所有的脚印都得印在路上的——蜂蝶、鸟儿，包括乘坐飞行器的旅人，便把脚印虚化在空中。

瞧瞧地面，泥土使草根延长了脚步，使一切有生命的生物有了繁殖的机会，从而将萌动的活力释放。泥泞开辟了新思想的温床，因此，那个认准目标向前走的人就注定要与泥泞相伴了。随后跟进的人使泥泞渐渐扩大，脚印也便变得繁复了，这种繁复，便使行进在泥泞上的人增强了跋涉下去的信念，这种难得的精神汇聚与奋起，往往是能改变世界的，譬如中共建党之初的一些代表人物，就是这样。

脚印是有方向性的，它既是为达到目标而投下的影子，也是跋涉者艰难地继续而衍生的产物。当行进的人在中途打住时，他似乎避开了泥泞的纠缠，但他的思想不一定就是满足和快慰的。泥泞中的美和伤痛，犹如琴声对歌谣的伴奏，有秩序地叠加着——它在赐予跋涉者困苦的同时，也赐予了跋涉者幸运的元素。在泥泞的境遇里体验生存，主动和乐观是必不可少的，只有那些意志坚强者才会不断克服并主动迎击可能到来的种种挫折，甚至意外的不幸。脚印便这样给行进的人命了名并刷新了内涵——高声呐喊者未必就真的斗志昂扬，缄口不语者未必就真的心如止水。处在半途中，跋涉者容许有选择，但不能偏左或偏右，更不能选了反面，执着向前的脚印才是继续行进的标志和保证。

目标是抽象的，它总是在脚印的前面。目标的最初状态是无，只有付诸在脚印中才会渐渐成长为有。一个人可以拥有很多的目标，但大多只有一个目标显得十分重要。其他的目标，一部分可以与主目标相链接，另一部分就无关紧要了，它们处于圈外，并不能很好地反映主目标的本质。“开弓没有回头箭”是持之以恒者的座右铭。跋涉者正确的目标一呼百应后，就会有更多的人前赴后继，结果就发生了翻天覆地的变化，脚印从此就在一代代人的心目中走了过来。在目标实现后再回过头来温习脚印，这便是纪念，便是励志。这种纪念，类似于说历史。它需要人们更加理性地去维护它，完善它。

伟大的脚印可以使人们从遮蔽心灵和眼光的芜杂中清醒过来，然后将其延伸。现在，我们会惊讶一个目标竟把那个时代那么多的人心凝聚在了一起，“出路在无出路之处/形状在无形状之时”（龙彼德《止水》），他们审时度势地循着线路，恪守着既定的秩序，以忘我的方式，按“应该有”的规律展开，最终实现了目标。其间镌刻并诠释的正是“民心所向”——这么一个看似简单实则非常艰难的词语啊！

擦　痕

为了幽暗中一个温暖名词的频频召唤，我频繁地行走在暂居地通往老家的路上。沿途的田野村落荡漾着醉人的气息，这时，我又一次地被一首诗打动了。诗歌中，那位年迈的老妇人因为患有严重的眼疾，不能缝衣，便不时地伫立在特定的门框前，翘首长盼着。她的温柔，仍是今天的最美。此刻，宜人的春风舒缓地吹拂着，被撩起的银发，掩住了老妇人苍老的面庞，让我懂得了与对应的人施尽孝道，距离不是借口……

呆在屋子里，更多的时候我喜欢坐在书架旁，梳理清爽洁净的书册，感受文字所特有的融融暖意，恬淡而悠然的心境仿佛浸濡到了欧美某位作家的一本书中。母亲亦是一部书，这二者之间，我只是一个稍有思想的活体。当我开始酝酿一篇新作，那些文字包括母亲这部“活书”，就会自动地摆放在眼前，供我参考查阅；那些睿智的语言闪动着朴素的光芒，照耀着我，成就了我一个人时那小小的幸福，像窗外的花开在高擎的花枝上，我的心就这样跟着它比高。几只鸟雀各占一枝地放歌，是因为孤独而在呼朋引伴吗？我揣摩到人生的些许欢喜，又是怎么回事？人类与鸟雀有几分相似：每个人都喜欢说别人，唯独说不清自己，更难以将自己定位。既定的目标永远在前方，看不见也摸不着，但它于未知中始终等着自己。我们没有被什么东西牵着走，但信念常使自己舍命地为之抵达，甚至甘愿堕入目标的樊笼。于我而言，鼓捣几篇小文章，然后兜售式地设法使它变成铅字，是我业余里最大的爱好和对选择的忠贞，亦是自己的一部分，可在别人眼里，这何尝不是一片空白？

摆放在案头的手机突然响起来，一看，是代课时的同事打来的。彼此寒暄了一阵，但绝对真诚——朋友便约我去学校小聚。小聚便意味着要聚餐的，我迟疑了起来，便含混地敷衍了一下。我的含混没有欺骗性，时过境迁，应该没有多少人会较真了。平日里，彼此用电话替代见面，用简短的问好掩饰见面时的那份尴尬，是常见的现象。然而我错了，11 时 30 分，手机再次响起来，是同一学校里另一位昔日同事打来的，他现在已经升任为校长了。盛情难却，我只好应承了下来，心中正嘀咕着怎样与母亲开口，已经听到我们对话的母亲欣然地说道，你去吧，酒要控制，下午还要赶路呢。母亲戛然而止了，言下之意是提醒我要注意行车安全。

过往的时日是一地羽毛，有的却很重。在这一道道阴影里，我们的身影以不同的形态存在着，且在未来中反着光。时间里充斥了太多的声音、气味甚或欲念，跳出来的那份牵念，便是一道难以抹灭的擦痕。没有虚伪的许诺，也没有不会兑现的欺骗，有的只是真诚的问候、鼓励与祝福；酒杯子见多了分文不值的赞美和掺水夸张的嘴巴，但这一次，我们用舌头慢慢品尝火锅里滚烫的熟菜和酒精刺激给我们的辛辣，叙说着灵魂的煎熬。醉心的酒燃烧着醉人的话语，将我们推到了酒杯的埋伏圈里，又像网一样，罩住了自己。酒伴随着倾诉或表达，展示了彼此充盈的欲望——心灵相通的多个人聚在一起，除了酒杯，还能有什么更直接的方式来表达的？酒文化绵延几千年了，彼此又熟知酒量，不天昏地暗一回也得“铁”一次，从而让嘴唇奏出漫溢心灵领空的丝竹之音……

将四瓶白酒化整为零是最终的定向。酒精在腹内抚摸着，灼红了面颊，像是抹了一层胭脂，但紫色素浓重了许多。微醺的步履没有了个性，酒后的共性将那份个性抹煞或者说是删除了，以至于在多年后的衰老里，仍能真切地感受到：应付，有时也需要道德底线的真诚和认真，虽然有点形似做戏，但人生时不时地处在戏文中，时不时地收获着哪怕是最微小的感动与幸福……

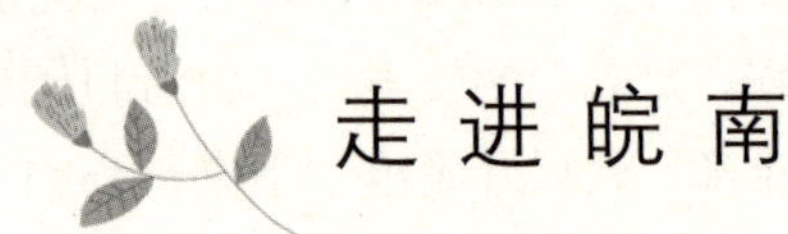

走进皖南

阴历五月。皖南。满目葳蕤的禾稼，满山滴翠的绿叶，呈现出一派毕露的锋芒，我的目光被一种或深或浅的思想扎伤。行走在20年前走过的村道上，我像一条游走在草窝里前来觅食的蛇，贪婪而卑琐，试图用皖南方言尝试人情的温度，在一村又一村开花的栀子花旁，拼接着零碎的记忆。一些我熟悉的同胞，不断为我揭开大山神秘的面纱。

我曾经钟爱这南方特有的米食：三月蒿米粥，五月甜食粽，八月月亮粑，九月蜜饯糍饼……至今仍鲜活的口感，曾滋养我20年前的贫贱和一段青黄不接的岁月。竹木和茶叶是一对相依为命的恩人，曾缠住我迈进大山的双足。在麦子收获的季节畅想并倾听麦子的拔节和灌浆，我与皖南的距离被拉得很近，面对村庄前那条明晃晃的水质绸缎，如此的赏心悦目，经老房东家热情酒水的灼热，顿时令我战战兢兢，差点无地自容。要不是那挤满双耳的亲切乡音，木柴火上煮沸的清香，我会沿着原路逃离回去，一直退到长江以北的故乡。

窗口飘出的温馨古朴民风包裹着我，一层一层消融了我的局促与羞愧。地气在正午时分蒸腾，过去那些紧巴巴的日子被佩带假牙、显得老眼昏花的阿妈，纳进了20世纪80年代那套不再合身的外套上，针脚匀称而细密。我感觉自己竟是那么渺小，无异于细小的米粒。老房东家的酒溢出清香，而我的内心却羞愧成苦涩。这是一种怀旧吗？在长江以南或长江以北，在20年前的人生三岔路口，没有人会记得我，是皖南给了我一张打工的暂住证，证明我是这里的过客，是庄户以外的朋友，是老房东的忘年交……

一块芝麻糍饼堆积着八年的谎言。八年前的秋天，老阿爸打好他人生中最后一次芝麻糍饼等我前来时，却倒在了碾架旁。是大地收藏了老人的躯体和祈望，同时也播下了我心灵上的惨痛。额角在酥松的大地上留下浅浅的戳记，纸灰缠绕白幡，抬高了地垄头的旧坟，泪水倾泻成一种怀念，在这里汹涌地交替、会合。许多人都能赞美自己已逝的先考先妣，却难以做到记得兑现地下老人美好的期望，我的到来，是为寻找那支遗失的歌谣吗？还是要吹响那管斑驳喑哑却满载怀念的洞箫？望着眼前不断翻新的民居，我毅然从坟头站起，走向另一个高度——向白梅岭奔去，撇下了身后一片扩张肺腑的暗香和大片白花花的阳光。

梅岭脚下，一株古枫树站成一位记忆依然强健的长者，它打量着我，却也毫不夸张地袒露着当年几乎剥夺其生命的十几处弹痕。而今它依然翠绿，躯干更加粗壮了，在雷电烈日、狂风暴雨里经受二十四个节气的不断抽打。它默默无语，像这里的村民用体恤轻抚着岁月的脸颊。当年，白梅岭上发生了一场激烈的枪战，无数蒙屈的灵魂永远躺在了这里，一座座纪念塔站成了历史的见证，接受红领巾们一年一度的祭扫。野花杂草在塔体周围生长又枯萎，枯萎了再生长，它们承载着一个个活着的躯体所赋予的职责。花儿们从仇恨和妒嫉里退让出来，攒到我脚边，亲昵着我的鞋面和裤管。它们想让我捎走什么？或者希望我带来什么？我读不懂它们特有的方言，我只看见一排排高大肃立的松树或柏树，在微风中不时地摆动那被剔了丫、修了枝的躯干。它们静默着，静默中透出庄重和威严。在白梅岭的胸背之上，塔体呈现一个瘦削但并不偏狭的形状，凛然承受着历史的风霜和岁月之重。我慢慢跪下去，像跪在我先考先妣的脚底，跪成膜拜者的姿势，低俯下怀念的头颅，向镌进塔座里面一个又一个陌生的姓名，也向白梅岭下的居民久久地默祷……

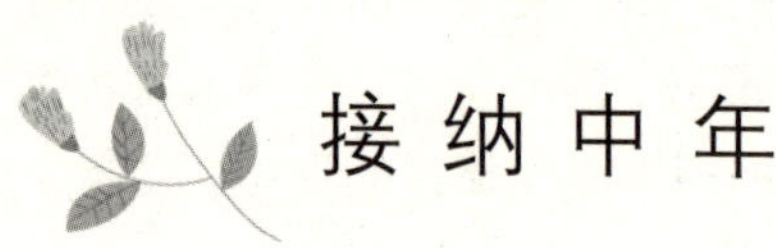

接纳中年

我这人不善掩藏，不知道在QQ上可以不用填写自己真实的出生日期一样。前不久的某一天是我的生日，我和妻子都忘了，但午饭时打开QQ，竟然几十名昔日学生及部分好友发来祝福短信，祝贺我的生日。其中一名学生，转发我一篇文章，暗示我迈入中年了。

而在这之前，我一直认为自己处在青年的边缘，离“中年”还远，不需要去提前担心。每当他人提到中年二字，我总觉得中年是一种疲惫的状态：略带风霜的脸上，掩饰不住的皱纹破译着那个年龄段所特有的憔悴。好比秋天的果树吧，果子相继成熟变红了，而叶片相应地失去生机，在慢慢变黄，显露一种萧瑟的气息。

逐条看完祝福短信，一师者短信中“请开始接纳中年……”的话，当时就将我震惊了。一名企业职工，何德何能在出生日收到这样爽直的忠告？这个月一直多雨，那天却意外转晴了。下午，多日不见的阳光从车间铁皮墙的缝隙处筛进来，直线一般镀亮地面，我伸出手去想要抚触，阳光却从我未能完全合拢的指缝间漏过去了，细碎而真切。因为师者的忠告一直萦绕脑际，左右着我的情绪，我便突然意识到，自己对待自身包括身外一切的态度，从此得有转变了。哲人有言：三十而立，四十不惑，五十知天命。我离“奔五”仅两步之遥了，我所理解的“天命”不是“听天由命”，而是攫住命运，把握时机，续写“不惑”的新篇。也有人说中年是从四十五岁开始的，那么，我已经迈进中年了，可悲的是，自己“耿直”的个性却没有多少改变。

就拿爱好文学这档子事来说，过去的我总是希望自己写出趋于完美的文字，期待好友写出更好的作品，可写着写着，发现自己和熟悉的文友们还是隔着那样的距离。于是自己停下笔来，读了一些文学评论方面的书，也尝试着就熟悉的朋友们的作品写了几十篇读后感，悉数见诸一些报纸刊物。眼界拔高了，就不愿看自己之前写的那些文字了，也瞧不顺眼好友们的作品了，进而认为他们“写手化”“刨民俗”“挖白话”或者编“四季歌”什么的。现在，朋友们相继出作品集了，我希望收藏一本都是奢侈的事了——原来，青年也是需要修炼的，需要宽容和淡定的心态去面对。心里的魔障一旦消失，认同感也就来了——希望提高的东西有许多，个性发生冲动的时候更多，千万不可伤和气，可悲的是，自己在写读后感时开罪了好友却不知道。身为一个文人，有自己的写作方向和坚定的个性并不见得是坏事，可面临大众话题时，个性得服从理性才是。再拿我尝试走文学评论的路来说，成名作家的书不敢去评，好友们的新书得不到赠读，他们一天可以在几家报刊发表作品，而自己却那么的无能为力，虽然没有攀比感，但一份失落感却是不言而喻的。也许，世界上最公平的是时间老人，最公正的当数“一分耕耘，一分收获”的箴言。一个人该如何在“而立”之前拥有正确的择业观，而后使自己的心智随着年轮的脚步迈进“不惑”，走向稳健走向成熟，恰当地攫住机遇是前提，而理性与宽容的心态当首推其冲。今后的日子里，我虽无法抗拒如期而来的一切时间，包括时间对身体器官的摧毁和瓦解，但我可以对亲友们宽容一点，再宽容一点；将事情看得淡定一些，再淡定一些。

换个命题来说，步入中年了，无异于步入人生的秋天，尽管我喜欢秋天的熟稔与辽阔。回望来路，几多感慨；扪心自问，冷暖心知；一念执着，一念放下，收获的是微薄，沉淀的却是苦辣酸甜。因为，在文学的大道上，涌动的都是有故事的人。有了这些就已经足够，珍惜自己，珍爱这秋后的时光，做一个真正接地气的人。闲暇时间里，不妨静下心来读一些作品，有写作的欲望和冲动时，不妨写一些。修一份过日子的平常心，在活动身骨获得相应报酬时，尽可能地去做一些力所能及的事，足矣。

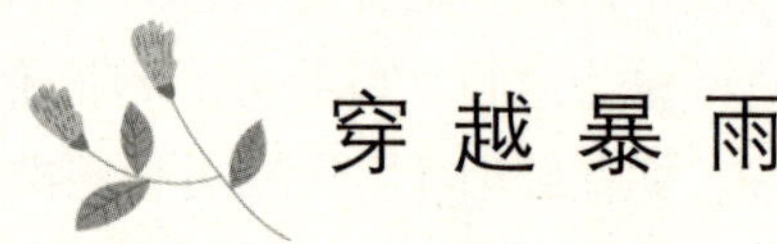

穿越暴雨

雨带在长江流域盘桓了很长一段日子，“七一”前后，缀成了连天大雨，而且常常是暴雨。一时间，流入长江的各干流、支流，都处于超负荷状态中，形势变得异常严峻，处在地势低洼处的家园，遭遇了1998年洪灾后的又一次威胁。放眼望去，路被水淹，桥被水毁，平畈变成了大海，丘陵瘦身成了泽国中的一块孤岛。而昨日宁静的房舍，葱绿的大树，则成了雨海中一件被固定的浮物。

雨情就是命令，更是一次人心的召唤与爱的接力。又一场人与自然的鏖战打响了，当地村镇领导及一些具有使命感的血性中青年，在公安、武警、消防、预备役民兵和各行各业的志愿者的领导下，组成了抗洪抢险的中坚力量。他们扛起工具，背起沙包，运来木桩和石头。在河堤上，圩埂上，日夜不停地巡查、寻觅、踩点。一身泥水，一身透湿，组成血肉人墙，横亘在了洪水、塌方点及危险面前。不敢懈怠不敢松劲，更容不得半点马虎，吃不好，睡不安，即使筋疲力尽，也要赶在洪灾来袭之前安全转移人畜和财物。许多机关单位的职工来慰问困在洪水中的人们，向他们送去急需的粮食和水，还有防疫的工作人员在忙着杀菌消毒，而安置点里陌生的群众，抱成一团，组成了临时的百人大家庭。这些抗灾前线心态平和，冷静应对和后线的安定团结、一派祥和，是众志成城的有力诠释，更是人定胜天的保证。在雨海里，在洪水里，我再次见证了人心的善和大家庭的温暖。

“巡堤、渗水、管涌、漫顶、溃破、冲毁、滑坡……挺住，挺住！给力，给力!”诸如这些出现在网络、微博、微信里足以揪住人心的热词，如暴雨一般屏蔽了往日的恶搞，刷爆了视频。人们屏住了呼吸，关注着灾情，心头则在为受灾的人们祝祷、祈福——手电筒的光，一次次穿越密集的雨；冲锋舟一次次驶进民居，载出围困的灾民；和衣在暴雨里啃馒头休息的橄榄绿；一双双被雨水泡糟的双脚；还有那张浑身泥水、手拿盒饭却睡着了的娃娃脸……让多少手持手机、端坐在电脑或电视机前的观众，一次次扭身抹泪，内心的坚硬，顿时化为了柔软……

雨不停地下，真切得如同董嗣杲所说的那样：“狼藉彻旬雨，拔地殊飘忽。滔天肆奔迸，变幻起嵴崒。”却也将人们心灵深处的善和爱，涤去蒙尘，并拧绳一般凝聚了起来。在雨水里，人们的心更齐了，情感更紧密了，彼此之间在短时间内形成了一种依靠感和切肤取暖的归属感。这“人之初，性本善”的善的力量和爱的光芒，压过了雷电撕开的雨幕——暴雨，成了试验人心的一次排演。当然，世上所有的排演都是具有代价的，譬如暴雨侵袭时，会吞噬房舍、农田、渔场，会席卷桥梁、汽车、行人；泥石流坍塌时，会覆盖房屋、阻碍交通……所以，我们喜欢将那些突如其来的破坏，说成是洪水猛兽。“道是无晴（情）却有晴（情）”，第一个说出这话的人，即便是凡夫俗子，也是哲人了！暴雨是无情的，但在无情的暴雨面前，我们能感受到：人的胸怀是宽广的，可以行车船；人的力量最磅礴，足以撼天地。善的力量凝聚过后，是更加珍惜自己的家园，恢复自己的家园，并矢志将它打造得更好更牢。它们都是辽阔国土的一部分，就像钓鱼岛及南海诸岛一样，都是炎黄子孙赖以生存的资本或者固定资产，更是华夏民族不可分割的整体。

暴雨，地震，海啸……这些灾难，都是老天布置给人类的综合了体力与脑力劳动的课间作业，匍匐于大地之上的我们，有义务更有责任去认真完成。我们也只有在正确作答之后，才能寻求到救济自己的技能和办法，用知性改去惰性，挖掘自我价值，活出“不枉来世间走一遭”，然后才能从奋斗中提取快乐和荣光。

记住那些和我们相似的身影吧，记住那些可爱的脸庞吧，是他们用心中的大爱续写了“新时期最可爱的人”，是他们，用自己的血肉之躯演绎了又一场撼天动地的悲壮与豪迈……

秋　　雨

一场久旱之后的秋雨，莅临于午夜，搅碎了我的梦境。黑暗中，捻亮的灯光直刺雨幕，晶晶亮亮的雨珠儿，帘儿一般挂在窗外。

今年，老天一反常态，自早季稻结束到现在，就未曾下过能被农时上称作雨的雨——偶尔的一两次小雨，是远远不足以缓减旱情的。时下，乡村的大小池堰、当家塘早见了底，一些地方的人畜饮水也出现了困难，这近乎成了一种逆常态。对于逆常态的东西，往往更容易激发人们去冷静地思考，从而以积极务实的动作，去应对往后年份里出现的逆常态的气象。

时序已过中秋，雨摆起了它的架势。首先，一阵阵凉意的风，拂动着枝叶，发出飒飒之声；接着，雨粒儿筛豆一般泼在瓦片上，发出当当声响。秋雨进行曲，便这般浸润了皴裂的心田。透过雨的缝隙，恍惚中，我看到了那些因干旱而耷着脑袋的草叶们，又挺起了腰杆……生存的哲学就是这么简单而深刻，它告诉一切生命，只要具备了生命存在的条件，有生命的物种便会生存下来，并延续着自己的生命……

雨在继续着，由疏而密，没有虎头蛇尾之感。风挥舞着它们千百万根柔鞭，抽打着房屋及大地万物，落到一切能被挥舞到的地方。风声雨声构建成雨的世界，对于窗内渴望雨的人来说，是一种大写意的淋漓畅快的享受，同时更是一首演绎生存必需的哲理诗。

我的窗前有一棵梧桐树，我喜欢看树叶在雨中摇摆的姿态。我能感觉到那是一种莫大的兴奋，也是一种浅唱低吟的渴望。而风，也只有在遇到树叶或其他阻碍物时，才会轻快地絮叨不止。今夜，不管是风采用了虚拟的语气，还是喋喋不休地想与我搭讪，它确实拂到了我的脸上，随意之中，却有意地将发凉的雨丝儿撩到了我的面颊。这是我无数次看到风与雨的游戏，今夜才享受到的诗意大餐。

对于雨来说，只有在人们最渴盼的时候出现，才能充分体现自身的活力与生机，才能感觉到自然界中一种周而复始的循环与律动。于是我情不自禁地想起那么一些新闻题材的人和事。某些官员，认真反思了今年夏季特大旱灾的教训，紧抓塘口干涸见底的良好时机，动员广大干群，达成了“深挖塘，广积水”“修塘如修仓，蓄水似蓄粮”的共识，早谋划，大动作地掀起了水利兴修的热潮。其间的真与实，肯定传唱着一些动人的歌……岁月流转，年份上的雨多雨少，是难以预料和扭转的，人类要生存，就得学会一手抓抗旱，一手抓防洪……

雨，自远古时期一路下过来，还将一直下去。在这个寻常的夜晚，我亮着灯看雨，直到天明时分雨住为止……

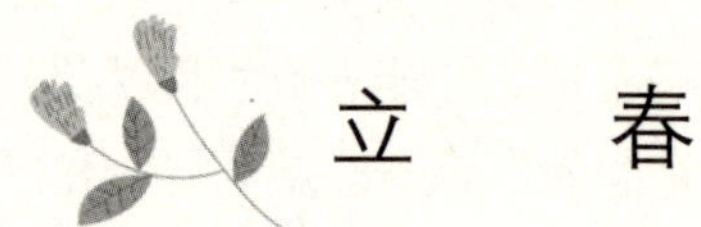

立　春

“今日立春。”日历上的黑体字一副职业性的表情，冰凉的面孔却掩盖不住我阅读时的喜悦——春天来了，母亲咳嗽的毛病就会逐渐缓减并止住。

“新春大似年。”从旧年历里走过来的母亲这样对我说道，她那纹沟很深的脸顿时舒展开了，像做过了一次面膜似的。静寂中，就有一串开始解冻的汁液涌向植物的根部，苏醒过来的形容词则鲜活地排起长队，熙熙攘攘地挤向枝头，准备着一场春天的眺望与酝酿。也就在那么几场春雨之后，暖阳下，一片片嫩生生的叶子开始复活起这个崭新的季节。待当她走过了“倒春寒”，春天便容光焕发地站在了我的视野里，像谜，又像出落成熟的少女刚刚脱去厚厚的冬装，烙给了人们一个娉婷的身影，投给了人们一个又一个意味深长的眉眼。走近她的人，心海里产生了名副其实的赏心悦目，激发出了无以言状的兴奋，形似青春少年恋爱期间的愉悦与甜蜜。这是春种、夏薅、秋收、冬藏之时序使然，但笼罩在节令里的萌动与惆怅，已被季节无端裁剪。藏在内心里的那份闲适与律动，已被满怀葳蕤和燥热的暮春涂抹得扑朔迷离。春天，我们都在持久地呼吸她的芬芳，一度拥有，又一度被迫放弃，像躯干，不能割舍了的灵魂与肉体。

生命是个多么耀眼的词语啊，它的内涵总是让人常驻心间，与春天暗暗契合。在我们的眼中，时间一晃便穿越了春水，望穿了秋月。记忆中纷纷扰扰的人与事，有着惊人的相似，像是时空的轮回，像是生活的复制，逼真得近乎雷同。来的来着，去的去着，它们一次次在春雨中拉开序幕，在夏日里铺开翻晒，在秋风盘旋中重叠交织，在冬雪飞舞里总结休眠。绽开的花，振翅的鸟，行走的人包括一切生命体，都将自己撒在了经历的途中，被青春、爱和奋斗冶炼，被痛苦、喜悦、亢奋和消沉慢慢磨圆磨钝，乃至风化崩解。时间这辆大碾车，就这样碾过年轮，把日历装订成厚厚的年谱。有生命的植物是它收割的对象，动物包括人亦是奔跑的庄稼，照例被采摘了去。摧残，作为推动时间大碾车前进的一种动力，在靠近那个未知的目标折射出的光环时，自然变得神圣而伟大了，徒有屡惊不散的影子，像流水一般的澄澈，似花谢一般的匆匆。

又是打点行囊的好时机了。阳光下，万物从冬眠里醒来并走出，紧握着自己，凭借温暖起来的雨水极尽所能地使自己在所处的地方展示着存在的可能，从而将生活的意蕴不断地向前继续。一粒粒种子被村妇们点进了温润的泥土中，植物们的根也在地下呼啸着，涌动着春天的明快。散发着独有清芬的泥土，怂恿着草木们的须根，也潮润了种子的眼睛，打开了它们沉睡的好梦，像别冬的春雷劈开了禁锢河流的寒冰。种粒和植物们纷纷怀孕了，期待着分娩——这一伟大的幸福的时刻。头顶上，越冬的留鸟欢快地甩出了声声鸣叫，那声音是内敛还是张扬，我虽然无法读懂，但它们还是一次次地从我的檐前一掠而过，像是专程来道喜，又像是在游乐赏玩，浪漫中透着十足的朝气，轻捷中抛下一种时光之重与春阳的喑哑……久久地凝望天空，我的心情在灰色的晴空下渐次明朗起来，安谧而超脱，脸上挂出的微笑，是春天应有的表情，而真正季节意义上的春天，便顺理成章地叫我包括我的同类接受了。尽管这种热情和个别植物的鲁莽有时会形成一点反差，但对于被动接受春天的我而言，只剩下低头的份了。

春天就这样走来了，万物落进了我们的眼睛。开花抽叶的植物们用耀眼的色彩摆出迎春的仪仗，低级动物们则用蛙鼓虫鸣列队合奏着天籁之音，久久不息。春天的热情在一切的生命体上印下爱痕，赐给了需要用“展示来表达存在”的生命体以自救的灵魂，人类的心灵需求就这样以创造为基石，化成了那节律有致的韵味，从而将生命的意义演绎成创造性的表达和表现的需要，人们在过往岁月里创造性的劳动或发现出的固有特质，便在岁月里历久弥新，清晰而永不褪色。

春天催开了沿途的花朵，播撒的生命绽放出浓烈的色彩，直到孟夏接过接力棒，春天仍念念不忘嘱咐夏秋，要让植物们开到最后一丝力气，这份执着的操守正是纯洁秉性的延续。于是，人类创造了“盘点”一词，以总结该年度的收获，像农夫总结该年度的收成是歉还是丰一般。纵然某些愿望没有既成事实，不是没有改写的可能，就像那空中的大雁吧，一次次地飞来又飞回，行行雁影早把有限的生命持久地留在了画面中。

都说秋天是成熟的季节，其实成熟是从事物的内部开始的。对于人类而言，是从一次次盘点和总结开始的。我的目光逗留一只停落在院中嬉戏、觅食的鸟身上，遐想了足足半个小时，至于那只鸟什么时候离开的，我可全然不知了。从那对鸟翅上，我看到了天空无尽的蓝，远山覆盖着神奇的黛青，湖水掩映着澄澈的倒影……隔着栅栏，视力内的大地自然地袒露着，泥土未封处，一朵朵野花、一株株嫩草抬起了笑脸，在阳光下飞扬着。植物们年年开花抽芽，一次次地孕育生命，不正是以自省的方式告诫并拯救我们的自我意识吗？

望　　春

立春了，春天的脚步近了。一种复苏的感觉顿时在大地上弥漫开来，渐渐地从温度计的底端向上回升，从户外草芽的开始泛绿渗入人们内心的渴望里，而推动这一切的，正是那无形且有力的大手——赛剪刀的二月春风。此刻，含羞的春风颤颤栗栗地抚弄着被寒风割伤的草儿们，致使草儿们发出了呻吟般的窸窣声。我的书房距离田垄不过十五米远，从窗户向外望去，枯败的草茎紧张得全身都在抽搐。它们已无法遏制那从根部传递过来的信息，身子摇摆不定，频率也越来越快，我怀疑那是深扎地下的根儿和它们闹僵了，要求它们撇开去——它们很紧张，精神即将崩溃了。守在窗内的我，蓦然间也被传染上了这种紧张感。待一场春雨后再观察它们，枯草们大半儿都垂头丧气地跪下了，好像在乞求根儿原谅着什么。只有那些茎秆粗壮的，显得颇神气，仍在风中摇曳着。他们显得很“迂腐”，漠视着根的横眉冷眼，可是换一种角度看，又似乎在为春天的婚礼跳着迎亲的舞蹈……

世间的事物就是这样复杂。比如草，它们在逐渐强劲起来的秋风的淫威下，忍耐退让，再忍耐再退让。像远古时代的奴隶习惯了主人抽打的皮鞭，虽没做正面的对峙与反抗，但时刻暗自坚守自己的立场，坚持自己固有的品质，在牺牲自己的同时，始终憧憬着未来。淫威阵阵，侵扰频频，草儿们被迫放弃了对土地的绿色庇护，包括那些在草下活动的昆虫及爬行动物们。它们全都把需要申述的愿望留给了春天。于是，它们或扎根地下，或冬眠于土中……

在向阳的坡上，一些不辨名儿的草儿，露出了嫩嫩的芽叶，它们踩着枯茎败草一天天生长起来。它们比肩接踵，相互扶携，这逐渐强壮起来的阵容，显出一股强大的生命力。于是我想道：渺小的草啊，你们除了生存之外，可还有其他要求？……带着这个疑问，我来到屋后那块栽种了十多棵果木的场地。这些有两人多高的果木，可没有野草们敏感，它们那褐色的枝条仍冻僵在黎明前的寒气里。走近它们，拽下一枝来细细听听，分明有许多鲜活起来的形容词，在它们的体内手舞足蹈着。再仔细瞅瞅，它们的面容已开始红润，在向阳的树枝上，还酝酿出了一些不易觉察的小蕾儿，它们就是未来的花儿或芽叶么？于是，我不由地感觉到了它们骨子里蕴藏着的巨大能量——我第一次为它们的沉默和孕育而感动，为它们褐色皮层下经年累月的默默奔流而感动。这种汁液的奔流，不为世人所见，不为朔风左右。我比得上它们么？我还有资格对它们凋落的黄叶腐烂的枯枝——这些微的缺陷而挑剔再三么？

在折身回来的路上，我于是想：春天虽来了，春的脚步虽近了，但一切新生的尚是胚胎，或者尚在泥土中冬眠。尽管有“倒春寒”出现，或者还有寒流春雪，可那又算得了什么呢？毕竟这绝妙的持续或逗留之下，并不排斥一把剪刀在大地之上温柔地剪裁。寒流过去之后，将会是更加风和日丽的天气，万花千草将更加争奇斗艳。耳聪的我，分明听见了一串钥匙，在春天的门前，一次次地抖动着、拧响着……

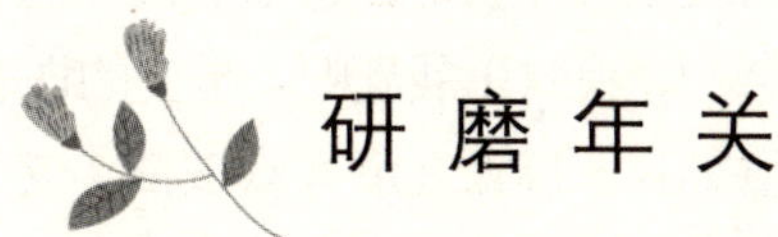

研磨年关

一年之计在于春。在这暮冬里，是谁早早地放飞了思绪？看那熏土窖袅起的烟雾，分明是有经验的老农在盘算着来年的稼穑之事。相同的暮冬，再一次真切地站在了我们的视野里，出门感受它的人，颤栗了一下身子，然后习惯性地将颈脖边的衣领封严了，再将双手插进了衣袋内。只有顽皮的孩童，倒有一种归家后的淡泊，无畏严寒地做着自己的游戏。放眼之处，喧闹或者静谧，闲适或者律动，都被年关那特有的色彩涂抹得迷离惹眼，使人争先恐后地置办起了年货。再加上墓田边陆陆续续响起祭扫的鞭炮，年味就真的浓厚了。纷纷扰扰的世事，来的来着，去的去着，颇与昨年惊人的相似，像是时空的复制或者临摹，那么逼真，那么雷同，在节令与生命的进程中，似巨幅的画卷在铺展。

“大人望插田，孩子望过年。”这句在乡谚中鲜活下来的俚语，已经失却了它原有的真意。但年关的契机，却打开了暗示性的路口，在严冬里出来活动筋骨的老农们如要熏土窖一般，早早地准备了起来。宁静是这段时光中原有的真，颇似滑翔的鸟儿敛起了翅膀，然后为深冬交付一幅站立的画，冷的色调暗衬了大脑的冷静，让人知足也知欠么？我就这样艰难地走过了 40 多个年轮，当我将眼下的日子与昨年相比，感觉不到多大的差别，但与 5 年前或 10 年前相比，那可是小巫见大巫了。这样想着，有备而来的脸上便堆满了灿烂的一笑，看似狡黠，其实是若有所思。在那空空的枝头上，有谁注意到了我暖暖的注视？一粒种子睡在暗褐色的荚壳里，它是在等待温暖起来的阳光的爱抚还是等待春雨的滋润？或者在彷徨中寻找落足的路径，以迎接春姑娘酥手的热情紧握？……

欣喜是肯定的，也是绝大部分人共同拥有的。不可忽视的是，少数人的痛苦与遗憾淹没在了大潮流的欣喜下；那么，就让痛苦的人在这年关里把痛苦缓减或释放，让遗憾的人在这年关里把遗憾和痛悔掩埋，再在年头里通过努力，将欢乐展现吧。世上的许多事情叫人难以理解，更难让大家统统接受。譬如我，打工之余喜欢鼓捣小文章填报缝，就连生病期间也不曾放弃，我不知道这种执着究竟有多大价值，当某些人说我的痴迷只是孩子们的游戏时，说不定我在既定的生活圈里也能拥有一定的“名气”，发展得好，或许还能成为他人评价的对象。那时，我虽然过了“轰动效应”的时期，但它又与我的爱好有多大关系呢？那些揶揄的、咆哮的，甚至诋毁的措辞，都会在时光的风中消散，抵不上一袭浮尘。而奋斗和快乐，是现实对每个人共同的要求，无论你是漠视，还是装出一副超然的样子，那“比上不足，比下有余”的思想，总会让你融入群体中，并补正你生命历程中的不和谐。除夕是年份的最后驿站，日子就这样在年尾的布袋中不经意地溜走了，又在新年岁的旋转中发出喟叹。现实的喧扰很激烈，那么，我们还有什么不可以在研磨年关时认真地盘点一下自己，将浮躁的心打开，然后融进春节的喜庆中，慢慢习惯前瞻呢？学习那南归的大雁吧，它将一行雁影留在了画面上，而真实的大雁仍在旅途中，且随时准备着新一轮的迁徙呢。

春种夏耨，秋收冬藏。这虽是农事在时序上的粗略概括，又何尝不与人生的求学、奋斗、成功及暮年的平静惊人的相似？或者说，能在健康的生命中找到许多不谋而合的对应点呢？失业在家，没事的时候我就常常问自己：生命意义上的秋天是成熟的吗？是不是每一个人拥有了生存的温床，再沐浴了阳光雨露的滋润，就有足够的理由说成熟了？在我肤浅的理解里，成熟应该像丰富的阅历一样，在分泌出滋润心灵养分的同时，还能给人游刃生活的启迪，像钥匙，能顺利地打开相对应的锁。行走在暮冬里，真正地静下心来，就很容易看清自己——该显的山显了，该露的水露了，一切都明摆在自己的心里，无须自欺欺人，也无须找其他的什么借口，这才是生命意义上的收获和成熟……

生命中嵌满年关，正是年轮以一次次自醒的方式对自我意识的屡屡提醒和自救啊……

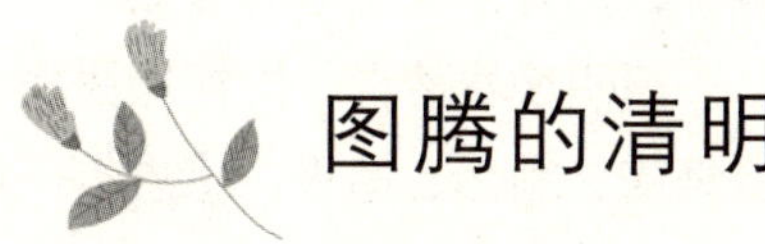

图腾的清明

“南北山头多墓田，清明祭扫各纷然。纸灰飞做白蝴蝶，血泪染成红杜鹃。”（南宋·高翥）……一首首流传了千百年的清明诗，如一声声发自远古的天籁，带着人世间的真情和温存，从悠远的历史深处走来，系住了远走的脚步，呕出了高飞的心声，潮湿了那些痛在清明文化里闪亮的眸光，从此，关乎清明的诗章被一代代加厚加长。清明文化演绎到今天，便成了一种厚重的遍及天涯海角的清明现象。这些特定的诗词，借助文学这一载体，折射清明文化底色的同时，也点亮了清明独有的文化。

生活是一座土丘，将许多过往的事物掩埋，将多少不明确的意义风化吹走，只有文字将土丘下锈蚀的铁块拾起擦亮，将深埋其内的意蕴挖掘、标注，等待着人们修补和填充。人在旅途，当清明的脚步悄然临近，一场场纠集思念与感恩的清明雨往往如约先至，款款走来，氤氲开“清明时节雨纷纷，路上行人欲断魂”的醉人氛围。如歌如吟、如泣如诉的软语低回，霎那间使生者勾起了对仙逝的亲人们无限的缅怀。雨水交织着泪水，使得心与心隔着那座奈何桥，在时间里苍白、阴郁，那袭悲凉的情怀，如扯乱的丝麻，顺不清理还乱，一直扬进生活里，织在心绪中。这朵被雨水泪水滋润的花儿，开在脆弱的节令里，生生不息，代代不已，给祖宗们的血脉复制出的一代代新生命，指点曲径通幽的迷津。在“列祖列宗”的灵位上，这种生命的复制就叫作缘。那些有形的坟冢或牌位，是缘分得以延续的一个理由，更是一所驿站。缘分产生的向心力，潜伏在下一辈的身心上，一年一度地将亲情唤归，使人感念到父辈乃至祖辈对自己的抚育与教诲。春草年年绿，星月岁岁移。生与死的界限是模糊的，行走在“送走上一辈，抚育下一代”这道夹缝中的我们，既要有祖辈的勤劳、宽宏与慈爱，又要用心灯照亮既定的生活圈，从而享受生的乐趣。只有那些“执着于为什么的解读者”，才会用智慧的光环照亮这个世界，拥有世人无尽的爱戴。

清明挽着踏青、折柳等民俗文化一路走来，杂烩并融合在现今社会，使得祭奠、缅怀、追思、感恩等一组组动词内化于实实在在的行动中。这正是民族情感延伸的重要方式，更是民族向心力钢铁一般的凝聚。如今，清明和春节、端午、中秋等节日共同端坐法典之台，中华民族的文化长河滔滔地流向了一个更新的人文领域，我们就应该永嘉清明的纯真，还清明以清明。

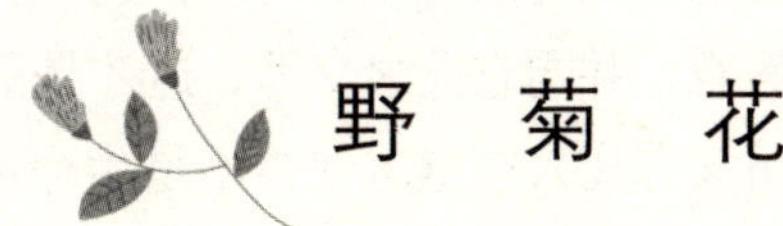

野菊花

冬天到了，不知怎的，我原本从容平淡的心，竟然有了落叶簌簌飘坠和肃杀百草厚重的叹息。昔日繁茂葳蕤的景象，一下子全隐匿了去，只留下些枯黄的茎秆和不起眼的绿意在风中摇曳着。这不禁勾起了我无限的遐想——它们都去哪儿了？是那强劲起来的朔风带走了它们？天空明明高远了许多，湛蓝了许多，却如何都将它们压了下来，或在人不曾留意间给戕害了？

漫步在水湄岸沚之间，那一丛丛、一簇簇带着绿意的，叫什么名字？它们厚重的面庞与苍青古典的色调，让我该用怎样的心情，来与它们邂逅并面对这种突如其来的落寞？难道说生存就是挣扎？我无法洞察我顾惜春天的目光里，是否流露了和秋风一样的苍凉与空洞。

又仿佛是一夜之间的事儿。十日后，待我再次漫步与它们晤面时，那些苍青古典的绿意，竟托举出了一丛丛、一簇簇散发着淡淡清香的小黄花儿。它们生动可爱，衬在枯茎败草中间，十分的耀眼。细一辨认，才知是野菊花——它们开了，开在百花肃杀之后。我心里莫名其妙地顿生出一些暖意与敬意来，满脑里也似乎嗡嗡响动着上下翻飞的蜜蜂，它们辛勤地采过这一丛，又飞向那一簇。在沟渠旁，在水湄边，粼粼细浪不断涌向我的脚下，将我和这芬芳的倩影，一齐镌进了思想的倒影……

待我从这种幻境中走出，我不由地为这潜移默化的感觉吓了一跳——我是怎样融进这清纯的大自然的？我所渴望和需要的是对大自然的返璞归真么？在这思想凝神的瞬间，我该是净化了的，想必心胸也是透明了的。

野菊花热热烈烈地绽放着，它们最壮美的时刻，该是这深秋至仲冬的一段历程。当人们感觉到枯茎黄菊相映成趣，又有谁看见了它们心灵深处的震颤？

一阵寒风拂面而来，我不禁打了个寒颤，同时也抖落了一声微叹与几滴闲愁。我曾二十九次与冬挨得同样的近，却不能体味这寒冬里蕴藏的财富与暖意，并同它失之交臂，这才是莫大的痛苦吧！人们往往多喜欢那良辰美景，可又有几人在意这何尝不是生命或时光的一部分呢？要知道这其间正蕴藏着珍贵的品格呀！

真的需要这肃杀百草的冬，需要这“驿外断桥边，寂寞开无主”的野菊花！

劳动的重量

快乐是劳动之树结出的一枚枚青果，尽管人们每天都在不倦地忙碌着。

刚刚砍去的一片芦苇洼地，裸露了它狰狞的面容；那或深或浅的芦茬齐刷刷地刺向五月的寂空，像那手艺拙劣的理发匠理出的平头。鸟雀们失去了栖身的巢居，蝗虫、蚊子失却了繁衍的场所。与芦苇毗邻的农田的主人，在夸奖此举及时的同时，更多的是沉浸在能多收几斗稻谷的窃喜之中。其实，劳动者欣赏的不是这种诚恳的褒奖，他自有他酝酿成熟的打算。

芦苇地不大，面积约半亩左右。在刚实行责任田到户的那阵子，它只是一块低洼且泥脚很深的劣等水田。随着吃粮问题的解决，慢慢地，主人便荒废了它。不一年，自生自灭的芦苇便代替了一年一熟的禾稼，适于湿地生长的芦苇，葳蕤起来，成了蛇鸟的天堂。

主人索性围着湿地用锹掘出一条一米见宽的水沟，掘起的泥块堆在茬头之上，成了天然的菜园。看到丰富的泉水汩汩向外流淌，主人又在十几米处的湿地的那一端，掘出一块约20平米的水池，日积月累，水池不断扩大，深达人许。这得天独厚的菜园便现雏形了。

一冬过后，许多东西都变了样。那铁锹掘起的僵土，冻解了，在大多数情况下都一无所获的芦苇地，如今因为劳动，成了某种突如其来的，对劳动的有偿馈赠。这种感觉在周而复始的时间变化中走向丰满，又像是时序，在抽象中真实地存在。劳动者无法诠释那种叫作“喜悦”或“创造”的东西——这是在又一个春夏之交，看到一潭碧绿的池水、块块菜畦、满架瓜藤后，日增月茂的翠绿的心境。它们是增长的宠族？还是被劳动捞起的本该消亡的事物？

再一年，天出奇的旱，房前屋后的水塘因为灌溉全见了底，只有那一潭碧水，汩汩向外流淌。邻居们索性搬来木料，三五根拼搭在一起，放上满山满坡均可拾到的青石板材，洗衣洗菜。劳动者的快乐被分享，这是劳动者掘起第一锹泥土时所没有想到的。眼下，他的苦和累，都归于内心的平淡，因为他坚信：力是富财，去了又来。而如今，那昔日的苦和累却给幸福注入了新的内涵。

在畦地里，在瓜架旁，劳动者时常看到拳头大小的瓜果蔬菜，它们在希望中点种，又在喜悦里收获。畦地便这样不断退役又服役，让生活的意蕴不住地向前继续。劳动者的手，也就这样在无意间攫住了生命——将劳动的神圣与精神领空的震撼，一同化作了一汪碧绿的泉水，日夜不息地汩汩流淌，滋润着亟待滋润的一切……

目　送

你一扭身，从车座上轻盈而下，毅然向“家”的所在走去。朦胧的夜色，轻轻笼住我们。蓦然，你深沉地转过脸来，叮嘱我回去慢一点——我读懂并领略到了你目光中的深情一瞥。纯情，有如头顶那颗最亮的星，闪现于一泓湖水上空，折射出你的坚毅与笃笃深情。目光坚韧，如一束激光，穿透眼前的薄霭，点状射在我的心坎，温暖并照亮了我心头的柔软，无处躲藏。

——我油然感觉到了你倔强外表下匿藏着的一颗柔软的心——这内柔外刚浑然组合的你啊……

超前赶到你的住房附近，隐身树后，隐约中，看你款款地走来。没有提防，因为那是你“家”的所在；没有环顾，因为我一直不够浪漫。

看不清你的表情，幸福或者失意，谁人能猜。

我双唇嗫嚅了，继而有两眶盈而欲滴的泪珠袭来。我急忙加固了堤防，却淹死了欲将倾吐的万语千言。

住楼前移栽过来的大树，舒枝展叶的。没有风，我站成了它们的模样，白天接受阳光，夜间却只接受你的窗口折射的微光。

周遭的一切包括行人，不认识我，也忽视了我的存在。而凝重的离别，能在两颗心空间升腾，并相互感应吗?

感情已净化，升华。离情之悲，默然提炼出几组字词，回荡在思念的上空——再见……珍重……

长夜漫漫，朦胧依旧，我心无祝愿可赠，只回报你一束发射不曾间断的深情眼神，供你剪取珍藏。

你“嗒嗒”的脚步，开始折进楼梯间，身影渐渐消失、模糊，最终被水泥墙完全隐没。但那“嗒嗒”的声响，可是我在心中未能掩住的声声悲泣?

片刻，属于你的“港湾”亮起灯光。我不知道，今夜你是否会出游，走进我的梦境。

目送失去了对象，失意占据心头。我坚信：所有的牵挂会定格成一帧永不褪色的底片，鲜活思念的空间，连同你的举手投足，回归生命那最初的原点……

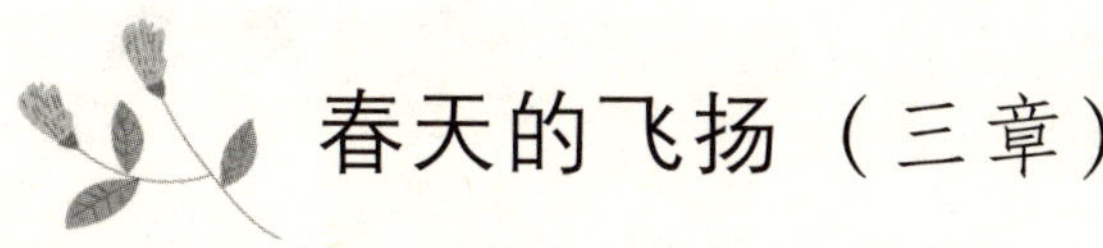

春天的飞扬（三章）

春　雨

胆怯的绿意，听见石块抗击寒风的格斗声，脉动加快了，心跳加速了。春风开辟道路，春天长出一副好翅膀，万物在酝酿一次崭新的旅程。亟待更新的事物，便在春雨细无声地滋润下破土而出。

爱莫能助的是，丢在场院角落的锄头犁耙，包括屋内的木风扇、粪桶，显然因为这春雨，而水润荣光了许多。它们隐匿在时间深处的尖叫，让我觉得是对农耕生活的一次相拥与枕藉。

雨，像牛毛，似花针地飘洒着，借助微风欢舞着，那柔弱的身躯交付大地，湿润了万物的眼睛。苦心的祝词，会被逐渐暖和起来的阳光酿成酒，让万物畅饮、陶醉——叶片托出浓荫，果实更加香甜。丰收的农业，在汗水的洗礼中，完成人性的熟稔。

飘上面颊的雨，让我再次回到眼前的世界。那成千上万根柔鞭轻轻抽打着，流动的是雨的情怀。

大地清醒了，万物苏醒了，一切都在预备奔跑，俨然稚童笔下的画。雨幕中，一张巨幅的恍如远古村庄的图景铺开了，耕牛的哞声更加清脆。

花开是福，花谢有实。笑是生存，哭为点缀。雨，是催长素，是润滑剂，也是忠厚的记录者。田间地头品尝着生存的艰辛，房前屋后品尽人世的悲欢离合、苦辣酸甜。开阔地带提供赖以活命的食粮，山脊旮旯住着祖宗亲人。雨，一路走来，各色野花灼痛清明的泪光……

春雪

春风轻拂，季节织造童话，制造福祉。静处其间，我看不见春雪到来的方向，但天气预报已经为我暴露了信息——它的说辞，是挺讲信用的那种。

雪是水的翅膀？一收拢，一朵细小的白鸟降落在地。一朵紧挨着一朵，一朵重叠着一朵，下面的那一朵倏忽不见了。

地面原本干硬，为迎接并容纳那漫天的白鸟，却错误地将雪还原成了水。地面足够湿润了，水便走向凹陷之处。突兀的高地，背风的斜坡，殷勤地挽留了雪。

飞扬飞扬，落下落下。雪占领了空间，占领了大地。白在加厚，土面迅速减少，童话里的白雪王国兑现了，抬升出巨大的空间。

房檐下，滴落的水遭遇足够冷的气温，就能形成冰凌。行走在雪中，我对孩子说着自己童年的幸福。万物在沉醉，我在雪中回归了童年。

雪振翩着它灵动的翅，世界肃穆出初开的混沌，万物回到轻盈、回到舒缓。一枝梅花舔着雪绽放了，那么热烈、义无反顾。这一瞬间，梅花写意了巨大的留白，是接受某种昭示，突兀了一种虔诚？

雪与水在空中完美地演绎一场澄明状态下的飞扬，那婀娜的身姿以及飞翔的理想都一览无余。雪与水，到底谁是谁最初的腹胎？

飞翔是天空的功用之一，我拥有属于自己的天空吗？

春花

春天的脚步近了。树梢上的花蕾，地面上的草芽，散失了对冬的警觉，意念已蠕动，汁液在奔流。尽管它们尚是胚胎，或者处于冬眠——这绝妙的持续或逗留之下，一把剪刀开始在季节之上温柔地剪裁。

耳聪的我，分明听见一串钥匙，在春天的门前抖动着，拧响着，一次又一次。

像是接到了某种昭示，不经意间，一树花绽放了，另一树花也不甘落后。前后就那么一两日，从枝头到地面，赶场的花儿，争奇斗妍的，成就一派花的海洋。金黄的、粉红的、莹白的……铺展眼底，唯独没有黑。

勤快的蜜蜂蝴蝶前来打场了，上下翻飞的，采过了这一丛，又飞向那一簇。

花与蝶浑然了天空，浑然了视线，我站在视线的盲点之上——花是不飞的蝶，蝶是会飞的花。

滴答，滴答……这是时光在钟摆上碾过的声音。花朵完成了它的使命，走完了短暂的旅程。

飞扬，飞扬……这是花瓣留恋枝头的脚步，匆匆而姗姗，在等高枝头到地面的有限空间内，书写着不舍和从容。其中的一瓣落进龚自珍“落红不是无情物”的笔端。

花瓣接受了精神的洗礼。在走向葬身的途中，不忘在有限的空间内凌空飞翔。花瓣无言，我却看见胚胎的果实在春风中含笑，由小到大，由青到黄再到红。

初　　秋

言之凿凿的是 8 月 7 日，立秋。这是时序上的界定。

台风带来暴雨。秋凉登台，街面上凉爽了许多。雨过天晴，刚刚过去的夏天，没有过去，街面上还是那么炙人，丝毫不见秋天到来的迹象。刚开始的东西都是这样，仅仅在意识或感觉中萌芽，而不能立竿见影。

天气预报说，近一段时间最高气温达 36℃左右，我也感觉身体内的汗水正向皮肤表层奔涌。夜间，如果我们留心头顶的那片天空，便发现星星真的减少了一些，它们好像已经知道了秘密，但依旧一如既往地照耀着黑暗，并允许所照耀的植物都生长在夏天的边缘。直到某一天再下一阵雨，植物们冷不丁的一个颤抖，自己便从秋天里醒来了。这些物象或东西不是结果，也不是原因，它们同我们一样，仅仅是生活的一部分，都会适时地离开生活。今夜，我只是思考者之一。

秋叶是痛苦的，痛苦在月光、星光照耀之下，也痛苦在初秋明亮的光线里。痛苦缄默着，承受它的植物在挣扎中发出声音。

我是母亲喂养的一株长大的植物吗？我在挣扎中发出的声音，又有几人听懂？春种夏薅，秋收冬藏。我是应该热爱夏天，还是敞开心怀迎接秋收？要知道，秕谷是不受欢迎的。人既然被存在于世间，痛苦会不会识趣一些，自己走远？

户外有一二级的微风，树叶儿有一下没一下地摆动着，仿佛是一些关于秋天的词语缀在上面，又以散乱的形式出现，让人去排列。它们游弋着，渴望被润饰成一篇有序的长短句。

这些原始形态下即将泌出的散文和诗歌，阵痛地发出了呼喊，期待着张力，期待着意象，期待着有心人敲键捕捉。周围的一切，显得迷迷蒙蒙，秋水就在前方。

“站在秋水里我总说：/秋水在远方/日子，就这么过去”，哪位智者给出了这样的答案?

那一夜，我被初秋的炎热弄迷糊了。要知道，许多即将发生或者要结束的物象，都在秋水中开辟道路，包括已经收获的食粮、钢铁和文字……

注：文中诗句引自沈天鸿诗作《秋水》

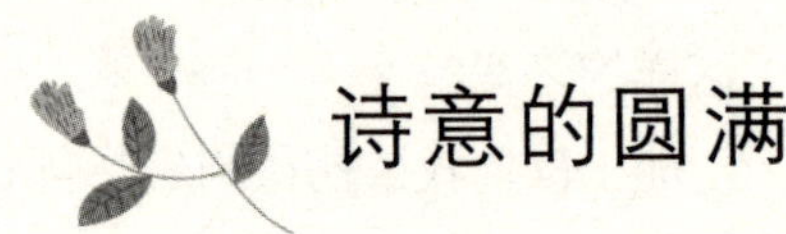

诗意的圆满

不经意间，一年一度的中秋节又到了。在我看来，关于中秋节的说辞，不外乎两个版本，第一是借月抒怀、渴盼亲人团聚的“大众版”；第二是流传民间的“月怕十五，年怕中秋”的“坊间版”。“大众版”与“坊间版”的主体和受体，虽存在着重叠或交叉，但意思不能等同。“坊间版”的意思是说一个月份中，过了十五，下半月滑一下就过去了；就一年而言，中秋节一过，年内的日子就所剩无多，转眼便是年关——我惊叹乡谚俚语的深刻与精辟。先人总结出来并流传于世，用一个词语囊括，就是“惜时”。从这层意思上再生发一下，就是告诫我们要及时“盘点”自己的“收成”了。

是的，有关中秋或秋月的名篇佳句，自古不胜罗列，譬如“今夜月明人尽望，不知秋思落谁家”“海上生明月，天涯共此时”“三五明月满，四五蟾兔缺”“江天一色无纤尘，皎皎空中孤月轮”等太多的感慨。对于长期寄居在县城务工的我来说，没有感觉中秋的月亮最大、最圆、最亮，但我清楚，借月抒怀的人们，都赋予了月亮以情感和寄托。

中秋节又称月夕、秋节、仲秋节、八月节、八月会、追月节、玩月节、拜月节、女儿节或团圆节等。它始于唐朝初年，盛行于宋代，至明清时已成为与春节齐名的中国主要的节日之一。2008 年，我国将春节、清明节、端午节、中秋节等四大传统节日列为国家法定节假日。在我国局部地区，仍有“中秋拜月”的习俗，这虽属迷信范畴，但内蕴在这习俗里的情调却是美好的。综观中国传统的风俗，有不少礼数，或多或少地笼罩着一层迷信、神秘、朦胧的色彩，但又不是纯粹的迷信。千百年来，这些礼数或习俗，融入并成为广大人民生活中情趣的点缀，细剖内蕴，无不是热爱生活、积极入世和精神的寄托。中秋节以月之盈盈兆人之团圆，有寄托思乡、思亲之情，也有祈盼丰收、幸福之意，因此，中秋成为我国丰富多彩、弥足珍贵的文化遗产之一。但凡思维正常之人，沐浴这样的月色，便情不自禁地对家以及家乡充满向往和深情，进而将心中的万千情谊，寄托给空中的那一轮皎洁，仿佛那轮玉盘是一台除了不能发声却堪称万能的发报器，它同时采集着心灵感应之人的目光，然后有条不紊地传递给对方……于是，睿思者落笔成章，供世人及后人传诵；而更多人则于万忙中拨通亲情的电话：道一声祝福，颂一切安好！

月光有一种神秘的牵引力。今年中秋持续阴雨，月球隐身于云层之后，但节日浓郁的氛围没有因为月亮的缺席而停顿下来或迟缓几日，依然将一份诗意的圆满，荡漾在万家灯火中，回荡进亲人间特有的“心有灵犀一点通”里。像我，一家人聚在一起，象征性地嚼几口月饼后，兀自在缱绻的吟月长廊中低回，思绪却定格在2007年，并萦绕在秦巴山巅以及汉江、鄂水之滨。那年中秋前后，我辗转在陕西、湖北一带打工，中秋之夜，我无助地望着秦巴山巅的明月，丝毫没有例外地挂牵着千里之外的老母和妻儿，那也是我生平第一次切身感受到了思念的味道。我知道，中秋月是一种趋圆向全的过程，看着月牙儿一天天地丰盈成镰刀，再到半圆、玉盘，那就是希望的砥砺，幸福的积攒。尽管生活给了我们悲欢离合，苦痛挫折，以致人生亦如月儿一般有着“阴晴圆缺”之憾，但也有“此事古难全”的顿悟与释然。那日黎明时分，我忍不住吟起苏轼的《水调歌头》——这首千古绝唱，在一年一次的平凡却又特别的日子里，总会无声地唱响，回荡进我们心间。它在摄人心魄的同时，却也砥砺出一份纯真的祈愿：天下共此一轮明月的人们，都能长长久久，平平安安！此后的那段时日里，被我奉为惜时箴言的“年怕中秋”，变味成了“翘首跂踵”的盼归，全然没有听进同行者的告诫：心在一起，就是团圆……

而今，我在敲下这篇月外感悟文字的时候，日子就这样在节后的布袋中不经意地溜走了，但日子会在年关的旋转中发出喟叹吗？我会因为自己的碌碌无为感到羞愧吗？我记不起去年年关之时的心情了，但我一定同某些人一样，轻描淡写地原谅了自己。年初时，我们定下的“希望”，到了中秋，虽不能全见分晓，若照着逝去的时日或趋势，我们都能掂量今年的“收成”是欠还是丰。再说白一点，期望的欲壑是无法填平的，在收成上自然是多多益善，所以，已达“目标”或存在“距离”的我们，都不妨对自己说：加油！加油！再加油！即便奋斗到年关，依然不尽如人意，那又何妨？且将浮躁的心打开，然后融进春节的喜庆中，习惯前瞻。或者学习南归的大雁，它们将一行雁影留在画面上，而真实的大雁仍在旅途中，且随时准备着新一轮的迁徙……

秋雨断断续续了半个月，中秋节那天也无二致——一份诗意的圆满氤氲在时间和空间里，但真切的缺憾却循环在个体人的血脉中。“人攀明月不可得，月行却与人相随”，这是“阳春白雪版”的感受与领悟；“月亮婆婆跟我走，我俩到潜山去打酒，你一盅，我一盅，我俩喝得醉烘烘”，这是“下里巴人版”的期待和翘盼。阳春白雪也好，下里巴人也罢，它们的受体都是同一轮月亮。圆满是我们所期望的，诗意是我们要追求的，有重叠，更有分叉……

第二辑　胎记或符号

对一个长年居外务工的“乡愁人”来说，孑立于微凉的夜幕中，对着故乡的方向或者只是停留在对“故园”这一词汇的记忆里畅想故园，本身便是一件幸福的事情。这种过程中不免有揪心的隐痛，但炊烟一般隐隐的乡愁却是身心最本质的依附，是肌肤上的一块与生俱来的胎记或者符号。

——《袅袅烟痕绕故园》

场　　院（三组篇）

场院

早晨，妻子起床后的第一件事，通常是打开窝埘的门，放出她的那群早在窝埘里“咯咯”叫唤的宝贝——鸡鸭们，这或许是妻子承袭了上一辈的施爱吧。然后就是拿起葫芦瓢，装一瓢稻谷什么的撒在场院里，让那些逗留在场院内不肯外出觅食的鸡鸭们填饱饥肠。

“家有千担粮，莫养扁嘴王。”今年春上，妻子捉了四只小鸭扶苗，没想到它们全存活了，因此，这几只小鸭理所当然地成了鸡埘里的居民。通常的，母鸡们显得羞情一些，在尚未得到主人施食之前，总喜欢围着场院，再一次认真地寻觅着昨日傍晚遗露未食的谷粒，对同伴们的粗心做着一次严密的指正。

在农家，待雄性鸡群开始打鸣时，女主人便开始留意起它们来；选中一只外观漂亮、体态饱满、鸣声响亮的种鸡后，其他雄性鸡仔们免不了被相继宰杀了去，用红糖烹成一盘盘“红烧子公鸡”这么一道强身健体的佳肴来。那只雄性鸡种长到红冠吊耳时，便变得不安分起来。首先，它要忠于职守地担起凌晨打鸣之职，因此它是村庄的更夫和号手。在没有时钟手表等计时工具的年代，没有准确时间观念的祖辈们，就是靠这种原始的打鸣声作晷，出工收工。在夜间出生的孩子，甚至靠掌灯熄灯、鸡鸣狗吠等生活常理来推断孩子出生时的大致时辰。其次，它也是保护鸡群繁衍后代的“种子选手”。早起的雄性种鸡立在场院里，不像母鸡一般急着觅食，通常先是蓬松彩翎，踱着舞步打圈，围着母鸡们炫耀，瞅准目标后，便一个劲地追上去完成使命。然后不厌其烦地“咕咕”着昨夜在那个黑咕隆咚的地方所做的梦。

场院不算太大，大约四十多个平米，再在外沿砌上一堵墙，便圈起了一方天地。大门耳门是场院的两道口子，也是必不可少的。墙根下，一大八小的洞也很重要。大的六七寸宽，八九寸高，是匠工们在圈围墙时为鸡鸭们进出预留下的；八个小洞呈圆形，稍低于水泥平面，是专门为雨天排水留下的。这些必要的考虑，在久远之前就显得匠心的良苦了。

场院圈墙之时，妻子说下雨天泥土最容易弄脏屋子。我们便从拮据的口袋内，咬咬牙掏钱买来了狗头大小的石块、黄沙、水泥等，合计着浇筑了一块约三十平米的地坪，便于清洁屋子，晒晒谷物。靠近西边的厕所边上，依旧保留了一块泥土路面。院内有两个花池，在花池边，我最大的快乐就是剔除泥土中的小石块，然后夯进厕所边潮湿的路面上。顽皮的孩子则在河中拾来了鹅卵石，按照他预计的图案夯进土层，防止雨天打滑。池中各栽了一棵树，一棵是香樟树，另一棵还是香樟树。妻子说门前栽香樟，一则香樟树四季常绿，可以遮阳挡雨，减少扫除落叶之累；二则蚊虫怕香樟树的气味。我不知这句俗语是否属实灵验，总之春末到仲秋的这段时间，宅内的蚊虫的确较邻居家少了许多。

在紧靠厕所边，最近又添了一个凉棚，一边借着香樟树，另一边借厕所的墙壁作架，鸡埘也便从室内移到了院内。余下的地方，就是敞口的车棚了。我出行最重要的电瓶车，便很安心地立在墙根下。拉一根导线，装上一个插座，再分接一个灯头到厕所，给车子补充电能及夜间上厕所就方便了许多。我每次出行回来，第一件事情就是打开车子的座凳，取出充电器，给它补足电能。这车子跟随我可是吃了不少的累，但它从未向我说起过，它只在等待一个必然降临的事实——大约两年半的时间再换一次电池。这换了电池的老车，于是就像换了心脏似的，又变得年轻了，步履也就返老还童了。

场院是村庄的符号，是家的一个中转站。寸步未移中生就了极好的胃口，容纳了适宜在场院中所干的事情。厕所边的细沙土消化了生活中的脏水，酿就了沃肥，加上鸡粪鸭粪，储足了田中地里所需的农家肥。我这名被动的受益者，安逸的天性便在场院中暴露无遗，同时也遮蔽了家之外的一些沉重的感觉。

静 院

我曾在劣作《场院》里这样描述那块属于我的院落：“场院不算太大，大约四十多个平米，再在外沿砌上一堵墙，便圈起了一方天地……在靠近西边的厕所边上，依旧保留了一块泥土路面。院内有两个花池，池中各栽了一棵树，一棵是香樟树，另一棵还是香樟树……”有树，自然就招来了鸟的潜伏。有种鸟，我叫不出它的学名，但状似山喜鹊。常常的，它就落足在浓密的香樟树叶叉之间，没人的时候，它停落在场院里，踱着闲步觅食，一旦有什么动静，便敏捷地鸣叫一声，飞走了，横空而去的身姿毫无逗留之意。可一眨眼工夫，它，也或许是它的同伴，便又盘旋在院落上空。没事爱揣想的我，心头便萦绕着与之相呼应的另一只鸟，但我始终没有见过两只鸟同时栖落在院落里。

前几天是我的生日，想起独自起居的母亲，歉意便潮湿了我的眼眶。匆忙与妻儿打过招呼，我便赶回老家；购足了母亲喜欢吃的食品和蔬菜，临近院门，就见母亲孤零零地坐在花池边，一团陪伴了她达20余年的草蒲团垫在池沿上。我的电瓶车刚停下，母亲便欣喜地站了起来：“二伢，你回来啦……”“妈，今天是你的难日。”（俗语云：儿生日，母难日）我取下买来的食品蔬菜，接着又安慰般地说道：“我们平时不在你身边，今天应该要陪陪你的。”“净说傻话，没有你们，我能当妈吗?”一番简短的问候后，我幸福地坐在了母亲的身边，暗自分享着这天底下最崇高的母爱。蓦地，那声熟悉的愉悦的鸣叫声再次传进了我的耳膜，我没有动，只是用眼光四下里打量了一番——好家伙，它竟然踱步在廊檐下，分享着母亲遗落的饭粒呢。当然，这种分享是具有风险性的，因为差不多任何一个正常人不可能对一只鸟停落在廊檐下而无动于衷。如果有，那应该是一种爱怜，是作为高级动物的人对一只弱小者而薄发的怜悯。这只鸟之所以如此，很可能是长期与母亲达成了一种不会遭伤害或惊吓的默契，但鸟儿哪里知道，母亲业已高龄，且患有严重的眼疾呢？——鸟是否真的这样认为的，不通鸟语的我们，自然无法知道了。

同样的，鸟怎么看待人类，我们也不知道，但人看鸟却是寻常事，且绝大多数人可以用“逮住它”——这个动宾词组来囊括他们看鸟时的心境。

母亲像这方院落一样安静下来了，所以，在母亲看来，香樟树开花是静的，落叶是静的，连邻居家的鸡鸣声、犬吠声也是静的。曾经做过更换股骨头手术的母亲，她是静悄悄地行走、站立，甚至于静悄悄地想念着不在身边的儿子、儿媳及孙辈们……

约莫过了上午10点钟，母亲便像往常一样拄着拐杖站了起来。我知道，母亲要去准备我们娘儿俩的午餐了。在往日，母亲总会说“我瞎子娘做的饭菜你一定要吃……”但今天，我立即制止了起来。择菜、淘米、生火、做饭……这些我平日里很少染指的生活琐碎，今天我必须扮演得像模像样，以便在母亲面前呈现出一种生活的自觉。这种自觉，既是一种必需，也是一种质量和品位吧。母亲安静地坐在灶台前，不时地给灶膛里添一把柴火。半个钟头后，三个咸淡不一的农家菜及我捎来的两份卤菜便摆上了餐桌。奇怪的是，母亲要我将小餐桌搬到院落的香樟树下——大约是我不在家时，那池沿儿就是她就餐时坐惯了的座椅吧。一切按照母亲的吩咐就位了，我也津津有味地嚼着饭菜，不经意间，我发现池中的香樟树明显地长粗了——说到这棵树，那可是儿子出生的那年，我特地买来的，买来时，它的高度也就一尺有余。院落围成之后，才特意栽进花池里。这棵树，就这样静悄悄地吸附着地气，张扬着人气，竖起了一荫懂得谛听的身躯，将时光静悄悄地向未来推移着——倏忽间，我似乎明白了母亲的用意——孩子读初二了，暑假间忙着补习，我们夫妇又各自忙着自己的事，以至于孩子都四个月了也不曾回来过，歉意骤然升华成了一种不孝，将灼热的泪滴从我的眼眶里猛然压迫了出来……

静是丰富的，但我却难以做到从容。

醒 院

清晨，我惬意地从睡梦中醒来，就听见场院内两棵香樟树上传来了婉转的鸣叫，对于常年蜗居县城打工、偶尔回家夜宿的我，这无疑就勾起了我聆听的兴趣。这声声啼叫，若用表演和表达来划分，是有着自然和造作之别的。

闭着眼睛可以想象，鸟儿们兴奋地从高枝跃向低枝，又从低枝飞起，落在高枝，是何等的自在。这样一来，这方醒来的场院也便被烘托得更加逼真了。鸟儿在枝叶间跳跃着，它们高兴，也让我高兴。

起来清扫场院，无意间，我发现一只羽毛凌乱的鸟躺在地上，嘴角边挂着血丝，用手拿起，依稀感觉到尚有余温。显然，这是一只刚刚搏斗不久的受害者。是谁这样对一只鸟抱有仇恨，甚至对它的生存如此地草率？一大清早的，若是猫就不会留下尸体，肯定是鸟类自己了——我爱鸟，但我无法和正在枝叶间议论不休的“见证人”们沟通，因此，就有了这理解上的隔膜。至于它们之间为何要斗到这等地步，也只有鸟类能回答的了——摧残作为掠夺和战胜对手时总是以自我为中心的，况且，在鸟的王国里又没有“杀同类要偿命”的法典，因此，悲惨的结局就罩上了“无视”的光环。鸟类自古就以虫子为主要食源，繁衍生息，代代不休，自由来去的身影煞是令我们羡慕不已，但这种不可思议的现象虽鲜有耳闻，但我是第一次看到。若是用成人的心理去揣度这只鸟——打不过就飞走，奈何“人争一口气，佛受一炷香”——这种欲望和能力不成正比的事，往往就是这样发生的。看着这血淋淋的事实，我不禁为这只鸟感到惋惜，这只鸟，作为生命和“搏斗过”的经历，没有什么可褒贬的，毕竟不是用是非来断言的，我不否定这只鸟的机灵，但是一味地纠缠着“斗”下去，即使努力了，也不能越过无法挽回的结局。

“我真想成为一只美丽的鸟，翩飞在枯瘦的枝头上，即使是在寒冬里，我也不会在意生命的孤独……”少年及懵懂的青年时期，我就曾有过这样的想法——鸟儿自由振翩的样子以及扑棱棱的拍击，足以使我找到很久以前丢失的东西，从而使自己在几经绝望时能意外地占有它——是鸟儿娴熟的飞翔姿势给了我温暖的视线；它那广阔择食的概念给了我诗意的空间，而今，这一切使我忆起少年时看见的一只鸟与一个鸟窝的并存：站在树下凝望一个鸟窝，心情便在跃动中渐次兴奋起来，继而有了放飞的思绪：鸟窝里有鸟吗？它们会是什么样子？我若取走了小鸟，它们的妈妈会像我们丢失了孩子一样悲伤难过？……树影在视线里婆娑着，挂满遐想的脸上，充满了忧郁的表情，单调呆板地担心这只鸟窝会被同伴们发现，从而接受“螳螂捕蝉，黄雀在后”的忧虑以及生活的意外。

香樟树的枝梢上就有一只鸟窝。什么时候垒的，我没在意过。饭碗一般大小，像一只蜂窝，枯黄而柔韧的草，通黄透亮，可想而知它的主人在居住时，曾经为自己的“家”感到何等的自豪了。现在，那一家子全飞走了，鸟巢在风雨的侵蚀下，显得有些破败了。它在离开这个家时，是受过什么惊吓还是对场院的主人产生了什么猜疑？我不得而知。但我知道，它们夫妇俩肯定在里面度过了一个难忘的蜜月，用自身的温度孵化过同一属性的语言，破壳了几只可爱的鸟宝宝；鸟宝宝也曾经在枝叶间练习过飞翔，直至能完全独立生活为止。在人类的思维里，父母们铸就的“家”，是给子辈们最好的遗产，且视为荣耀，但在鸟的王国里却截然相反。尽管如此，但这并不妨碍其他的鸟来这里嬉闹，所以这院子在白天里都是热闹着的。有时，鸟类就这样在枝叶间进行着大合唱，清晨时有鸟聚来，黄昏时多半飞去，那份浪漫和清醇一次次地掠过了伫望者的心。

那些在夜间活动的蟋蟀蟑螂等，此刻隐藏起来了；适宜在白天里活动的家禽和昆虫，陆续搭起了唱台：蚂蚁在围院的一堵墙边上上下下地忙碌着，几只早起的土蜂开始在香樟树细密的花瓣间飞来飞去，母亲养着收拾剩饭米粒的鸡鸭们出窝了，俨然主人的身份大摇大摆地踱进场院觅食……依附于场院的“邻居们”一个个醒来了，我呢？我是远离枝头的鸟群中的一羽吗？头顶飘来了类似白云的翅膀。

家　园

四堵白墙，一顶好看的琉璃瓦，构成了老家的新居。暖洋洋的阳光投射在上面，把艰难的日子涂抹成甜蜜的亮色，新日子每天都从上面开始；一扇朱红的大门打开了立体的平面，鲜明的远山近景在没有好心情或者视力不佳的主人看来却近似虚无，我的母亲显然属于后者。视线从打开的大门向远处穿越，高大的绿、星星点点的黄或红点缀其间，颇似巨幅的水彩画铺陈在面前，作者就是大自然——这些只是一个个能移动的场景，将生活中那些琐碎的细节都隐去了。生活是运动的，倘若我们移动一步，景致就不是这样子了，就像树梢间的叶片吧，表面看上去都是相同的。我习惯了这种沉默，虽然有点寡淡，但骨子里却是安宁的。许多我们没有想到过的东西甚至顾及不到的东西，往往就在眼皮底下发生，使得它在日复一日地变化着。

为了方便母亲，我在厕所后面辟了一块畦地，一排一米见高的黄杨，被我用斑竹拦腰扎成了一堵篱笆。篱笆边上，一颗遗落的丝瓜籽，跟着时光行走，拽出了一截瘦长的藤蔓，拼着命地展叶，从而将自己与杂草们区别了开来。它攀上黄杨的顶端喝风饮露，无所事事时，便和风儿玩起了游戏。说实话，我没有看到它破土，所以没有留意它的存在，直到上次回家，才招来了我的在意。背手穿梭在畦地间，我是一名不称职的农夫，因为手边差了一把锄草的锄头。回家拿来一把，我小心地将丝瓜根部的杂草拔去了，然后给松了筛子大小的一块土面，权当给了这个野孩子一个合理的身份。看着它面黄肌瘦的样子，我索性扛来掏粪便用的长柄木舀子，给它浇了最紧要的农家肥。我虽无法触摸它的情感，也无法感知它是否有着人类一样的答谢之心，但我知道，这个野孩子肯定是幸福的。藤蔓再怎么跟着时日向前，却始终绕不过节令，丢几个甚或一路的丝瓜，是我希望于它的应有的交代。眼下，这株丝瓜的生长是它努力要完成的作业，走到生命的终点时才是另外的一篇，必有的答案，模糊了对与错的界线。对于畦地里种出的蔬菜而言，伟大与渺小、高尚与卑微是等值且相互渗透的。大地是万物的子宫，应时萌发、应时开花、应时结实都是正常运行着的，当然除却大棚。大地把到来的一切毫不犹豫地送给我们，完成使命后，自然又统统收走——土的普遍生长了土的神奇，土的沉寂又遮蔽了土结实的荣耀。一颗成熟了的种子，在应时的时节总会听到土的提醒："是你萌发的时候了"，加上润物细无声的春雨，能呼喊的生命自然齐刷刷地走在了春天的阵容里，地气启动，根儿赶路，春天便奔跑了起来。

村庄外围，两座简陋的石桥日夜缄默着，像母亲的背脊拱卧在小河上，度过了时间，也架设着此地与彼地。小河则牛肠子一般迂回，流水缓缓地折去了，水草顺着流向倒伏，周边的水田伺机种出了禾稼。栽种的忙碌与辛苦，采收的劳累与喜悦，唱和着那首古风，拖沓着平仄一次次地从古老的石桥上走过。石桥不语，沉默，是它唯一的语言和表达方式。进出的村民、归栏的耕牛、鸣笛的车辆和摩托车一次次地热闹着，石桥将这一切刻在心里，并给予了极大的宽容。村里人外出，过了石桥才算是上了路，几声没有嗫嚅出口的叮咛、不断翕动的嘴唇以及暗涌在眼眶里的热泪，早让石桥窥破了心思，离别的氛围凝重了流水声，凝重了已知和未知的情感跨度，把一切的恩恩怨怨留待在思念的日夜慢慢咀嚼，慢慢品味。若是有红白喜事需要从石桥上经过，落入水中的悠然倒影，便是一帧帧底片，沉默的石桥记住了那些幸福甜蜜的一刻，也冲淡过生离死别的愁怀，徒留喇叭唢呐的呜咽声在小村里回荡。时间是一剂良药，失去亲人的锐痛在这里慢慢缓减。时空的绵长永恒与光阴的稍纵即逝，凝固如桥身，那些载不动的愁，容不下的恨，写不尽的悔，却落在水面上，它们在这里比试、荡涤，最终随着流水远走了他乡……

石桥依然是石桥，它完成的是老祖宗建造时赋予的意义——过渡。石桥提供给我们进出上的方便，没有多少人去感念，像那牢固的桥基，扎根在淤泥里，让人容易忽略，并且视之为正常。

就这方天地而言，一切的物象在静悄悄地延续、嬗递；但对一个人来说，家园是他寻求庇护时的一件胎衣。

火　　笑

回到家中，陪母亲在院中闲坐聊天。隐约中，传来了一阵急促的噼噼啪啪的脆响，紧接着，便有一阵不速之客纷纷扬扬地落进了院中。那一片片灰一样的烟尘落到场院里，落在晾晒的衣物上，也落进了母亲银白的发丛中。我便让母亲进了屋，自己则迈出家门，向那堆火走去。在乡下，这样的场景是常见的。村人们收割庄稼后常将废弃了的秸秆集中起来，临走时不忘给它一把火。火快活地在秸秆身上走燃起来，喷出了焊花一样的火舌，像点燃火的村人舒出的一口长气。这口“长气”，在乡下俗称“火笑”。我第一次知道这个僻词时并不知道它是什么意思，也不知道应该写作“火笑”还是“火啸”。面对那磅礴的火气，兀自感觉用“火啸”比较准确，但“火笑”更能接近放火人的真情感！“火啸”是秸秆被焚烧的过程中发出的一股浩气，老死中诠释的是静美；而“火笑”是生命的终极心态，一切的“来过”最后都如灰烬一般消隐，谁也不能逃脱。悲愤至极里，长歌当哭中，它是否暗含了对生命的深切透悟与释然？

在乡下，恐怕也只有我没事爱这样瞎想吧。放火的人是舒心的，看着火呼呼地笑，脸上的皱纹应该是舒展的。颤颤的火灰借助火劲和微风向高空中飘扬，最终留下一大摊白。这白火灰是极好的肥料，所以没有人说放火人不对，因为火极大程度上缩短了秸秆包括枯草腐烂的时间，同时也把“火”本身藏在灰烬里，并在来年的叶尖上闪亮。那剧烈的浓烟及飞落的烟尘，严重影响了我们的生存空间，是不受我们欢迎的。试问，有谁被这不速之客搅了心境，添了麻烦（更不用说破坏了环境），还说痛快呢？火在秸秆上走了个遍，却也在来年的春天为植物的发青打开了一条绿色的通道。火势过去之后，一切便风平浪静了，但它始终如伤疤，伤在暂时，却痛在永远。这虽是空气之痛，却也类似于人心之痛。我们的先人走了，总要焚烧大量的草纸，在鞭炮的欢送中，这个人走完了通往阳世更深处的路。焚烧的香纸，是一道生离死别符，送走的是属于那个人的身份、姓名以及在世时用过的旧物。灰烬过去之后，一切便慢慢淡然起来，作为存在，这个人走进牌位里了，久远一点，便写进家谱中，成为“列祖列宗”中的一员，留待子孙在祭祀时去怀想……

循着这把火往历史深处走，从钻木、划石中一路走过来的火，已经渗透了祖辈们的生活，甚至成了重要的工具与载体。在《三国》里，周瑜、诸葛亮、司马懿等都用过火攻。为保东吴基业不衰而建奇功的周瑜，借助东风火烧曹营三百里，写下了永垂青史的“赤壁之战”。血风腥雨里，火在曹魏士兵身上肆虐着，残忍地“火笑”着。东风给了周郎便，而铜雀宫“欲锁二乔”的曹操只得败走华容道。在以后蜀魏长期的拉锯战中，诸葛亮和司马懿也多次用上火攻，一部“火啸”史，由此彤红了整个三国。然而谁又能料想，一千年后的一次重大战役竟如火烧赤壁如出一辙——朱元璋巧借风势，火攻陈友谅水军，不仅扭转了战争局势，还为推翻元朝建立大明打下了基础……火，人类赖以生存的火，在战争和灾害面前呈现出的巨大的杀伤性，足以令我们望而生畏了。火是热情的，却也是愤怒的，人类在对火的征服面前，多半时候是黔驴技穷的，正如“欲望和能力往往难成正比”一般。

昨夜停电了。我就赊着空中的半轮明月，端坐在窗前，无所事事地遐想着，口袋中虽然装着一把液态的火，只要摁下去，火便会点燃上次用剩的半截蜡烛，但我没有这样做，只是静静地、百无聊赖地等待着。这样也好，把月光——这束温柔的无形的火放进来，任其照亮历史的星空，而我只需用耳朵听任火在史册中燃烧，闭目想象火所发出的“火笑”或者“火啸”。湮灭了的历史一页页过去了，有益的、能启迪于我的“火笑”被我铭记了下来，心中自然就多了一份对生活的顿悟和理解。就着时代的场景，没有菜，我还可以品品书册中的酒香呢，呵呵，没准哪一天，我也能学得余光中：“酒放豪肠，七分酿成了月光，余下的三分啸成剑气，绣口一吐，就半个盛唐！”

雪　夜

回老家过春节，是日傍晚飘起雪花，无色无味。一切生命体都不能离开的水，它们以飘落的固体形态呈现在了我们面前，一朵雪白压住一朵雪白。目力所及，灰茫茫的地面顷刻间粉饰成白茫茫。白，毫无理由地抬升出巨大的空间——雪是白的，但白不是雪。这不是悖论，是辩证的统一。站立廊檐前，婀娜下落的雪片落在鞋面上，它们是欢迎我，还是逼迫我退让?

夜晚降临。寂静笼罩着四周。雪花所具有的另一特质——光，开始照亮夜空，尽管微弱一些，但它吞噬并取代了有别于白天的光。巨大的白，抽空了印象中所有的道路。鹅绒般的白雪筛落下来，我的心也被抽空了，徒留下一段关于特定的年和特定的雪的印记。这是一种另类的幸福，只可言说，不可再次触摸。我无法说清此刻内心里为何念念不忘那场雪。说清，在今天看来是多余的，存在并被我不时地忆起才是合理。我没有刻意去怀旧，只是今夜的雪勾起了我对 1976 年那场大雪的回忆。

那年我 7 岁，正是贪雪、玩雪的年龄。记忆中，雪下得很大，不多会儿，积雪没过了脚背。“瑞雪兆丰年”是铁打的常识，但对于越冬柴火不多、住房矮小且不够坚固的乡下人来说，就是一种悖论。父亲没有我们那么乐观，他的脸似乎冻僵了，结了一层冰，一层我们无法看见、无法读懂，也无法分担的冰。直到父亲扛出家中的长梯搭在屋檐边，然后顶着风雪攀上屋檐，用扎了松树枝的长竹竿扫雪，我才懵懂地明白，结在父亲脸上的冰是一种焦虑。入夜，我们在母亲的呵斥下上床取暖，了无睡意的我，索性披衣静坐。就见父亲找出家中所有的木头柴，在三间屋子的空档处，各燃起一堆大火，火啸噼噼啪啪，瞬间烤暖了整座房屋——檐前断流的冰水又开始嘀嗒起来！冬夜生火不完全为了取暖，而是借助热空气融化积在瓦片上的雪，这不是悖论，是常识的利用与拓展，由此我认定，父亲的头脑很活络。

那夜的大雪是什么时候停下的，我不知道，但我记得清晨推开门时，积雪没过了膝盖。尚未吃早饭，邻居铲开一条雪路进来，“请”父亲帮忙修理屋面——昨夜的积雪压塌了他家房顶的一根桁木，另一处为椽木。雪停了，但邻居的心头，仍在飘雪。防患于未然是一条真理。下午，任生产队队长的父亲，发动社员们上山拾枯枝、伐枞树，每户分得两棵，劈成薪柴以备夜间下雪。母亲说伐这么粗的枞树实在糟蹋了，父亲的解释只有四个字：老株（树）嫩枞（树）——多年之后，我才知道它的下句：“熏焦吹火筒。”（意思是，老株树和嫩枞树，都难以生火燃烧）关键时刻，经验和常识找到了用武之地。只可惜，父亲在搭建新瓦房后的第二年，撒手西去了。

1976，由此成了我生命中附加的一块胎记或符号。36 年来，雪依然在下，或大或小，照样落在老家的屋顶上。偶尔间，我能听见几声嘎巴的脆响，那是桁木、椽木在负重时发出的呻吟，但我无须父辈那般的揪心：一则，上苍恩赐给人世间的精灵——雪，被大大地缩水；二则，我新盖的三间砖瓦房，桁木、椽木都是杉木的，足够坚实，红色的琉璃瓦也为老家涂了一抹亮色。在这份心安理得中，我便有了足够的理由使自己平静下来。父亲搭建的老屋像一个支撑不下去的老人，会有离开我们的一天，而我亲手搭建的砖瓦房，虽不及楼房那般气派、漂亮，却成了村庄中另类的风景。我没有去集镇边新买的住房里过年，因为我觉得，老家的房子像一只无形而温柔的手，不时地轻抚着我，令我无法拒绝。我也无从拒绝，“就像暴风雪停止之后，雪无法拒绝小下来因而变得温存的风的抚摸那样”（沈天鸿《在秋林》）。家母尚在，长辈的邻居们依旧喊我“二孬子”——这声久违了的看似谩骂实则亲切的昵称饱含着疼爱，这算不算悖论？我不知道，但我乐意听到。

雪夜里，躺在床上畅想炊烟从瓦脊上升起，已经成为很奢侈的事情了，而同时，它也是我点种在老家屋顶上的另一株庄稼，在我身心需要的时候便去种植、收割……

念　想

在老家，于20世纪80年代初搭建的土坯砖瓦屋，村庄中仅剩一家了，它像一位上了年岁的病人，已经奄奄一息。宿命如此，谁也无法改变。6年前，我在新建三间砖瓦房时，本想拆除它，但母亲说，那是父亲留给她的最大的一件念想。我理解母亲说的念想是什么意思，以及央求留下念想的原因——老屋是我们兄妹四人成长途中的一所驿站，镌刻了我们清贫而幸福的时光，包括那些渐行渐远的逸事。老屋我们是用不上了，但可以放坛坛罐罐、柴火农具，或者堆放废旧物品什么的，我想。

母亲患有较为严重的眼疾，串不了邻居的门。每次回家，我都发现母亲在老屋里转悠，不时地说一些没头没尾的话。倾诉的对象大约是父亲，似乎父亲就住在老屋里，她进去只是做做伴，说说话。由此，我想起台湾诗人夏宇的那首《甜蜜的复仇》："把你的影子加点盐/腌起来/风干//老的时候/下酒"——设若母亲说的那些话是一种咀嚼和反刍，那么"腌"的具体成分，是打理眼下只身生活的艰难与困惑？是儿子儿媳包括孙辈们不在身边的孤寂与落寞？是那刻骨的单思？是时间也不能泯灭的爱恋？还是半路夫妻的憾恨？抑或那劳燕双飞时有人嘘寒问暖而今该享清福了却独自吞咽的失落与迷惘？想到这些，我不由噙泪暗泣——在乡下，挑水养鱼是青年一辈的生计，留守的老人啊，你们的幸福与风光建立在煎熬与"心"苦之上！就诗再说诗吧，"影子"是之前所能记起的一切，那"盐"是不是"时间"与"岁月"？"腌"加深"影子"失去的内在矛盾，也便颠覆了"影子"，颠覆了"时间"，情感的经脉与韧性在“腌”中保存、绵长，回忆便如“下酒”，在“红泥小火炉，绿蚁新焙酒”的咂巴中，得到变形般的回味——这是母亲在老屋里转悠、自说自话，放弃对我们的要求而“呼吸”下去的动力？

生命如此之重，三间摇摇欲坠的老屋就这样轻而易举地托举了起来。

在乐器中，我曾钟爱口琴，但凡我会唱的歌曲，在口琴上试吹几次，便能像模像样地吹奏出来。外出打工前，我将它放在老家的书桌屉里，如今，它“跑”到了母亲的床头前——这是母亲留恋我吹奏时的时光（我曾居家代教 12 年），还是我丢给母亲的一件念想？我虽没有听到母亲吹奏口琴，但我肯定母亲吹奏过，但愿那些发出好听声音的两排心眼，没有堵死，但愿母亲能将岁月的辅音捡拾起来，找回一些快乐的旋律。因为音乐是舞者，是牵着时光向前的精灵。

“村庄是一个人的归宿”，艾略特这样说过。

“远处家乡的那扇门开了/在风中一开一合”，沈天鸿先生有着这样的领悟。

走进老家，我听到了母亲睡眠的酣畅，也听到了安眠者的呼吸——父亲就躺在西山的墓冢里，一年一度，我们都会去那里举行祭扫，收获心头的安逸、儿女应尽的孝道。土地几分潮润，几分熟稔，几分亲切，也有几分疏远——这是阴间与阳间的差别。父亲去世后，我不得不将活生生的人与一堆黄土联系起来，甚至认定这就是宿命。父亲从我幼年、少年的荒野掠过，1982 年的某一天却住进了这里，成了“黄土镇”的永久居民。纯属机缘凑巧，他的老伴及一群儿女却居住在阳世一个叫“黄墩镇”的土地上讨活，冥冥中，那墓冢是我们一家人的念想。我躺下来，身下的枯草，可是父亲铺就的一张毛毯？我又能否在上面掂量生命的重与轻？——每一个来到世间的人，都是这样借着泥土的质朴与憨厚的品格生存下来，而最终，又将自己化成一抔泥土，回归大地。

当我再次凝视亲手搭建的砖瓦房时，我却这样想道：它是我留给自己暮年的一件念想吗？我们会如母亲那般咀嚼、反刍，且会用“盐”悉心“腌”制？

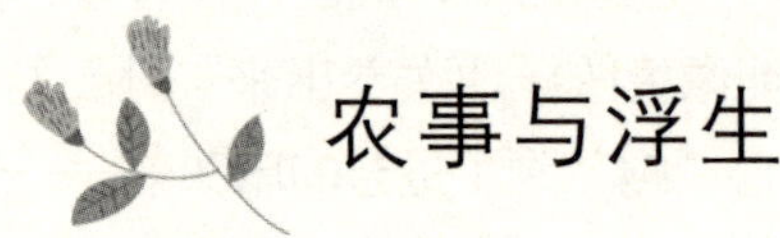

农事与浮生

过了立春，农事便像地垄边冒出的青草，一个劲地疯长起来，留守的村民们开始接受时光的磨蚀了——青春的容颜不是只有时光能改变的，一桩接一桩的农事，使得村人们的身体处于劳顿的状态，就连傍晚栽下的禾稼，也得趁天色没有完全暗下来之前，担上粪桶去润润苗、安安根什么的。累了怕什么，黑夜是一剂顶好的大补丸呢，吃过晚饭，洗过手脸，看一阵子新闻，黑暗便温柔地渗进睡意，酣畅的呼噜声中，他们的梦依然是明亮而含笑的。元气，便在这种疲乏之后的休憩中恢复了，身子骨又如昨日一般硬朗了。即便有点头疼脑热的，不用问医不用抓药，大不了再出几身汗，然后下床去畦地里看看苗情，心情开朗了人也就扎实了。在乡下，这样的坚守群体是极其普遍的。在他们的眼中，农时是第一位的，撑门户讨日子过，是不可或断的。他们不懂得古典的田园诗歌，更没去想自己本身就是循着古典在农耕，所以在他们看来，“带月荷锄归”的意境无非和自己趁天黑前浇苗没什么两样，只不过扁担头上多了一把锄头而已。正因为这样，他们已经把曾经的年轻和浪漫熬成了一把把生活的沧桑，比较苍白的履历里填写的是一长串的盐霜，你看，他们种出来的大豆、水稻、玉米等主要谷物就接近他们的肤色。

我打小就很少去田间劳作，自然不知道农事是怎么回事。我见过没有及时采摘的豆子炸壳在地头，在露水中变黑，接受着腐烂或再生；见过生了虫子的禾稼，因为延误了喷药的最佳时期，结果被虫子啃出了许多筛眼；也见过贫瘠的沙土上，整整一畦地的嫩苗，因为管理不当，苗叶全蔫黄了，得重新翻耕。“庄稼不好是一季”，栽种的农人们如是这样坦然地说。走到田间，我用心地朝苗叶看看，即便是稗草超过了禾稼我也认不出来，更不要说“锄禾日当午”了。而村邻们头戴一顶草帽，往往要趁阳光紧的时候锄草，他们沉默却不寂寞，充实而不贪婪，很少停下活儿说话，即便稗草躲得再隐蔽，他们也能一眼就瞅出来，这使我望尘不及，并常常感到愧疚——我的热情虽然有些莽撞，但更多的时候我只剩下低头的份了。我和父辈们一样，本属于面朝黄土背朝天之人，但我中途改了行，加入了打工族，那么我们还有什么理由让钞票购买来的食粮随意糟蹋了呢？古诗句“谁知盘中餐，粒粒皆辛苦”，就是冲着这层意思烙给我们的告诫吧。

我同我的村人们一样，都在为生计打工，都在为“明天”而打工。像我的村人，将手中的种粒撒出去了，接下来的不是守株待兔或靠天收，而是不倦地耕作，仅锄草就耗去了他们大部分的心血，这看起来是一件小事，却也是他们一生中的大事，包括关注天气等。我与他们不同的是，不关注天气，不需要从村东到村西，只关注产品是否合格，关注啥时发工资，所以我最终什么也没抓住，却也没失去什么。时光换来了我们需要的东西，却再也不把时光还给我们，还在我们的面颊上烙上皱纹，作为警戒，从而让那些游手好闲的人在不远的将来，有一种死不瞑目的悔，很难安宁的痛，翻动人生的一页大书，捕捉到的便形同一缕风了。

如果能将自己有意义地劳作填充自己的一生，倒也不枉来这世间一遭了，年迈时回忆往事，就有一种将被子搬到冬阳下晒晒的感觉，就连夜间也是暖暖的。

可悲的是，总有一些精神上或肢体上出了毛病的人在剩下的时光之外。

畦　　地

离开屋子走进田畴间，便会发现许多上了年岁的人们走在这样的欲望里：双手攥紧锄柄，一脸灿烂地朝着一个目标用力，间或松出一只手拭汗。在草儿们纠结兵力卷土重来并展示自己旺盛生命力的日子里，一把锄头就能分辨畦地主人的心思——要么非懒即散，或是伺机点种，要么就是准备抛荒了，尤其在这外出打工成为主流，仅留下老人小孩居家过活的乡下。就在村西头，一致被公认是全组里最好的一块沃土，分到了我家，如今就抛荒了，不需要肥料就能葳蕤生长的杂草，不需多长时间就覆盖住了土面。我很是纳闷，更感到吃惊：这杂草没人种它，可比庄稼长得好，而我们种庄稼时却费尽了心思，阳光和雨水是绝对公正的，问题出在这土地上了？我不得而知。这块泥土，作为耕地的历史暂时终结了，我耕种的欲望因为打工搁置了下来，目的变成了一片荒芜，静止使流动理解了消逝。耕种庄稼与生长杂草，对母亲来说都是痛苦的，可如今这是两种与母亲毫不相干的世界了。母亲老了，身子骨再也不听意志和欲望的支配了，站在畦地边徒自惋惜的我，也只能任由它去了。百无聊赖是生活规律的一种，无可奈何又何尝不是，叫人有什么办法？这样想来，被抛荒的惋惜也就是多余的了，张家去耕种，我是不加阻拦的，李家去除草翻耕，自然是受我欢迎的。土地，农人们赖以生存的土地，原本就是永不告罄的粮仓，它曾源源不断地供给着或歉或丰的生命能源，自然地，人们就加剧了对土地的重视与尊崇。

我是一名农民的后代，这权且是我对土地的肤浅认知。在泥土中刨食的人，天生就有与土地互为依存的关系，并从中发掘了自我存在的意义，在不息的劳作中完成着生命意义的延伸。泥土没有秘密可言，但做好泥土的大文章，可是一个人一辈子的事。春天翻过来一次，敲碎点种，收割了再翻一次。看似简单的过程，若是没有汗水的浇灌，锄头的松动，肥料的滋养，点种的希冀是难以结出企求的梦。当土豆、红薯、小麦、油菜等农作物、农产品，一箩箩、一筐筐地摆在眼前，人的情感会更加专注起来。现在，城里人管它叫"绿色食品"，应该有特殊的尊崇吧。

在畦地边站立久了，我的心也像村庄的天一样宽阔起来，并且有着果实一样的成熟与宽容。我对那些停留在"劳动"这一语词的表层意义进行想象的人，或者停留在"锄禾日当午，汗滴禾下土"的平仄里体会劳动的艰辛，失去了兴味。我敬佩劳作的人，他们顶着烈日，不急躁，不抱怨，充实而不贪婪，沉默而不寂寞，汗水浇灌的希望如同四季的花儿，纵然歉收却很少落空。这几千年不衰的风景，喂养了多少朝代的鸡鸣犬吠，人丁延续？一代代的悲苦欢歌，被亘古不变的太阳每日照临，湮灭的是惆怅，飞扬的是欢乐！

在泥土上，我识别了属于人类的未来，更加确信土地会被人类重视，并且会被更加合理地利用。地东头，一片油菜被收割了，刚刚退役的畦地，不几日又被规整了，泥土湿润，且被打了穴，我知道，一旦下雨，将有一批红薯苗被栽插在这里。"庄稼一枝花，全靠肥当家。""长嘴的要吃，生根的要肥。"这些乡谚俚语，简洁透明的同时，却也考验着你是否是个种庄稼的老手呢。下种之前，你要弄清楚这是坡地还是洼地，是沙土还是黏土，是红壤还是其他什么土质，若是不知趣地乱种一番，凭着性子赶潮流，那庄稼就可能长得惨兮兮的了。在一块旱地里，主人的汗水流了多少，锄头侍弄了几次土块，泥土记着，庄稼记着，杂草们数着呢。一年里，锄头在畦地里劳作了多少次，除了阻止并遏制杂草的生长，还有松土帮助根换气的作用，这样一来，一场大雨之后，一块泥地就耗去了人们许多的精力。来的来着，去的去了，存在的依然存在，腐烂的业已腐朽，一把锄头就这样扑向忙碌，抡向辛劳和喜悦，完成着一次次必需。回家了，只是随意地擦擦身，往旮旯角里一站，听候着主人的再次吩咐，口钝了，或者豁了一块，只是在农闲时间才会被记起——送到铁匠铺，加铁并淬火，这些都是由主人的意志去安排、去关注的。而作为农民的后代，也必须这样时时刻刻地与杂草们过不去。像母亲一样抡不动锄头的庄稼人，看着杂草在眼皮底下疯长，心头肯定是痛苦的。老一辈们无语，而忙于打工的我们，也没有心思去除去这本来不应该疯长的杂草……

说白了，种地也就是过日子。庄稼不是一日就能开出花的，得在生长期内一如既往地关注着，除草、施肥、灭虫，每一道工序都马虎不得。三百六十五个日子过去了，收了午季种秋季，其中的条条理理，不是能随心所欲的，不像反季节蔬菜，能破季节吃到一般。在乡镇小学代课达 12 年之久的我，教学之余也曾学着母亲种过 12 年的地，但庄稼都长得挺委屈似的，很是不伦不类，颇似算命先生所说的一般：“种田田长草，种地地要倒，种一升，收一捧，保证来年不缺种……”我努力地除草了，可是“不周”之处，还是那些自我表达十分地道的杂草。植物们看不见不可预知的未来，所以根在土壤里飞奔着，我呢？我终究要回归土壤的，把名字也埋进土层里，会有谁在上面翻弄？

打　　捞

很多东西消失了，我曾目睹了它们的消亡，这一过程显得那么顺其自然且欣欣然。乡下有点年头的老房子，现在是很难找出一两间了。记忆中，我家的第一代老房子是上个世纪70年代初由父亲一手操持并搭建起来的，记忆里，它显得古朴生动，轮廓有致，属于“茅檐低小，坡上青青草”的那种。可就是那四间不大的老宅子，烙给了我太多的记忆。还有我和同伴们用柴火灰里扒出来的碳棒画在墙壁上的一些涂鸦作品，现在再也找不到了。几十年了，那些“作品”还刻在我的心里，现在想起它，我感觉自己正在努力做出一种打捞的姿势，打捞那些早已不存在的东西，包括被我们视为谈资和笑料的人和事，俨然不知道这个世界已发生了翻天覆地的变化似的。

门前那口用来储存生活垃圾及生活废水的窨井，屋檐前挂在土坯墙上的一串串玉米棒和少许的红辣椒……对于我来说都没有改变丝毫的生气。如今，我只能坐在“楼上楼下，电灯电话”的环境中感受它们的存在。把记忆的阀门打开，一任怀旧的思绪飞翔，我便有了一种置身其中的幻觉：骑在父亲的肩头上手持一只透明的玻璃瓶，围着土坯房前的场院捕捉萤火虫，然后挂进蚊帐中，让那星星点点的萤光照亮童年的梦；入夜了，由父亲或母亲哄着躺在放置在塘坝上的竹榻上纳凉，母亲手中的那把用布条沿了边的蒲扇，让我怀疑它是否属于父亲所讲的“孙悟空三借芭蕉扇”的蒲扇之列，要不，父母亲只是轻轻一摇，怎么就那般徐徐生风，格外凉爽呢？这些都是现在的孩子所不曾亲历感受并能享受到的福了。在一前一后两个固定的时空里显得那样恍若隔世，并且有种随风而逝的味道，这种心境下，消亡和打捞的对峙状态便成了概念外延上互为反义的那种。

那是一种分布很广却大同小异的普遍的民居，我熟悉它的每一个角落。在“建设新农村”的坐标系中，那一间间简陋的土坯墙盖上瓦脊的栖身之所，在20世纪八九十年代开始了大扫荡般的拆除，它们在那个年代的存在却具有普遍的意义，使生活过的人儿容易挥去记忆却不能轻易磨灭它们：一窝窝麻雀在屋檐下早出晚归，掏下的鸟蛋煮熟了不时地被摆上餐桌；一窝窝老鼠们夜间翻箱倒柜地折腾、觅食，鬼鬼祟祟的样子令人厌恶透顶，“新老大，旧老二，缝缝补补穿老三”的衣服上，多少被母亲们用差不多颜色的布块纳住了几个被老鼠们咬开的窟窿；那掉了灰渣冻空了像筛子的土坯墙上，一到春暖花开，用小棒子掏，用小口的瓶体罩着，准能逮住一些土蜂——这样一个蜂鼠与人类同居的土坯房，又有谁敢轻言放弃？在那里，你能随时闻到蕴藏在窨井中的臭味尿臊味（每到栽秧时节才将它们掘取出搬运到田中，那可是极好的农家肥），以及食物的馊味、动物的体膻味，但就是这样的农舍，仍能激起远出家门的游子以怀念的遐想。

奶奶是农事播种上的活皇历，是庄子里的治家高手，也是贮存和腌制食品包括纺纱织布在内的能手。至今，她仍活在熟知她的村邻们的口中，活在她传下的经验里。就在那四间极其普通的农舍里，奶奶迈动着梭子小脚，守护我们的同时，也耗尽了她的心血。可当时，又有谁想过那么不起眼的作为历史产物的农舍，我们的父辈怎样在里面吹拉弹唱自娱自乐，生儿育女？就像村前的那株老枫树，由幼株长成枝繁叶茂的大树，接受一年一年二十四个节气的不断抽打，为鸟儿们遮阳挡雨，为它们提供筑垒巢穴的安全地带；或者挂上一个马蜂窝，令孩童们不敢贸然攀爬。在这样的农舍里，我们姊妹四人上演过多少喜剧闹剧，没有人会记得清。事过多年，待我们有能力、有条件重新盖上几间楼房，但那里是我们永远的家……

消亡遵循的是在前进中淘汰旧事物，而打捞则是把无形的精神和生活意蕴搬进内心。

我们是农舍里孵出的鸟，农舍是我们心灵的窝。

袅袅烟痕绕故园

对一个长年居外务工的“乡愁人”来说，孓立于微凉的夜幕中，对着故乡的方向或者只是停留在对“故园”这一词汇的记忆里畅想故园，这本身便是一件幸福的事情。这种过程中不免有揪心的隐痛，但炊烟一般隐隐的乡愁却是身心最本质的依附，是肌肤上的一块与生俱来的胎记或者符号。

我居住了近40年的山村很小，地势铺陈着由东向西倾斜。一条宽不过两米的小溪，牛肠子一般迂回曲折，依势流去，哗哗地哼着小调一路徜徉，在一段拦水堰坝前稍事停留，便溢泄到下一个同样的拦水堰。坎坎棱棱的，在春秋两季分别写下“丰腴”和“削瘦”这一组互为反义的语词。村民们依山丘而居，纵横错落，耕种食粮解决温饱，同时也把持着山村的淳朴与善良，书写着小康、希望和祈祷。

勾勒故园的愁绪在黄昏，念想故园的绝妙方式是放飞思绪。

落日向山，四野便如撑开的大伞慢慢收拢，多数时候，便有一缕缕淡淡的、慢慢飘移的烟痕将小村拦腰抱住，像母亲怀中的那缕缎带，揽住了已经入哺的婴儿。耕牛悠闲地甩动着尾巴，恬然地啃啮着眼前的青草，将生存的意义和生命的内涵留待夜间去咀嚼和反刍。水草丰茂的地方，还能见到几只白鹭站立牛背之上，飘上飘下的身姿悠闲自如，夹带着几声愉悦的鸣叫，活像《山居幽暝》中的意境。连接小河彼岸的小石桥下，服着参差的村妇们，不时地甩出几串俏皮的话语，逗来一串嬉闹，发出了银铃般的笑声。她们高挽裤管，濯洗着鲜藕般白皙的小腿。别看这里是濯洗衣物、蔬菜的所在，也是山村定时开播的广播站，什么枕边夜话，什么花边新闻，定是率先从这里发表。几辆摩托车、电瓶车在桥面上穿过，响着鸣号打招呼。掠起的轻尘或树叶回旋着，悠悠地飘落水中，让一河清水洗涤着它们疲惫的身心。被书童牵着从桥上经过的耕牛，甩出了一串“哞——哞”的长鸣……

夕阳的亮色暗淡了下去，一魇圆圆的羞赧挂在了天边，绫罗似的暮岚将山村罩上了一层神秘。羽纱似的炊烟便次第从白墙红顶的民居上升起，袅袅娜娜，婆婆娑娑。因为炊烟在屋顶上扶摇召唤，抡锄的手停住了，带泥的腿拔起了，茧皮的肩歇下了。凫水的鸭、觅食的鸡也便陆续地走进了窝埘，只有打栏的猪在催促主人快些给它们食物。多少个春朝秋夕了？没有人能数得清，村人们只能大致地从堂屋后墙神龛上供奉的几世祖的牌位上来推测先祖定居于此的历史。没有什么比炊烟的升起、母亲的召唤更为悠远、更为亲切了，顽皮的孩童带着一身泥土回家了，衣服上多了几处摔痕，或者添了个豁口也未可知。当显眼的灯光次第从层叠的民居的窗户上透出，山村便真正地沉浸在一片静谧中了。偶尔一串热烈的犬吠，是延误不了热腾腾的饭菜被摆上餐桌的，旋即，新闻联播的声音便盖住了犬吠。不知趣的猫狗互相揣着敌意地溜到餐桌下，密切注视着主人抛下的一块骨头，然后掠夺性地袭击着、抢食着。

“时挑野菜和根煮，旋斫生柴带叶烧”时的饥馑与贫困已经不复存在了。带叶烧的生柴是会发出浓烟的，那种愠怒和狼狈现在已经被烟囱上轻吁的淡蓝替代了，被液化气垄断了，被电磁炉占据了。若干年后，我生活了 40 年的山村也许会告别袅娜的炊烟，但炊烟始终会在我的心头升起，并生长成另类的庄稼葳蕤在故园的上空，而我便是故园上空袅娜的那缕淡淡的烟痕，喂养着一袭永不凋落的乡愁……

泥　　土

在秋天的乡间，那种厚重而无声的铜或金的颜色渐渐成为主宰。我已经不是我了，是地垄头一尊正待雕塑的造型。无垠的天空在头顶上澄明了许多，也高远了许多，一抹铁青或淡蓝的远山，沉默得让人望而生畏。畦地上空没有一只鸟，它们都飞去田间，寻找那遗失在稻田间的谷粒了。

在畦地里，母亲熟练地整着畦，挖着穴，崭新的希望连同手中大把的种粒被播了下去，土块们微笑着，尽享着像母亲一样劳作的人们的福。千万个母亲改变了土块，种出了坡坡禾稼。“有土有水的地方就能活命，真好。”母亲微笑着说。这话像是对坐在地垄头休息的我说的，又像是对脚下的土块们说的。

地垄尽头有块小洼地，泥土呈桔皮那般的黄，常年黏糊糊湿漉漉的。在书本上，它的学名为黏土；在乡下，我们称之为狗屎泥。小时候上山放牛，我们就爱取这样的土块，然后把它捏成各种各样的小人、房子、汽车或其他东西，放在烈日下晾干，或用野炊的火烤干（这是现在的母亲所不齿并不允许自己的孩子所能享受到的福了）。除此之外，我还经常趴在地头好奇地盯着庄稼，不时地问一些上不着天下不着地的话：泥土的上面有什么？它的下面是什么？泥土的家在哪里？我把它们挪到另一个地方，它们会哭着找妈妈吗？

长大了，我才知道，泥土就是泥土，它们无处不在，凡是有生命的地方，生命的根部都维系在泥土之上。自幼在泥土上挣扎的我，曾想走进被水泥和柏油攻占的地方生活，但最终，泥土像我儿时捏出的变形金刚，霸道地锁住了我的出路。世界就是这么简单而深刻，泥土也时时刻刻地暴露在眼底，秘密显然不多，却足够我探究一辈子。现在，我不得不承认，把高等动物的人放在黄泥坡上生活，是上苍的旨意、神的杰作。我们头顶一片天，脚扎一方土地，出生成长，娶妻生子，直至死亡，其实就是抱着泥土讨日子过，嘴里嚼着的仍是泥土的口音。俯下身来，随手取一捧，软软的、黄黄的、也许黑黑的，都带着一种独有的清新和甜润的气息，那是人类对庄稼费力费神的结果。

泥土永远是泥土，它们无处不在。世上的一切生命，其根部都拴着一块泥土。远方高耸入云的大山，最终都要绵延到泥土的下面。泥土和岩石被高等动物的人，利用多种方法冶炼加工，坚固成水泥、钢铁、砖块……最终站立成高楼大厦。一部分叫作居民楼或是与生活有关的场所，成就了人类的安乐窝、逍遥场；另一部分叫作厂房，供人们利用现有的文明创造出更多、更新的文明，包括各类信息和文化。人类，就是这样在一种事物对另一种事物的覆盖叠合中，或者说在新来的时日对古往时日的起承转合中，繁衍着，劳作着，创造着，生生不息，代代不已。同时不断地利用泥土创造着新的文明，并物为我用地生存下去，并且富裕程度、文明程度、发达程度更加高级。所以一切的命运都是泥土的命运：人终将归于泥土，动物和植物也是。因此，一切深埋地下的矿物（包括裸露于地表的岩石），都依附于泥土，以有生命的形态出现的动植物，最终都会回归泥土的怀抱，并且化为一抔泥土，如此反复。

一个人，或者一个生命的存在，它们的中心究竟在哪里？质疑是快乐的，幻想是幸福的，探究是幸运的。心绪儿就这样盛开着，想象幻成鸟儿自由自在地飞翔着，这些都是我的快乐。回溯人生的源头，回望满目的黄土块或满滩各色的石砾石块，答案依然空洞而沉重。那么谁能暗示或启迪我，给我一把闪光的钥匙呢？……

夜深了，我该去想那些更现实、更深层次、更实在的东西了吧。

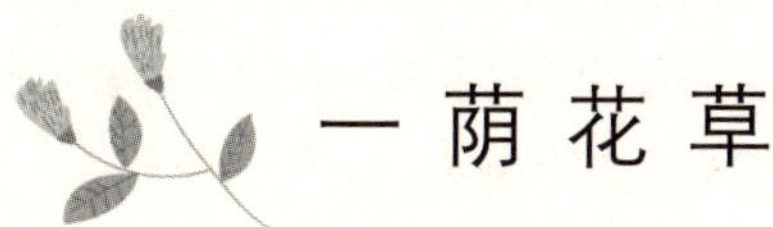

一荫花草

老宅的门前，圈了个不算大也不算小的围墙。说实话，有它跟没它意义上是不相同的。首先，劳作归来，信手就可以将农具一放，不必计较农具上的泥土会弄脏了地面，也不会因为没有围墙时信手停放，而担心被人给捎了去。毕竟，用来掩君子的锁，还是有一定的看家护院的作用。其次，我是一名土生土长的农夫，免不了也具有多数邻居们拥有的圈地占基的劣根性。围墙落成，颇有规划特长的妻子，执意又沿着围墙对称地砌了六个花池，植了些我至今仍叫不全名字的花草。

一年一度，每当日历翻过“立春”那一页，花池内就会陆陆续续地冒出一些杂草。接着，那些一年生的枯萎了的草茎下面，就会慢慢地、慢慢地冒出些嫩生的茎秆。它们在生长并葳蕤一生的时候，几场春雨便前来问询：你们去年弥留尘世的那一刻，有什么遗憾或抱怨的吗？今年又打算怎样走完这一遭？嫩生的茎秆们没有回答，它们把一切的阐释全都留给了春天。

我是一名末流诗人，有几个比较敏感的细胞。不知多少次，我曾站在深秋的天幕下，用一种比较深沉的喟叹为草儿们送行。而春天，我又无数次走近院内四角的天幕下，用热切的目光迎接着花儿草儿的到来。我常常问自己产生这种念头的动机是什么，但我无法合理地回答。我只知道没有鲜花和野草的世界，不能称之为自然：胸中容不得花草的人，其生命早已枯萎。因为花儿草儿们的那种渺小与伟大融为一体的精神，令人激动兴奋，令人充满希望和无限遐想。

不知什么时候，读小学的儿子弄来了几株金银花，栽在我书房前窗下的花池里。它们的生命力极其旺盛，不出一月，便把一方墙院爬了个严实。那一茎茎褐色细长的手臂，攀上墙头，直逼檐前的瓦片，然后攀上妻子搭来植丝瓜的木架，再然后布满院落的一角，给墙院搭出一片浓荫，给水泥地面铺上斑驳细碎的阳光，成就鸡鸭们白天里被遮了阳光的天地。曾经多次埋怨儿子栽植金银花占据了丝瓜架的妻，在儿子的坚持下留下了那一荫花与草，看着自己宝贝般的小鸡小鸭们在一荫之下自由地游戏，妻子想做到不爱花草，已经很难了。

“花朵是节令的对应物，也是人生阶段的对应物。”又过一旬光景，金银花开花了，缕缕暗香，在静夜里显得特别浓烈，带着轻柔而引诱鼻孔的气息。那米色或鹅黄的花瓣在夜风中一次次叩响我的窗棂，敲击出“花草添香夜读书”的欢乐。生命是什么？生命是一种存在，是一个过程，生命的诞生与消失是一种必然中的偶然！于是，我的诗句作有了这样的句子：“花开是一首诗/珍视破土与葳蕤/隆重且蕴含丰富……”因为我坚信花草是季节的基因库，是春天的细胞，是夏天浓烈的修辞，秋天里它卸妆上阵，却是冬日里托举松树、柏树常绿的智者……

我这样理解花草的时候，灯光前的金银花和池内的杂草，不禁举起细长的手臂，向我敬了一个又一个庄严的礼，眼前的风景也就显得格外动人了。当我这样欣慰不已时，有一缕暗淡却蘸着甜味的气息，猛地一下子扩张了我的肺器官。

劳心费神数装修

安家是人生重大喜事之一，10 年前，我和妻用多年的积蓄，在集镇通往中心学校的街道边购了一列住房，上下三层的，居住上可谓宽敞了。房子买了也就等于压在心里的大石头落地了，剩下的就是攒钱或借钱进行装修了。就在我们准备务实地干一年，攒钱装修时，我遭遇了突然的下岗，东奔西走无果，在县城落家的朋友介绍我进了县工业园一家企业上班。妻子和孩子也便加入了“寄居”县城的行列，一寄居就达 9 年之久。9 年里，我和妻子各自用身体开了个没有固定收入家庭经受不起的玩笑，以致那房子长久地搁置在那里。

今年正月一过，妻子同我商量糙装房子回家过个踏实年，我便心动了。是的，县城再好，寄居房东家过年，心中终究不是滋味儿。说干就干，从草长莺飞的阳春三月到冬至在即的十一月，这大半年的节假日就这样为了装修房子在奔波忙碌中匆匆而过，尤其是妻子，必须隔三岔五地早出晚归，在没有找工作的情况下将时间和房子耗上了，其间的酸甜苦辣，怕是很多和我有过同样经历的人都能体会的。

对我来说，装修真的是一件劳心费神的活。兄弟包括亲戚中，不乏做瓦工和木工的，但他们常年在外地发展，不能因为我家的装修，放下他们接下的活儿。瓦工是同屋中我敬重的叔叔家的女婿，他的两个女儿都是我当年的学生，彼此关系不错，找他进行新房的室内小改造，自然不是问题。但问题是，上半年遭遇雨水，随后天热，在我差点撕破脸的情况下，新房的瓦工施工直到中秋节才完成。颇多地方进行了两次改造，一时间，我陷入无语状态。木工找的是同屋的发小，弟弟虽是木工，但一直在沈阳发展，今年因为侄女高考，方得暇回家。弟弟草拟了房内的施工处，请发小预算，同时也按照同一要求找了他当年的一同事预算，结果，发小的预算成本比弟弟同事预算的成本高出一万四千元之多，手头拮据的我，只得选择了弟弟的同事。水电安装包括儿子亲爷介绍的门窗安装也存在着恼心的地方，我就纳闷了：我不找你们做，你们心里肯定不舒服，找了你们，现在却令我不舒服了。于是，“臭石头”性格的我，毅然在微信及博客签名档挂出：原谅很容易，再信任却很难！不知道他们看到后，有何感想。

重新整理好自己的心情，我和妻子井然有序地添置生活必需品。一直以来，我崇尚大方得体的简居风格，不喜欢太过于花哨的布局。整个装修过程，都带着素简柔和的审美观和心态去买自己心仪的物品的。妻子喜欢面砖的颜色淡雅，喜欢家具的纯白纹理，喜欢灯具的柔和质感，以及窗帘的蝉羽轻纱。我想说的是，这个房子就是我往后的栖息之地，它会接纳我所有的喜怒哀乐，我的不修边幅，我的蓬头垢面，只有它能够接纳。我倾注全部的心血，是想有个真正属于自己的窝。

现在，在经历了这些所谓的“房事”之后，我和妻子身上虽有隐痛的伤痕，也为拥有家而喜悦，还有那些患得患失的复杂的心情。房子无关大小，无关豪华或简陋，只要它能遮风避雨，就能轻抚创伤。

在往后的岁月里，我梦寐着有更多的时间可以静静地待在那一方巢居里，拥有属于自己的清浅时光，而那些过往的、逝去的日子，会随着日月交替渐渐地云淡风轻。

2016 年是“猴年”，2017 年是“鸡年”，一朋友戏谑我：你 2016 年被“猴”耍了一把，2017 年可要抓住“鸡”（机）会哟。我在苦笑中，颇为伤感。因为这一年，对我们一家而言，有着太多的劳累和喜悦。站在窗台前，眺望日新月异的街道面容，“诗意地栖居”这几个字，顿时掠过脑际，让我深深感念起伟大的诗人荷尔德林。而我小家的变迁，也正折射出社会的巨大变革和发展。再看看自认为设计得独具匠心的书房，心中的感慨啊，真是“恼下心头，喜上眉梢”。

佛说：人生如役。这“役”字在我看来，莫外乎名利、责任之类的东西。我等手劳嘴吃，应是绰绰有余。得暇时，捧一卷书，呷几口茶，点一支香烟，写点自己想写的豆腐块文字，亦是快哉！

行走在儿子于大专院校就读的憧憬里，拿着不久前显示我身体一切正常的体检报告，怀揣着单位为职工买的“五险一金”，我开始梦寐着五六年后，可以享受子孙绕膝的欢乐。生命就是这样，笑看云卷云舒，坦然地接受“老之将至”……

谷　子　地

水田和旱地有着不同的分工。农民们种植出来的除了油棉类作物，大凡可以笼称为五谷。关于五谷，一说为“粳米、小豆、麦、大豆、黄黍”，另一说为“稻、黍、稷、麦、菽”，还有的说是“大麦、小麦、稻、小豆、胡麻”。现在通常说的五谷，是指稻谷、麦子、高粱、大豆、玉米，从这种意义上去界定，水田和旱地可统称为谷子地。

谷子地、人类、草木，包括遮挡视线的大山，都绵延在地球的表面。同样是谷子地，但山区、平原、丘陵地带的谷子地，却存在着差异与不同。经过平原也涉过大山的我始终认为，平原地带的谷子地，给人一种粗犷的、一望无垠的气势；而丘陵和山区的谷子地，则呈现一种似乎可以折叠的梯状美、婉约美。我就喜欢在谷子地间穿行，即便乘车从其间经过，也是愉快的。我生活在长江中下游北部的丘陵地带，出了门，若攀上某处高峰，便能端倪平原风光、山区特色。尤其是春天，水田中的紫云英开出紫色的花，它们联袂起来，成就一片紫色的花海；半山以下通常是梯状的坡地，种上了成片的金黄色的油菜花，它们和树木的翠绿参差交错，成就不同的色块，我怎么也看不厌。处身其间，我不时地被这色彩中的丰富深深吸引，感觉自己无偿地拥有了整个春天——那些熟稔而又代表新生事物的涌现与纠缠，粉碎了我厌恶的情绪，记忆也被一度唤醒。蜗居县城而产生的空白甚或空缺，常常促使我回到乡下去重新面对和寻找——唯独走不出自己。

写谷子地，不能不写谷子地上生长的谷物，因为我深信：一方谷物养活一方人。经典小说《白鹿原》《红高粱》改编成电影，从视角艺术的角度上说，它们的画面真美，面对那辽阔的金色麦浪、高粱红海，观众仿佛置身于“白鹿原”“高密东北乡”——这一片片厚重而神奇的土地。广袤狂野的谷子地，定格成辽阔炫丽的空间，上演着此方土地上的居民所发生的粗野的、民俗的人情故事。“在这个电影里边，我觉得除了演员之外，一个最重要的不说话的角色，就是土地上面的麦子。”电影《白鹿原》的导演王全安这样“热爱”着那片麦浪以及麦浪之下的谷子地。麦子也好，红高粱也罢，从生物学和种植区域性的角度看，在我国都栽培较广较多，其中又以淮河以北及东北各地为最多。它们同玉米大豆一样，早已与中国人的生活息息相关。它们不仅是几千年物质和文化传承的代表物，更是民族的生活依靠和精神血脉——和平年代里，采收后的玉米、高粱、麦子、大豆包括其他作物，被加工成不同的食物或饲料，充实着农家的饭桌，丰富着畜禽的口粮；战争年代里，玉米林、高粱地，又是一道道天然屏障，同英勇的军民同呼吸、共命运，最终将侵略者赶了出去……

我也想起电影《集结号》中的主角谷子地（张涵予饰演）。那位父母死在逃亡途中将其遗弃在谷子地里的婴儿，被人抚养后便取名“谷子地”。参军后，谷子地升任为中原野战军独立二师三营九连连长，为拖住敌军主力，掩护大部队安全转移，他毅然率领47名战友，击退敌人三次进攻，炸毁敌军三辆坦克，最终仅谷子地一人幸存。生命原本是脆弱的，尤其在战争面前，是脚下的土地收容了他们，并让他们在此得以相互枕藉。令谷子地，也包括观众不能接受的是，那些牺牲了的战士却连应有的荣誉——烈士，都得不到认同，由此，谷子地倔强地踏上寻找战友遗骸的漫漫征途。1958年，汶河县兴修水利，集中存放了47名战友尸体的废洞重现天日，从而“证明”了47个生命天经地义的荣誉——这是一个理想的结局——而现实却恰恰相反，“历史的冷酷就在这里：它仅仅记住几个代表，众多的生命，无数个人，都被它理直气壮地忽略。”（沈天鸿《经过宿州》）。谷子地，无论肥沃、贫瘠与否的谷子地，就这样以包容一切的胸怀促使落进土层中的种子生根发芽，托举出人类、畜禽赖以活命的食粮，最终延续了种子，包括人类自身：对于死者而言，名字已经不重要，只要活着的人还记得曾经有这样一段历史，有这样一群浴血奋战的勇士——这才是编导《集结号》真正的弦外音！

扯远了。这与生长谷物的谷子地无关。

在乡下，我一次次目睹与谷物有着相同或相近肤色的父老乡亲，他们满怀崇敬之情细心播种，并以鞠躬的姿态为谷物锄草施肥，我便坚信谷子地是一道柔韧的风景线，让所有对农业、对农村甚或对农民的挑剔目光都无法逾越。在匆忙与浮躁中，一次次拷问生命的幸福与痛苦，我总会想到脚下那片赖以生存的土地。谷子地，作为一种有限的资源存在，承载了许多宝贵的精神力量，高标于中华大地的每一个角落。

第三辑　缅怀或倾诉

逝去的亲人不会因为子孙辈虔诚的怀念而复活下来，出现在我们面前的，依然是祖辈们践踏过无数次的路。就因如此吧，我们的怀念，才会更加绵远悠长……我没有听见他们在生命长河里流淌时发出炫耀的声响，也没有见证他们干出惊人的业绩，但他们都是人生双河里击溅出水面却熠熠折射了太阳光辉的一滴水，洗涤过泥沙，濯洗过浮华，在空间停留几十年，最终回归人生的双河之内，完美地诠释了双河的“内核”……

——《双河》

您是我的债主

阴历2014年即将画上句号了。这对于我来说，真的是痛入骨髓、不堪回首的一年。因为父亲中年猝去，为拉扯我们兄妹四人成人，只得拖着患有眼疾身躯没日没夜劳作的家母，离我们远去了。在我的心中，家母的去世，如同暴雨中的大山突发了泥石流，将我的双腿牢牢地埋住，泣血饮泪地爬过那段沼泽，才丢魂般的感觉自己汗颜地活在母亲的坟茔之外，以至于很长的一段时间，连最能为我驱赶心头阴霾的读书方式，也无济于事。不是朋友的新书要出版，嘱我“清理”文集，我怕自己这一年是和书本无缘的。随后的那些日子，总想敲键写点什么，为母亲，也为了自己，却总是在矛盾与纠结中垂下灌注了铅块的手指，因为一旦去碰触心头结痂的伤口，是会重新滴落殷红的鲜血，那不争气的眼泪也会令妻子重新度过一夜的不眠。

我清楚地记得是阴历四月初六，轮流居家侍候母亲起居的嫂子打来电话，说母亲行走不慎，崴了一下腰身，随即卧床了。待我赶回家，母亲气色正常，声音依旧，便以为做过更换股骨的旧伤遭了挫伤，一时间没有了胃口，静养一阵应该没事，便建议妻子居家，然后含泪回高河上班了。但我怎么也不会想到，母亲差不多是“封喉”了，连输液也很困难。孩子在读高二，加上单位请不了长假，我也只能偶尔回去看一阵，那种“子欲养而亲不待”的揪心，堪比患病还难受，所幸兄长和弟弟陆续从山东、辽宁赶回，我的愧疚感才稍稍缓减……

四月二十二日下班回到租住房，随便应对过晚餐，我便上床了，辗转反侧却怎么也不能入睡，总感觉有什么重大事情即将发生，电瓶车的车灯坏了，这大半夜的也没法去修理。二十一时四十五分了，我鬼使神差地左手提着电筒，右手骑车地往回赶，到达老家已经是二十三时四十分。神志清醒却无法吐字的母亲，吃力地抬了抬头，双手紧紧地攥住了我，一行老泪随即滴落下来……伏在母亲皮包骨头的胸前，我强忍住了悲痛，因为我怕我的啜泣，会令母亲更加不安。二十三日零时前几分钟，母亲的呼吸出现了异常，我们都清醒地知道，母亲的大限到了，顿时，我们姐弟三人的啜泣声盖住了兄长伏在母亲耳际的轻唤声……才过零时，母亲吁出了她人生历程中的最后一口气，撒手撇开了在那特殊年代含辛茹苦抚养大的儿女们，仅仅带着一身儿媳们为她置办的寿衣和棺木，乘着火葬改革前的末班车走了，徒留我们对母亲深沉的眷念、无尽的缅怀埋藏心底……

俗话说，一娘生九种，九种不像娘。说实话，我们兄妹四人间的关系一直很僵持，兄、弟与姐姐之间，差不多达到了老死不相往来的地步，人人都有过人的脾性，个个都似茅坑里的石头，这是母亲最大的遗恨。只是在处理母亲后事的那几天，彼此间的关系稍稍得到缓和，母亲尸骨未寒，却又恢复如初，这是亲房的兄嫂、弟弟弟妹，包括邻居们最痛心也不愿见到的，然而，这种“亲者痛”的局面却是真切地存在着。佛说，五百年的修行才换来今生的擦肩而过，更何况我们吃同一个人乳汁长大、年终或清明都在相同的坟茔前叩头。但愿过不了多久，彼此脾性上刺人的棱角，会被岁月磨击了去，在“树老中空，人老冬烘”时，重续幼年时的和睦，恐怕也只有到那时，长眠地下的父母亲才会感到一丝慰藉……

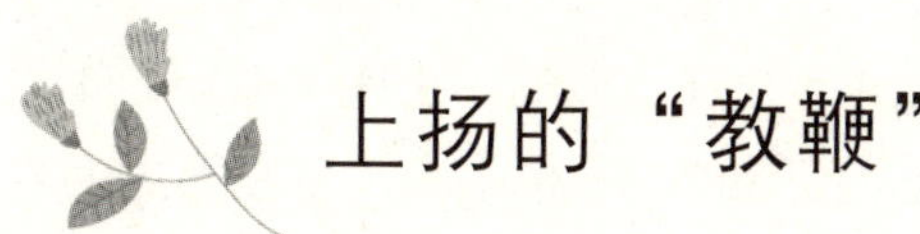

上扬的“教鞭”

父亲离开我们已经36年了。现在细细回想起来，烙给我印象最深的莫过于他愠怒时严肃的表情和略略上扬的手臂。这手臂，既可以理解成即将要向我们扇来，从而惩罚我们犯下的错误，也可以看作是我们最怕挨受的毛栗子即将落在自己的头上。但除了第一次后的每一次，我都幸运地避免了，这种强烈惧怕的心理，源自于第一次挨受时所带给我们的痛苦（当时尚没有羞辱感），以至于只要看到父亲愠怒的表情和上扬的手臂，我们就乖乖地如法炮制。而每次解除我们尴尬处境的，正是我们入学时的启蒙老师，从此，这种手臂差不多同义于“教鞭”，并且和教师——这阳光底下最崇高的职业，有了难以割舍的渊源。

早年大集体的时候，农村里几乎家家缺柴火做饭，加上后山有丰富的低能量石煤资源，因此取石煤代替柴火，成了我们村独有的风景。我们小孩子家，自然力所能及地加入了挑运石煤、帮助出煤渣的“进出”大军之中。父亲也因此为我们定做了一只竹箩筐，供我与弟弟抬运煤渣之用。事情就出在这竹筐和扁担上，每次抬运完毕，我们总争执着谁拿竹筐，谁拿扁担。那日清晨，我们将石煤渣抬到废弃了的山芋洞边，弟弟拿起扁担便快速地向家跑去，留下我倒煤渣拿竹筐。不成想，一截枯树枝将弟弟绊倒了，因为强大的惯性，弟弟向前跌去，手掌及额头被地面擦破了，鲜血直流。弟弟的号啕大哭声，招来了惊异的邻居，见此情景，邻居抱起弟弟，送去了家中。正在家中忙活的父亲，略略了解情由后，神情严肃地拿来毛巾，轻轻拭去伤口边上的泥土，然后挤出牙膏抹在伤口上，而弟弟大约因为牙膏带来的刺激哭得更厉害了。

回到家中，我正琢磨着怎么办，父亲一个箭步走过来，着实有力的毛栗子便落到了我的头上，然后，那只手臂刚劲有力地向前一扬，口中随即发出了一声大喝："去小石桥边跪着！……"见此情景的弟弟，仿佛顿然间被我分担了一半痛苦似的，止住了哭声。不敢违拗，也没有辩解，我忍着疼痛向三岔道口边的小石桥走去，委屈的热泪直到头皮上隆起的肉包消失后才彻底断流。是夜，母亲噙着泪悄声告诉我，兄弟之间要团结，不要计较长长短短，并嘱咐我要谅解父亲的用心……蓦然间，我兀自感觉父亲那坚韧有力的手臂其实就是一根教鞭，除了给我们以教训，亦能给我们一种指引。

九月份，我入学了，但这些家务活并没有因为我入学而免除。某日清晨，我和弟弟抬煤渣，平日里走路赛小跑的弟弟故意慢腾腾的，我便在后面推搡，弟弟往地上一趴，然后回家告状去了。回到家中，父亲虽没有像上次一样给我一颗痛苦的毛栗子，但那无声的"教鞭"再次朝我和弟弟扬了起来，我害怕地朝小石桥走去，跪在地上抽噎不止，得理却同样遭受罚跪的弟弟不解地跟在了我后面。此时，每日清晨需挑回三担石煤才赶去教书的启蒙老师恰巧经过，他放下挑担，温和中却不失严厉，待了解清楚缘由后，同样扬起了他的"教鞭"，"回家吃早饭，别误了上学……"恨不得将头插入土缝中的我，只得硬着头皮走回了家中，二话没说，收拾好书本，然后从锅中拿起几根熟山芋，委屈地向学校走去……从此这两根不说话的"教鞭"，便不时地出现在我的面前，并且在脑海中深深地扎下了根。

父亲猝死后，蓦然间懂事的我很是怀念那只缺失了的手臂，尽管它曾被我理解为"教训和鞭策"，但我终究失去了被拥抱中的那种安全感以及有力的支撑。走上三尺讲台后不久，我曾对一位极度顽皮、成绩极差的男学生实施了罚跪，并且学着父亲及启蒙老师的样子，用爸妈给的"肉教鞭"指着他苦口婆心地说教，情到深处，我不禁流下了热泪。被罚跪的男学生愕然了，讲台下的几十双目光也被泪水模糊了。此次以后，那名男学生像换了一个人似的，默默地进出于教室。我不相信顽石开花、枯藤结瓜的神话，但这神话却在那位学生身上发生了，以至于他日后成了我执教生涯中第一位考上重点大学的学生。后来经过考研，他被上海某著名企业录用，成了我要好的朋友之一。

双　河

双河是一座自然村的名称，位于三桥镇境内，直线距离我老家约20里地。但在我看来，双河既是父亲河、母亲河的简称，又是一个暗喻，源远且流长！

2017年9月2日下午，表弟打来电话，说姨母突然地就不行了……中餐，我参加了县里一位朋友女儿的升学宴，饮酒后头疼得厉害，便说明天回家见见姨母。不成想，半夜里，姨母没有等到我赶回见上最后一面，就永远地离开了我们，这种憾恨，现在想起来都心疼。

次日上午，我车载着香纸鞭炮，忧伤地向双河驶去。行驶在距离姨父坟茔最近的村道上，我遥望着那里。一切太熟悉了，恍若昨日一般，包括旁边的那条弯弯曲曲的小径——那是我多年前经常走过的熟悉的小径。

停车遥望就是一次“停顿”？

停顿的含义十分宽泛，于我，是一次没有叩拜的缅怀。看似刻意，实质是一次挖掘“深藏”里的“彰显”，可以无限地拓展和延伸，就像我此刻的思想，回归到懵懂时期，在没有自行车等外在交通工具下，徒步在那弯弯曲曲的小径上，蜿蜒复蜿蜒……

我读小学时，家父因为脑溢血突然地离开了我们。在乡下，有给亡人送“六七”的习俗，“送七”人绝大多数是亡人的女儿女婿。在当时，姐姐还没有成人，业已成家的堂姐们不少，可谁肯破费？姨父姨母提出：父亲的“六七”饭他们来送！石破天惊的一句话，令我记忆犹新，直到今天。此后困厄的日子里，“长腿”的姨父姨母总是趁着月色来到，匆匆小聚，便又披星戴月地赶回。在看望我们的同时，带给我们的是可口的菜肴！一来一去 40 里地，果真像姨父调侃的“跨田壑”一般的轻松？长大后，我才深深地感念到：那份轻松，凝聚了深沉的父母一般的疼爱，况且，姨父的家境也不是太好，膝下还有我的表姐、表妹、表弟三人！“喉咙深似海”，他们同样嗷嗷待哺着！

姨父是 2012 年我过完生日后的次两日去世的。出殡那天，我完完本本地重温了姨父在世时前往我家的田间小路，但我没有想到，竟然是最后的一次——心疼的是，如今姨母安葬在姨父旁边，我却没有送姨母的最后一程！欣慰的是，姨母“去灵”的那天，表弟说，不管怎样，我们依旧亲兄弟一般地走往下去。若两位亲人地下有知，该是何等欣慰！

并非迷信！前不久，我在整理一本新的散文集，夜间却突然地梦见了姨父，是夜无眠。我想，我是该执笔写一篇关于姨父姨母的文章收入进去，作为永久的缅怀，也给大家，尤其是给自己一个“交代”。不想“煽情”，但没有执笔，“情”便打动了自己，以致泪津暗溢。在乡村，原来的小径很多，可现在宽阔的水泥村道早已替代了那些很熟悉的小径。所以，小径因为司空见惯，容易被我们忽略或“易辙”，但小径永远不会消失，它存在于特定的时空和特定的地点，就像姨父姨母的坟茔，就存在于特定的地点，没有必要，就不会更动。若站在某一高处看去，那小径就是一段被野草掩映的缎带，扇动着，飘忽着，并不排斥每日都飞来飞去的鸟儿，在灵性的空中自由地飞翔，间或丢下几声悦耳的鸣叫。所以，做梦后的次日，我央求表弟，趁姨母的“七”内，再去坟茔上一炷香，磕几个响头……

当然，站在高处，即便我的视力局限，我也能“看见”双河，诚如我说的暗喻一般——父亲河，母亲河！于是我断定，那小径是他们“必须”走过的一段生活，爱，照亮了路途之上的沟沟坎坎、磕磕碰碰，迎接着我们长大成人。他们尽到了“父母”的“责任”和“义务”，我呢？仅仅就回馈一篇缅怀的文字？我不知道，自己还能做些什么。古人云：“子欲养而亲不待”，可我这“姨侄”的小日子，才刚刚好转……所以，我得把表弟说的话，“走”得畅通无阻才是！

都说秋天是成熟的季节，其实成熟是从事物的内部开始的。作为个体的人也不例外，同样是世间物事中的一种。姨父姨母是芸芸众生中平凡却又伟大的、熟透了的“果实”，先后 5 年被时间的镰刀于秋天中收割了去。我的父亲属于中途被自身内部病变击中而“睡去”的“果实”，庆幸的是，他的子女们在寡母的拉扯和亲友们的眷顾下都健康地存活了下来，然后各自开枝散叶。我难以想象，姨父卧病时，表妹驱车接去家母小聚，他们之间该有何等血浓于水的话要说，哪怕是分别时一个意味深长的眼神，都足以打动我们这些子女们，那么，我们这些表兄弟姐妹之间还能存在什么隔膜？逝去的亲人不会因为子孙辈虔诚的怀念而复活下来，出现在我们面前的，依然是祖辈们践踏过无数次的路。就因如此吧，我们的怀念，才会更加绵远悠长，像极了“双河”的命名，总会在时空的某个点上汇合，呈现巨大的“人”字形状——各自潺湲，然后交汇。所以，我乐意这样认定：姨父是一条河，姨母也是一条，共同的姻缘，使得他们为孕育的生命而奋斗了一生，为旁生的我们兄妹四人，牵肠挂肚了一辈子。最终，他们与我们先后再见，与我的父母亲汇合在一起了。我没有听见他们在生命长河里流淌时发出炫耀的声响，也没有见证他们做出惊人的业绩，但他们都是人生双河里击溅出水面却熠熠折射了太阳光辉的一滴水，洗涤过泥沙，濯洗过浮华，在空间停留几十年，最终回归人生的双河之内，完美地诠释了双河的“内核”……

家是爱心结出的网

溪中的水渐渐丰腴了，地上的草慢慢葳蕤了，树上的叶片渐渐加厚了。电瓶车驶完通往家方向的最后一段村道，再拐过一截土路，四年前，我亲手搭建的三间新居便映入了眼帘。来到场院边，不经常打开的侧门两墙壁的空隙间，结了一张亮晶晶的蜘蛛网，一只蜘蛛一动不动地坠在网心，胸有成竹地坐收渔利。这是一只蜘蛛的所有，是它觅食的家什，也是它的家。虽然容易遭受破坏，却也充满了浪漫和清醇。现在，这些在特定季节里出现的小动物，包括在土层里冬眠的蚯蚓，都悄无声息地出现了，缓慢的日子也就这样一天天地过去了，直到走进或远或近的明天。

对于蜘蛛而言，家就是这么一张网，透明而脆弱，而在我的词义里，家就是一种割舍不断的牵挂。如果用打捞和怀旧这一组特定环境下的近义词来描述家，我更喜欢用打捞这个词。在家这张网里，我打捞了许多瑰丽的梦，又烙下了几许煎熬的苦痛，自身的一切独自承受并被忽略了，唯独亲人挥之不去。就在这块地基上，父亲像那只蜘蛛一样，用多年的汗水和打拼织就了一张网，成就了我们童年的安乐窝。随着时光的流逝，那张网落后于时代了，就在他酝酿再次结网时，父亲因遭受来自于身体内部的重击撒手西去了。寡居的母亲顿时苍老了，苍老在父亲临终前的嘱托里，苍老在父亲遗失在世间的那半瓶苦酒里——三间土坯屋，四个未成年子女，两亩水田，半坡旱地，还有鸡鸭这群“活期存折”，这些就是母亲的全部。好在生活的眷顾，我们兄妹四人平安地长大了，娶妻生子了，那张沾满灰尘的旧网，在我们的努力下，被砖石结构的新居替代了。这是一张更牢更深的网，钻进去了，却怎么也出不来了，以致我三口之家现在寄居县城，仍然忘不了它，更重要的是母亲健在，我们也没有任何理由不回去。“常回家看看”，这词眼儿很撩人也很感人，儿子打小就会哼唱同名的那首歌呢。

前些日子，身体瘦弱的妻子住了半个月的医院，出院后，我既要上班、照顾妻子，又要接送孩子，所以有个半月时间未回家。母亲节那天，我特意回去了，不曾想到，母亲正孤零零地守在场院边盼着呢，乍一见面的那份心酸，成了我至今最大的缺憾。人子人夫人父的重担下，孰轻孰重？又舍我其谁？我无法交出答卷。一想到家，一丝与自己的出生地包括亲人难以割舍的亲情，便被脆弱的情感击溅出了晶莹的泪花。母亲比上一次见面时显得更加苍老了，花白的银发似乎稀疏了许多。我问母亲去年做了换骨手术，这阵子因为天气异常是否有些不适，母亲没有说话，严重白内障的眼睛里竟然噙满了泪花，而后径直问她的儿媳妇恢复得怎样了……苦笑中的我，是一时间“忘”了家的人，可远方的家何曾忘却自己了？我从情感上淡漠了家对自己的期盼，乍一回到家，便感觉自己从家这张大网上跌落了下来，心头涌起的疼痛，不啻于掉进了深渊，而后又在人欲横流中迷失，那份无可言说的沉默和黯然神伤，无异于把一杯苦汁酿在心头，足够自己去饮用一阵子的……

如果我完全属于我自己，就不会有这样的苦恼了吧，可个体的我是属于大家的，在这样特定的时刻是很难确定自己的，我只能在未知的哪怕是渺茫的希望里行走着，听命于责任的指令、良心的驱使。无论我走了多远，我还是要回来的，走近“老蜘蛛”的身边，靠近那张网，让疲惫的身心得以休憩。太琐屑的，太平淡的，太真实的，太无趣的，都将会在家这张大网上筛漏、过滤，然后一身轻松地背起行囊，老老实实地回到本该自己扮演的角色。就在昨夜，我分明又感觉到了一个叫作温暖的名词在幽暗处呼喊我，它很近，近得我一时间无法企及，它也很远，远得我只能在梦中追上它。那呼喊声从寂静中来，从酣眠中来，最终在醒来时的泪水中兑现。这呼喊声在空气中回荡，在鼻息中游走，在血液中翻腾，像风那般无形，但在参照物上显现，又像雨那般淅沥，溅湿了心情也溅湿了眼眶。它通常在夜半时分叩开心扉的大门，悄悄地钻进被窝，然后深入骨髓，摇曳心旌，压迫心脏，催促血液循环。因为生活的重压，我每每只能无奈地对着家的方向说声“请原谅”，因为我坚信那张网有足够的韧性和包容性，能包容一名游子的苦怒哀乐，而让我时时牵挂的母亲，会坚强地拾起火柴，掏出一枝，划燃了，艰难地填饱饥饿的胃，同时攥着微弱的光，走完新的一天。待 365 个日子都走完了，日历就换去一本，年岁就多了一岁，但同时，却也向黄土地迈近了一大步……

家的词义，网的蕴含，从某种意义上说，和妻子儿女有着千丝万缕的联系，或者就是同一个概念，都是人们心海里的一个巢窠或支柱。只有站在自己亲手搭建的房屋前，我才会深深地感念家的温暖与坚实。它不仅浓缩了自己的心血和汗水，更根植了家人的幸福与希望。因此，家的意义就在于承受和坚守，在于对生活的创造与限度拥有。家，真的这么凝重，却也这般释然。

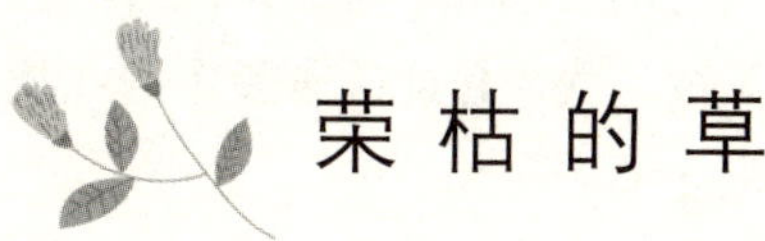

荣枯的草

稻子收割了，大片大片的稻田在退役的同时，又开始了新一轮的服役——红花草长起来了。稻田没有说话，它们沉默着，像那开春后的耕牛，默默地等待，默默地劳作着。

我是个很容易感到满足的人。一朵小花的绽放，一枚果子的成熟，都能使我感到舒畅而快乐。放眼时下的高山平原，草儿们都沿着来时的路回归泥土了。面对稻田间那嫩嫩的、绿绿的简直弱不经风的春意，我热切的目光在和它碰撞后，感到一阵颤栗，进而迸发出暖意与敬畏来——它们是那般的柔弱，却又这般的自信，以至于伴随着季节，开始它往复的生命轮回。在这冷峻的阵容里，让我在融融暖意的边缘，怅然感觉出若有所失，又仿佛是一缕浅淡而钝痛的离情别绪，使我又重新为生命的消逝而悲哀。

在童年的深冬，并不多见的枯黄草茎和簌簌飘坠的落叶，组成了我童年的劳动和游戏。同大多伙伴们一样，我们背着和身高颇不相称的柴篮子，上山拔野草，耙树叶，喜悦地堆在每家每户准备过年用的柴垛上。偶尔在几个天气暖和的日子里，我们追逐着，嬉笑着，像在仲春里追逐那黄色或白色的蝴蝶，笑声充溢了我无忧无虑的童年……而此时，满山满坡满埂满畈的枯黄草茎，却不复成为灶膛里的燃烧，将凋零的梦幻化作一缕青烟，袅袅升上天际。也就在此刻，我的眼眶中溢出了泪水和泪水掩盖下的无奈和哀伤。我不明白自己何以有如此的心境——不就是草儿们又一度的荣枯么？不就是在我的生命中再多一次季节的轮回，那算得了什么？

我感觉心中的怅惘和悲凉，在此刻是浓厚而隆重的。确切地说，二十年前的今天，痛爱我们的父亲像一根枯草倒下，落进了泥土。我被这肃杀的季节击伤——一个生命的终结与消逝的悲哀，钢针一般扎上我年幼的心。它那永远的锐痛就这样无端地楔入心灵的伤口，年年发作，岁岁结痂，让我每每没有来由地触景伤情，以致日趋沉默和消沉。直到拿到自修毕业证书的那天深夜，我才蓦地顿悟般想道：我也是父亲蔓生出的一株小草，从嫩绿到枯黄，从冬天到春天……

苍老的母亲比我更敏感。因为我曾多次留意她抱着枯草回来喂灶膛时的触景伤情相，但她在走出厨房后，又是以另一番精神状态贴近禾稼，似乎与它们保持了“煮豆燃豆萁，豆在釜中泣”的心灵默契，以至她在耗去体力，付出汗水的劳作之中，被什么支撑着，使得她对黄土地如此的默认与喜爱，能把苦和累，都化入了内心那归于平淡的幸福之中。

既然草的荣枯是一种必然现象，那么动物的生死都有一定的度，在这种度内的存灭，自然是无法预料了。既然如此，我又何苦为父亲——这株草的过早枯灭而终生不畅，并阻碍了自己的正常生长、开花和结果？

田畴间的红花草是柔弱的，但它们流溢出的葳蕤生机却是必然的。它们那生命的轮回仪式定格在冬季，自有它的规律性与蕴含的内容。我多想使自己成为一株真正意义上的草，让一种伟大与渺小融为一体；让勃发着生命气息的生机和绿意蔓延开来，铺展出去；同时也让有生命的群体，永远充满着强悍与浩渺……

感谢生命中的冬天！因为我相信每一株草都无声无息，都沉默而倔强地等待着来年春醒的时分……

剪　影

电瓶车在乡村水泥村道上快速地行驶着，身边的村庄、田野、树木是速度的参照物。它告诉我，我的身体跑得又快又轻松啊。面前的那位路人，他只知道我在路过，但他不知道，我是要去探望另一个将生活的速度放慢了的生病的老人。

深冬的田野多么安详，宁静放大了一切的响声。跑了许久，视野内的参照物被新的村庄取代了，而大致相同的田野差不多成匀速地向身后移动，颇似转动的唱片，向我的心情里探进一根磁针，将宏大的或细微的天籁之音，传进了我的耳膜。“哞……”前方传来了一声牛哞，紧接着，就看见一位老农牵着一头耕牛出来饮水了。这声长哞，是耕牛对丰收后的田野发表的一串得意的畅笑吗？还是它对同村中在这个季节里不经常见面的同伴们打个招呼？我不清楚一头牛长哞的原因，但这熟悉的生活图景，在清晨的薄雾里，让我感到了一丝寒意。这寒意，是凉水刺激给耕牛的，颇似我起床后，喝了一点冷茶水一般。

可以想象，耕牛立在池塘边，饮了几口，然后悠闲地抬起头，凝视着它耕作过的田野，看似毫无蓄意地昂立，实际上已经彰显了它的镇静从容或不苟言谈。它那沾满草屑的身子上，可以推断它昨夜在牛圈里睡了个好觉。这位村庄里最得力的帮手，正在借饮水的机会做着深呼吸的早课呢，心无旁骛地固定站立的姿势，构成了村庄永远的古朴的风貌。这是在深冬，身边的杂草都枯黄了，若是在春夏秋季节，它肯定瞅准一切能填饱胃的机会，啃啃青草，免得自讨苦吃地空腹干活。现在，它不需要用以往的经验去揣测主人的心思了，即使要下地，那也不像春耕一般匆忙而劳碌了。因此，它随时都保持着诚实的个性、任劳任怨的品性，纵然在深冬，也没有忽略。

回到家，站在我要探望的老人跟前，生命就这样在老人或者那头耕牛面前慢了下来，清晰了起来。这让我忆起了弥漫在田野上空的清醇与热烈——无论我在哪里打工，我都是农民的后代，村庄是我这一辈子与生俱来的胎记或者符号，尽管我目前脱离了农耕，企图在城市里换一种活法，但在我的骨子里，那耕牛有力的蹄音与长哞，就足够使我的灵魂回到村庄。在面前的这位老人一生的剪影里，我没有站在乡村里面替城市炫耀，更不敢因为自己是农民的后代而脸红；相反的，我只有回到了乡下，才会找到那种“子女亦是参照物”的感觉，才会在生存中挖掘出生活的本真意味，诸如从容面对、努力进取、健康生活、朴素消费、宽厚待人等一系列人生必须具备的积极心态和生活理念。如果说一个人至少得保持两种心态，那么在我的诠释里，一种应该是跟着车速行驶，另一种就是回归本真，这种本真，又是有别于“只知有汉，无论魏晋”的。

生命本身是很脆弱的，也是容易展开多愁善感的联想的。未来的某一天，我成了面前的这位形容枯槁的老人，或者成了那头站在饮水的池塘面前找寻一生记忆的耕牛，我的孩子也能在我一生的剪影里找到快乐的理由吗？

望　月

我是经常看月亮的，但这一次，因为心情的原因吧，却萌生了写一点望月文字的欲望。我抬头望月的时候，已经入夜了，从灯火通明的车间里走出来，外面朦胧的月光无形中便为我这名视力不够好的夜班工作者，高擎起了一盏灯，很自然的，我便抬头看了它一眼——年幼的时候，我们习惯地认它作婆婆，在奶奶的口中，月亮已经很老了，并且是爱心、慈祥的代名词。

人在空虚的时候，很喜欢把遥远的东西看成朋友，当作知己，今夜的我，就是这样吧，仿佛自己沉重的心思只有它能读懂，并且会为不善言辞的我代为传达似的。远，是心与心之间的距离，但对月而言，它却是贴心地近，在月亮下踽踽而行，我仿佛听得见它在轻轻地悲泣或者呢喃。月盈不是喜，月亏不是悲。今夜的月是缺的，它是否就映衬了我对重病中亲人的牵念呢？我不清楚。懵懂中，我认定家是一方池塘，而亲人们就是池塘中的那轮月，每当我不小心地投去一次伤害，月亮就会被砸碎，过一段时日，它又恢复了。由此，我天真地认定：月亮的性子真好。就像我的大妈，平心静气的，完全没有了一点隔阂，永远一副亲和的样子——她的平易和善良，这一次却让我感到惊讶，以至于我看着她的病体，禁不住失声痛泣了。想起以前每次回家，看过了她老人家，稍稍问候了几句，我就抽身走了，殊不知，她或许有许多话要对我说呢。所以，大妈就在我的门槛之外，至于疾病的另一面究竟藏着什么，我却没有悉心体会过。

那夜我醒来的时候，天上还是那钩月。它的到来虽属正常，但我感到了从未有过的害怕。忐忑不安的一个多时辰里，空而虚的感觉压迫着我，脑海里没有一丝杂念，有的只是年幼时失去父亲之后，大妈疼爱我的点点滴滴的追忆。我的身躯平躺着，可我完全没有了躺着的意识，望着那天边宁静的月，我不禁有了一种无依且对自身无视的感觉。我自信父亲就是这样结束生命之后带着灵魂飞走的——一个人在那寂静的深夜跟着月辉，走了，走了，一直朝着湛蓝的天幕飞升而去，从未顾惜我们撕心裂肺的痛哭和满脸的无助。月亮，这位亲和的使者，今夜给了我这样一个平素很少去想的机会，我呢，虽然没能做到超凡脱俗，但心里始终是空的，而且一片苍凉。

都说望月的人是在望自己。我从月色里看破了自己的现世，但我的内心能托付给月吗？仔细想来，应该怪自己醒来得太早了吧。所以我又认定，月辉是为那些在夜间谋生的动物们准备的，在不经意的时候遇上了失眠的人，从而让某个人徒劳地在清辉下喘一回粗气，自然界里细切的响声是失眠者的情绪，挂在腮边的泪水无疑就相当于植物们被凝结成的露水了。那一夜，我就陷入了身不由己的窘迫里，无以自拔。

光阴是气息的一种，大妈会过早地拴上她生命的门栓吗？人啊，在光阴的喂养中慢慢长大，被一种叫作成熟和命运的混合体胶着，然后逐年老去，骨头中的钙质因为光阴流失，变脆了的光阴带着腐化了的身躯越走越远，徒把“某门某氏”刻在牌位上，再年久一点，写进家谱中，让后人在祭扫时去跪下叩头。我们热爱光阴，期待光阴，却也痛恨光阴，但这由爱到恨的过程，是没有人能更改得了的。金钱、荣誉、权力都无法置换这爱的瞬间和恨的永恒。光阴还有一个大优点，那就是在人类的身体内逐渐装进太多的东西，那些口碑不错的人们就是这样走出来的，当一种思想积聚成能令众人景仰的福祉，这何尝不是一件幸事呢？大妈在不远的某一天将会离去，她那亲和的为人之道以及平易善良的性格，正是我们子孙辈需要去学习的。

屈　子

命运爱和凡人开玩笑，历史总是捉弄仁人志士。

在端午节这天，我们自然而然地想起了屈子。《招魂》《九歌》《离骚》《九章》《天问》等均出自一人手笔的古典绝唱，犹如一段段心里话，犹如一席席家常话，犹如一桩桩控诉，犹如一张张宣言……具有了永久的人生与命运的力量。这些仅仅是艺术行为的代表，但它比之于宝贵的生命，就只剩下一点声音、一抹光彩、几斑色泽而已——面对命运，正视着苦难，不忧患一己，更忧患着处在水深火热中的天下苍生，这样的匠心独运，融入艺术活动中，便获得了撼天动地的生命力。

且说那位落魄的老者吧，稍稍了解历史、知道端午节来历的人都知道，这一天是属于一个人的，是属于一桩凄惨的故事的，这个人就是屈原，这个故事就是投江。因为他朴素，我们就觉得他很亲切；因为他亲切，他的遭遇就越感人；因为故事感人，我们就越觉得如此之人不应该经历如此般的际遇，甚至很不应该。但生活没有不应该，存在皆有必然。纵观古代人文精神的构成，李白杜甫如此，孙膑司马迁如此，陶渊明曹雪芹也是如此。冥冥中，上苍就注定了苦难的真实内涵——这是社会人生的一个必然且十分重要的内容——如果某个人承受了特别的苦难，同时这个人在历史文明中又具有特别的贡献，占有一席特别的位置，他不仅是他自己，还代表着千千万万的人，甚至映现着一个时代，那他的意义和分量就愈加特别了。

屈子屈就在楚怀王的幕僚里，领到了一顶官衔为左徒的乌纱帽，企图在楚国的披檐下藉此打造一轮照彻寰宇的太阳，氤氲恒久的春天。这种救济并造福天下苍生的宏愿，和其后杜甫的“自谓颇挺出，立登要路津。致君尧舜上，再使民俗淳”（杜甫《奉赠韦左丞丈二十二韵》）的抱负如出一辙，且结局是那么地相似。所不同的是，屈子绝望至极，投江死了，而杜甫却“亲朋无一字，老病有孤舟”地客死在洞庭湖的一条小船上。屈子在楚国报国无门，又屡遭谗言和权贵的排挤，便毅然踏上了流浪民间的路，一路走来，屈子看不见天子包括为政者撒向百姓们的恩惠，看不见执政者救济天下苍生的钥匙，更看不到升腾在冬天里的玫瑰和火把，映入眼帘的却是四野里铺满了的白骨和新生翅膀的碎片，诚如其后的杜甫所述一般“朱门酒肉臭，路有冻死骨”。悲愤至极，唯美的诗歌腾不起粼粼波涛了，钢铁般的语言淬火成焰，在“路漫漫其修远兮，吾将上下而求索”的长歌当中哭蘸着血泪，挥毫泼墨，彤红了历史的天空。想象那段历史吧，屈子的袍服被剥夺了，排挤的谗言犹如一个个毒瘤，以迅雷不及掩耳之势击中了屈子——溃败的王朝便与一位旷世奇才这样擦肩而过了……

时光已被折叠、揉皱，犹如痛苦痉挛的躯体，将日月的宁静快速堆积。波峰浪谷上，是谁在焦躁地高吼、呐喊？一切显得那么徒劳，爱莫能助。为了寻求光明，为了拯救万千苍生，屈子以诗歌作谏，期望有朝一日能被执政者看见并被采纳；为了苍生能裹饥食服，能恬静地呼吸，享受生命，屈子创造着自己的上帝。屈子以四起的烽烟作幕，以精神和人格作为抵押，因焦虑而“衣带渐宽”的身躯，在貌似白天却绵延不绝的暗夜里喷发出了《招魂》《天问》……人类的理想写在了天地之间，回荡进2000多年后的今天。

就当这些都是一张白纸吧，屈子的万丈文气、万腔豪情何不妨在黑夜的深渊里燃烧，在不久的黎明前勾勒出过往的苍生所经历了的煎熬？没有鲜花，没有掌声，鲜花和掌声开在历史深处呢，屈子自然是不能享受的了。国都被攻破了，被攻破了的国都，也为屈子的叹息画上了万般无奈的句号。骚体和怒发，冗长地拂遍了秭归，屈子的屈辱，弹响了一江夏暖秋凉。

纯洁地选择和祖国一起消逝。汨罗江畔，屈子含恨地告别了荒芜的家园。纵身一跃间，屈子折断了骚体的翅膀，于是，每年的五月初五，一个很民间、很传统的节日诞生并流传了下来。“湘水悠悠无数的水鬼/冤缠荇藻怎洗涤得清？/千年的水鬼惟你成江神/非湘水净你，是你净湘水/你奋身一跃，所有的波涛/汀芷浦兰流芳到现今” （余光中诗句）竞渡，竞渡，惊起了一滩鸥鹭——龙舟在这一天打捞着思想的锋芒，由粮食夯实、由棕叶护卫的粽子一代代地包起，这是从废墟上流传下来的缅怀啊，它呼唤的是万顷稻浪，点燃的是四起的炊烟。追溯你的人，也便从上一个端午追到了下一个端午。

你作了《招魂》，便无须为自己招魂了。有水的地方就有人竞渡，有岸的地方楚歌就会四起，你就躺在那龙舟里，也在那歌里，风里……

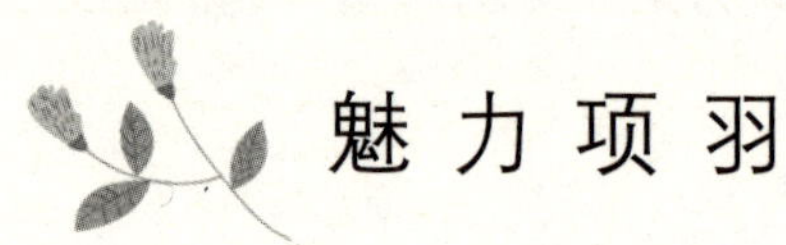

魅力项羽

“生当作人杰，死亦为鬼雄。至今思项羽，不肯过江东。”1128年，金人一锤砸开汴京，掠走徽、钦二帝；作为地方长官的丈夫赵明诚，又因城中叛乱，不身先士卒戡乱，而缒绳出城而逃，被朝廷撤职。一代才女李清照心中充满亡国恨和为夫愧。夫妻二人沿长江而上向江西方向流亡，途径乌江镇时，面对浩浩江面，心潮起伏的李清照得知这是当年项羽兵败自刎之处，不由吟下了这首千古绝唱。这一字一句的金石之声，是对失败英雄的高度概括与赞扬，也使赵明诚面泛愧色，涌起深深的自责。但同时，它也激励了大宋王朝之后一代代的仁人志士，敢于为既定的理想而赴汤蹈火，为自己应尽的职责而鞠躬尽瘁。

历史整整向前推进了1330年，这可是一段不短的岁月。作为一个失败了的历史人物，不但没有被人们唾弃，反而成为人们心目中的盖世英雄，受到人们普遍的惋惜、喜爱和颂扬。不外乎他拔山盖世的英雄气概、光明磊落的率直品格、重情重义的侠义精神、生死与共的凄美爱情以及悲壮豪迈的刚烈性格所闪射的人格光芒，使一代代大众去喜爱他，从而突破了中国人“胜者王侯败者寇”的思维定式。当代作家、教育家易中天先生在《易中天品三国》中认为，任何历史人物都有三种形象：历史形象、文学形象和民间形象。通常来说，历史在古代文人尤其是小说家的笔下，只不过是一个框架，一个时空的断限。各时期的人物在作品中已被重新塑造，各事件已被重新安排。它不再像历史典籍那样去真实地记录历史，而是糅合了创作者的意图、喜好，注入了作者自己的爱憎情绪。据我所知，项羽这位失败的英雄，可谓是三种形象都得到高度统一的历史人物。司马迁一篇《项羽本纪》，是《史记》传记中最精彩的一篇，达到了思想和艺术的高度统一，犹如一幅逼真传神的英雄肖像画，色彩鲜明；又像一张秦汉之际的政治军事形势图，错综有序。

在《项羽本纪》中，司马迁描绘了这样一幅画面：项羽被刘邦的军队逼至绝境，他唯一心爱的女人虞姬也难以脱离险境，悲由心生，便自为诗曰："力拔山兮气盖世，时不利兮骓不逝。骓不逝兮可奈何，虞兮虞兮奈若何!"如果说这是英雄末路时的慷慨悲歌，那么他们一行溃退至乌江口时，他本可以听从乌江亭长的劝告，带上二十八名残兵上船逃回江东去苟延残喘，以期重整旗鼓，求得东山再起。然而他没有这样做。他以极富悲剧意味的方式承认了天定的悲剧结局——即"天亡我"的现实，却又对"天"的给定发出挑战和怒吼。他用仅存的二十八名骑士重排阵式，再度冲锋，斩将夺旗。这一刻，他通体洋溢出的是活力四射的斗士，他虽承认必定失败，但不是输给现在面前的敌手，是输给无形的"天"；最后，他自刎于江边，以此证明自己的死都是自己选择的。

项羽拒渡乌江，自刎而亡。由此，他所显示的无所畏惧的勇毅，英雄主义的气概和激情，历代诗人多有诗赞。除却开篇李清照的《夏日绝句》，其他著名的还有唐人杜牧、胡曾，宋人王安石的诗赞："胜败兵家事不期，包羞忍耻是男儿。江东子弟多才俊，卷土重来未可知。"（杜牧）"争帝图王势已倾，八千兵败楚歌声。乌江不是无船渡，耻向东吴再起兵"（胡曾）"百战疲劳壮士哀，中原一败势难回。江东子弟今虽在，肯与君王卷土来?"（王安石）等。

项羽，秦末起义军领袖，是力能扛鼎气压万夫的一代英雄豪杰，中华数千年历史上最为勇猛的将领之一。他是一个性格暴躁的男子，却也是个用情专一的人，他始终爱着虞美人，成为历史上的一段佳话。虞姬的情形《史记》记载虽只有寥寥几笔，但他们的爱情，如同虞姬的美貌和舞姿一样楚楚动人，令人刻骨铭心。

刘邦后来以礼埋葬了虞姬，至今安徽省定远县南六十里处留有一座香冢，坟上生长的草修长而秀挺，人们称它为虞美人。后来一些文人，钦佩虞姬的节烈，填词谱曲常以虞美人为名，以诉一缕衷肠，流芳千古。

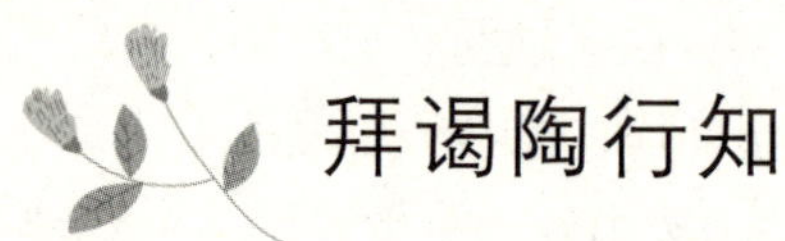

拜谒陶行知

阳春三月，我再次达成了徽州之行。那天上午，在徽州府衙会议室内结束“徽州府衙杯”征文座谈，下午本准备去“左脚是清朝，右脚是明朝”的潜口民宅的清园、明园看看，但想起朋友的叮嘱：“没有到过歙县，算不上到过完整的古徽州。”我匆匆的步履便踏上了通往歙县西乡黄潭源村的路，去领略那幽长的古巷里缱绻着的故事，那斑驳的老房子里藏匿着的传奇。

钟灵毓秀的徽州自古就人才辈出，灿若群星。1891 年出生在歙县黄潭源村一个贫寒教师之家的陶行知，便是其中耀眼的一颗。他学贯中西，文通古今，是最早注意到乡村教育问题的教育家。因为自己曾在三尺讲台上呆过 12 年，我便带着“曾是圈内人”的敬仰与虔诚，拜谒了陶行知纪念馆。

纪念馆由陶行知少年就读的崇一学堂旧址改建，1984 年完成，粉墙青瓦，高脊飞檐，曲径回廊，古朴而典雅。走近纪念馆，青石门额上的“陶行知纪念馆”这六个苍劲有力的大字系胡耀邦题写。眼望高大的门楼，雕花门楣上宋庆龄手迹“万世师表”的匾额，在这处仿徽派建筑中显得刚健、端庄。整座纪念馆由瞻仰厅、放像厅、书画厅和 5 个大展厅组成，为使游客能全面地了解陶行知先生的生平事迹，楼上的展厅，用现代电视屏幕及声光电相结合的科技手段，配以图片、实物，将陶行知一生的工作场景和生活故事真实地再现在我们面前。

一进大厅，我尚未来得及仔细瞻仰陶行知的座像，便被朋友拽着去了楼上的展厅。1891 年出生于歙县黄潭村的陶行知，原名陶文濬，曾改名陶知行，在后来的实践中，他认识到“行”在先“知”在后，便毅然更名陶行知。先生天资聪颖好学，由于家境贫穷，十来岁开始半工半读。问政山下的小路，黄潭村的悠悠小巷，便见证了少年陶行知求学的艰辛。17 岁那年，清瘦力薄的陶行知坐船沿新安江顺流而下，从此掀开他人生的崭新一页。1910 年，陶行知入南京金陵大学学习；1914 年，他以文科总分第一名的成绩毕业并赴美留学；1915 年获伊利诺伊大学政治硕士学位后入哥伦比亚大学研究教育，成了美国教育家杜威的学生。“为中华崛起而读书”的陶行知“位卑未敢忘忧国”，1917 年回国后，他先后任南京高等师范学校、东南大学教授、教务主任、教育科主任，并兼任中华教育改进社主任干事。1923 年，他辞去东南大学的职务，专任中华教育改进社主任干事；1927 年创办晓庄学校；1932 年创办生活教育社及山海工学团；1938 年 8 月，倡导举办了“中华业余学校”，推动香港同胞们共赴国难；1939 年 7 月，在四川重庆创办育才学校，培养有特殊才能的儿童。

陶行知毕生投身平民教育，根据中国的国情，他提出并倡导了“生活即教育”“社会即学校”“教学做合一”和以教育改善人民生活为核心的教育理论。“九一八”事变后，他积极从事抗日救亡运动，受全国各界救国联合会之托，他周游了 26 个国家，参加过各种国际会议，宣传抗日主张，为抗战及中华人民共和国的成立做出了的贡献……天妒英才，1946 年 7 月 25 日，55 岁的陶行知病逝于上海，他用自己的一生，践行了他毕生的座右铭：“捧着一颗心来，不带半根草去。”

再次来到宽敞的瞻仰厅，映入眼帘的是 2.6 米高的陶行知先生的汉白玉质座像，象征着他洁白无瑕的高尚人格。我的心情顿时凝重了，心头却莫名地冒出臧克家的两句诗行：“有的人死了，他还活着。”先生便如是。厅中的墙壁上，八个镏金大字熠熠生辉——伟大的人民教育家，这是毛泽东对陶行知的赞誉，亦是对他毕生的总结。座像中，先生神态安详，手持书卷，目光炯炯有神，似是沉思，又似是陷入遐想。座像后摆放着盆栽的青松翠柏，隐喻先生的高风亮节、万古长青。两边圆柱上镌刻着现代文学大师郭沫若为陶行知名言所写的对联：“千教万教教人求真，千学万学学做真人”。结合刚才详细得知的陶行知对中国教育的伟大贡献，我便想起了郭沫若曾对他的高度评价：“二千年前孔仲尼，二千年后陶行知。”

走出纪念馆，回望这座庄严典雅的陶行知纪念馆时，我终于默诵完了《有的人》的最后两句：“他活着为了多数人更好活的人，群众把他抬举得很高，很高。”

没有送达的祝福

2017年7月份，居合肥工作的何诚斌先生给我们带来好消息：合肥工业大学出版社将为怀宁五位写作者提供出版散文集的机会，我荣幸忝列其中。匆忙整理好书稿，我觉得在电子稿书稿的“后记”上得表达点什么，于是想起上春写的长达6350字的长文《文学路上引路人》。将它作为书稿的后记，虽背离了后记定义的“短文”的范畴，却能妥帖地“见证”29年来，我在文学路上艰难“爬行”的痕迹。文中，我较为详实地记叙了孙必泰、程多富、沈天鸿、龙彼德、周德钿等五位文学老师，在我业余从事写作的过程中付之于我的谆谆教诲与恩典。兹录文末一段语句：“面对文坛众多老师和朋友的无私提携与帮助，我自感惭愧地领了一份份恩典，而我希望自己能做到的是尽量地让他们对我少失望一些……文中提及的五位师者，只是我接触最多的，也是许多关心我、指导我、提携我的众多师者的代表。除沈天鸿老师尚60开外，其他4位已是70、80高龄的老人了，这里，我且祝福他们，保重身体，各位老师，再活上二十年，三十年……”为此，我暗中决定，以此书作为一份祝福，尽可能地送达他们手中。

就在新书出版合同签订之际，我的第一位“领路人”——孙必泰老先生，因心脏病突发抢救无效，于2017年10月20日永远地离开了我们，享年81岁。这不能不说是一份缺失和遗憾，也是我一份永久的心疼……于孙老而言，我便有了一份无法送达的祝福，尽管在数月之前，有两家杂志答应给刊出《文学路上引路人》一文，但我还没有收到样刊。前不久，不喜欢在网刊或微信公众号上推送文章的我，鬼使神差地将长文传给了“安庆作家”微信平台。平台推出长文后，我“卖弄”地将微信链接发给了与时俱进且于今年开通微信的孙老，却没有打电话过去说明一下，更没有抽时间去拜访他老人家，现在想来，遗憾便加深了一重。

记得去年夏夜，我约朋友夜访孙老。当孙老魁梧的身影出现在他所在的小区门前迎接我们时，我还没有来得及介绍一番，健硕的孙老便道出了我们的姓名，并娓娓说出了一些20多年前的交往旧事。那一刻，我和朋友都惊呆了。当我开口讨要他的个人诗集《拾穗集》时，孙老不无遗憾地说没有了余本，但他个人的歌词集《心之声》，当年就寄赠给我们了，并且说他主编的短诗集《青春风采》上，各收入了我们的两首短诗。实在遗憾，我和朋友当年的“诗作”，充其量就是一次练笔，更惭愧的是，我和朋友至今都还没有写出令自己满意的作品，更别说呈送或回馈孙老当年的恩典了。

随后至今的时日里，我只在“檀传宝先生回乡赠书仪式暨诗歌创作会”上见过孙老一面，但有关孙老参加一些文艺活动的图片却不时地出现在微信朋友圈中，这样一位无灾无疾的老人，记忆清晰，态度和蔼亲切、谦逊儒雅，怎么说走就走了。

孙老在主编《怀宁文艺》的同时，长期从事文学辅导工作，我便是其中受益的一员。在五十余年的文学生涯中，孙老发表的作品不是很多，但大多是精品。可以说，孙老分别发表于《人民日报》和《人民文学》上的《嫂嫂心红似火焰》《清水河边一朵花》，堪称孙老的诗歌代表作，更是怀宁文学界的一帜标杆。孙老创作的歌词很多，代表作有《小鸟请把翅膀借给我》《春天的小雨淅沥沥》《金草帽》《五月，枇杷熟了》《金色的筛子会唱歌》等。而《拾稻穗的小姑娘》除获得1986年全国首届“女性之歌”奖外，收入了全国小学音乐教材，并入选《中国优秀少儿歌曲100首》专集，分明就在孙老去世的当日，微信朋友圈中出现了“小蓓蕾组合——《拾稻穗的小姑娘》在线试听”，我想，这就是对孙老最好的缅怀和倾听了。

参加完孙老遗体告别仪式，我便是最后一次见到孙老了，心中不免戚戚然，但灵堂大门前张贴的“为怀宁文化领路者；是古皖艺术奠基人”的挽联，当是对孙老一生形象且圆满的总结，我那“没有送达祝福”的遗憾，也将随着时日的消磨，缓减了去。为此，我暗中勉励自己：坚持写下去，即便写不出令自己满意的作品，也是对孙老以及众多师者最好的报答。

悲悯与抚慰（纪念海子七组篇）

如期而至的怀念

一转眼又是春天。前几日，点点滴滴的雨，纷纷扬扬的雨，持续了好几天，今天却放晴了，阳光明媚的。恰巧又赶在周日，很适合外出祭扫的。

记不清有多少年了，只要春天来了，那句“面朝大海，春暖花开”的诗句，就会萦绕耳际，就会令我不自觉地要去祭拜我该祭拜以及我想去祭拜的亡人——我的父母，我的亲人，以及我的师长……

气温回升，尤其在雨后，很适合做点有纪念意义的事情。焚烧草纸、燃放鞭炮，已经被环保、生态的节令性野花或塑料花取代了，意义却不曾变味，真好！那些已经成为现实的和将要成为现实的东西，纳入了我们生活的前奏……

只身赶往我想去祭拜的亡人——海子墓地，发现一场“春暖花开诵海子”的诗歌朗诵会正在举行。不想也不敢走进那熟悉的小屋，远远注视着海子年迈的双亲，发觉二老真的是龙钟之态了。初升的阳光暖暖地照射在他们身上，也照在泥地上。视力不好的我，俨然看见一股地气袅袅地从潮湿的水泥地上蒸腾起来，像极了海子吸烟后吐出的烟气，抑或是泥土在呼吸时吐出的生命之气……蓦地，我的眼眶潮湿起来，大约就是被那有形或无形的烟气熏的吧。

多年了，海子的双亲没有哪一天放下了海子。海子的母亲竟然将简易的木床搬进了海子的藏书屋，呼吸海子呼出的鼻息，默念着海子。“娘喊一声，儿应千里”，海子，你五十多岁的半老头了，犹如襁褓中的婴儿，活在母亲的怀抱里。其情，其景，透露出来的还会有什么？从另一种层面上说，海子文化园的在建，和他们不懈地接待来自全国各地的“粉丝”包括出席一些纪念海子的活动，以及精神层面上的呼唤，无法割舍，更息息相关。

刚刚下过的雨，汇聚在池塘里、泥土中，然后，我们就看见了——它们，作为植根于泥土的另一种生命，是我们不说话的邻居和朋友，我们依赖于它们而得到保证。看，桃花开了，粉红的；油菜花开了，金灿灿的……向日葵、油菜花，以及由油菜衍生开的麦子等，渗进诗歌，构成精神家园里亮丽的黄金物质，足够人类享用一生了。

随同在县电视台工作的操春先生前往海子墓地抓拍镜头，适巧一位陌生的“粉丝”来到。看他娴熟地掏出一瓶酒，拧开瓶盖，手生地点燃一支香烟，插在墓前，我们诧异起来。一打听，才知道他是彝族人，从遥远的四川赶来……分明就在昨天，安庆师范大学的一些学生祭拜完海子之后，饿着肚子离去——诗歌不是食粮，不能应对饥饿；但诗歌分明就是食粮，能充盈健康的、向上的灵魂！由此，我记起了曾经读过的沈天鸿老师的诗句：这个世界/的确存在一些/你一见就得低下头去的事物……

高空中有薄云，向这儿涌来。因为这儿是山冈，高过了平畴，高过海子故居。“面朝大海，春暖花开”——海子的经典名句，无端地在耳际再次回荡起来，一起回荡的，还有氤氲在这个节令里对亲人无尽地缅怀或祝福。

缅怀一位逝去的师长，和缅怀自己的亲人，有什么相同和不同？当操春先生要我对着镜头诠释时，我选择了转身和摆手，因为我不能作答，也无法回答。尽管我是这儿的常客，只不过，我不忍心见到海子双亲日益衰老的面容……

一个人，无论活到什么样的高龄，总是要离去的，这是谁也不能改变的现实。悲莫悲兮，白首送黑发！明白这个简单的道理后，身为一名草根作者，我感觉到：肩上增加了重量。这重量，总是有意或无意地提醒着我。事情就这么怪，当我因为身体原因压缩写作量，甚至把它不当一回事时，那锐减了的写作量却因为今天幼儿园小朋友们熟稔地背诵海子的诗句，以及同城的朗诵者引起了我的注意和思念，尤其是在这个春天。

许多事情一说就容易犯错，今天也是这样么？我梳理不清。梳理不清或表述不详的时候，我喜欢让时间替我传达。如果我连自己的时间都有限的时候，我只能选择沉默。设若沉默的结局是鲁迅先生笔下的“爆发”，便有了眼下的这篇千字文，或者是今天如期而至的怀念……

故居里的不等式

春雨潇潇。当我陪伴外地的几位朋友走进海子故居时，正值草长莺飞、春暖花开的时节。当年，“你家中破旧的门/遮住的贫穷很美”；如今，这儿人流如织。室外，潇潇春雨斜织，好像老天爷在有意营造一分睹物思人的追思情怀，有意让人品味短暂生命与辉煌成就之间是等式还是不等式。

三间普通的砖瓦房，这当代“麦地诗人”的一大栖息处，这一孕育了一颗伟大灵魂的处所——海子故居，早已成了中国诗人心目中一张靓丽的名片。从这处清幽的故居走出的诗人，“给沉寂的诗坛吹进了清风”。如今，故居收藏的海子留下的物品及 200 多万字珍贵手稿的“纪念馆”，也给了远方慕名而来的游客们以人文及精神的慰藉。

诗人远去多年了，海子个人的历史从“不知名——漠视”翻到了“熟能诵——敬爱”的那一页。虽说“文章千古事，得失寸心知”。写作者无须在意“悠悠身后名”，但这个世界只要还有需要精神生活的人，便不会忘记之前那些写出有影响作品的已经逝去的人们，而他们，便不会真正地死去。所以，热爱他们的作品乃至用行动来祭奠他们的人，总是“不尽长江滚滚来”，人文的事情尤其如此。如果说，保护、抢救原有的设施是对过往的一种纪念，那么，依托“海子书屋”内所藏的海子遗物及珍贵的手稿拟建“海子文化园”，便是对现在乃至未来的一种励志与经营。只是故居，作为海子 15 年生命的养育处和随后多次回家的“身心寄宿处”，是海子 25 年生命中的一大纠结点和一段生命历程的烛照。尤其是海子年迈憔悴的双亲，在煎熬多年的伤痛之余，一边整理、保管儿子的遗物，一边接待成千上万的热爱海子和海子诗歌的读者们对海子的祭奠、对故居的朝觐；为了答谢一些媒体举办的活动，年迈的海子双亲，不顾路途的遥远与颠簸，被邀出席相关场合，真的太见伤感，情绪太浓重进而凝重了，这无异于在多年来不断滴血的伤口上揭开刚刚愈合的痂壳，重新滴下殷红的血；同时滴下的，还有海子打落在地上的鲜血与阳光！

这种不言而喻的命运反差，太巨大、太感伤，有点不近人情的味道；但同是热爱文学的朋友远道而来，我若拒绝领队，于朋友而言，也是一种不近人情。这之间是否形成了悖论关系我不清楚，但我肯定，那微妙却是显见的神色流露，正是故居里存在的又一个不等式——我们有着海子相仿的年龄，我们尊敬海子以及他的双亲，但我们除了称呼二老为“查伯伯、查妈妈”外，却没有做到更多。

世界是有序的，生老病死也常见反逻辑。而海子却顺着这种反逻辑，用短暂的生命成就了诗歌的一分耀眼的辉煌，然后像陨石，落在面朝大海的地方，这代价太大了，这流韵太让人伤感了。因为海子不谙舒缓之道，急迫于追逐心中的“太阳”，海子方如烟花、方如闪电、方如流星一般，以无与伦比的激情与才气，在短短7年间释放光华，然后倏忽而逝；不逝的是他的姓名、作品及精神——海子的命运这样确定了，海子作为当今诗坛少见的诗歌天才的角色这样设定了，所以，海子短暂一生的苍凉意韵也这样确定了。大家热爱海子，正是对他精神内部的黑暗投去悲悯，并施之他及他家人以温暖的抚慰——这种理解，和上文的“不近人情”有些错位，是悖论，也是不等式。

所幸海子留下了他性灵的光火，照耀了我们这个喧嚣的尘世。流连一番，已是填饱肚皮的时间，我们该走了。屋外，细雨依然，我心已湿漉漉的。

用爱去获得世界

时间过得真快，一晃就是25年了。25年前，一位青年诗人走完了他的生命历程，尽管他只有25岁，却留给世人一笔巨大的精神宝库，他就是本土的诗人海子。比较集中地拜读他的作品应该是在1991年末，那年7月，南京诗人周俊、张维编的《海子骆一禾作品集》出版了，承蒙当时的县文联主席孙必泰老先生割爱，送了我一本。我清楚地记得，习诗不久的我，读他诗歌时的那种无助与迷惘。我知道自己当时写出的那些分行的长短句充其量是一些“口语诗”，但每次试图研读海子的诗，都觉得晦涩。于我而言，无异于一种呓语或“刁难”——艺术都有自身的度，尤其是诗歌。当我谙知了“意境”“意象”“活用”“通感”“破与立”“诡谲”等专业术语后，再拜读海子的诗，才确信海子的诗，是“朦胧诗”林中的精品，是自古有之的“通感”艺术在作品中水乳交融后放射的芒焰。于是，我找到了一个角度，开始拥有海子的遗产。在那些遗产中，更多的是对幸福和爱的朴素体会与拥有。

海子的很多作品，于我而言，在拜读时只需要用一颗乡土的朴素心灵，就能感受到那种韵致："风很美果实也美/小小的风很美/自然界的乳房也美……你家中破旧的门/遮住的贫穷很美……"（《给母亲·风》）"草叉闪闪发亮，稻草堆在火上/稻谷堆在黑暗的谷仓/谷仓中太黑暗，太寂静，太丰收/也太荒凉，我在丰收中看到了阎王的眼睛"（《黑夜的献诗——献给黑夜的女儿》）。这些提炼了农耕生活场景的诗句，读来自然、亲切，有泥土般的充实和大地般的从容。草叉经常使用，自然没有了锈渍，闪射出来的是金属的本色，所以"闪闪发亮"。年年在赖以立身活命的大地上如此辛劳，农人们腰身自然弯了下去，像一张弓，绷紧的状态却是"琴"和"勤"，所以有了"留在地里的人，埋得很深"。"琴"经过"勤"的拨动，自然"太丰收/也太荒凉"，以致"我在丰收中看到了阎王的眼睛"。像这样放松、日常化的诗句，自然激起了熟悉农耕生活的广大读者心头的躁动与共鸣。这是一种幸福与博爱的体验。及至那首入选了中学教材的《面朝大海，春暖花开》，更令人感受到那种澎湃的激情和力量。诗人辽阔胸怀与深远神思的背后，折射出来的也是诗人对幸福和爱的体验："和每一个亲人通信/告诉他们我的幸福/那幸福的闪电告诉我的/我将告诉每一个人……"

佐西马在《卡拉马佐夫兄弟》中说，"用爱去获得世界"。生年只有25岁的海子，可以说是做到了；至于他留给亲友、包括中国诗人心头的创伤，海子全然没有顾及，但海子赢得了诗歌和千千万万读者心中由衷的敬与爱。

祭奠：悲悯与抚慰

又一个草长莺飞、春暖花开的春天到来了，在这样的季节里，许多热爱诗歌的中国人都会不由自主地想起海子，并且以各种不同的方式纪念他。朗读他那饱含深情的诗句，我们就会明白：人，不是用来被感动的，而是用来感动别人的……

海子殉诗后，所激起的轰动与反响可谓是空前的。有人撰文这样说道："体验不到苦难的心灵是肤浅的，体验不到幸福的心灵是猥琐的，体验不到放松的心灵是残缺的。”亲身经历了多次的海子祭奠活动，我想，广大热爱海子诗歌的朋友们不远千里来到海子故居，目的就是和大家共同分享他内心的喜悦和欢乐。至于海子生前的另一位好友骆一禾，虽然也逝去在同一个春天，但二人的离去所激起的影响以及祭奠上的天壤之别，不是舆论的导向，而是读者自我意识上的认同与喜爱。换一句话说，25 年过去了，广大热爱海子作品的读者以及海子作品中闪射出来的对幸福与博爱的体验，源于芸芸众生中个体生命最纯粹的状态。正是一些人在心灵上延续这种体验，才使得海子的作品被普遍热爱并被接受着。大家对海子举行祭奠，正是我们对海子精神内部的黑暗投去的悲悯，施之的温暖抚慰。

去年，我在县里一家彩印厂上班，在印制一份宣传册时了解到，海子生前所在的高河镇政府，准备依托海子故居和海子墓规划建设“海子文化园”，并且摆上了当地党委、政府的议事日程。此举一旦兑现，不仅我们爱好文学的朋友们高兴，海子地下有知，当然欣慰了。因为现在的海子故居，是海子的父母亲用海子的稿费建盖的，“海子书屋”内所藏海子的遗物，包括藏书、生活用品、各种证章，各类纪念、宣传海子的照片、音像、字画等，在保护条件和设施上都比较落后；而海子最珍贵的档案——200 多万字的诗歌手稿因无力收藏，只好施之防虫剂集中存放。

众所周知，海子旅游经过的地方德令哈，给他修建了纪念馆和纪念碑，坐落在当地的巴音河畔。海子卧轨自杀的龙家营，2004 年于秦皇岛市欢乐海洋公园对面的天健游乐园内一个湖心小岛上立起了海子纪念石，谢冕教授亲笔题写了“面朝大海，春暖花开”八个大字，旨在将海子留给这个世界的美好祝福传达给每一个从那路过的人们。因为海子作品中多次提到太阳，那座小岛便取名“太阳花岛”，并在以后每年的 3 月 26 日举办诗歌节……发起这一纪念活动的人们本来只想在铁路边立一块石头，却得到了一泓湖泊和一座太阳花岛；本来只想在铁路边栽一棵树，却得到了一片树林……所以我殷殷地盼着，依托海子故居拟建的“海子文化园”能早日落成，相信在社会和广大朋友的斥资与捐助下，海子留下的物品及手稿会得到妥善地保存。这样，不仅告慰了海子，也可接待外地朋友们对海子虔诚地敬重与热爱。

俄国田园派诗人叶赛宁去世后，他的家乡成了保护区，每年都要举办盛大的诗歌节。相信未来不远的 3 月 26 日，海子诗歌节会在他的出生地成为美好的现实。每一个来到的人亲手栽下一棵树，那将是“诗歌之林”的一部分。

只要我们心头有爱，我们就有理由让美丽的诗林张开手臂，迎迓每一位热爱诗歌的朋友们光临！

用死亡订立的盟约

新年伊始，与县作协几位主席及文联主席聚会，大家谈论最多的是怎样纪念3月21日世界诗歌日及3月26日海子殉诗25周年纪念日。世界诗歌日是联合国在海子去世10年后才设立的，早海子的祭日几天。说实话，在这之前我并不知道有这个日子。于我们这些爱好诗歌的业余作者，尤其是对我们怀宁的广大文学爱好者来说，我们心中另有一个属于诗歌的神圣日子，那就是3月26日，这是本土的海子，用死亡的方式与中国诗人订立的盟约。

开展今年的纪念活动注定与往年不同。它既是海子诞辰50周年，也是海子殉诗25周年，用一位朋友纪念海子的一句话就是：一半在人间，一半在天堂。因为地域亲近的缘故，也因为心头的那份热爱，我们每年都会认识一些不远千里来祭奠海子的文友们，从而写几篇相关的诗文酬和。每次去海子故居，我关心最多的是看看书架上新放上去的收录了海子诗文的新书或专辑。身为海子诗歌的一名粉丝，我很想拥有那些版本，但我知道，那些不同的版本，说白了，是出版商把准了广大读者热爱海子及其诗歌之脉的产物。西川先生编的那本黑封皮《海子诗全编》，我就拥有一本，它全面地收入了海子的作品。如今，就静静地立在我老家的书架上，像一座黑色的纪念碑，同时，更是一面镜子。自从拥有它以来，我只翻动过一次——我希望我的书房中永远立着这座纪念碑或者镜子，不容翻动。无论是纪念碑或者镜子，翻动多了，就会破碎的。说它是纪念碑，因为它一直用肃穆的黑色提醒我，自己曾有过一份怎样的青春时光，也能鉴照自己在文学道路上爬行时留下的或深或浅的足迹；说它是镜子，因为它时刻闪射着血色的光芒，让我在迷惘时剥下文字以及思想的外壳，看到行文中留下的行行斧印，同时，也鉴照出我血液中令自己羞愧的杂质。

海子离世时，我正在南方务工，闲暇中迷上了写诗。那时没有网络，但他逝去的消息却传得飞快。1991年7月，南京诗人周俊、张维编的《海子骆一禾作品集》出版了，承蒙当时的县文联主席孙必泰老先生割爱，送了我一本。很长一段时间内，我无一例外地为海子的诗动容，常常流下泪水。1993年4月的一次偶然机缘，应《中国现代诗》杂志社副主编的邀请，我去了北京，笔会上见到了海子生前的好友西川、邹静之、唐晓渡及一些著名作家、诗人。但我怎么也不会想到，为纪念海子离世20周年举办的活动中，再次见到了西川先生——这份对从事诗歌写作的执着与笃定，对像我这样的草根诗人来说，是一生的过错，却也不乏是一次悲欢离合！

清晨一觉醒来，随手拿起床头的一本书，竟然是去年获奖得到的一份纪念品——《海子诗集》（鹭江出版社2010年5月版）。只是扫了几眼其中的一些长短句，泪水却像当年一样盈满眼眶。人生变故的折磨，我早已麻木了，所以我深信我的泪水已浑浊，血液中尽是杂质，但那些字句依然纯净透明，透出青春热血中才可能有的气息。这是诗歌的力量，也是海子喷出的火与激情，乃至海子全部的生命。朗朗上口的音韵是海子的一分翘盼，或长或短的节奏是海子“喷射”时的呼吸，而诗篇的意义早凝结为海子闪着青春之光的肉体……太阳，在海子眼中是一种红色的辉煌意象，它使得海子也拥有了日落和日出的涵义。正是“这一野蛮而悲伤的海子”，一开始就被日出、日落的辉煌给吸引住了，从而过早地掐断了生命的根——他坚信：“春天，十个海子全部复活/在光明的景色中……”

“阳光打在地上/并不见得/我的胸口在疼/疼又怎样/阳光打在地上！”这是海子的诗句，海子做到了，在他25岁那年的春天，他将鲜血和阳光都打在了地上……撇下这份过于凝重的思绪，我想起了1963年自杀的美国“自白派”女诗人西尔维娅·普拉斯用两行诗句订下的盟约，可以与之相辉映：“死是一门艺术/诗人的死实际等于诗人的再生。”

麦子

麦子尚未成熟，磨镰之声便吆喝遍了村头巷尾。麦浪如锦，从山腰挂到山脚，抖落出一个个关于季节的故事。

祖父那佝偻的身躯，早被麦芒般的阳光刺伤。手搭凉檐的我的祖母，曾从容地从“雨水的村庄”和“爱情房屋”前走过。

如今，又是谁依旧逗留在拔节的麦垄中，迎风伫立，无声呐喊的血泪，横流诗行？猝然倒下的声响，回荡开去，又水晕般渐渐消失？

生与死的对抗，如优美的破与立诗句，令人反刍——痛苦的思想滴落下锋利的语言，戳死了孤独的大地的儿子。艺术之光影披弥大地，却不能把寒冷的光焰，装扮出鲜花，开放在生长麦子的地头……

“你从远方来/我到远方去/遥远的路程经过这里/天空一无所有/为何给我安慰”。暮春的麦子在泪雨中葳蕤生长，你却毫不眷恋麦地上空萦荡的那声声泣血的呼唤……风雪常怂恿苦难，蠹食顽强的生命。而你却是那般地投入，毅然扑向大地，摘取大地冰凉的亲吻与溅血的拥抱……

麦垄间两座守望家园的小木房，一对孪生的麦地之子！（海子、骆一禾在同一年去世）狂风折断了那金色的麦秆，真实的麦芒却依然锐利！如今，我们“站在太阳痛苦的芒上/站在你痛苦质问的中心/被你灼伤……”

永恒的麦地，需要不辍地耕作。如今，谁又在播种黄金的麦粒？

颂 歌

一

先撇后捺，沿着汉字的笔画。深入浅出，顺着思想的脉络。

思想活了，在清寂诗坛的洗礼中渐放光芒；肉体碎了，艺术家的生命却历久弥新。

绝望的头颅，枕在绵远的枕木上，上面是无边的天空。

每一根肋骨都蓄满力量，迎接车轮冰凉的抚摸；每一滴热血都极力喷洒，射向“绝望”和“罪恶”。

“太阳”的内核炸开了，但你没有陨落。

悲愤的鞭子抽打诗歌——快速地旋转。

如今，这颗星就躺在这里。嘘，别落泪，他只是太累了，想好好地歇一歇；嘘，把你的脚步放轻点，再放轻点，别搅了他酣睡的好梦。

在高河那座无名山冈上，深深的黑是噩梦，梦醒之后将是新的明天？

充满生机的语言，裹挟着不死的灵魂，静静地迎接——不，是鞭策，鞭策着前来的脚步。

千百万个海子都复活了，便足以击碎暗夜！在百花齐放的春天，足以再现一个盛唐！

二

农村。城市。

一纸试卷叩开城市的大门。一匹诗歌的黑马，踢踏而过。

清贫且没有规律的生活。稀稀落落的掌声。屡屡夭折的爱情。无以负重的内在压力。不被普遍理解的沟通……

噪音淹没了低吼声，繁荣掩盖了心海的荒凉。

离开京城，做一次没有归途的旅行。挣脱肉身的镣铐，还灵魂真正的自由！

列车驶不进天国，唯有脚步能抵达纯粹。爝火点燃了，烟雾缭绕成阴霾，难以驱除，失望者以勇气碾来新生。

“从明天起，做一个幸福的人/喂马，劈柴，周游世界/从明天起，关心粮食和蔬菜/我有一所房子，面朝大海，春暖花开……”

烟花三月了，融融暖意，苏醒了诗坛的子宫，不断地拔节、不断地怀孕；春暖花开了，你却走失了——

车轮切割的命运的细胞，在岁月的宫体内裂变了，组合了，长成了无数个新的生命体——

你，就这样消亡，也因此而永生。

三

可赞你——清贫中坚守着一种纯粹的追求。

可颂你——业余里饱满着追寻光明的火热劲头。

遗憾你——“太阳”体系下不曾收笔的海市蜃楼。

躺下，不是寻求享受，也不是你的归宿。

生命只有一次，你诀别地出走，以后的事情，徒让一代代缅怀，在一次次地啃读中消受。

你的名字，辉煌成长江的一条支流，奔向大海，最终融汇于大海，一路催开的鲜花，在朝阳的沐浴中获得生命的坦荡和美丽。不死的精神与光明为伍，便绚艳沉寂的诗坛，照耀着春秋……

万祀不朽王星拱

租住在怀宁新县城纬八路东端，早就听说这条路的西端有一条蜿蜒曲折的“村村通”公路，直通著名教育家、化学家王星拱的墓地。从高河埠走出的一代骄子，从王家大屋走出的一位大师，死后能够躺在故乡的土地上，安逸地听袅袅清风，阵阵松涛，实在是一件“死生亦大矣”（《庄子·德充符》）之事。先生在几十年的教学生涯中，陆续出任安徽大学、武汉大学和中山大学校长，叱咤风云几十年，最终落叶归根，实在令人感慨系之。

墓地位于乡村公路旁的一块非常平坦宽敞的地方，方方正正的，约2亩左右。中间有两个平台，均高出地面一尺许。再隔三米便是墓前广场了，广场以红色方块砖为主体，很规则地铺砌着。墓身系土红色大理石砌成，墓冠略呈长方体，在杂草丛生下，显得很低调。墓碑颇见匠心和新意，斜面上刻“化学家、教育家王星拱之墓（1888—1949）”。墓的两边和前口均植有松柏，墓的后边矗立着4块2米多高的石板碑，一碑一字，系新中国上海市第一任市长陈毅的挽词：“一代完人”——这是我很少见过的“墓制”。墓地简洁而明快，朴素而方正，这样的风格当属刻意为之。不过也对，它正好与墓主人质朴敦厚的性格、纯正朴素的家风以及科学严谨的治学精神，息息相通，且融为了一体。

先生系民国时期的科学家、教育家，专业造诣高深，思想敏锐深刻。在20世纪20年代爆发的著名的“科学与玄学”论战中，留英归来的您作为科学主义健将，坚定不移地站在科学派阵营，左右冲杀，对科学的伦理学意义提出了自己的主张："科学之功效，既不只轮船火车之应用之技能，也不只热胀冷缩之物理的理论……"从1934年6月到1945年7月，先生正式担任武大校长虽为11年，但在武大工作并实际主持校务前后长达17年之久，为国立武汉大学招揽贤才、发展学术做出了巨大贡献，可以说，为武大的发展立下了汗马功劳，也是武汉大学最杰出的校长之一。武大西迁乐山后，物质匮乏，经费困难，先生殚精竭虑，克服重重困难，坚持教学与科研的正常开展，使武大得以继续和发展。自强不息的武大人，硬是将自身历史上这段最困窘的年代，变成了建校史上最辉煌的"乐山时期"。先生不顾病痛的折磨，跑遍了整个抗战大后方，广揽学者名流。先生不问出身、派别，一律兼容并包，往往亲自登门相邀，从而延聘了不少出类拔萃的教授，取得了卓越的学术成就。

先生乃重情义的爱国之士。国家风雨飘摇之时，您敢立潮头，并于1910年参加中国同盟会。在北大任教时，与同乡陈独秀成为莫逆之交，并且投身新文化运动，参加编辑《新青年》工作。陈独秀在五四运动中身陷囹圄，先生是"援陈"的主将；陈独秀获释后，先生不惧险恶，设法护送陈独秀离京。1928年至1932年，陈独秀经历了被开除出党、被捕入狱，直到1937年8月出狱。这期间，先生与陈独秀仅书信联系。1937年9月，陈独秀由南京去武汉，与先生见面了。在武汉期间，陈独秀又被王明、康生等诬陷为"托派汉奸""日寇侦探"，是先生您率领一批学者站出来为陈独秀辩诬。6月底，陈独秀全家离武汉到重庆，后由好友邓初（邓仲纯）接到江津县城居住。1938年4月，先生等人将武汉大学迁至四川乐山，并更名国立武汉大学。先生每年到重庆公务，总要去江津看望贫病交加的陈独秀，两人见面，纵情畅谈。先生虽为办学弄得心力憔悴，但还在生活上接济陈独秀，性情孤傲、生活窘迫的陈独秀对先生的接济还是非常乐意接受的。

先生亦是高洁之士、爱生如子之士。身为大学校长20年，年老治病竟靠接济。居国民党中央委员高位，不弃糟糠之妻，直至为不识一字的夫人叶玉芝的去世悲伤之极。国民政府曾为先生配置了一辆小轿车，但先生对此并不热衷，多是步行至校，间或坐黄包车，优哉游哉上下班。武汉大学内迁四川乐山期间，先生干脆把轿车也卖了，每日坐黄包车上下班……抗战初期，国民党武汉警备司令部把抓人的布告贴到珞珈山校内时，先生愤然指出："学校是学术天地，我的学生出了问题由我负责，你们不得擅自进校抓人。"抗战时期，国民党当局在全国各大学强制推行党化教育和军事管理，您一概不予执行，对于训导制也是推行不力。当一名学生与军训教官发生冲突，教官以辞职相威胁，要求将该学生开除学籍，先生却表示："我宁愿更动一个教官，也不会开除一个学生！"1945 年秋，先生调任广州中山大学校长，支持学生"反内战、反饥饿、反迫害"的爱国民主斗争。当局拘捕爱国进步学生，先生要求当局释放遭拒后，愤然辞职，返回安庆老乡。国民党当局屡次催促甚至威胁先生飞赴台湾时，先生未予理睬，却于新中国成立一个星期后的 10 月 8 日与世长辞了……

按说心怀社会、无私奉献、造福公众的人，在任何时候都是人们心灵的参照和人性的指引，一旦裹挟进历史洪流中，尤其是身为国民党官员，多少会显得羸弱一些。读史阅事能使人宁静而致远，站在透视人生的维度上，先生，您的人格魅力已经超越了武大、超越了战争，您的巍巍风采，将历万祀而不朽，共三光而永辉！

第四辑　醉美或墨痕

“竹间驻马题诗去，物外何人识醉游。尽把归心付红叶，晚来随水向东流。”（唐代赵嘏《经汉武泉》）每个人都是这世界上的一名游客，而真正“醉游”的也许只属于那些用诗文来“记录”的行吟人。所以，对于爱好出游寻访名胜的我来说，拖累一双脚是对心灵的一种安慰。世上美好的文字，大都是用双脚走动、双眼敏锐捕捉、大脑理性关注后的产物。以《文化苦旅》《山居笔记》而享誉的美学家余秋雨先生亦莫例外。

——《且行且吟·感怀》

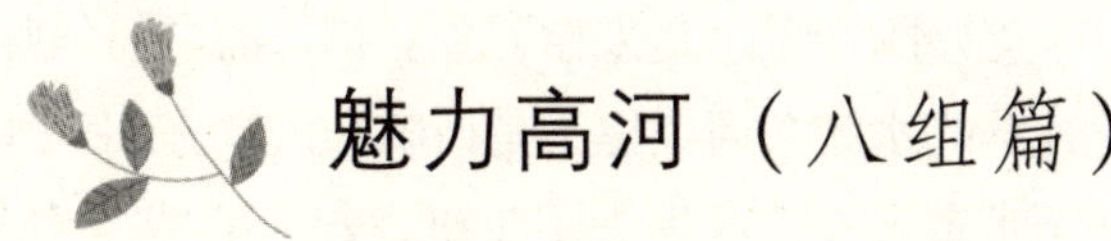

魅力高河（八组篇）

在高河

一

对我而言，城市就是一杆巨大的十字架，尚未束缚我的肉体，却将一颗向往的心牢牢捆绑——不能兑现潜滋暗长在心头里的不能道出的秘密。相对而言，城市将自己置身于虚妄的幻想中，使自己时刻有一种去兑现“向往”的奔头，这种原动力，即使自己活在脏乱差的环境中，亦能感觉空气的清新，阳光的明媚。

新建的县城，更加便捷的交通，外置偌大的工业园，为我提供了许多可加选择的就业天地。很有规律地穿行在其间，“不亦乐乎”当是我时下心境的最好写照。不是吗？一名脱离了农耕的农民，举家三口聚在一起，既能为孩子提供相对优越的读书环境，又能保障相对稳定的收入，这是当时的我，最大的满足了。

不旺这里的妻子，在来到高河之后，用身体开了几个我经受不起的玩笑。几经折腾，金钱没挣下，总算捡回了她自己的命。进工业园上班不成，能正视自己的妻子兀自办起了流动摊。平素比较傲视或者说很清高的我，打妻子出摊开始便抹煞了那种心态，站在如流的人群面前，甚至站在昔日的学生、包括现在朋友和同事面前，笨拙地给妻子帮忙。我在找到自己的同时，更找到了什么叫生活——世界很平凡，人生本严峻。

二

美妙的音乐总是来自天堂。稍许漂白粉气味的自来水稀释了身体内的渴。但纯粹的水流在河渠里不是诗歌，流淌在自来水管里，就能洗濯手脸、污物，甚至带走粪渣，水失去了生机，却也完成了自身的使命。这种真实落实于生活，为栖息以及即将栖息在这块土地的主人拂去了毫无用途的垃圾或烙印。这时，你便真正意义上爱上了水，它一路云雨，滋育着每一位定居和寄居在这座新县城的主人或旅人。譬如我吧，在浊流中载沉载浮，不曾忘却沉淀，使得心灵复归清纯，打工之余时有拙文填充心灵的博客，虽少有文字能赢得精彩，但我多少活在自慰里。纷繁芜杂的人坐在思绪里，能把生活看成一首诗，没有水的清洗怕是难以做到的。游走的肉体沉静下来，清纯的气息笼罩着生活，又像水滴一般复归当初的明净。泥沙污物虽然停留在面前的道路上，但水的历程进入精神，也便伴其一生了。

音乐往往出现在正当口，它的外在形式虽是一个人送给另一个人的，却也是歌手与歌迷心灵的互置或互换。心灵悄然敞开的那一瞬间，渴望便融汇了。苍凉的音乐，柔情的水，使一些人的眼睛痛在音乐的闪光里。所以有时光如水之说，所以有音乐如水之词。

气势恢宏的新城建筑，布局合理的路建安排，人文气息浓郁的安居环境，水洗之后不倦的容颜……生活已将许多事物变味，将多少意义钝化，可是水和音乐硬是将锈蚀擦亮，将深埋的铜挖掘，“我不能做到不发声”，这是音乐的一种载体，却也是音乐的一种翻版。寄居的我知道面前的伤痕，也知晓自己该怎样直面会到来的一切，有水和音乐相伴，生活便不需要太多的真实，就像一位作家提到的“太久的起初不如一刹那间的幻觉”。心在漂游，感情呈廊开的状态，不会计较抽刀断水的延续了。等待我的，应该是水的漂洗与滋养、音乐的修复与填充……

三

生活是一块玻璃，虽似天空一般绵延不绝，却也易碎。世事在镀了水银的玻璃正面能直视，又在纯粹的玻璃面上折射。古皖怀宁的县城从1950年的安庆近郊迁到古镇石牌；再到52年后，即2002年再次迁到交通非常便捷、政治影响更加深远的高河。人们的手就是这样抓住一件事物后又放弃了事物，再到崭新的手重新抓住与紧握——这思想的手，在改变许多存在的同时，却也诠释了那个叫作“把握机遇”的名词——历史的脚步在一张图纸上定格出一页历史，迈向了全新的解放。于是打开的花，振翅的鸟，奔跑的人与心灵，飞卷的云彩和时光，便凭借一种特别远大的目标而运转。文字止住了前进的脚步，沸腾的热血却加快了心跳与汉语言的迸发！使得生活的意蕴不住地向前继续着……

如果说古镇石牌的县城史如玻璃一般破碎了，那她仍是一棵高大的乔木，葱郁依旧，在迸发出勃勃生机的同时，更用经济辉映着新县城的崛起与壮大，像那深厚的土层吧，埋葬了太多的易腐烂的物质，必然肥沃。当人们偶尔锹起一块，扑入鼻孔的就是那清新的气息，沁人肺腑着呢。

放飞轻盈如雁翅的眼光或思想，最美好包括最艰难的哪怕是有意义的最细微的一个动作，都会给人生的履历添加一点财富——俗世的生存常常是在智者和仁者共存共进的状态下向发展的空间寻找一片共栖的绿荫的；反之，就是破坏了。“破坏”有时是能与“敌人”相提并论的。眼下是丹桂飘香的时节，细察街头，多少一人多高的桂枝被敌人无情盗取了？置身公园，一片如荫的草地平添了几许新踏出的没有合法身份的小径？就连县政府前护城河边的石质栏杆上状如花瓶的石质柱头，也被无端敲下并带回家了；数百米长的用鹅卵石镶就的水泥小径上，鹅卵石被撬窃了不少……我们常说坚若磐石，殊不知磐石在破坏面前亦如玻璃，易碎着呢。只有共存共栖的意识形成了，才会有美好的家园，才会真正做到外树形象，从而更好地推介怀宁，包括人文的、地理的等等。很是赞赏一位文友一篇文章的标题——《水洗皮肤文洗心》，用在这儿当是恰当不过了。所以我殷殷地盼着这段文字是一根弦，对于琴而言，续便是死，断了才是生。

在城市里潜行

在我的眼里，时间是一首冗长的诗歌。它外溢的灵性，近似于一株不断汲取营养来丰富自己的植物；它的质感，它的张力，潜伏于生活中人是否知足常乐的心态。

属于我的时光宽容着我，让我这名脱离农耕试图捧起水杯喝饮料的寄居的旅人，在城市的某幢筒子楼里潜行，一穿梭就是五年了。五年里，我见多了善意的、阴险的、欺诈的、无奈的、生病的面孔，他们并不陌生，颇似乡下那些淳朴的父老乡亲。可他们移植到新的水土，迫于生活，迫于环境的影响发生了或多或少的量变或质变——一些人，说谎话不脸红了，尽管他们穿着衣服，身子比泥鳅还滑；一些人言不由衷，连微笑也善恶莫辨的，我没事不擅自靠近他们，免得我的汗香污染了他呼吸的空气；一些人，甚至将本性隐身了，没事约他聚一聚，在他看来，比乡下时挑大粪还难受……这种陌生，是来自于我自身的改变？还是他们“成熟”的产物？我不得而知，更多的时候，我相信两者兼有之。

我熟悉现在处身的城市里那宽广的街道以及街道两边新栽且业已成活的行道树，“井字架”上川流不息的车辆和行人，以及恪守职责的斑马线、红绿灯等，它们都一种秩序的代表。可另一些人，无所畏惧地酒后驾驶，无视红绿灯的无声指挥而横穿，结果被来自自身的时光无情地切割，掐断了生命。惨痛的结局，给亲友烙下了撕心裂肺的锐痛，随着时光的流逝，那种锐痛慢慢转变成了钝痛。“那是一位酒驾受害者的父亲……”当我将四年前的一起车祸与面前的这位熟悉的老人联系起来时，我实在不敢相信，严酷的现实对老人的打击有多么巨大。老人沉默着，手中的一枚枚棋子，挖掘了他生的乐趣，完成着他愁苦的诉说和被亲情割舍后的寂寥。沉默是他表面无泪、内心却在滴血的煎熬，沉默是他延续生命的无奈和慰藉，沉默不能治愈心灵的创伤，却时时刻刻地撞击着他的身体，加速着他五脏六腑的老化。失去重心的老人，栖身一叶小船，处身颠簸的水域，何时能将那只橹桨泊在宁静的港湾？

又有一位朋友最近成了某幢筒子楼里的永久居民。当他拿出含辛茹苦的25万做为首付时，朋友一家已经向城市大军进发了。洁具、浴缸、顶棚、地板砖，包括装修完成之后的洗衣机、空调等，是他创业成功后的风范和对生活的最好褒奖。城市给了他一纸证明，也给了他诸多的优越。在这个差不多没有“邻居”和“对门”观念的名利场里，朋友还有乡下时的游刃有余吗？不过，八仙过海各显其能，但愿朋友没有迷茫地远眺与仰视。扪心自问，我难道不想在城市过日子？只不过自己是鲁迅笔下的孔乙己，出口就是“你知道‘回’字有几种写法”而已。我曾经憧憬着将自己卖给炒地皮的商人，甘愿变成一名“房奴”，将自己的一生典当成水泥筒子楼的崇拜者和贡献者，与追求做没有等量关系的置换，可惜我不是一只非洲的蝎子，尽管筒子楼是一颗金刚石。我已经过了用一纸试卷叩开城市大门的年龄，早就撩不起“万般皆下品，惟有读书高”的衣袖，更没有经商者活络的大脑，一日三餐的大米食盐，逼迫着我从汗水里猎取，而阖家平安的横愿是对我最终的褒奖——大度宽容地接受世事，既是一种别无选择，也是行走的过程中呵护自己和家人的一步方案……

地理意义上的编号包括道路的编名来自不同方面的取舍。城市，就是用这种衍生的方式扩展了自己，喂养了自己。洁净的路面、便捷的交通、更大的商机、丰富的文娱生活和密集的楼群是城市吸引人眼球的硬件，诱惑了那些创业成功的人士。从此，从事庄稼活的把式手变成了打太极拳的推拿手，上畦地看苗情的时间用在了逛商城中……尽管买来的蔬菜不比自家种的好吃，自来水也没有乡下自家水井里的水甜，但一颗颗燃烧的心再也遏制不住脚步的蠢蠢欲动，最终流连在城市间，往复到终老。

奔波的白天过去了，黑夜朦胧了视线。这时，广场上、公园里的现代派雕塑便为真实的生命体做出了象征。轻盈的舞步，叫嚣的音乐，诱惑鼻孔的麻辣香味，应运而生了。贫穷的、富有的，抹煞了界限；偶然的，必然的，因为时光与际遇在这里交臂，平等的游戏在规则里走向和谐。金钱的、荣辱的较量之后还要较量什么？就较量健康吧，谁能最大限度地将生命之列驶进时间的未来，并能从中分享生的乐趣，谁才是最大的赢家，那些耄耋老人就是这样找到自己的。

潜行在楼层与楼层的一道道夹缝里，我畅想着快乐人的快乐，尽管他们各有各的理由。

越墙揽繁荫

岳西作家叶静先生曾撰文说他居住的山城，小如一片青桐树叶，纵贯的大道是叶子中间的主脉，分支的小道是支脉。我寄居的新县城，位于206国道、沪渝高速及京九铁路切割成的“川”字形结构内，境内再纵横几条主干道，整座县城的交通网便成巨大的发散的“井”字形，我租住在“井字架”

边临近高速公路的某小区内，与小区一墙之隔的是县气象局。

起初，我们图孩子上学方便，加上出了小区便是县城重点高中的后门，适合妻子操作流动摊，我们便租了一列车库住下来，想不到竟然住到了繁荫的旁边。说实话，租住后大约半年的时间里，我并不知道气象局内有这么一片繁荫，只知道气象局工作人员少，那里甚是清静。某日下班回家，经过气象局大门口时，透过宽敞的玻璃大门，适巧看见孩子在里面，好奇心攫住了我的脚步，待进去一看，他正端坐在乒乓球台前看报纸呢。我没有生气，问孩子怎么到这儿来了。孩子看了我一眼，说这儿安静——写完作业，就坐下来翻阅报纸刊物，这比在外面疯玩好，我这样认为。以后的一段时间里，因为没有上班，我便经常光顾那里，而气象局像门卫老张那样，始终以开放的胸襟、默默的情怀接纳着我，使我这名借助报纸刊物来打发时光的闲人，在那里寻求了我所需要的精神食粮。

进气象局大门，对面是一条两米多宽的通道，直通前方圆形的气象观测台。观测台高出地面一人许，可沿台阶拾级直上。通道两边则是大片隙地，又被水泥通道划割成块，种上了花圃、修成了幼林。在这个新建的县城内，绿化尚未成荫的情境下，拥有这样一片茂林，可谓十分难得。银杏、香樟、棕树、柏芝、桂花、栀子花、木芙蓉……大凡县城内栽种的行道树、绿化树，这里都能找到。当时我就想道：这里是景观树待嫁的温床，它们沾了惠风时雨的恩泽，长得茂茂盛盛；在不久的某一天，它们会从容地走到自己的岗位，带着母土的情结，为这座年轻的县城撑出一片绿荫；又像这座不被人注意的气象局一样，以开放的胸襟、默默的情怀，预报着天气的“阴晴冷暖”。而我，租住到它的身边，且不时地光顾，也便轻易地拥有了那优雅清新的环境。说这儿是闹市一隅的生态公园，也不为过。自春末至仲秋，那里萤灯如织，明明灭灭；合唱声入耳宜人，却不乏断断续续、幽幽冥冥……使这方恬然的天地显得那般灵动而幽致。

与一株棕树邂逅后，勾起了我的惘然。12 年前，我被调到某所学校任教，宿舍的后窗恰巧对着后花园的一株棕树，下面一截的棕丝虽被附近的人扯去了，但上面一截的棕丝还在，包裹着即将露头的芽苞。我那时不知道棕树会开花，也没朝那上面深想，只知道那挺拔的伞盖，投给后窗浓密的凉荫。某日，随我在学校居住的孩子，指着后窗结结巴巴地说“花——花”，这才引起我的注意。那花苞，初看像嫩黄的玉米棒，但我没有闻见花香，便将它淡忘了。现在我发现，怀念一棵曾经存在的树，并不需要多少理由，就像现在，当我看到棕树就会想起那株棕树一般。近日，读到一段描写棕树开花结实的文字，我蓦然觉得当年的那株棕树仍在随我行走，尽管我将它抛在繁重的教学任务及抚养孩子之外，但这又损失什么了呢？如今，我这样仔细打量它的同类，彼此心中的那片天地便衔接上了，那其间包蕴的广袤，使我在无限的怅惘里慢慢解读和填充。

“人只要想闻到花的香气，意识就会去逮捉花的香气，不一定真的有花。事物的缘由不在外部，而是在人们的内心。”是的，具有健全审美知觉的人，一提到花，花香就会从心底飘起，意念就会帮助我们看到、闻到我们曾经接触过但不存在的东西，这不是无中生有，而是在生活的体验上由心塑造。

行走在曲幽的小径上，枝叶间筛落的阳光再次将我照射着，投下了斑驳的碎影。在这幽暝之中，几只小虫被我信步徜徉惊飞了，游曳去了另一低枝。它们是夜间各操自己乐器、不分五音八律的歌手。而我，徜徉在这温煦的氛围里，早形同一只嗜睡的老猫了，任由那绿荫、花香在心海里恣肆，繁茂成一种贪婪或慵懒；怀有一点文化基因的我，则形同一颗秕谷，“物我两忘”地分享并汲取着，守候生命中的一轮太阳或者是一串笃定的步履……

火车惊醒无限的远

蜗居县城打工，租住在离铁道不远处的民宅里，夜间，我总要醒来几次，谛听火车一遍遍地由远而近又由近而远。大地微微震颤着，未关严的窗玻璃轻轻晃动着，但它并不影响妻儿酣畅的睡眠。当初图房租便宜，搬来此处居住，我们很是不适应，经常在火车鸣笛之时被惊醒，直到火车离去才会再次进入梦乡。

今夜，我再次被火车的鸣笛声惊醒了。窗外透来朦胧的光亮，是工业园街道路灯的光亮。被惊醒的人就这样一任思绪儿随着那隆隆之音被带到那没有边际的黑。是的，是黑，那隆隆声消失的地方是黑的，形同思想里的黑，并且黑得是近乎未知。火车不知道自己今夜要走多远，远，只是它一个接一个的下一站，同时也是走向远方的人应有的感受。只有即将要到达目的地的人此刻才清醒着，漫不经心的关注里，流露着欣喜，同时也书写着警惕——

警惕随身携带的钱财并关注着自己携带的行囊。

一个被火车的鸣笛声或隆隆声惊醒的人，譬如我，就这样百无聊赖地躺在床上，即使是在刚上完夜班回家休息的白天，但这与黑夜又有什么不同呢？白天只是有了日光，能将周围的一切看得更清晰一些，有了经常见面的熟人或过往的行人而已，能够清醒着头脑对待正在或即将发生的一切可能。黑夜留给人们的虽少了许多，但更多的却是酣睡。试问有人夜间会孤零零地站在铁道旁，等待他人去揣摩自己的动机吗？

三年前我们一家来到工业园居住，从那时起，我突然间看到了那种远。那远中的游离与茫然，使我领悟了交通意义上的过去与现在。火车在既定的铁轨上来回行驶，载着那么多的陌生人在赶路，这种陌生的事实如期而来，在一个个差不多准点的时刻带着他们向远方驶去或从远方归来，距离正是我们空间概念上的远。他们不动脚，便迈过了一个个枕木，让身后的一条条平行线绵延在意味无穷的回味里。他们或归心似箭，或为即将到达的目的地而欣喜，或者表现为漫不经心，但远在车厢外的我，没有理由惊起他们远方的远。这一种情愫，应该叫作接近，试图接近他们的心灵吧。在远方之远面前，“接近”显得爱莫能助，但那份试图接近，却是出自我内心里的一份神圣的感动——他们候鸟一般，大多为生计而奔走，于是有了民工潮之说，有了运输高峰之期。祈盼在雷同的小站，望着身边大而沉的背包行囊，远方之远流露在焦躁的眼神中，原地乱踏的脚步里。簇拥在拥挤的车厢内，或站或坐，都是为了兑现心头的那份强烈的情感。这份情感，这份意志，坚定而执着，细细分析起来让人不禁泪津湿衣……生命不曾减速，缓慢下来的该是时间和翘盼之下的那道浅浅的伤痕。

一趟趟的火车就这样驶来又走远了，深圳、哈尔滨、乌鲁木齐或上海，甚至去了让人顿生缺氧感觉的西藏。我不曾与他们有过对话或交流，可内心常常莫名其妙地生发出一种感动或伤感，诚如我被火车惊醒之后的无眠一般，屏息倾听着一列列火车的到来或远去。黑暗滋生出了无穷的力量，将夜行的意义和应该运行的物体推动，微寒旋起心灵上的寒意，雕刻着与火车的运行有所关联的人们僵滞的面容。

又一列喘着气的火车在距离我不足 500 米的安庆西站停下了，下车者欢欣鼓舞，眉宇间异常活泼；赶车者显得匆匆忙忙，神色里不免带着一丝慌张。唯有循着规定的路线做着规定行程的火车显得无动于衷。不停地奔跑，不停地消耗，没有意志但必须任劳任怨。于是火车与行人在这里达成了一种无法言传的默契：这种默契就是远方永远的远。

平静。安然。平静安然是火车行走时均匀的呼吸。

鸣笛。震颤。鸣笛震颤是火车一边行走一边发出的善意的提醒。

又一次由远而近，由近而远。无数个这样的夜晚和白昼，火车都在向行人做出相同的承诺：我没有假期，我的兄弟们正在前赴后继。“有钱没钱，回家过年”，“我将为你们加班加点”……于是有了寄履天涯的游子们的那份执着与坚定，以及向车票毅然作别的潸潸泪水。

铁轨微微颤动着。赴向远方的火车，惊醒的仍是远方无限的远。

独秀公园

怀宁新城有好几处露天的休闲场所了，譬如市民广场、文化广场等，独秀公园只是其中之一。就它的命名，乍一听就知道它与历史名人陈独秀有关。当然，与纪念这个人有关的还有一条独秀大道，以此命名的建筑有独秀初中、独秀小学、独秀教学楼及独秀国际大酒店等。而独秀公园正坐落在以纪念“两弹元勋”邓稼先先生而命名的主干道——稼先路旁。

要说公园的靓点，当数中央那个巨型的陈独秀先生的雕像了。从公园的北门进入，依次有巨制的《新青年》石书及陈独秀先生一大至五大当选为党的最高领袖的刻字简介。虔诚与惊喜的要数那支巨制的铁笔丹心（石质毛笔）了，许多不谙此物不了解历史背景的孩童，误以为是石质“火箭”模型，因此亵渎地骑在上面玩耍呢。携妻儿漫步在过道上依次浏览或欣赏，灯光静静地敷设在所能照射到的角落上，包括我们一家人的脸上，我没有感觉这些石雕包括游人向我投来不屑一顾的眼色，也没有发现这座新建的公园对一个常客有什么轻佻的眼神。不论游客的多与少，石像就那么日日夜夜地站立着，注视着，站立成一颗陨石般的符号，成为怀宁新城一张永久的名片。周围的花圃、新栽且已经成活的各种景观树及放射各色灯光的灯柱、地灯等，不因为时间而改变什么或停滞下来，也不因游客稀少而偷懒地眯着眼睛，倒像那花圃中的花草，不看游人的眼色，照样生长、落叶一般。

我以及我们的心绪本来都是很平静、很透明的。因为灯光制造出的物理效果，使得整座公园的夜景比白昼充满了神秘，充满了情调，充满了诱惑，从而也就增加了人气指数，像因为鲜花而芬芳一般，我的心情自然变成动态的了。从萌发、设计到实施建造这座公园的整个过程中，我们的设计师、施工人员在多少张图纸上圈点、修改，在多少处实地因地制宜地修建，我不清楚，但我相信奠基的热闹、施工的艰辛、揭顶的瞩目、剪彩的喜庆背后，肯定蕴藏着智慧与审美、难度与克服碰撞时发出的绝响，就像纪念和瞻仰在游客休闲的同时镌刻在了这张有形或无形的怀宁的名片上一样。

前一夜游客遗留下的垃圾，一大早便被收拾干净了。在早已安置好的座椅上坐下来，让身心毫无遮拦地舒展，没有人会说一声谢谢，感激之心早已融在了炫彩的灯光中，使得名片更迷人了一些。鹅卵石铺就的弯曲的通道切开了块块花圃，在通道上直至人工湖边，亲爱的人们话着家常。日子就这么从生活中间穿过，匆匆复匆匆，几十年过后，我们青春的面孔也会被雕刻苍老，甚至有老年斑爬上面颊，唯一不变的是那石雕的陈独秀先生，将姓名与履历写进下一代人心中，将成败得失功过是非，留待子孙去客观、公正、冷静地评说。生存的境况，包括人格的魅力，从不因个人的喜恶而改变什么。我们可以改变自己的思想甚至行为习惯，改善自己在他人眼中的好坏之分，却怎么也改变不了历史向前发展的脚步以及隐藏在真理下公正的评说——因为人是感情动物，难免会生发这样或那样的主观意识，以致铸成错误；因为人生是在人情和人性的矛盾中烙给后人包括一切事物的一个影子。这样，营建一座独秀公园，就为后代的我们提供了一个平台，提供了又一处休闲的所在，或者说是提供了一次次表达、交流的契机。当然，这中间多少也会令人们投放出一些思想垃圾及错误举动，但如果要我们站到“黎明前”去看整个事件，我想只有那几排座椅是能给出一点答案的。设若把公园看作是陈独秀先生后现代的一个款式，或者把公园看作是缅怀、客观评说陈独秀先生的橱窗，那么公园就是我以及我们与陈独秀先生晤面、交流的一间会客厅。我们因为时间这道弧线，结缘于此。个体的生活，其本身就是一个个独立的圆，圆与圆的交切离合，荡漾开的依然是生活。这样想着，我的心里就升腾起一种将卑琐附丽于挺拔的感觉。因为朱光潜先生曾特地这样告诉我们：寻找美的感觉大都应该从身边开始……

休闲是身心的一种本能的需求。我们一家经常从工业园抽空来这儿，也绝非是机缘上的闲逛，尤其在这寒冷正步步迫近的夜里。再看看身边的人们，三三两两地从居住的小区里走出来，各自揣着自己的动机，即便是烦恼了出来寻求地方冷静一下，也便不加选择地来到了广场或公园，除了欣赏灯光、喷泉、花草，同时也欣赏他人，颇有点“你站在桥上看风景，看风景的人在楼上看你；明月装饰了你的窗子，你装饰了别人的梦”（卞之琳《断章》）的味道。如果我以及我们走不到这些提供思考和休闲的所在，那一定是走进“茫然”——这座大广场了，就像不快乐的人还没有找到倾诉的对象，想发泄又找不到发泄的工具一般。人活斯世间，爱是这样，恨也是这样。

既然独秀公园再一次进入了眼球以及内心，我又该怎样表述我的思想呢？现在是冬天了，怕冷的人儿窝进了温暖的房子里，广场和公园里的热闹氛围锐减了不少，就像那荣枯的草吧，在等待着来年春暖时节，再次热闹，再次鲜活。

沉默的广场

寄居新县城，掐指算来已经 6 年了。喜欢走动的我，差不多走遍了县城的角角落落。但我对没有鲜明特色和文化内涵的东西，容易淡忘。在我看来，淡忘是对的，像筛子，筛掉那些秕谷，留下籽粒饱满的。市民广场、文化广场以及独秀公园，就是室外休闲中比较饱满的三颗，撒落在巍峨高耸的县政府大楼周遭。因为它们迎合了大多数出来消遣的人们心理上的需求——听听黄梅戏爱好者像模像样的演唱，兴致所及，也亮一下嗓子，好评多了，便经常光顾并加入了；看看身材娉婷的姐妹们，和着音乐起舞，或舒缓，或劲爆，心痒痒了，脚步、手势、身子不自然地模仿起来，然后滑进了舞场；学龄孩童们可开心了，气垫蹦床，你爱怎么撒野就怎么撒野，渴了，刨冰、饮料摊就在眼前，间或持几串烧烤，人前人后地钻；比较斯文的要数学前孩童了，他们端坐在矮凳上，模仿一首古诗，“蓬头稚子学垂纶”的，钓不上，干脆起身用手去抓，急得“拔苗助长”的家人们，亲自演示给孩子看……

可惜我是个爱清静的人，这里的一切似乎与我无缘。起初为了迎合孩子的央求，我成了孩子的“司机”和“保镖”。现在，我被孩子“解雇”了，得暇了，依然爱往文化广场里钻——这与我爱清静的本性形成了悖论，但我光顾的目的是温习那堵“孔雀东南飞”的文化墙、徽班进京文化墙；

听听邓石如、邓稼先这对祖爷重孙俩，穿过时间和空间，见面了会是怎样的惊喜与亲热，又是怎样絮叨起他们之间的传人：邓传密、邓绳侯、邓以蛰、邓季宣……同是怀宁先贤，陈独秀先生走出“广场主席台”来到广场边缘张望着，是张望他的孩子陈乔年、陈延年兄弟俩呢，还是迎接即将来到的嘉宾？譬如王星拱、海子、方然、杨兆成、操球、陈撄宁等人，我不得而知，但先生一生都是在眺望中度过的，今天和平、安定的景象，正是先生期盼的“永怀安宁”。也许，陈独秀先生所要迎接的这些嘉宾，已经从时光的后门进入广场，就静默在广场某个僻静之处。闲逛一圈的我，不曾认出他们罢了。

孤陋寡闻的我，对《孔雀东南飞》相关知识的了解，是我走上三尺讲台后进行自修学习时在书本上了解到的，但我毕竟蜗居在偏僻的山村，且很少走动，并不知道庐江郡有多远、小吏港在何处。我国文学史上第一部长篇叙事诗，取材真人真事，经后人多次整理、润饰，由此凝聚成了华夏文学的又一次高峰性的建构。后来才知道，故事的发生地，距离我老家仅半小时的车程，由此激起了我强烈的朝觐欲念。站立在孔雀文化园前，我久久地沉思默想着，我知道，那坟茔里如今只剩下两个名字，世人维护它，供奉了千年，就因为他们凄美的爱情故事和故事本身折射出的“追求自由，追求理想”的光环与力量，滋养了一部不朽的文学巨著。那坟茔里的骸骨，早腐烂成泥土的颗粒，却沃成了一片文化的热土。如今面对这堵文化墙，我驻足沉思着“永恒”的内在主题与意蕴。老实说，我对“徽班进京”文化墙较陌生，但我相信它的文化内蕴是相同的——文化这东西，真正的是活力四射！尤其在原汁原味的自然风貌、底蕴深厚的人文景观前，更能摄人心魄。

时间增益了刘兰芝、焦仲卿的魅力，而世代自觉维护坟茔的本土人的文化意识和文化人格，也因焦刘墓地的完好无损而直线上升。还是小市镇一位文友的话，使我听了眼睛一亮：“这几年，小市镇的游客逐年增加，明的说是因为影视城和爱情博览园区、情侣河畔休闲区、王家山新石器遗址保护区、休闲购物区、农业观光区等五大功能区的在建，从根本上还得感谢焦刘的爱情故事，是它从根子上使皖西南小镇的小市镇开通，和邻县的天柱山有机地融为一体……”

去年，我有幸参观了“铁砚山房”，登上了大龙山。对那“山”那

“房”，有点感触，并非它们有什么与众不同之处。而是对“一个家族出现如此多的有作为的人物”和蕴藏在他们骨子里的文化血脉——执着、坚定，发生了兴趣。书法大家邓石如，生活在“乾嘉时代”，政局早已稳定。但他戴草笠，着芒履，策毛驴，浪迹天下名山大川，临碑摹刻，热爱着他的书法，最终自成一体。隔膜的历史，穿透竹简和帛，深深地印入年轮，深入生命的底蕴，绞结在“四灵山水”千古灵秀的皱褶里，并影响着他的子子孙孙。邓稼先，就是邓氏家族中秉承这种先“隐忍”然后才可能“飞扬”的集大成者。他是我国核武器理论研究的奠基人和开拓者，也是我国研制、发展核武器在技术上的主要组织领导者之一，他孜孜不倦地奋斗 28 年。从原子弹、氢弹原理的突破、试验的成功及其武器化，到新的核武器的重大原理突破和研制试验，均做出了卓越贡献。为我国第一颗原子弹和氢弹试验成功立下了卓越的功勋，被誉为“两弹元勋”……如今，他们祖爷重孙俩就面对面地站在广场的边缘……

夜深了，广场上的市民们相继回去休息了，各种摊点的主人也收拾起他们的摊位来，百无聊赖的我却挪不动脚步。再环顾一周，分明是王星拱、海子他们赶来了，将邓石如、邓稼先、陈独秀簇拥到了一起，他们栩栩如生的，就是不说话。我想，是我们的景仰和膜拜令他们有点失语了？是站到陌生的我们中间，一时间没找到共同话题，无从开口了？或者是他们觉得自己生前该说的都用行动证明了出来，再在新场合哪怕是发表一点微言小议，亦显得饶舌多余？所以，他们只是静静地看着、听着。

这是一次次今人安排先贤们的聚会，是后世子孙安排先辈贤哲的聚会。时间是一道无形但墙体很厚的城墙，在这里，没有生理年龄的限制，但需持有特别通行证（焦仲卿、刘兰芝是个例），那通行证就是够资格——对世人具有不可磨灭的精神影响，或立下了不朽的功勋。泥塑术、雕刻术，便将邓氏爷孙、陈独秀廓清，但在思想的投影里，王星拱、海子他们丝毫没有逊色，所以在邀请之列。这种安排是一种人为，更多的是历史的选择和人心的认同。今夜，我便发现这偌大的广场需要一种能提升人们精神风景的先贤的光环来点缀广场的底色，而不止于炫耀本土曾经辉煌的某人的历史来展示本土的人文——有形或无形之塑，便这般将他们矗立了起来！

地灯及五彩灯具在白天休息够了，让它们镀亮各位先贤身后的幽暗，最好不过了。回去吧，明天还得为养活妻儿老母而上班呢。

漫步体育场

网状铁栅栏上镀了绿色油漆，站在运动场的周遭，和四周高大的香樟树一起，沉入了茫茫夜色。它们是一种秩序的代表，也是安全的代名词，像街头的红绿灯，或流动的交警，无声地指挥着。

散步的人瞬间多了起来，确切地说是需要促进新陈代谢、预防脂肪堆积、增强体质的人多起来了。他们三五成群或举家上阵，快步走着，低声说着笑着。个别独自走的，多半是女性，手机中的音乐是她喋喋不休的伴侣，声音悦耳，香气袭人的。

前方高高在上的太阳灯，照亮了脚下一大片幽暗，再和街灯的光亮、旁边居民家窗户里透出的弱光衔接起来，让我这个视力不佳的散心客，不用盯着路面，可以去欣赏流动的人群，想一些歪七歪八的琐事。

妻子有事出去了，只我一人漫无目的地行走着。身边，异性身上浓烈的香水味，像街头盛开的桂花，再次袭击了我，勾起了我强烈的嗅欲。我们每一个个体的人，其本质就是一个个圆，圆与圆的交、切、离、含（两个圆并存时的四种方式），组成了形形色色的“缘”。所以我投出了欣赏的眼神，但不是轻佻的那一种——相看两不厌，相看两孤单。今夜，孩子尚在学校求学，他在努力地搭建他的事业和走向未来的跳板，即便结束学业了，他会有属于他自己的家庭和生活圈，所以，能陪伴在自己身边的，只有结发之人。谁能最大限度地将生命之列驶进时间的深远处，并能从中分享生的乐趣，谁才是最大的赢家。权利和义务是对等的，责任是相互的，生活中的我们，就应该陪伴着对方，慢慢出完生命中的最后一张牌。

一位文友的面孔出现在眼前，彼此寒暄了几句，因为步调的不一致，渐渐拉开了距离。好久没有读到这位朋友的文字了，也许是她暂时放弃了，我乐意这样认为。所以，我们寒暄的话题，仅仅就停留在散步上。自然界中的花草树木、包括那些动物，都在按照自己的意愿生活着，作为高等动物的人类，就没有太多理由去责难放弃者。很多时候，人只有遵从自身和内心，才表现得更加真实，毕竟，欲望和能力是很难成正比的。一位哲人曾说过“诗意地栖居”，但生活本身不是诗歌，也匮乏诗意，只有将日子打理得有滋有味的人，才会从柴米油盐的生活中拓展出诗意。我们经常听到某某人在写作上发展得很好这样一些话，要知道，这种褒奖其实质上是浅薄意义上的“好”，换一种说法应该是勤奋耕耘有了一定的收获，这也印证了人生意义上的另一种存在——存在即合理。

环顾四周，身边的人们稀疏了许多，像水中的软木块一样，被沉沉夜色摁近了筒子楼内，到了明天的黄昏和初夜，又会浮出体育中心——这只巨大容器的水面，生活如水，时光如水，人性亦如水。不管大家采用哪一种方式健身，但我们践行和诠释的是“生命在于运动”——这一钢铁般的道理。

怀安河的幽暗

徒步 3 公里，两次前往怀安河畔，均没有见到怀宁先贤们的石雕塑像，不免遗憾多多。蜗居在家，妻子建议下午出去走走，我立即想起了那份失落。驱车沿纬八路向东，终于一睹“庐山”真面目了。

超前停好车，与妻沿沿河公路行走，程演生、杨石先、陈撄宁、王星拱、海子、丁永泉，以及杨月楼父子俩、邓石如邓稼先祖爷重孙俩，陈独秀父子仨的塑像……先后进入了我的眼帘。他们栩栩如生的，就是不说话。一一读完他们的简介，我不免惊叹起怀宁这块沃土，竟然孕育出了如此众多的先贤名人来。这扇巨大的橱窗，在白天里没入了巨大的幽静，而夜晚，则是出来休闲的人们最理想的去处。

稍事休息，与妻漫步于怀安河畔，造型各异的灯柱、地灯等，为我点亮了想象的翅膀。闭上眼睛不妨试想，沿河两岸，乳白的、浅黄的、绯红的、草绿的、幽蓝的光束，同时打开，同时照亮这方空间的幽暗，在物理作用下，会产生怎样炫彩的效果？所以，我有理由相信，这座沿河公园的夜景比白昼充满了神秘，充满了诱惑，充满了情调，更增加了人气指数。

怀安河无语，它只是静悄悄地流淌着。但我敢肯定，河水在经过这一段时，定然发出了“哗哗”声，这响声，既是对岸边诸位先贤的礼赞，也是对络绎者莫大的褒奖；是对振臂高呼的陈独秀先生力挽狂澜的另类唱和，也是对沃土怀宁“永怀安宁”的酬答……

与妻前来，我仅仅是圆梦前两次的遗憾与失落的，因此没有过多地顾及怀宁素有的人文与诸位先贤的历史，不曾想，却收获了心境的极度放松与自慰——骨折都发生了，权当奢侈地给自己一次长假和痛定思痛吧。

今天是 9 月 10 日，我国第 31 个教师节。但县城内所有学校都没有放假。我这名曾经执教 12 年的代课人，悠闲地行走在程演生、杨石先、王星拱、海子等先贤面前，共同沐浴在这一节日的幽暗中。于我而言，教师节仅仅是一扇对我关闭了的窗口，而于上述四位先贤，以及没入这座露天橱窗的怀宁教育先贤，却能享受公元前 11 世纪的西周时期，就提出的“弟子事师，敬同于父”的礼遇。他们，都快乐在这一节日的幽暗中，静谧地聆听怀宁沃土上书声琅琅，安逸地感受怀安河畔袅袅清风。

怀安河公园，一座集防洪、绿化、景观、健身、休闲、娱乐为一体的县城最大的开放性公园，也是县城最亮丽的一道风景线。执政者高屋建瓴的构想，建筑者匠心独运地施工，所构建的赏心悦目，却也烙给我们只有在幽暗时才能绽放的醉美。

“寻找美的感觉大都应该从身边开始……”桐城籍先贤朱光潜先生如是说。

期待石镜

石镜乡地处318国道两侧，区位优势可谓明显。加上自身具备丰富的水泥资源及大理石资源，使得石镜乡在改革开放之初便走在了怀宁经济的前列。海螺水泥作为全县较早且较大成立的外资企业，便成了石镜乡最早出现的一家开放型企业，在石镜乡的基因里，开放的品质与生俱来。如今，繁忙而有序的海螺大企业，令这个普通的乡镇享有相当的声誉，附近的居民区也走在了“新农村建设”的前列。而石镜，还希望借助本身的资源优势，向全县乃至全市，展现更为多元的侧面。

开放与多元，也恰恰是县域内各乡镇提升经济、提升居民幸福指数的关键特质。作为怀宁县沿318国道过境较长、丘陵面积占主要地貌的石镜乡，如果说有什么“招数”能将域内“知名度”“美誉度”在发展与再发展的基础上再提升一个台阶，且将多元化的色彩共冶于一炉，挖掘自身民俗且文化的一面，其作用自然无可替代。

本人较孤陋寡闻。我打小就知道且耳熟的黄梅戏是我们安庆地区的著名剧种，但我万万没有想到它的发源地就在石镜乡的黄梅山，待仔细拜读了吴福润先生的《探源黄梅山》一文，才将黄梅戏于心头烙下归属感。所以我们有理由坚信：黄梅戏能沉淀为怀宁乃至安庆人的共同记忆与荣耀——这份不可错失的资源共享，我们理应打造好。若干年后，世人看待黄梅戏的心态与眼界会更加平和，纷争消失，那是何等的境地？就像我们经常说的，怀宁，是陈独秀、邓稼先的故乡一样。

石镜乡，原本有怀宁十二景之一的“石镜涵空”，奈何开山采石之际，业已炸毁，这份缺失无法弥补，无法复制，从而成了怀宁人永远的记忆。但海螺山拥有得天独厚的自然风光——望春花。据了解，海螺山目前拥有百年以上的天然望春花树种 170 多棵，其中树龄在 400 年以上且被林业部门授予国家二级保护名树名木的就有 60 多棵。每到春暖花开的时节，众多外地的游客会慕名前去观光、拍摄、写生、游览。离海螺山不远的观音洞水库景区，则是游客前往休闲旅游的不二选择。它宛如一颗璀璨的明珠镶嵌在“陈独秀因山而得名”的独秀山下，附近的观音庙、莲花庵、法雨寺、下天洞、私语洞、观音岩、老爷岩、香炉冲、谷泉寺等自然景观与观音洞水库交相辉映，相得益彰，成了人们休闲娱乐的绝佳去处……

踏青游，休闲游，已经是普通老百姓的口头词了，自家门口的观音洞水库景区的体量和外地那些知名的景区已不相上下。近几年，人们“游”的口味在提高，石镜乡的黄梅魅力、观音洞景区的吸引力怎样体现，已经不是单纯地追求“鼓吹”和刻意打造所能实现的。“白象”的隐忧当时时审视（白象一词，原本指刻意修建，事后却陷入难以经营的状况）。所以石镜乡相关领导及负责开发商为发展的长远计，自然要在硬环境及创新上再下一番功夫，所以，更为多元、更具地域特色的方向，或许可以列入今后发展的探讨范围。石镜乡乃至有志包装、打造所在乡镇景点的动机或行动，正是时代赋予现任领导的一项政治之外却又与政绩互补的命题。

依托本乡镇现有的自然资源，合理开发，合理打造，这已经深深地融入了乡镇的发展史中，而如何给生活在本土的人们带来更多更新鲜的感觉，似幸福指数一样飙升，强烈的向心力、认同感，是不可或缺的。所以，未来的石镜乡，值得我们期待。

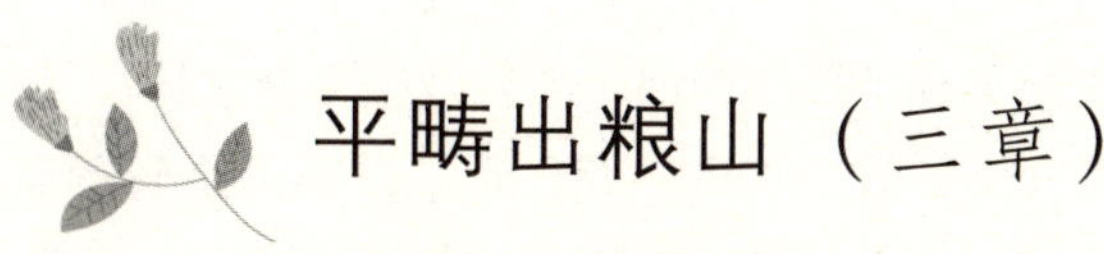

平畴出粮山（三章）

疑问与断想

中巴车在212省道旁边的安徽安庆平山现代农业综合开发示范区的巨型雕塑前停下，我不由得揣测起它的意义来。粗看，它似一座天桥，一端接地，另一端通向未知的彼地，象征平山镇现代农业与经济的崛起与腾飞。但接地一端方圆几平方米的地面分明是花圃啊……我这才知道自己愚钝得“及格”了，不由得一阵懊悔，所幸自己没有说出去。再仔细瞅，那弯曲的部分，两旁没有护栏，分明是不允许行人攀爬的，倒是那五盏灯柱提醒了我，既然是农业综合开发示范区，肯定与农业相关联。哦，五谷！寓意五谷丰登（灯）。我这样“牵强”完毕，再审视那弯曲的“天桥”，呵，是的，那就是一把巨型镰刀呢——匠心的独运，竟然被我这名有心人真切地把准了一回脉。在靠近省道边另有一杆更粗更高的灯柱，看造型，象征麦穗也可以象征稻穗，二者必居其一，是麦穗还是稻穗？我烙下了这样的疑问。

洪铺镇的三位文友来齐后，我们一行在热情的汪镇长及导游的带领下，走进了示范区，先后参观了花卉棚区、映山红棚区。我是个对植物世界的认知几近空白的人，面对那一排排的花卉，我自然叫不出它们的学名，我只知道其中的一排花卉和乡间某种植物很相似，但我一时间又叫不出它的俗名来。

它们是姻亲呢？还是同科，甚或同类？我照旧无法给出合理的解释或答案，但我看清了包藏在外表之下的结构，犹如人的肌肤里包藏着相同的肌肉，不同血型显示着相同的温暖，徒留情感与意义，让那些热衷花卉的消费者用学名去妥帖。“对面是育秧棚区”，导游用麦克风这样说，走在我前面的汪镇长也这么说。育秧棚，我不是第一次听说。我双脚扎根农村，在乡下，大多瓜果蔬菜都用薄膜育秧，而且我亲手在水田里操作水稻育秧达 15 年之久，这里是旱地，肯定不是它们。对了，平山是野葫芦籽的产地，一定是的。然而我错了，这育秧棚的主要功用是水稻秧苗的育秧棚。偌大的育秧棚区，那得有多少良田种植水稻？我有点迫不及待了。

温暖与亲切

熟悉平山镇情的人们都知道，以皖水为界，平山镇自然形成大洼、平山两片。大洼片为圩畈区，是优质稻谷种植基地。因为示范区入口直通大洼片区的道路上一座涵桥正在加固维修，中巴车九曲十八弯地穿过浅山丘陵地带后，便进入了胜天圩畈区，视线豁然开朗起来。纵横有致的水泥路及引水渠如放大的“井”字深刻在 2 万亩的标准农田之间。因为正值稻熟时期，一片金黄成了色调的主宰。下车走近那一片黄，欠身抚摸那金灿灿、沉甸甸的稻穗，温暖与亲切这两个词组，是我时下的唯一感受。当然，现在的乡下，不会有年轻人一如我们一般去劳作了，机械解放了人们的双手双脚，机耕路替代了田间地头的田埂小径，运输车解放了我们茧皮的双肩，各类有机肥替代了烧土窖及捡拾动物粪便……欣慰的是，沟渠边看不到各类农药的包装袋、玻璃瓶塑料瓶了，因为太阳能灭虫灯均匀地站在田间小径上，它们在履行职责，更是守望一种幸福；有趣的是，与稻共生的鸭子就悠闲地凫在引水渠中或栖息在石头垒砌、水泥勾缝的护砌上，它们不时地钻入水中，吸引了我们的相机连连朝它们拍照，仿佛它们就是这方天地的主人，正以曼妙的动作欢迎我们这群“西天取经”的过客……

就我而言，已经有 8 年的光景没有侍弄自家赖以活命的水田了，那种抢种抢收如火如荼的场面的劳累及幸福感、自豪感，我辈及我辈之前的人们可谓记忆犹新。8 年前，我是一名地地道道的农夫。一个双休日，犬子不爱写作业，劳作归来的我，二话没说，拽上孩子就下了水田。孩子差不多是挪不开脚步，更别说学我耕作了。或许是他对水田及潜在的蛇虫的恐惧吧，前不久带他回乡下路过高河镇谢山标准农田区时，儿子竟然提及了此事。时光荏苒，孩子提及此事是暗示我当年的苛刻呢？还是要说明他已经处在脱离躬身劳作的“解放区”？我没有问下去，只是不经意地瞅了孩子一眼。在我而言，彼一时的动作是无声的说教和警策，孩子现在提及此事，不知他心头可否存有悲戚，但我相信，我若得暇带孩子去田间逛逛，他定然感触不到他的父辈及祖辈心头的温暖与亲切——水稻，人类的生活主粮之一，它们同玉米、麦子、大豆等作物一样，和人类同肤色、同呼吸，共命运……

平山，平山，平畴出粮山！

梵音也迷人

中巴车穿过一程崎岖小路，在一处高地停了下来。我本不想下车的，因为清晨匆忙，没有来得及吃早点，此刻已是饥肠辘辘。朋友调侃，说他下车采点板栗什么的给我充饥，鉴于那份温暖，我只得尾随。乍一看，面前是一片水域，水面覆盖着荷叶浓艳的绿。隐约中，却传来了若有若无的“南无阿弥陀佛”的梵音，我怀疑附近有一所不见经传的庙宇或庵堂。四处打量，什么发现也没有，便对那若隐若现的梵音发生了兴趣——如此万里高擎荷叶的湖边，怎会传来梵音？莫非这湖有什么特别之处？

走下高地，临近湖边，才知道那梵音是从身边一低音喇叭里传出来的，身边的文友便调侃般说荷叶有灵性，成日里听梵音，淤泥里的藕会长得更加脆嫩——我知道时下年轻妈妈们怀孕，大多会用听音乐、低声诵读书籍等方式对腹内胎儿进行胎教，也知道某些植物会对特定的刺激产生反应，却不曾听得文友的“调侃”，随即不可置否地笑了笑。待走近同行的汪镇长身旁，才知道，开发商们正拟定此湖为钵盂湖，而我在路口看到的“博屿”，只是与它同音不同意。既然名为钵盂湖，自然和神化的意念关联上了——有牵强的传说作基础，再结合湖四周的地理环境进行开发和包装，自然会将此湖插上翅膀，以致享誉。而这，也正是众多景区打包开发的公开秘密。

我是个很少踏足庵堂庙宇等佛教之地的人，对佛学、佛事、佛理等自然挂心不上。但我不可能完全隔绝它，因为妻子信佛，尽管她不会念经，不会打斋，却满心虔诚。我们身处的这个世间可谓纷争芜杂，遇上不顺心的事，便叹运气不佳，导致心情沉闷、忧郁，于是寄托无所不在的神佛，希望能消灾弭祸。心灵渠道开通了，自然得到了自慰的净化。每每看到一些信徒在梵音或木鱼声中能安静灵魂，出来时却浑身轻松，我认定那颗迷离的魂灵被佛的灵光救渡了。那天，在钵盂湖畔，我就破例地沐浴在单调却不绝于耳的梵音的洗礼中。

听汪镇长说，不久的将来，钵盂湖将在连接皖河处筑堤，湖水会抬升一米左右，我们所处的对面的小山，将会形成半岛。具有匠心和眼光的开发商，会在小岛上合理地开发，建成集旅游、休闲、观光、垂钓及摄影于一体的所在。而附近山体上栖息的各类水鸟，也会背起“钵盂”、梵音所激发的畅想以及湖水馈赠给它们的礼物，上下翩飞，托起湖水长天的风情。那时，游客即便一如我们在深秋到访，但当看到满湖秋荷的翠绿，听到不绝于耳的梵音，浮躁的心自会如湖中清波，轻漾涟漪，恬静平和；醉美其间者，会如同莲花绽放，并静静吐香……

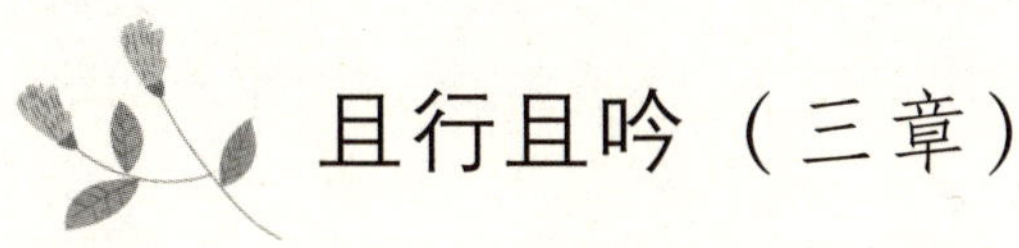

且行且吟（三章）

感 怀

余秋雨先生在其散文名篇《阳关雪》中说：“文人的魔力，竟能把偌大一个世界的生僻角落，变成人人心中的故乡。”跻身县作协举办的“洪铺笔会”笑谈连天的队伍中，我的双脚虽落在那山重水复、茫茫苍苍的大地上，但那种“鸟瞰洪铺”的达观，早已将心头涌动的激情和皱褶抚慰得平平展展，所以我自卑，自己充其量是一名文学爱好者而已。

洪铺，濒临长江的丘陵乡镇，自古至今，遗留下的民俗文化及自然景观很多，且大都保存得完好无损。走进去，处处能给人以感官上的宁谧和慰藉——数种“非物质文化遗产”普陀寺内的古物、古迹，包括一些点状分布的题咏等，使人能产生一些超拔的念头。于是，我不自觉地想起一段话：任何一个真实的文明人都会自觉不自觉地在心理上体现着多种年龄相重叠的生活，没有这种生活，生命就会失去弹性，很容易风干和脆折。屐痕处处，那景点里稍纵即逝的触动便是一道亮丽的刻痕，铭刻心头的发现，贴着采风的标签，令我羞愧难当，但更多的时候，我还是乐意提携着有精神的物类，一程一程走下去，愉快欣赏大自然的同时，亦能领悟蕴藏在阔大民间里的各类文化，从而体会宽广深远的人生境界。写写走走，亦是人生的一种方式。

“竹间驻马题诗去，物外何人识醉游。尽把归心付红叶，晚来随水向东流。”（唐代赵嘏《经汉武泉》）每个人都是这世界上的一名游客，而真正“醉游”的也许只属于那些用诗文来“记录”的行吟人。所以，对于爱好出游寻访名胜的我来说，拖累一双脚是对心灵的一种安慰。世上美好的文字，大都是用双脚走动、双眼敏锐捕捉、大脑理性关注后的产物。以《文化苦旅》《山居笔记》而享誉中国的美学家余秋雨先生亦莫例外。

文化现象与我说的“印象”有一点交叉，但我真切地去了。

钓鱼台

一下子走进了一个叫作钓鱼台的村庄——没有水，徒有五块巨石三足鼎立于莫名大山的半肩上，自然“垒砌”成钓鱼台的模样，心头顿时惊叹良久，又壅塞了许多。惊叹的是大自然的神奇造化和本土居民不曾刻意破坏的保护意识，壅塞的是：相传若干年前，这里的平畴曾是一片汪洋，钓鱼台恰巧临水，于是民间牵强附会地说姜太公曾到此处钓鱼……所以我相信，亲近过钓鱼台的人，一定有着他自己的见闻和感受——一位文友，便戏谑地说，钓鱼台上端那块巨石的另一半“飞”到黄山了，成了黄山的“飞来石”……钓鱼台面向东南，十里之外山冈横亘，峰峦跌宕，丛林密致，其间不乏溪流潺湲。起风时林木摇摇，哨响一片；息风时，近景悠悠，一派安详。上得山冈半肩处，眺望前方，把眼前如茵的平畴想象成远逝的汪洋，把半肩山想象成堤岸，把自然景观的钓鱼台当作真正的钓鱼台，没有钓趣的我真的怕要取来钓竿，学着钓取一份闲趣与企盼了。

因为临近晚春，山木葱绿了起来，数种不知名的刺科植物，竞相开出了鹅黄、淡黄的花——它们是姻亲还是同科？对植物世界的认知几近空白的我，无法给出合理的解释或答案，但我看清了包藏在外表之下的结构，犹如人的肌肤包藏着血肉与温暖，妥帖的文字包藏着情感与意义一样。与钓鱼台合影、同文友一起拍照，是我们能记住钓鱼台的最直接的方式之一，记不住的是，大自然中的花草树木随着四季的分明而变化着。道一个并不新鲜的发现，那就是：一株树、一棵草甚或一个人，都会走进生命的瓦解，唯有这钓鱼台，千百年来见证并迎送着来到这方世界的一切生命，所以，它是一种精神或意象。倘若将这景点的名称拆成两个词后再合并，动态之后便是静态了。所以我深信，晚春里的钓鱼台就是一个梦，一次错觉，或者是命名中——“钓鱼”对应着行走，然后才有大胆想象，包括“记录”的平台……

草场叹草

“我们走进呼伦贝尔草原了……”

我的视力不够好。目力之内，尽一片绿，坦坦荡荡、平平展展的一片绿。在此之前，我不曾见到过偌大的草场，而且是季节草场。听当地一位年长的向导说，他们一辈年轻时，每年都到这里打湖草，回去后沤成优质易腐的肥料，而且每到梅雨期，这里便是一片汪洋，本地居民外出安庆，多半摇船……粗心的我，这才发现身边不远处，就有几艘可供五六人乘坐的木质摇桨船只，搁浅在没过膝盖的绿草丛中——才近晚春，这些嫩草就没过膝盖了，它们是在完成业已过时的使命——提供肥料，还是在长达数月的蓄水期到来之前努力地展示生命的坚强与壮美？联袂起来成就一片泱泱草场的绿草们在微风下漾成绿色的波涛，但我真切地被这嫩嫩的、绿绿的，简直弱不经风的春意，颤栗了好久，进而迸发出浓重的暖意与敬畏来。它们是那般的柔弱，却又这般的自信，以至于伴随着季节，努力地开始它往复的生命轮回。在这“冷峻”的阵容里，让我在融融暖意的边缘，怅然感觉出若有所失，又仿佛一缕浅淡而钝痛的离情别绪，使我重新为生命的消逝而悲哀——一到蓄水期，满眼满眼的绿却不复成为禾稼的肥料、不复成为牛羊赖以活命的食粮，凋零的梦幻化作了一缕青烟。想到这里，我的眼眶中溢出了泪水和泪水掩盖下的无奈与哀伤。我不明白自己何以有如此的心境——不就是草儿们要接受洪水的肆虐么？那算得了什么？

我感觉心中的怅惘和悲凉，在此刻是浓厚而隆重的，于是我率先“躲”进了大客车，但内心始终被这种无奈的肃杀击伤——一种生命遭受摧残所产生的锐痛也就这样无端地楔入心灵的伤口，让我没有来由地触景伤情，从而顿悟：个体的人，也是父母亲蔓生出的一株小草，从嫩绿到枯黄，从春天到冬天……

“离离原上草，一岁两枯荣（据老向导说，浸淫达数月之久的洪水退去后，若气候和暖，这些草还会再次冒青）。洪水浸不尽，风暖吹又生。”篡改完毕，我不禁反思道：我这是怎么了？怎么会对湖草注入如此般的情感与启迪的交融？毕竟草儿们是从来不说话的。

我多想使自己成为一株真正意义上的草，让一种伟大与渺小融为一体；让勃发着生命气息的生机和绿意蔓延开来，铺展出去；同时也让有生命的群体，永远充满着强悍与浩渺，足迹遍布天涯……

山水“天一阁”

不知什么原因，观音洞水库之于我，一直有一种奇怪的阻隔。按说，它距离我老家也就20多里路的光景，而且我在代课期间，有三年时间曾在它附近执教，喜欢出游、喜欢寻访名胜的我，早该频频往返了，但我一直不曾涉足。前几日随县作协采风团前往采风，才弥补了这份遗憾。车抵水库边取名为“独秀山水”的山庄，我为眼前格局高雅、杂糅了现代和仿古意味的建筑群打动了，这里环境清幽，山青水碧的，的确是一处集旅游、休闲、观光、垂钓及摄影于一体的所在。

乘坐快艇向水库中心驶去，轻漾的微风因为快艇的缘故，急速地从面颊上擦过，溅起的水珠像带着凉意的珍珠落在我们身上；一沐春风万顷黄的油菜在东南面豁开的平畴上恣意绽放着；目力一览无余，成三角形坐落的三座山下，数位垂钓者正埋头垂钓着闲趣与企盼；另几位摄影爱好者因找到理想中的视角，不断拍照着，由此，水库四周的美景鲜活在他们的镜头里了。而我脆脆的思绪，如拂面的春风，薄薄地依偎在这方山水穿越了时空的原生态里。

有人说：所有的风景都会拒绝一部分人，偏爱另一部分人。也有人说：人，生来就属于不同的风景。处身这方水域，前面是“因陈独秀而闻名”的独秀山，于是我想道：以家乡独秀山而取名的陈独秀，登上过独秀山吗？没有什么正稗史可查阅的。但我一看到独秀山，睁眼闭眼间便是陈独秀清瘦忧郁的神情。毕竟，在这样一方清静的水域看到独秀山，怀想或者不怀想陈独秀，都是一份过于凝重的思绪。意兴遄飞的王勃，被贬到赣江边任刺史时，决意建一座阁，“拍檀板唱歌，举金樽喝酒”。面前这块偌大的水域或山庄临水之处，是否可以或应该建一座阁楼呢？果真“山水”添一阁的，那么“山水天一阁”就会是许多游人，尤其是文人才子们争相登临放歌并去摹写的话题。如今，观音洞水库附近山体上栖息的各类水鸟，背起了新开发的“独秀山水”馈赠给它们的礼物，一上一下地翩翩起飞着，托起了湖水长天的风情。以物是人非事事新的“独秀山水”为依托，合理开发石镜山的“镜石”“海螺山古道”及望春花基地，会更加可能地激起游人在此处徘徊流连……

快艇在水库中央突然熄火了，我放飞的思绪便回到了眼前的真实——紧挨山庄，一条曲折幽回、沿着山体营建起来的长廊直通到当地颇负盛名的“莲花庵”脚下，我的心中便莫名地涌起了幼时熟知的巧嵌了独秀山附近四所庙宇、两处自然景观的名联：“和尚（石）骑龙（寺）施法雨（寺），观音（洞）踏水（寺）泛莲花（庵）。”我很少踏足庵堂庙宇之类的佛教之地，今天相见，这方处女地分明要将平素不理佛的我置于庵堂之外以仰望的角度，并将向往或畅想的奥义演绎给我看，同时又挑逗我以最虔诚的形态投入这个仪式，剥除唯心论，以领略参观的悠闲，这岂不是一种超乎寻常的安排？倘若将泊水的快艇视作我想象中的亭阁，眺望阁外水云，乃至高高耸起的独秀山，一腔激情便无端地在心头飘洒起来，犹如一篇洋洋洒洒的文章，力透纸背的是我对未来景区的向往，我憧憬的神情里，即便流溢出泪水，亦是值得的。这阁楼，可以比试前来摄影的爱好者们拍摄出的作品，亦可以为某位寻求此类环境进行创作的大家找到心境，从而创作出酝酿已久的大作，使得它如滕王阁一样令人追随。“生活是棵长满可能的树”，昆德拉如是说。所以我殷殷地盼着，不久的将来，湖水之滨将矗立起一幢两层的阁楼，集创作、展览或休闲、商用为一体……

当然，这“天一阁”是有别于明代嘉靖年间由范钦承建于宁波城的藏书楼天一阁的，它的取名取自《易经》中“天一生水”，想借水防火，来免除藏书者忧患的火灾。但这座天一阁，可以理解为取用“秋水共长天一色”之意境，从而使留恋并往返于此的梦魂，与阁楼相依偎，乃至永远。

独秀风吹我

我们一行20余人乘中巴车去的正是时候，天高云淡春暖花开的。在此之前，我曾登上过独秀山顶，但这一次，我是冲着“陈独秀因山而得名”去的，所以显得有些迫不及待了。中巴车九曲回环才到达山顶停车场，走在混凝土浇筑的通向最顶端的电视插转台的台阶上，山风拂乱了我们的头发。放目四周，我仿佛置身在一个陌生的世界——目力所及，完整的山体又被截除了几处，俨然一块块止痛膏敷在山体之上，显得那样刺眼；新添的坟茔挨着盘山公路，挺上半山，怎么看都有一种大煞风景或亵渎的味道；东南面，成片的松树被山火烧得枯黄，显得茫然而无序……几棵幸存的常青树孤独地立在一片枯黄中，我的感觉便如同沐浴夕阳的余晖，在独秀山风的吹拂下，心情愈加凝重而灰暗。

“潜岳绵亘，落平冈百里，顿起此峰，形势突兀，条干所为，明析可数”“西望如卓笔，北望如覆釜，无所依附”（见康熙年间《安庆府志》、民国初年《怀宁县志》）的独秀山，又名独山、卓笔山。晚清光绪五年间生于怀宁县渌水乡（今安庆市宜秀区白泽湖乡）的陈仲甫先生，首次取用家乡独秀山中的“独秀”二字为笔名，独秀山因此闻名遐迩了。

文友们为历史的也为许多无法言传的原因在畅谈着，我灰暗的心情便在这种热烈的交流氛围中（我是本地人，对独秀山的了解和亲近自然较多一些）渐次明朗了起来。在这样一个集体性的活动中，喜欢用文字来纪行的我们，总要为自己即将落笔的文字找一个目标：或一棵树，或一块石头，或者是那抗站时期筑起现在已拆除徒留一块碑记的碉堡，但我睁疼了眼也找不到，哪怕是一片枯叶，只好放眼于四周——浩浩一座山，没有一块惹眼的石头，没有转弯抹角的山道，没有拂拂垂披的繁草，也没有山溪沟涧小桥流水，只一味地坦荡。除了差不多是清一色的松树以及那几处“止痛膏”敷出的色彩，没有别的什么色相。山脚下，318 国道像一条灰色缎带，被“风”吹得逶迤而去；一沐春风万顷黄的油菜花，簇拥着错落有致的民居绵向远处……在通向长江边的居民区深处，我浑浊的目光似乎看到了青砖黛瓦、雕梁飞甍，也看到了满面春风、挥手作别家乡的陈独秀，正“书生意气亦风流”地在异地散发着“五四”运动的传单，传单在锐意的运动之风的吹拂下，燃起星星之火，燎原般地唤醒了沉睡的国人。往事如风，时间虽模糊了他们的面孔，但历史记住了他、包括他们的飒爽风姿，而身为新文化运动旗手的他，却依然那样扑朔迷离，让人向往得要揭开那神秘的面纱……在这样的独秀山顶重温历史，侏儒也变成了巨人；在这样的独秀山顶徜徉，巨人也变成了侏儒。

阳光很好。在好心情、好视力的作用下，地上冒青的嫩草，在独秀山风的吹拂下，频频向我点头。当我继续凝望那虚幻中的青砖黛瓦、雕梁飞甍，企图在眼前再现“一石击引千层浪”的陈独秀先生的幻象时（陈独秀的《〈双杆记〉叙》和《爱国心与自觉心》两篇文章，在 1914 年 11 月 10 日《甲寅》杂志第 1 卷第 4 号上同时发表后，在留日学生中掀起轩然大波。章士钊评价道：“仲甫一石击引千层浪，能引起海内义士深醒，功在今日。”）我的视线莫名地模糊了。青山遮不住，毕竟东流去。时代需要“雨霁高崖夜，飞流挂玉虹”的阔大胸襟，需要“飓风落古木，秋月满寒空”的火热激情，也需要“世事吾何与，溪毛自不穷”的适时气度和“时沽茅店酒，细酌对村翁”的处事淡泊。

人的期望是无限的，遗憾在所难免。坐在回程的中巴车里，当我思绪不绝地回望独秀山时，心情却像山下的微风一样，舒缓宜人了。余秋雨先生在《三峡》一文中说白帝城熔铸了两种声音、两种神貌，以这种心境看来，独秀山也熔铸了诗情与战火、豪迈与沉郁以及和平年代里我们对自然的朝觐和对山体的适度利用。些许容颜被悄然篡改的独秀山啊，依然耸立在记忆里。而我心头曾涌起的遗憾包括那些大煞风景的物事，便成了另类的韵味——不管它的主题是杂糅了彰显、纪念还是旅游、休闲，都一样令人神往。

春到美林苑（同题篇）

一

春天是明媚的。普通的山林寸步未移中已成就景点——美林苑。这是我在最近的一个下午发现的秘密，却也是我的孤陋寡闻之一。美林苑距离我老家不远，而我也经常从它的身旁穿过，但我就是不曾拖累双腿带着慧眼去认识它。当我们一行在观光园总经理沈修羽女士的陪同下深入山场时，我的内心立刻浮起一层穿过疑云后的明澈，同时也涌现一道叹为观止的惊异与感动——人类精神领域追求的宏阔与美好，以及渴望拥抱自然、与自然和谐相处的欲念，就这般在上海闾杰绿化工程有限公司怀宁分公司的规划下生就翅膀，我们的匆忙与错过与该公司的慧眼形成的悖论，将不再延续了，进入林场，我这般安慰自己。“这是目力所及之内看不见的飞翔和欲望之火啊，在这个与一切生命相对应的时刻，真正呈现了透明的、净朗的形态……尽管它目前类似于流淌的一种静止，但它就地开发中人为的纹理却如同一重又一重神秘的褶皱。”踏上峰顶，鸟瞰观光园区及四周，我差点高声说道。

从沈女士的介绍中，我了解到，园区面积达3000余亩，盘山公路为游客欣赏已栽的6万余株桂花、红豆杉、茶花、紫薇等名贵花木，5万余株苗木及景观塘、月牙湾、观光台，打开了方便之门。花草、树木、人工流泉和石头，都沉静在我的意念里了。水是轻盈活泼的，没有一丝哀怨的意思，它们从山下“飞翔”而来，“哗哗”奔走中，我听见了它厌恶静止的呼啸。石头呢，原本成块地粘连一体，此刻却分解成风景的点缀或支撑，表面的沉默，其实是一份燃烧的沸腾！这些千年不变的物体，因为规划才激扬，其本身就是一次涅槃或畅想的开始，因为它们，我的视线有了附着物和焦点，甚至有点“磁性”了。心海里，惊喜是肯定的，更多的，则是从明净的世界走向了童话的源头。物我交融，纠结在春阳下，彼此都没有了落寞！

因为观光园处于完善中，野草繁花尚未掩住黄土，移植过来的剔除了枝丫的名木尚未着装，因此给人一种“暗”和“乏味”的错觉。但我有理由坚信：这种“暗”或“乏味”，阻挡不住春天的诱惑以及一种本能的勃发；相反，它给喜欢鼓捣小文章填报缝的我一种“删繁就简三秋树，领异标新二月花”的启示与放松，甚至生发出一些遐想——一定有什么东西复苏了，在花草树木的顶端，也在我的心里。目力不够好的我，渴望真切的答案，在这些新栽的树木身上，我似乎不曾觅见，但地气回暖了，叶片萌动了，只要那树干不曾朽去，我便有理由断定：汁液正从根部源源不断地涌向树干，鲜活的形容词也熙熙攘攘地排起长队，正紧锣密鼓地酝酿着一场场催生。虚虚实实本来就能烙给人一种不确定性，运用逻辑学的语言就是：失真的同时亦是本真。换个角度说吧：观光台的长凳上没有人，坐上去也肯定冰凉凉的，但人看见了可供歇脚的石凳不可能无动于衷，即使不在上面落座，也觉得这一切是那般的美妙——失真而不失本真。随意也好，刻意也罢，我们一行中，就没有谁草率地“抱怨”所见。同时，我更加确信，在“润物细无声”的一场雨后，在下个季节到来之前，若抽暇去留意它，一定会愕然的，这愕然是具有刺激性的，饱含有许多不必言表的幻想与期待！

摄影家协会的朋友们忙着调节焦距，捕捉镜头，我只有徒手尾随其后。镜头是一种语言，我呢？我拿什么来表达？我所瞧见的不外乎一些影影绰绰的实景，在今天，却不甚分明。不分明，有时也是审美中的一种需要吧——借助这样的现实，可以还原一种心境，这不是自慰，最起码，它迎合了我的实际与一种内心的需要，这样，裹挟太紧的心，才会渐渐舒展，慢慢轻松。

真实的、悦目的美，往往会在包装的初期或破绽处裸露出本真。

二

树在一片片穿“衣服”的时候，人却在一件件地脱衣服。这种统一的现实，取决于气温的回暖。渐渐暖起来的气温把人、树，乃至一切生命体重重包围，也使树汁、汗液加速了流动……那就彻底地活起来吧。“活起来!”是当下的这个节令对万物的邀请与要求。

这样最好！我们可以舒展双腿，“减轻”体重地出去走走看看。远的如那些知名的景区，近的如家门口的美林苑。沿着盘山公路走，一路的说说笑笑是另类的风景。山外的世界很嘈杂，山内的静谧摄人心魂——动、静在这里得以调和。树总是安静的，它们迁居到这里，招风的枝，拱破土面的根都被规整了，适应一种新环境，哪能随心所欲呢？树如此，人也如此。在那些剔除枝丫的树干上，读出这一点的，当然不止我一人。树是会说话的，但我们听不懂，那些新生的叶片其实就是树的表情、眼神或手势，它同我们一样，参与了对这片观光园的评价，所以树努力地活下来，持守着生命的底线——人啊，遭遇困难甚至灾难，就应该向树学习，挺住并努力，就会使所有的恭维黯然失色！鸟儿知道这片未来的天堂，放达地抓住高枝，从一棵树到另一棵树，那是一条路的安排，就像我们此行的目的一样，也是一种安排。鸟儿飞起又落下，落下了再飞起，牵引出一种光明，飞翔的路没有终点与归宿，但鸟儿能预料的，自然不能超越发掘这片观光园的主人所构思的蓝图，但人放远目光，进行一次重构或俯视，就会有一种不可撼摇的镇定与力度，其间绝对有鸟儿展翅翱翔或滑翔的快乐与从容。风险是有的，从事没有风险的工作，能称之为创业么？美林苑，就这般美化了山林，同时也美化了生活。

走进山林，走向“黄”山，树是一种见证。从山涧、沟渠或民居旁收购过来的树，聚居在一起，何异于原本陌生的人类走到一起变成了熟悉？那万余株名贵的树木支撑起偌大的山场，吸引了我们的眼球，树的作用，也就是人的作为！凌空构建的美，迅速铺展开来，类似于一簇花的绽放，看似平易，实则有点匪夷所思，而现实是，这一切正在正常发生。尽管它目前藏在深山，或者少有游客注意、欣赏，但即将打开的花，已被山场孕育，且按照生命的需要准备着一次洗礼，或长或短的某个时候，必定有一次次奔走相告，口耳相受；必定有成群地奔跑与呐喊，悦目与赏心的兴奋，憧憬着一次次快感。一夜间，它打开了，犹如春雨打开花苞，看起来似是时光与过程的需要，其实那是我们与自然的一次取或舍的约定——懂得花开的人，必定懂得欣赏和认可！尘染的内心，渴盼圣洁的事物降临。美在展现，抓住那惊鸿一瞥的美，颇能受益。尽管那美可以接着再来，但“人不能两次踏进同一条河流”（赫拉克利特），哪怕那棵花草还在，越过季节还会萌发，但我们莅临时的时空变了，心情迁移了，感受自然不尽相同。美是挡不住的，时空也是如此，它们何曾抵消过各自的意志？创造之美展现给每一名观光者，却不会被同一人尽数采摘。

手窝里捧起的水来自地层深处，潺潺湲湲的，流活了景区，丰腴了草木的叶片，滋润了干涸的土壤。那水有一副好翅膀，一松手，它降落在地，倏忽不见了，还原了这个世界的明净与安详。万物在沉醉，在消融，在弥漫的绿色里下沉，再下沉，像意念失去警觉，人便回到了轻，回归到空阔的状态，精神的世界由此洞开了一扇扇门，在行走中一开一合。这是心灵的写意与淡远的梦笔勾勒的一个完美的手势，招引圣徒接受神灵的昭示，完成自身，洗涤自身，拒绝污秽。水的向上飞翔与回归低处，在观光园的舞台上没有最初也没有最后的表演，这是它生命的全部，不舍昼夜。一个水分子在蒸发之时，亮出了一条警语：没有锋芒，但我的硬度能穿透一块岩石；我不开花，但我的明净足够使疲惫的内心绽开笑颜，并达成一种澄明状态的飞升。

创造是属于思想和动作的，美，只是二者颈项间的花环。这些细节是众所周知的秘密，激发着一双双慧眼，用茧皮的大手去创造。站立山顶，极目驰骋，心扉的大门豁然敞开，我自信地笑了，看见一群久违的山雀，向这片浓荫飞来，然后衔枝筑巢……

禅意氤氲龙池庵

茫茫人海，芸芸众生，我们该站在什么位置才不至于错位？也许这样的发问会招致笑话，但我仍然叩问着自己。

龙池庵在我们的头顶？不，它在我们的脚下。从山脚往山顶走去，向上延伸的林间山路不断地抬高我们的身段，以至于趋近此行的目的地。始建于明朝成化年间的龙池庵，距今已有540余年的历史，它是省重点保护寺庙之一，也是我县海拔最高的地方。一座佛寺，落座深山，540年来香火不断，灯烛长明，果真是许愿有至，佛佑灵验？我看未必。这平常山地凹陷一块，是曰“龙池”，庵堂由此命名，不足为奇，就像我们的姓名，一个区别于同类的符号罢了。但平常山地盖起庙堂，是否因为“突兀”（龙是中华民族图腾的象征）才吸引一代代的信徒来修身问道，渴盼指点迷津？以及对生活和对生命意义的追问？

因为年久，寺庙底蕴里的激情业已淡化：许多绘画及雕刻塑像已经模糊难辨，蒲团褪色，幡旗朽落。在这样的高山平台处，是谁坚守自己的信仰，欲布道而惠及众生？佛吗？佛为何物？《说文解字》曰：“弗，不要也。”“佛”乃“人”“弗”，“人不要”什么？当是“不干伤天害理之事即为佛了”，最起码，这种本真是具有佛心的。那么，普天之下庵堂寺庙里的和尚、道姑，清规戒律的青灯黄卷，晨钟暮鼓，是否真的能拯救生灵，避免祸乱？恐怕也只有佛能作答，让日月星辰来见证了，但这种本意却是向善的、积极的。大片的宝殿、寮房等建筑肃穆如许，不怀一颗虔诚的心，已经很难了——我不得不对人们内心里对生命意义的终极拷问与寻找所付出的努力表示钦佩！

这里远离人烟，除却钟鸣、鸟叫、流泉和山风，四周一派寂静。寂静即缄默？还是什么也不说？但龙池庵以自己的闻名遐迩禅定在人群深处。人为什么要终其一生地信仰，或拿出并不富裕的积蓄来造像膜拜？时间不可思议，思想同样不可思议。看身边那位虔诚的跋涉者，一佛一叩头地，口中的默语无法分辨，但她跪求转经筒，完全将身体的疼痛赊给了高高在上的佛，她在祈求还是救赎？我看到的是表象，表象下面却不得而知了，但我相信，这种场景只不过是历史深巷中一个微不足道的有形之门掀开的一角帷帘。僻壤之地，远离市嚣，时间的力量和佛的力量被虔诚放大了。人们常说“真累”，身体的累有鼾声打扫，那心灵的累呢？我想，就得依靠寄托了，庙宇庵堂该是这种“累”下的产物吧。精神若需慰藉，就得有个安置精神或灵魂的恬静之所，那些拱形穹顶的房舍，配备“入”神“人化“的瑞兽、服饰、祥鸟及器杖，籍以洗涤和扬弃，又像无形之门一样在时间之中一开一合，供“累”了的心进进出出。那一座座庙宇庵堂，实际上是寄托的一种消磨，酷似蜡烛，流着泪地走完生命本身，唯有那曾经的光亮，令后人记起。潜心佛学的悟者，别出心裁地挖掘，就是令生命的终极意义“不要”沉沦，这种无边寻找的过程正是“欲布道而惠及众生”，这种过程专一而虚妄，结果泰然含有“共性”——传承的火种，由此营造了信仰带来的愉悦，肉身风烛之时，像自己膜拜的神或佛一样，具有骨血的厚重与苍凉！

祖先肩扛担挑地建造了这座庵堂，于这僻壤之处，我作为一名光顾者，能说累吗？置身狭长的过道、宽敞的正厅，是叩拜还是猜度？很显然，那些千年同一面孔的佛，成全不了我们形形色色的愿望，朝觐也好，赎罪也罢，最终只能收获心头的平静。石木雕的、泥糊塑的、金属铸的佛们，或横卧、或站立、或打坐的佛们，我是自己的佛么？厅堂外，阳光很好，有一丝可以忽略的风撩动树叶。这里空气甘醇，鸟语花香，虽没有小桥流水，也没有柴门犬吠，但能领略青天的明丽，能捡拾吐纳万物的胸襟，悟心启智，夫复何求？

回去吧，堂上还有八十老母，亟待我奉上中餐呢，她才是一尊活佛！

我和“韩国”有个约定

国庆后第一个周末，接到一“陌生”电话，便为操赣语方言的“他”疑惑起来。但当听到“雷埠”一词时，我便断定他是去年同在县工业园某家企业上过一阵班的韩师傅“韩国X”，只是不甚明了最后一个字。消除“陌生”后，我们“熟悉”地聊起了各自的上班情况，老韩则喋喋不休地讲起在外地一船厂上班的快乐，言下之意，我若愿意重操气保焊工作，可以去他那儿。我便说了手机丢失、去电信公司重新讨要原号码一事。他诙谐地说这是我和他之间的“职业缘”，于是再三约我过去。我一口答应一小时后在雷埠乡政府前见。老韩高兴得像什么似的，赣语方言更浓了，以至于我没有弄懂他都说了些什么。

其实，在2013年末，由怀宁团县委、县文联主办的慧泉杯“我的中国梦·青春励志故事”有奖征文颁奖，曾在素有“天然氧吧”“西陲明珠”之誉的雷埠乡举行，忝列获奖者之一的我，曾参加了那次授奖及雷埠行采风活动，印象很深刻。回来后，写了组诗“唱和”。奈何诗歌写作一直是我创作历程中难以超拔并逾越的“坎”，便没有拿出来示人，于是，它像我生的又一个痴呆女儿，养在电脑E盘“诗歌涂鸦”的闺间。如今，“最美怀宁诗文拉力赛·雷埠篇”征稿启事的怂恿，我只得重拾胆怯将近一年的散文写作，来写再游雷埠。

乘坐老韩的摩托车，再游的第一站依然是郝山村。很喜庆也很振奋人心的《在希望的田野上》等歌曲再次萦荡耳际与心间。乐曲中，老人们三五结伴地坐在门前，话着家常，笑颜洋溢在脸上，我相信，那是在诉说绵延的幸福。赶织冬衣冬鞋的留守妇女以及从菜园择菜归来的大妈们，满脸的悠然与安详。走过宽阔的街道，进入眼帘的尽是沉静淡雅、保持素颜的现代新民居，这在“万乡千村，同城同面”的今天，却也不由人暗暗激动甚至鼓掌叫好！农村住房等一系列“安居”工程已经达到如此境地，还能奢求什么？村村通水泥路面犹如人体上的毛细血管，将大地“织就”一副贯通网，即使我走到郝山的外沿，包括我去过的平山镇司山、大洼社区；石牌镇的普济、公岭镇的三铺等地，也没有看到冒烟的烟囱、流着污水的河流——守住青山绿水，持守粉墙黛瓦，自然与人和谐共生。依托自身丰富的各种资源，采用发掘、保护、抢救等各种措施夯实“安居”基础，可谓提升了本地居民的幸福指数，也使那些渴盼自然、回归自然的慕名“游客们”，在犹豫“乘车何处去”时，不自觉地便将这里列为休闲和“旅游”的首选目的地，身心极度疏放，让人在压力不断的工作中寻回了一种心灵的归宿感与内在的和谐，旅游的同时，又免费做了一次自然化的SPA。行走在雷埠乡村间“怡然其乐”韵味浓厚的村道上，我蓦然想到这么一句话：熟悉的村庄村村相似，陌生的村庄庄庄不同。托尔斯泰翁，我篡改您的传世名言了！

远远地，我看见了那高檐翘角、古朴大气的郝氏宗祠，却没有迈进去，而是朝不远处的一株古樟树走去。历经几百年了，它依然枝叶吐翠，膀臂健硕，像迎客松也像热情好客的雷埠人一样，迎接着到来的每一张面孔。笔者不才，写有《人与树》系列散文已经五篇，今天，我能收获什么？又能有什么殊人的感悟？老韩见我绕着树转圈，满脸沉思状。我不排除他会说酸文人的与众不同，但他一定知道我在寻觅什么。寻觅什么呢？我自己也难以回答。但我清楚，一个拥有古树的村落，一定是生生不息的幸福家园，那家园里繁衍着一茬茬、一代代具有爱心的人们。我到过一些以树命名的地方，譬如樟树组、枫树脚、榆树屯、皂荚沟什么的。我曾经好奇，这些地方是先有树还是先居住人的呢？为什么以树来命名村庄？这些地方，有的还能看到龙钟之态的古树，有的却只有响亮的命名了。所以，我坚信，树是村庄的一个符号，或者是村庄的一件胎衣。眼前的郝山村，在命名上显然不是，但我乐意将“樟树脚”之类的乳名送给郝山。因为海子在其名作《面朝大海，春暖花开》中有“给每一条河每一座山取一个温暖的名字”之句，荷尔德林也有“诗意的栖居”之说。当我将这一可笑的念头告诉老韩时，老韩很爽朗地笑了，说他的村民组前也有一棵，而且被誉为“皖西南香樟之王”。韩家上屋！啊，我怎么笨到连朋友的姓都疏忽了？

老韩家的所在，我曾在2013年来过，而且去了韩氏宗祠参观。说实话，我对宗祠文化很淡薄，也不怕程氏子孙骂，我连自家的程氏宗祠都没有进去过呢。火急火燎地赶到“香樟王”树下，老韩回家张罗午餐去了，徒留我在树下转悠。我不由念叨起系列散文《人与树·之四》中的一段语句来：所以我坚信，古树，不仅给了生活其身侧的人们以质朴且浓浓的乡野诗意，也赋予了本土外出的青年们以浓郁恻绵的乡思和乡愁。它像一只温热的大手，紧紧牵扯着那些从村庄里飞出的风筝，又像一个沧桑的岁月鸟巢，永远在他们灵魂深处唱响着一声又一声的苍凉召唤，即便是他们搬离老家住进城市中，“老家”“皈依”这些词眼儿会不时地撞击他们的心灵，使得他们对老家投入了更多的关注。这种情怀，像我这种毫无建树的人，也只能用行动上的“常回家看看”来表达了。

午餐时，老韩很热情，还约来了几位他平素走动较多的村贤里仁，菜肴也很丰盛，有的我是第一次吃到，自然叫不出名儿来。其中一位听说我是黄墩人，便说他们这儿处在怀宁的最西南端，随着县城搬迁到高河，很少有人深入这里采购什么特产之类的物品去县城卖了，所以，在老一辈人的意识里，这里无异于一个弹丸的“独立国”。又说黄墩的蓝莓产业业已上规模了，他这儿的雷埠迎庆桃正处在拓展之中。我以前听说过这种水果，却一直无缘面睹和尝鲜；另一位说雷埠的狗肉颇负盛名，可惜我是个不吃辣的人，要不然，2013年在雷埠乡政府食堂的聚餐，我一定会丢下斯文，狼吞虎咽一顿的。或许是我脸上流露了遗憾之色和始终没有往辣菜里面动筷子吧，老韩便再次热情相约，腊月里，他回家后再约我，做一道微辣的雷埠狗肉，若可能，可以带一只狗腿回家；另一位忙说，明年迎庆桃成熟之际，他会替老韩圆下我的遗憾。

“莫笑农家腊酒浑，丰年留客足鸡豚……”整整在890年前出生的陆放翁先生，你作此诗时可谓幸甚，而如今，我则更幸啊！

午餐后，应我的要求，老韩车载我去了雷埠最高点海拔达178米的王居山和最低点海拔只有11米的金鸡湖，这里就不再展开来写了。老韩原本要载我去金鸡岭水库和牛店村善士屋，了解“兴家旺族”的匾额古意，我便说

2013 年去过，明天要上班，也给下次来雷埠一个念想。但回程的车上，我却拆字般地揣摩开了“善士”的由来：上善若水，学士人家，进而牵强地想起一副对联：“几百年人家无非行善，第一等好事就是读书。”读书成“士”或“致仕”，不正是数千年来，绝大多数中国人所尊崇并效法的吗？

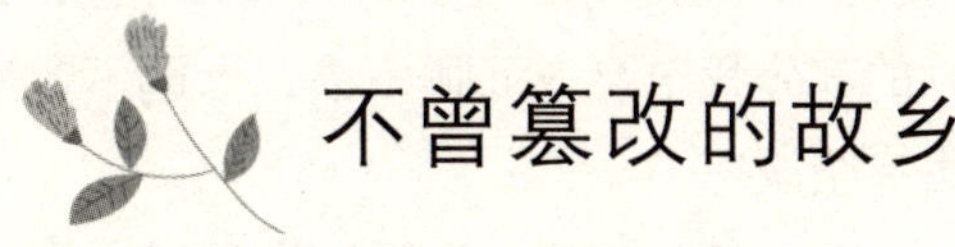

不曾篡改的故乡

对于一个常年寄居县城的务工人员，曾经的家园能否唤作故乡？鉴于叶落归根的心理作祟，我以为，唤作老家更为亲切些。

我的老家位于怀宁县黄墩镇东南端的良加村。因为曾在村小任教达 12 年之久，所以相当一段时间里，我填写的各类表格，或寄出的邮件的右下端，都会写上黄墩镇良加学校。现在，这所村级小学因为生源急剧减少，被合并到了邻村。但我依然沿袭这个收件地址，却又常常对这个地名沉默——去年，我曾收到某杂志春季号和冬季号的稿费单；今年，该刊将出刊第 200 期，主编先生便电话约我“就刊说刊”地写篇 3000 字以内的长文，我顺便说了没有收到样刊的事，主编惊异地说每期杂志一出刊，他都亲手邮寄给我了——这份突如其来的无语乃至失语，令我对多年的老朋友——良加学校，产生了莫名的依赖与恐慌。那种感觉，好比自己刚生下孩子，抱养孩子的人家丢下一点可怜的营养费就算了事了，而自己甚至不知道是男孩还是女孩。现在，我每次回老家路过它的跟前，仿佛在面对多年前就失联的一位朋友或同学，需要在记忆中仔细搜寻，才能从它落满沧桑的脸上找到二者的切合点。

村级建制尚在，村里的书记、村主任、文书等人，包括送邮件的邮递员，都是我多年的同事和朋友。兼之我寄居县城务工，打工单位和租住房都无法固定，我的收件地址，能有更好的替代吗？与就近在邻村任教的一位昔日同事说起此事，他建议我将收件地址改到邻村学校，我沉默地笑了笑，并不自觉地摇了摇头。那种笑，没有欺骗性，事过境迁了，我无须去纠结和较真，反倒是那种融入血脉的亲切之情滞留笔端，固执地流淌着，我乐意这样认为。邻村学校我是熟悉的，并且我每次回老家都必须经过，但我已经很久不曾踏足了，不是没有时间，而是我的心变得细腻并且有种“疼痛”的感觉——将自己最宝贵的黄金时光耗在没能为我谋得前程的驿站上，再回首面对驿站和“疼痛”，的确需要太多的勇气。现在，我除了应付必须应付的琐碎，那些柔软的部分我宁愿它沉睡下去，永远不要醒来，因为谁也没有更好的办法将过去完全淡忘。

前几日，与几位先后调进县城工作的昔日同行小聚，大家都提出趁着周日回黄墩去吃锅巴粥，其中一位朋友便打电话给现在在村里任村长的一位昔日同行，让他安排一下。第二天下午，我们七人乘坐两辆私家车聚在了村长家，聊着村校被合并，闲置的校舍成了附近农家的柴禾房，吃着三九菇和胖头鱼烧的火锅、黄墩镇土特产山粉圆子，喝着村长夫人用土灶台熬出的香喷喷的锅巴粥，少不了的当然还有烈度酒，我们俨然回到了当初任教时的日子。从夕阳西下喝到月上中天，浓浓的乡情便像同行杯中的啤酒一样，快速溢出，缓慢落下。

回到县城的租住房，头顶上的月亮尽管还是村头树梢上的那枚月亮，但村校的合并，使我在心里总感到一些别扭和陌生，俨然失去了一种精神的皈依。下一辈的孩子将在哪儿就读已经不再重要，重要的是乡音未改，乡味未变。

漫步独秀园

“滚滚江水写风流，巍巍龙山育独秀。”这是散文拙作《独秀公园》完稿后，我想到的一句话，不曾想今夜写独秀园的文字时，率先给敲上了。

迎面是一座简洁的牌楼，上面题写的“独秀园”三个大字，很是吸引过客的眼球，两边题写着先生一生的理想和追求：“民主”与“科学”。本来，它们所对应的英语单词分别是Democracy和Science，而学术界中，有人为弄清陈独秀取用“独秀”为笔名的含义，就说“独秀”二字的拼音可以缩写为“DX”，与Democracy和Science两个单词首个字母的缩写“DS”存在关联，因为“X”与“S”类似于拗口的谐音。我们无从知晓陈独秀先生取用“独秀”这一笔名时，是否持有这层意思，但我对这些说法持存疑的态度，说苛刻一点，不失为一种牵强。设若将“DS”说成是“独秀山”三字中“独山”二字拼音首个字母的缩写，那就另当别论了，因为独秀山又名独山、卓笔山，俗名土山，而这，才是先生取用“独秀”笔名的真正来由。

众所周知，陈独秀（1879—1942），安徽怀宁人，原名乾生，字仲甫，谱名庆同，笔名实庵、三爱、由己等，号独秀山民。先生发表在1914年11月10日《甲寅》杂志第1卷第4号上的唤醒国人的两篇文章《〈双杆记〉叙》和《爱国心与自觉心》，署名便是“独秀山民”和“独秀”。先生取“独秀”为笔名，因安庆城西南60里许的怀宁县黄墩镇与石镜乡交界处，有一座异峰拔地而起，“西望如卓笔，北望如覆釜”，一枝独秀，无所依附，历来称作独秀山。现在，当我们将先生的一生与独秀山联系起来的时候，便会觉得二者之间冥冥中存在着一种神秘的相通——独秀山一山独立，我行我素，全然不顾及周边山峰的存在，全然不在乎风雨袭来，自己势单力孤。纵观先生的一生，其性格、其命运又何其相似。

步入园中，因为不是双休日，园中除了我和朋友，别无他人——这与先生晚年凄凉穷困的生活是否存在关联呢？先生高大的铜像矗立在园中央，左手叉腰，右手握一卷书，目光灼灼地眺望着前方——这是先生在世时思索中国命运的剪影？是客死他乡却又葬身故土的欣慰？故而化作英魂矗立起来，听家乡阵阵松涛，观大江滚滚东去，看一年年的花开花落，睹一天天的云卷云舒？还是以亘古不变的姿态昂首在安庆、安徽、中国的这块大地上？都说“鱼和熊掌不可兼得”，但在我看来，先生是三者集于一身了！再看那长 60 米、高 4 米的花岗岩浮雕长卷——《惊雷》，那上面镌刻着先生创办的《新青年》、领导五四运动、创建中国共产党、开辟中国历史新纪元等不同阶段的人生轨迹。徜徉在浮雕前，看那动人的场面，我似乎感受到了 90 多年前的那段激情燃烧的岁月。先生个头不高，身材也不魁梧，典型的单薄书生一个，却何以有那么大的能量，能在浊世一呼百应地带领众人辨析乾坤，令国人亢奋，让当局心惊？现在仔细想来，那能量当是个人忧国忧民的情感、无私无畏的精神、开天辟地的气魄水乳交融后的融洽与凝聚！

综观先生的一生，可以说是多有建树的一生。你是政治家，因为你是中国共产党主要创始人之一，是新文化运动的旗手，是五四运动总司令，是党的“一大”到“五大”党中央主要负责人；你是语言学家，在音韵学、文字学等方面多有建树，特别是晚年编写的《小学识字课本》，可谓极其重要的学术成果；你是书法家，行、草、隶、篆，造诣均深；你是文学家，散文、诗歌、杂文、评论等，样样精通。

我们不知不觉来到了墓冢前。先生墓地占地总面积 1058.85 平方米，坐北朝南，由墓冢、墓碑、墓台、护栏、墓道构成。墓冢高 4 米，直径 7 米，汉白玉贴面；墓碑是肃穆的黑色，通高 2.4 米，碑身高 1.8 米，阴刻“陈独秀先生之墓”七个大字。墓的两侧各植有 32 棵杉树，喻示先生走过的 64 个春秋；5 棵龙柏松，则代表先生曾担任过中国共产党“一大”至“五大”的总书记或执行委员会委员长。先生墓碑的最终确立，可谓一波五折。一般来说，一个人死后，只立碑一次，但 50 多年来，先生的墓碑竟换了 5 块。第一次立碑，“独秀先生之墓”，系朋友捐资，是六字情深；第二次立碑，“先考陈公乾生之墓”，是子遂父愿；第三次立碑，“陈公仲甫字独秀、母高太夫人合葬之墓”，是重铸“独秀”；第四次立碑，“陈独秀之墓”，是尚有顾虑；第五次立碑，“陈独秀先生之墓”，碑文虽只多了“先生”二字，却是还先生清白。先生的5块墓碑，名字不同，称谓也有变化，所以有人说，一块墓碑能浓缩一部历史，折射着中共对待历史问题的曲折历程，而碑文的更替，又何尝不是世人对先生评价的更替呢?

思想到此，我不由对着墓冢虔心地鞠了三躬，心头无端篡改起张裕铭先生的联句，长吁出：伟人功过息争议，精神不朽终抬头！

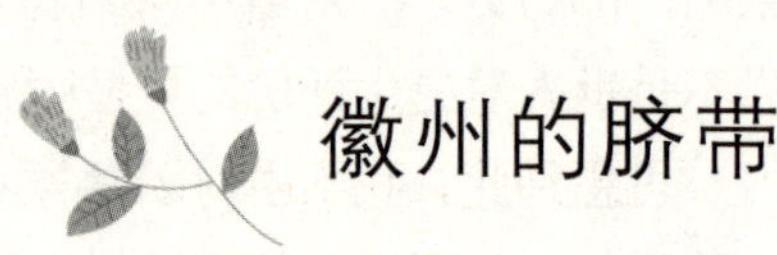

徽州的脐带

昔日同行飞云君，现供职于黄山市徽州区委办。承蒙他屡屡相邀，仲夏时节，我达成了古徽州之旅。与以往匆匆步履有别的是，这次的行旅纯粹属于放松，没有任何外在的压抑，一切都是为了兑现一次承诺。风景在脚下，当我踏上闻名已久的西递村时，我已经把“圆梦”这个夙愿，内化在“徜徉古徽州”的行动中。

热辣辣的阳光照亮了视野内的一切，包括西递村大门口的胡文光牌坊，从而使这座具有420多年历史的旌表牌坊折射出逼人的威严。白墙灰瓦的屋宇，线条柔和的山峦，我无异于置身陶公虚拟的“桃花源”了。跟随友人在富丽端庄的宅院、玲珑剔透的花园，以及深巷里弄间穿行，我的眼球早已被大理石镂刻的门框、漏窗以及脚下光滑的青石板路面吸引住了，原本“很随意”的心境陡然间提升为“找情趣”了。那些深巷，宽不过两米，在山多地少的皖南山区，密集居住颇为常见，但没有谁擅自将自家的宅院向外扩充一点点，哪怕是向外搭一片凉棚，且每一处的拐弯包括屋角，都自觉地避“尖角煞”而建造成弧形，这些便印证了大夫第门额下的题字——作退一步想。这种“和为贵”的徽文化理念，和家乡毗邻的“六尺巷”的故事所折射出的和谐理念，可谓异曲同工！

光滑的石板路，是古徽州的“原创”风景，它们遍布街道的角落，延伸到村庄的入口，似人体上明析可见的血管依附于大地之上。徜徉在徽州大地上，我自知感触不到这块令人敬畏的大地滋生并衍生出的种种厚重，毕竟我对古徽州的了解，大多停留在有关文字的记载以及友人的解说上。已有千年历史的古徽州，许多建筑在时间的风雨洗礼中坍塌不存了，我们现在所见到的是经过后人修葺、复原，才保留下来的。唯有那些石板路，于存在中不挪一步，且大都保存完好，而它上面的一道道车辙印痕，犹如纤夫肩头的一道道勒痕，浓缩并见证着古徽州曾经的繁华与辛酸。那些诸如老母送子、新婚别夫、衣锦还乡、迎来送往、官衙来催、王命召封等催人泪下的故事，成就了石板路荣辱不惊、海纳百川的胸怀。它们缄默无语，从不拒绝汗臭味脚丫的抚摸，从不甄别来者是达官显贵，还是贩夫俗子，始终以一种宽容的、泰然坦荡的姿态接纳着，迎送着，又水滴石穿一般独自承受。

徽州之旅归来多日，喜欢用文字来记行的我，一时间因找不到合适的字眼便陷入了困顿，心中不免纠结着此事，妻子误以为我的头部又不舒服了呢。某夜淋浴，我的思想再次出游了，待水温骤然下降，我才惊醒过来，发现自己的双手不自觉地捂住了肚脐眼，颇有顿悟的我，随即联想到个体分娩后便被掐断的脐带以及胎盘——那可是新生命最初孕育并“发源”的地方啊，于是，我不加思索且自豪地敲出一个象征意味浓厚且具有暗喻关系的字眼——脐带。

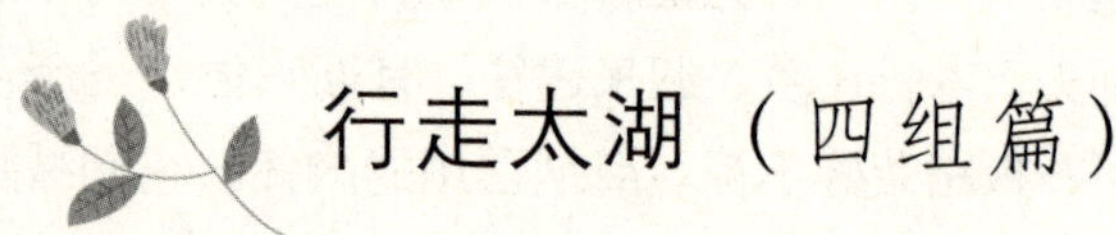

行走太湖（四组篇）

借道花亭湖

半个多世纪前，太湖县人民政府凝聚成千上万太湖民众之力筑起花亭湖库堤，为取水和发展农业。而今，这方狭长的水域，顺理成章地演绎成了太湖县旅游业的一大支撑点，毫无疑问，花亭湖风景区是悬挂在太湖县域的一枚奖牌。国家级风景名胜区、国家AAAA级旅游景区、国家水利风景区、全国农业旅游示范点、体育运动水上基地等“王冠”加冕其上，让没有到访过的我心生愧疚，仿佛错过此景，便是铸下人生大过。翻阅花亭湖风景区的宣传册得知，整个风景区分为五大景区和一个温泉疗养度假区，而湖面面积达100平方公里。在花亭湖风景区导游图上看，整个水域颇似一只“巨足壁虎”或“巨蝎”。

从五千年文博园旁边的某酒店出发，中巴车拐了许多弯，穿过太湖县城，半小时左右便上了约莫与库堤等高的一处背山面水的开阔处，面前是候船区的观光平台，上面矗立着寓意“禅源”的莲花造型的雕塑。退后一些，再退后一点看过去，那硕大的“莲花”被错觉地平移了，俨然在水面绽放呢。我为自己的这点发现而心旌摇曳起来。走近“莲花”，再放眼望去，偌大的水域平躺在大山的皱褶里，匍匐在我们的脚下。换个角度说，那些绿色带鱼一样的山体，粗略看去，是伸向湖面的一只只触角，安静恬然的样子，仿佛正在午休。毕竟，当下正值下午两点来钟，残夏的阳光依然毒辣地炙烤着大地万物。

我们搭乘的游艇启动了，发电机震颤着游艇，令我这名晕车船的旅人，感到不适和不安起来。同行的文学老师及朋友众多，坐舱内的空调再怎么努力，也不能立竿见影。因为不适，我收敛了出舱和抓拍的欲望，但手机却紧紧攥在手中，并真切地体会到：欲望，多半时候难能和体能成正比。半数文友走出舱门，上了舱顶的露天平台，隐隐约约的欢呼声，不断地撞击着我。再也憋不住了，蠢蠢欲动的双脚将我带出了游艇的坐舱。

突然，几只快艇拖着长长的亮晶晶的“水尾巴”绝岸而去，那平行线一般的水晕，于我寸步未移中落进了手机，宛若梦寐中的一帧帧壁挂。银光闪烁里，湖水复归平静，呈现大海一般的湛蓝与波澜不惊。青山脉脉，山涧悠悠，点点簇新的农户家的小洋楼，掩映在山体上茂林修竹之中，令我忽然明白：这里的水没有污染，这里的山没有破坏，居住于斯的人们，怡然自乐的情怀没有消失。“神驰远景无疆，仅尽情领受，千重山色，万顷波光。”太湖人杰赵朴初先生的诗句油然跳进了脑海；接着跳进脑海的是宋代赵希衮的诗句：“却笑十年萦祖绶，何如一夕卧烟霞。”同时想起的还有缔造了“桃花源”的陶渊明，以及“不知有汉，无论魏晋”的桃花源人。居住在山腰间的村民，他们是世外高人吗？世俗的我，向往着城市的车水马龙和交通便捷，他们何以做到了乐山不思城？

扶着钢管栏杆到达舱顶，我不敢看水，那翻腾的浪花令我目眩。眺望四周，抓点就拍，水域及水域四周的美景便收进了手机图库，然后通过 QQ、微信等载体，分享给亲友们。目力所及，几只水鸟引领着我的视线，越过座座青山，直达天边……人啊，置身浩大的美景，恨不能生出双翅，振翮美景上空，以期达到一览无余或尽收眼底。毫不隐讳地说，我就是！

花亭湖是用来游弋的（也潜在着发展渔业），散文（大赛指定的文体）是用来抒情的。当散文和花亭湖乃至此次采创活动携手联姻，于我而言，是一种被提升的半澄明状态，好比那山间的云雾，氤氲缭绕；抑或是快艇击溅出的水花，晶莹闪亮。虽没有礼花一般的激动，却有画轴一般的磅礴，恰似一种不遗余力的酣畅淋漓，在花亭湖百亩水面上漫漶。那是静与动交媾的杰作，是大自然和人的思维分娩的婴儿，是水域之上巨大的产床，以“哗——

哗”或“嗖——嗖”的方式将时光翻动，激情而高亢，向远祖和今人诵读着不朽与真诚——这是游弋所赋予的情感生发，也是水上游乐所蕴含的生命光泽。它是一场盛宴，年年岁岁、日复一日地被打开，装得下所有的惊喜和礼赞！

敲下“借道花亭湖”，是因为此行的目的地乃汤泉乡境内的两处古民居。而太湖县文联发放给我们的《采访创作活动指南》告诉我，明天再坐游艇返回，湖光美景可以再次欣赏。真好！

去汤泉

“仁者乐山，智者乐水。”是因为山的凝重？水的柔媚？

在汤泉乡码头上车，数辆小车和一辆中巴车载着我们一路蜿蜒。多半时候，道路一边是深涧，另一边则是连绵起伏的山体和安居在路旁的人们热情且憨厚的微笑。

时序进入立秋的前两天，我们驶进了大山，头顶的蔚蓝，四周的葱绿，一下子围拢过来，让人心生感动且心旷神怡，但山路的九曲回环，以及一些地方急而陡的拐弯，总令我战战兢兢。不过司机是一位有着 30 多年驾龄的老手，他镇定而娴熟地把控着方向盘，使得我心头的惊怵屡屡化险为夷。一旦驶入背山而居的村庄，心情便又曼妙起来，这时候我就想：栖身城市，时间久了会有围城之惑，偶尔几天的逃离，能给体内注入一些新鲜的元素，生命也会因此而返璞归真，即便收获一些怀旧情愫，也不失为人生的一件雅事。

因为，大山是用来驰骋的！

走进大山，我们能感应歌者与旋律的心神互动；驻足深山，我们能体会旅者与雄鹰的相通之处。山的辽阔配上了我们的眺望；山的高耸，扶起了我们的仰叹，那种快意，堪比有眼疾的人配上了眼镜，有听疾的人带上了助听器，岂不快哉！

我是第二次踏足太湖，却是第一次真正意义上踏进“七山一水一分田，一分道路和庄园”的皖西南的深山。我惊叹山体的于壁立仞，惊羡林木的苍翠挺拔，瞳孔里已装不下山的高耸、水的潺湲，兀自感觉身下的水泥路，只是一条冗长的注释，帮助我解读着大山——辽阔的绿色和壮美，在这里，有了最稳重的依靠！

我一直觉得，美好的事物不能完全交付给肉眼，而应该托付给心（盲人便是靠“心”来生活的）——在我看来，眼睛只是一副采集器，而心是莫大的过滤器和容器，这样，我们才有可能深入事件的肌理。成语赏心悦目便是将“心”放在前，“目”放在后，且确定了“心”的功能是“赏”，而“目”的功能是“悦”。邂逅大山，它的静谧过滤了人们内心的浮躁；它的高洁涤荡了视野内的阴暗；它的葱绿驱逐了天空中灰蓝里的阴霾……

道路早已细成山体上的一道掌纹，汽车只是一只只爬行的甲壳虫。将头探出窗外，我望不到山顶，也不知道距离目的地还有多远。我生长在差不多纬度的浅丘陵区，而这里，山的丰富，已遮拦不住我的兴奋；山的雄奇，已遏制不了我的向往。所以，目光比心情更急切，以致眼睛呈放射状地长在车窗玻璃上。车和路的较量，一直在进行，以能耗的方式显现了出来：发动机的噪音粗重了，车速缓慢了下来——这里是通往目的地最窄也是最陡的路段，宽不足五米，坡度却达三十多度——山的连绵，彰显了山的磅礴，山的粗犷，丰繁了山的内蕴！这就是山堪称其高大且能俯视人类波诡云谲的必须？

驻足山体之上，客体的我成了飘游其上的一块云彩，领略了山的逶迤和虚空。放眼望去，满目的绿色汇成了一套完整而得体的绿色巨衫，上面绣满了星星点点的村落，缩放自如，针脚匀称，图案精美。甚至连翩翩起飞的鸟儿、袅袅升起的炊烟、醇厚的民风以及簇新的房舍里飘出的茶酒的清香，都绣了进去……

我们听多了戏谑那些浑身洋溢着淳朴善良、见识相对狭小的山民为“山里佬”；听惯并欣喜妻子在枕边喃喃娇嗔的“你是我的靠山”，这一褒一贬两重“山”！殊不知，山一样的胸怀和伟岸，是世人所尊崇的，却不是人人都能涵养得了的——这就是大山所独有的秉性，它让芸芸众生都能从各自的生命经验里，体悟一种从未有过的启迪与感动，并希望成为力量、信仰乃至生命的一部分。

再越过一道梁，地势豁然开阔起来，在这里，山打开了自己。我们心头的欢悦赛过了被拯救，一种抵达感，令人有了直抒胸臆的冲动。看，一排排新民居簇在公路两边，多种山珍或绿色食品曝晒在路旁；瞧，山涧里有溪流潺潺而下：偎着石块，似在和我们玩捉迷藏；涓涓细流，我听见了它欢快的私语；汇进清潭，那是歇歇脚，或者在等我们……水域开阔处，一些知名或不知名的鸟儿在徜徉、觅食，我们没有惊动它们或打破那种宁静，就是怕辜负了鸟儿们对当地村民的信任，而我们，只是匆匆过客……

李白说“相看两不厌，只有敬亭山。”孰不知，我们在跋山涉水的同时，山水也在看着我们。我们若错过了，收获的不仅仅是遗憾吧……

徜徉古民居

如果不是参加“脱贫攻坚·美丽乡村”暨禅源太湖旅游区采风创作活动，我一定没有机会以太湖县汤泉乡金鹰村蔡畈古民居作为出行目的地的第一站。这是我到过的继皖南东至县花园乡“神秘匈奴部落后裔”的南溪古寨后，第二处比较柔软的内陆部位。

路，原本在这里打下了死结，形同人体阑尾部位的远端闭锁。下了车，进入眼帘的是经过“汗青”的竹制门楼，门楼后面才是蔡畈古民居群。望着那独特的门楼，宋代文天祥的诗句“人生自古谁无死，留取丹心照汗青”跳进了脑海。“汗青”原指将竹子用火烤炙，让它“出汗”，去其青色。而《过零丁洋》里的“汗青”已演变为“书籍”，泛指史册。联系诗作及作者生平，我们不难读出，文天祥愿以生命为代价，将赤子之心彪炳于史册——这才是“汗青”的根本使命。

蔡畈有古民居600余间，是殷姓占绝大多数的聚居的古村落，建筑面积约14600多平方米。从明朝成化年间（1465—1488）至清末民初，都有建造，屋龄长的已有500多年。而今，在这处被誉为大别山古村落变迁的“活化石”——蔡畈古民居前矗起汗青门楼，是否意味着要让这处具有极高的文物价值和历史研究价值的“活化石”，在跨越时空、传递精神和信息、激励世人和后人的同时，也使得古民居自身像“汗青”一样得到永生？我不得而知，但我乐意这样牵强和认为。

蔡畈三面环山，其民居是徽派建筑艺术与大别山本土建筑相结合的典范。跟随一位上了年岁的殷姓老人身后，行走在用青石垒岸、用青石板铺路的小河边，老人放慢语速告诉我们，这里代表性古建筑有8处，分别是下堂厅、中堂厅、上堂厅（本名六龙堂，相传为殷氏6兄弟共同建造）、呈禧公屋、维甲公屋、浴春公屋、殷赍臣故居、殷氏祠堂等，且都保存完整。整体民居分普通民居、堂心和祠堂三个等次，坎上坎下连成一个整体，前后排户与户之间，有宽约 1 ~ 2 米的弄道相连。耳闻老人如数家珍地解说，他的热情让我怀疑他的大名就是那个中性词——殷勤。

因为内向的性格使然吧，我颇为赞同余秋雨先生的观点：“扬旗排队的旅游队伍到不了我要去的地方”。脱离队伍的嘈杂和拥塞，独自穿行在古民居内，我的眼球早已被大理石镂刻的门楣、漏窗以及脚下光滑的青石板路面吸引住了，原本“很随意”的心境，因为移步换景而提升为“找情趣”了。那些深巷，宽不过两米，在山多地少的皖西南山区，人们密集居住，当为常见。踏在那些足音跫跫的青石板上，耳闻本土先贤们裹着历史裹着传说的事迹，我俨然触摸到了属于那个时代的一些端倪，并初步端详了世道的变迁、家族的兴衰、乡人的荣辱，以及他们对子孙的叮咛、对家族盛衰的关注，乃至大量楹联匾额的题字中关于“忠孝礼义”等儒家教诲的存念。

石板路不语，却保始终以一种宽容的、泰然坦荡的姿态接纳着，迎送着，又水滴石穿一般独自承受。这些石材，打铺上路面就走过了漫长的明朝清代，经历了民国，一直走到今天。我们可以这样肯定：它们曾驮载过青年后生赶考时挥斥方遒、指点江山的豪情，也驮载过名落孙山的落寞与再度寒窗，或者驮载了金钱与成功，驮载了风险与骄傲，驮载了九州的风俗与方言，乃至驮载出声名远播、“忠孝礼义”的古蔡畈——隔膜的历史，穿透竹简和帛，深深地印入年轮，深入生命的底蕴，绞结在蔡畈千古灵秀的皱褶里，影响蔡姓子子孙孙的同时，也辐射了周边。这是我环顾了蔡畈古民居，欣赏了下堂厅、中堂厅、上堂厅，瞻仰了厅堂内字迹模糊难辨的匾额之后，对一个家族出现如此多的有作为的人物后的一种解读，并初步谙知了深蕴在几十代殷姓传承人血脉中文化基因所固有的影响。因此，当我试图将这种地域性文明提炼出一个或数个象征性的意象，使它们在心中更加简单化、明确化时，我蓦然发现自己跳不出对蔡畈的既定。我真草率，怎么可以凭一面之缘、一纸简介，就孤立地对这种地域性文明定框划线，从而把古老的殷姓“解”得支支吾吾，把灵动的蔡畈“读”得结结巴巴？说白了，我拟定的循源或规整，损伤了地域文明的多元性与天然性。于是我断言：蔡畈的辉煌，原本就与传统中国的灵魂与精髓同根连气、无法分割。

次日上午，我们一行去了位于汤泉乡境内的胡氏聚居的龙潭古寨。

到达目的地我才发现，龙潭古寨和蔡畈一样，都处在乡村公路的终点或死结上。不同的是，最近几年，蔡畈上方山体边新辟了一条过境乡村公路，此举在打通蔡畈的同时，也就宣告蔡畈不再是人体阑尾的远端闭锁，而是一节“盲肠”了。所以说，蔡畈和龙潭古寨这两处古村落古民居，是地处偏僻、交通阻塞，经济条件严重落后的“活化石”。否则，它们很有可能在改革开放后即20世纪八九十年代兴起的“盖房热”中被拆除干净，取而代之的，将是屡见不鲜的混凝土结构的小洋楼。

这两处古村落、古民居被保存了下来，且同时于2012年6月被定为省级文物保护单位，又于同年12月入选由国家文化部、住建部、财政部联合命名的第一批中国传统村落名录，是值得庆幸的。但是，自然环境的严重制约，经济条件的相对滞后，给当地村民带来的是幸还是不幸？我无法作答，也梳理不清，但我深信：山的存在，显示了人类的渺小；山的阻隔，突兀了人类的心有余而力不足。古民居因“独善其身”，被保护下来开发成了旅游点，可谓幸甚。但是，维护好古民居、设置旅游线路、继续疏浚交通大瓶颈，依然任重而道远……

徜徉在这个有着690多年历史的龙潭古寨，我的心绪久久难以平静。胡氏一世祖诲琏公夫妇带着5个儿子从江西瓦屑坝出发，欲前往岳西天堂寨安家，行走至此，发现干粮丢失，嘱咐家人坐等，却发现这里风水甚佳，遂决定就地落户。由此，这里完好地保存着明清时期民居二十余幢。这些民居，大多遵循“枕山、环水、面屏”的居住理念，布局、巷道、外形、水系等十分考究。当地村主任在接受为我们解说的任务后，微微一笑，抛出了“一、二、三、四”的大谜团。随着徒步深入，我们渐次明了起来：吃一餐农家饭菜、究两大奇特现象（胡氏历经30余代，人口增减平衡，多年持续稳定在500人左右；炎炎夏天，这里没有蚊虫，传说寨北面有烟包山，南面有扇子山，扇子扇烟熏走了蚊虫）、赏三大人文景观（胡氏宗祠、胡纶满建造的龙潭屋、胡纶潞建造的花屋）、观四大自然美景（胡百万故居旁的龙潭、古寨入口处诲琏公五个儿子建造的五福桥、斯家组屋后老林山尖顶峰之上的鸡公石、诲琏公嘱咐家人坐等的坐等石）。如果说龙潭、坐等石、鸡公石等自然景观传说着一段神奇，那么五福桥、胡百万故居等便验证了胡氏先祖的睿智和善举。

跟随其乐融融的人群，我们的心情得到了极度的放松。这里，只有纯粹的田园风光、农耕生活，坦荡、静默、深厚、稳固。因为小河穿境而过，将整座村庄一分为二，从出发点顺一侧徜徉、观瞻，到达尽头转个三百六十度的弯，便置身小河的对岸了。

采风现场，一位胡姓朋友眉色飞舞着，津津乐道着，他的一世祖会是从江西瓦屑坝那边迁过来的吗？我没有问，也不敢冒昧。但同时，我却留意了起来——家母姓胡，打小曾听闻家母的先祖是从江西那边迁来的。就在去年，我在参加一次征文时，特自挖掘了周边数个姓氏中的辈字。认为“百家姓中各姓氏的辈字，通俗易懂，稍通文墨的妇孺老少，都能理解接受。同时，辈字与自己的姓名、先人的墓刻融为一体，能让子孙时时得见，耳濡目染，从而在潜移默化中传承良好的家教、家训。熟读族谱上的辈字，我们能感知并感念先辈们把自己在生活中悟到的为人之道、处事之理、修生之法、养性之规，以‘字辈代家训’的形式嵌于姓名之中，撰于族谱之内，刻于墓碑之上，就是要子孙时时获取教益。每一姓辈字的编撰排列，都是一则苦心孤诣、呕心沥血的教子诲孙的篇章。它们所透露的不仅是祖辈对人生的理解，更是一颗崇尚高洁的心。所以，将辈字嵌入姓名，正是传承千年族谱文化，延续千年人文的重要取名形式，也是古代一种特别的‘礼’制，一直延续到现代。”（《“辈字”中的家训》）而今这些辈字，推演到族谱中的一世祖，正是寻根文化唯一的依据。拿龙潭寨的胡姓子孙来说，他们会不时地、不由自主地追溯先祖的仓皇。695 年前，江西瓦屑坝发洪水，族姓被冲散，家园被水毁，从此，所受的姓氏嵌入血脉，化整为零地由每一名男丁背负。往后无论流离、立足、繁衍、化入，只有那个姓氏不变，并逐渐发育成为源远流长的姓氏文化，而这，也是一个姓氏能存在几千年的根本缘由……

我是母亲结出的一个瓜，也是胡氏母性的脐带下分娩出的一名子孙。我流着父亲和母亲的血液，那我是否有必要打开《胡氏宗谱》，代表母亲那一支胡姓人，再去寻根探源呢？

所以，我期待着，姓氏里的辈字和面孔上的微笑，能成为同姓人彼此相认的“接头暗号”，即便天各一方，心总能走到一起，尤其在这通信工具、交通工具都高度发达的今天！

蔡畈的殷姓，龙潭寨的胡姓，只是百家姓中的两支，它们同中华民族其他姓氏一样，无法回避充满世间的兴亡荣辱、朝代更迭。这是综观泱泱五千年文明的中原大地特有且常见的现象，也是炎黄子孙绕不过的“坎”。在我看来，蔡畈的殷姓就背负了荣耀和传奇，而龙潭寨的胡姓就背负了传奇与宿命。无论是天灾抑或遭遇乱世，作为个体的人，都得想方设法活下去，与生俱来的姓氏，便从中扩散并延续开来。

有人说：山水滋润，日子便滋润！这话一点也不为过。单边走完古寨，从另一面返程时，刚走进一处堂厅模样的民居，一位打扮入时的山村妇女早就在那里亮嗓，吸引了同行的文友们。而与我先后进屋的村主任，麻利地支起鼓架，然后披一袭黑色袍褂，头戴一顶古典的毡帽，右手持鼓槌，左手颠开两块竹板的击节乐器，说开了大鼓书……我是一名没有曲艺细胞的寡淡人，加上此地人说话的口音里饱蕴一股黄梅调，婉转啁啾的，颇似山野间鸟雀的灵转，听着虽是舒服，但我却是一脸的茫然——我听见了他们口中吐出的音符，却弄不明白那音符的含义，更不清楚那神色兼备刚柔并济的表演背后，表达的是什么主题。“可恼”的是，身边一位文友跟着说腔模仿起来，但他濡入说腔里的唱词，在我听来，依然是云里雾里……

惭愧之余，我便安心观瞻起集中存放的幼时乡下常见的一些农具及生活用具来。我甚是纳闷，这龙潭古寨没有水田和旱地，用得上这些农具？再瞅瞅那有些年头的大鼓及说书人的一身行头，窃自感觉它们也只有在这长期闭塞的环境中才能“冷藏”，并成为存世不多的“活标本”。结合刚才观瞻的胡百万故居以及胡百万这个先人姓名背后拥有的含义，我确信，在明清盛世时，从事经商、演艺或靠租佣劳动力的胡姓先人，远比纯粹务农的要多出许多。

只问前程，不问时间和距离。为了明天的精彩，今天，我们来这儿梳理过往。我们一行人，像今天这样的，你是某古塔中一块塔砖的后裔，我是某城墙遗落的城砖的后人，他是故都庭院某块地砖残破的那部分。塔砖回不进古塔，城砖回不了城墙，残破的地砖也找不到该弥补的那部分，但我们都拥有“华夏民族、炎黄子孙”的正名，各自开枝散叶，且紧紧拥抱着脚下陌生又熟悉的土地。

诗意百里

百里，地属皖西南太湖县的丘陵乡镇，处岳西、太湖、英山三县交界。因沿长河古道到县城一百华里而得名。自古至今，该地遗留下的民俗文化及自然景观很多，且大都保存完好。走进去，处处能给人感官上的宁谧和慰藉。

最早知道百里，是市作协姚岚主席在博客上挂出的“安庆作家大型采风创作活动”的文讯。所以，对于爱好出游寻访名胜的我来说，拖累一双脚是对心灵的一种安慰。世上美好的文字，大都是用双脚走动、双眼敏锐捕捉、大脑理性关注后的产物，以《文化苦旅》及《山居笔记》而蜚声文坛的余秋雨，亦莫例外。因此，我在心头埋下了一个心愿。

风景在脚下。某些地方，因神往已久，便成了一种心愿，或者说是一个梦。为了圆下这个心愿和梦，注定要亲临体会一番的。当代人在人文气息浓郁的景点前，感情可谓是非常微妙的，他们大多贴着旅游的标签，看到的往往不仅仅是风景本身，更多的是景点的历史和风俗。所以我相信每一位参观者内心的感情都是圣洁的。前不久到达百里时，给人的第一感觉是“小桥流水人家”的江南味。本来，我去百里是看风景的，但又不仅仅是看风景，甚至，百里之行，我可以过滤掉绝大部分风景。

早春的百里镇可以用几个词来概括：清新、幽静、恬淡、深远。此刻虽与“明月松间照”的时刻相反，但山谷里的清泉，清浅见石，令人很自然地吟起“清泉石上流”的诗句来。车在盘山公路上奔驰，车轮下，泉水从山间流落，汇入溪流，蜿蜒而去。摇下上午 9 点多钟的车窗，空气里弥漫的依然是常青植物的清芬及泥土氤氲的气息，而河边数十名村妇浣衣的场景，展现的不正是村民们对好山好水的依赖以及对传统习俗的传承吗？

在柳青村、共和村等地，我们随处可以看到美丽乡村建设带来的新变化，农业产业发展带来的新气象；走进陌生的农户家，可以亲身体验做糍粑、烫豆粑、蒸毛香粑；松泉村公共文化场所，能够听曲子戏、大鼓书等。从戏曲文化和山水文化中，我管窥了百里的地方文化元素，让人睁开双眼，不知不觉中便认识、理解并感悟了百里的厚壤给了他们以滋养、欢乐、希望和信念的内涵。正是那些原生态的文化元素，将百里人的根，永久地镌刻在了故土中，让百里的外出者无论身在何处，都无法抹去烙在灵魂深处的印记。当大家带着难言的伤痛与疲惫，去寻觅精神的慰藉和心灵的港湾时，就会情不自禁地想起曾滋养自己的故土，以及给予自己力量的生命庄园。因此，“乡愁”这种个体感念，被迅速扩散，并渐渐传染，以致衍生成我们共同奋斗的动力、情感的依托和对信念的支撑！

驻足乡村文化墙前，默念那些或熟稔或陌生的诗词佳句，荷尔德林的“诗意的栖居”，油然跳上嗓眼，结合我了解到的喜讯：2015 年 10 月，经中华诗词学会现场验收，百里镇被命名为“中华诗词之乡”，我顿觉名副其实了。我以前认为的文化传承是需要在学校或典籍上才能学到的，而百里乡下，已经达到了抬头可诵、耳濡目染的对接状态。如果需要用一句古诗词来表达此刻的感受，我想，唐代诗人王维《山居秋暝》中的最后两句“随意春芳歇，王孙自可留”当首推其冲。进而，我也联想到中央电视台由董卿主持的大型文化传承节目《中国诗词大会》。节目遴选了国内外幼至7岁，年长达70多岁的百余位古诗词爱好者，力求通过对古诗词知识的比拼及赏析，从古人的智慧和情怀中汲取营养，涵养心灵，力图为观众呈现中华民族文化的精髓，并传达一个理念——文化的传承，需要的不是“应试”，而是潜化在全民的意识里——赏中华诗词，寻文化基因，品生活之美！它们承载着中华民族的认同感和自豪感，也代表着华夏民族悠久的历史与文化的“根”或“魂”。最终确信：一切积极的文化基因，可以在我们亲手触摸的温度里生存下去，绵延至未来；它们可以通过典籍、电视、网络，包括手机等传媒工具，甚至可以通过征文、举办“XX节”等人为方式使它们吸引游客眼球，通过传神的文字将地域文化特色在新时期下“活”起来并最终“火”起来，乃至绵远下去。但有一点，那就是：非遗保护，文化传承，仍需“久久为功”。

收起神游的心思，面对莽莽苍苍的百里，春天虽来了，春的脚步虽近了，但一切新生的尚是胚胎，或者尚在泥土中冬眠。尽管还有“倒春寒”出现，或者还有寒流春雪，可那又算得了什么呢？毕竟这绝妙的持续或逗留之下，并不排斥一把剪刀在季节之上温柔地剪裁。寒流过去之后，将会是更加风和日丽的天气，万花千草将更加争奇斗妍。耳聪的我，分明听见了一串钥匙，在春天的门前抖动着，拧响着，一次又一次……

真的感谢那些在不久的将来而怒放生命的无名花、无名草，当我们的思绪倒回进童年，恣情于玩乐时，它们就在默默生长，默默绽放，从不惊扰我们；当我们长大成人，离开故土之后，它们依然用自己旺盛的生命，把家园装扮成一道美丽的风景，召唤并守望着我们的归来。因而，不论我们置身何处，我都知道，等待我们的，有故园，有家，还有那片为我们默默守望的无名花、无名草……

我到过百里。我没有去过百里。这两种说法都对！

陶公祠随想

中国古代文化中，有一段特别瞩目的文化称之为“隐士文化”和“贬官文化”。自认为读了一点历代名家有影响作品的我，直至今日，那些贬官隐士，失宠、跌跤的悲剧意识常常纠结心头。没有怨声载道与苦吟生活之艰的文章，正是一代又一代贬官、隐士生活的逼真写照，范仲淹的《岳阳楼记》如此，柳宗元的《永州八记》如此，陶渊明的《饮酒》《归园田居》《桃花源记》《五柳先生传》《归去来兮辞》，等等，也是如此。作品大都写得不错，由此传之于史册，诵读于后人。啃读经典，说熟悉其实也很陌生的历史长廊早就漫漶得不可辨识，年代早已脱节成荒野中的一具具腐骨。对应他们高峰性建构的，是寂寥中细微的脚步声、哀叹声。他们与自然山水亲热的场面或镜头，从一种意义上诱惑了后人。确切地说，拥有 5000 年历史的华夏民族，她的文学构建，能够从一个波峰簇到另一个波峰，得益于他们高尚人品与文品的双全，他们亲近过的山水楼阁，理所当然地演绎成了当代人心目中的几 A 级的遗迹或景区，地因人传，人因地传，颇具声名与诱惑力。

我便这般步随昭明太子、颜真卿、辛弃疾、朱熹、欧阳修、梅尧臣、范仲淹、于谦、黄庭坚、杨万里等高人雅士的后尘来到了陶公祠。在路上，莫里斯萨克斯在《充满幻觉的轻浮年代：巴黎日记》里说的话，无端地泛上心头：“我要对奢华、肤浅和多余的事物，也对自己说，再见了。”陶渊明便如是。陶渊明在出任彭泽县令前，曾有过几度的时仕时隐。公元 405 年 11 月的某一天，陶渊明时任彭泽县令仅八十一日，督邮刘云巡视彭泽，要求他官服束带前去迎候。陶县令一向鄙视凶狠贪婪的恶吏，而刘云更为陶令所不齿，陶县令沉思良久，便愤然慨叹：“我岂能为五斗米折腰向乡里小儿！”于是作《归去来辞》，最后一次抛弃印绶，隐居东流，和后配夫人翟氏，过起了“夫耕于前，妻锄于后”的田园生活——这在中国古代隐士、贬官文化中是不多见的。按理说，陶令有过第一次的抛弃印绶隐居的经历，多少看清了当时的世事，不会去顾虑仕途，但陶令自身首先是个文人，且是封建时代的文人——古代文人，都希望通过仕途展示自己的理想、抱负。归隐，实际是他在那个黑暗、动乱的社会下，作为一个有骨气的人不肯同流合污的无奈之举和无声的抗议！陶令一边侍弄赖以立身的土地，得暇种种花，养养草；一边从微薄的收入中沽酒浇灌诗歌散文，大量酒精和泥土培育出的文章，不经意也很自然地长成了古代文化长廊中的棵棵参天大树，文风清净如雨后的空气，清爽宜人——这是陶令所始料未及的吧。数年之后，陶令携妻隐居到庐山脚下的栗里山村，从而为家乡名不见经传的栗里小村种下了又一处人文遗迹。

今天天气很好，阳光暖暖地照着，有习习凉风吹着，脚步自然轻快了许多。矗立在陶公祠后面二三十米处的秀峰塔没有开门，我们自然无法登临了，但我可以想见，若极目远骋，可以看见如练长江，以及绿树掩映下的千年古镇的概貌……这些都不重要了，因为我们来的目的不是看风景，而在于抵达以及抵达之余完成心中向往已久的夙愿。

陶公祠也叫靖节祠，建在城南牛头山上（旧名烟雨墩），始建年代无从考证。祠为砖木仿古结构，一进五间。堂屋三楹，正上方悬挂一块“松菊犹存”的匾额。中间安放着一尊高约丈余的陶公乌石雕刻塑像，陶令手持书卷，临风而立，以一种清傲之气，面对着滔滔东流的菊江，似乎诉说着千百年来的风雨沧桑。从陶令的作品以及有关记叙陶令的文字可知，当时的陶令并非是这样的，他后来穷得没饭吃，更别说正常沽酒了，佝偻的样子丝毫没有威风可言。但我懂得后人这样塑造的匠心：塑出东晋那个人的冷傲的气质以及展读他的诗文时所萦绕的一卷清气！堂屋两边各有一间，东边一间玻璃柜中展放着有关陶公的诗作；西边一间为休息室，壁上挂有书法、绘画作品。外面是个不大的庭院，中间是条鹅卵石铺就的石径，栽了几棵树，种了些菊花。因为不是花期，菊花的枝叶显得葳葳蕤蕤，但可以想象花期的繁茂了，同时我还是闻见了菊花那种特殊的药香味。菊花自古就被列入药用花，陶令独爱菊，这能否看成是他开给当时浊世的一剂“涤荡浊风”和“清肝明目”的大处方呢？我们不得而知，但我爱做这样的牵强，毕竟时世的浊风太浓，而菊花太小，且有花期，难以胜任。“黄花本是无情物，也共先生晚节香。”（明·于谦·《过菊江亭》）菊花有幸，陶令更幸，毕竟世人一看到或听到菊花二字，就和陶县令联系上了，这种缅怀或纪念，还有什么方式更直接、更广泛的？

从正门走出，书写在门楼下左右两侧的楹联吸引了我：“逢盛世定不作桃花源记，遇明君哪得赋归去来辞。”这才是对陶令归隐的真正解读与诠释。祠四周种有五棵柳树，因为先生有“五柳先生”之称。

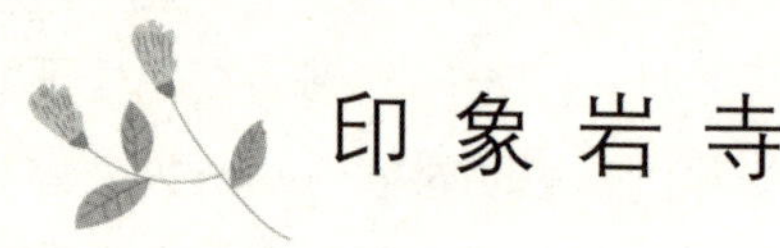

印象岩寺

我很有缘，曾多次达成徽州之行。这里用“徽州”一词而不说黄山市，是因为我比较喜欢“徽州”的称呼：一则，我们安徽省的命名取安庆府与徽州府名的第一个字；二则，两次到达此处游玩，对粉墙、黛瓦、马头墙、翘檐的徽派建筑以及众多的明清建筑、遗迹保存较好心生感动，进而赏心悦目。钟灵毓秀的徽州自古就人才辈出，灿若群星，这里走出了数不清的举人进士、状元，还养育过程颐、程颢、朱熹、戴震、胡适、陶行知、胡雪岩、黄宾虹等一代大家。所以“徽州”一词，于我而言，则拥有更多的情怀。

在朋友的住处——岩寺，小住的数日里，朋友稍有空闲便带我到处走动，让我领略了那幽长的古巷里缱绻着的故事，那斑驳的老房子里藏匿着的传奇。

走出朋友的新居，来到街面，进入眼帘的尽是沉静淡雅、保持素颜的徽派建筑，即便是钢筋水泥的现代建筑，也依然砌有马头墙或翘檐，这在“千城同面”的今天，一种文化的持守与传承，确属难得，也不由令人暗暗激动，甚至鼓掌叫好！徽文化是老祖宗留下的，在这里，那些在建的建筑，包括商业街、民宅等，依然属典型的徽派。即使我走到岩寺的外沿，包括去歙县县城、潜口、市中心，也没有看到冒烟的烟囱、流着污水的河流。守住青山绿水，持守粉墙黛瓦，自然与人和谐共生。依托自身丰富的各种资源，采用发掘、保护、抢救等各种措施夯实旅游基础，既保障了当地居民的经济收入，又提升了本地居民的幸福指数，也使那些渴盼自然、回归自然的慕名游客们，在犹豫“乘车何处去”时，不自觉地便将这里列为休闲和旅游的首选目的地，身心极度疏放，让人在压力不断的工作中寻回了一种心灵的归宿感与内在的和谐，旅游的同时，又免费做了一次自然化的 SPA。行走在乡镇间徽派韵味浓厚的街道上，我蓦然想到这么一句话：熟悉的村庄村村相似，陌生的村庄庄庄不同。托尔斯泰翁，我篡改您的传世名言了！

据朋友介绍，岩寺古称岩镇，原属歙县管辖，1987 年后，划归黄山市徽州区政府所在地，是黄山市正在规划、建设中的工业基地、物资集散地、农副产品生产加工和文化旅游休闲度假基地。见时间允许，朋友便带我参观了文峰塔、点将台、丰乐河，并道出了当地人意识中的“文房四宝”，但在我看来，文峰塔是矗立的椽笔，点将台是平躺的砚台，丰乐河水是流不尽的墨液，纸张嘛，则是宜人宜居宜游的黄山新蓝图！最令我动容的是，镶嵌在丰乐河河沿上的那副对联：“天地之美美在黄山，人生有梦梦圆徽州。”每到夜间，彩灯绽放，此联便映在滔滔的丰乐河水面上，闪烁出别样的大气与霸气。这份大气与霸气，嘴拙的我，只可意会却难以言传，而这些，也正是“徽文化”的重要元素和魅力所在吧。走过明朝的洪桥，看到了明朝那位进士第的门楼，我久久地沉思默想着“永恒”的内在主题与意蕴，我的脑海虽然无法复原当年的恢宏，但我坚信徽文化的内蕴是相同的——文化这东西，真正是活力四射！尤其在原汁原味的自然风貌、底蕴深厚的人文景观前，更能摄人心魄。时间增益了洪桥、进士第的魅力，而世代自觉维护此遗迹的本土人的文化意识和文化人格，也因它们的完好无损而直线上升。走进新四军军部纪念馆，为使游客能全面地了解新四军在岩寺驻军的前因后果及留下的佳话，展厅用现代电视屏幕及声光电相结合的科技手段，配以图片、实物，将新四军工作场景和生活故事真实地再现在我们面前。我看到许多展品属当地居民家的珍藏，污渍和锈蚀里，依然带着他们的体温。而今，他们却捐赠、捐展出来，将历史重新打磨，它们发出了慑人心魄的寒光，又仿佛在讲着悠悠的岁月故事。居民们倡导旅游，支持旅游业发展的雄心和他们毫无藏掖之心，在全国是不多见的。这样的新乡村何言不美？又何愁游客不至？

新年伊始，朋友打来电话，说岩寺的亮化、绿化等附属工程更加合理更加完善了，得暇了，不妨再去走一遭。我知道，那种安排是一种人为，更多的是历史的选择和人心的认同。今夜，我便感觉那丰乐河畔的休闲广场需要一种能提升人们精神风景的光环来点缀广场的底色，而不限于本土曾经辉煌的某些人的历史和功绩来展示本土的人文——有形或无形之塑，便这般将一方地域的形象，高标并矗立了起来！

因为黄山市地处徽州盆地，有人便形象地说徽州是一把大伞，黄山是伞轴，博大的徽文化是伞骨，优美的自然风光是伞面，我称赞说这句话的人颇具匠心和匠意。夜间，我只身躺在床上，细细揣摩那些耐人寻味或者那些令人流连忘返的东西，却只有一点收获，那就是将“徽”字拆散解读：“山”“系”之内，“人”“人”崇“文”！

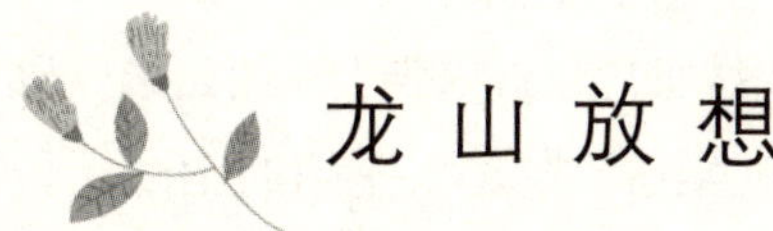

龙山放想

涉足登大龙山的时候，飒爽秋风吹拂着世间万物，阳光均匀地洒在行人及树木上，投下了斑驳的影子。站在绵延葱茏的半山腰，仰面看山，同友人一样，我感受到了它的挺拔、峭立及大片黛青色的绿。在这里，夏天业已过去，秋天却没有来到，只有那亿万年不变的风，刮过去了，又吹回来，或猛烈，或轻柔，最终消失得无踪无影。或者如雨，飞散着落入泥土，润泽万物，汇聚成山涧里的小溪，最终汇聚成山脚下的湖或河。登山之前，友人曾告诉我，大龙山有 92 峰、82 岩、72 岭、62 洞、36 壑、108 奇石，还有乌龙溪、白龙溪、黄龙溪、赤龙溪4 大溪流和6 条瀑布。景区内，有景点200 多处，其中人文景观 35 处……巍峨的大龙山啊，岿然屹立了亿万年，在多维的时空中，山体似一条大青龙，纵横捭阖中，内在的精神或意蕴游弋八荒，流溢出空灵的通达之美。

越往上走，山路越狭窄，目力所及之处，林木高大，光线也幽暗了下来。空气中散发着一股树木汁液的气息，馨香而浓烈，颇似一块未经开发的处女地，散发着奥妙无穷、美不胜收的诱人魅力。置身其中，闭目遐想，可感觉到静谧、幽雅的大青龙，正载着我们在空中云游，在云彩之间穿行，俯视着天下苍生大众。冥冥之中，我仿佛看到，动物在归栏，鸟儿在回巢，远游故土之子，首先想到的是可是那遥不可及的家？

抚着《安庆府志》的字行遥望，才知道那大气的记载，如何彰显了它豪迈的气势：大龙山屹立于安庆城北，离市区十五公里，为城廓之天然画屏。

其山自西向东绵亘起伏，山势雄伟，秀嶂叠峙，蜿蜒似龙，而得名龙山……读着这样的文字，便洞见了大龙山世代的幽深。想着流淌在它身边的那几条苍老的女儿河，汩汩潺潺，哺育并喂养着生于斯长于斯的本土民众，当我得知邓石如及其子孙邓传密、邓绳侯、邓以蛰、邓季宣、邓稼先，以及陈独秀、刘文典、汪少伦、严耕望等人的祖籍都在大小龙山两侧时，意识中，我思想里的时空隧道顿时纷乱如雨。确切地说，在动身之前，我一直以为铁砚山房就坐落于紧贴大龙山的山冈上，现在才知道它距离大龙山还有一段距离，而那地方叫白麟畈，地势也很平坦。“四灵山水”的大龙山、凤凰山、虎形山及白麟山将邓家大屋还有其他村庄置于她的屏护之中。

历史的年轮碾到今日，使我有幸目睹了龙山那些硕大且形态各异的巨石。它们接受着千年雨雪的洗涤、裂冻，没有腐蚀风化，依旧巍然，且具有超迈的淡泊之气，就像我从典籍中获悉的邓石如，自号完白山人、铁砚山人、龙山樵人——这些“山”，当是铭记家乡的“四灵山水”哺育了自己吧。它们以千年不动的张扬形态诠释着执着与坚定，也给这座山以及山下的居民注入了生命的元素与力量的启迪。拙作《家园》一文的结尾是这样的：“对一个人来说，家园是他寻求庇护时的一件胎衣。”就是从这层意思上生发出去的。震古烁今的书法大家邓石如，是以货真价实的创新赢得我们尊敬的典范。他生活的时代，是历史上堪称盛世的“乾嘉时代”，政局早已稳定。但他戴草笠，着芒履，策毛驴，浪迹天下名山大川，有如云水之间孤独的浮鸥。他没有柳永那种“忍把浮名，换了浅斟低唱”的怀才不遇；没有贾逵“患名之不立，患年之不长”的雄心进取；也没有李白“名飞日月上，义与风云翔”的济世大志，他只是归于淡泊，又真正地热爱着书法，最终卒于“铁砚山房”家中。山、石、屋、人，四体合一，长眠故土之上看云卷云舒，物是人非。隔膜的历史，穿透竹简和帛，深深地印入年轮，深入生命的底蕴，绞结在“四灵山水”千古灵秀的皱褶里，并影响着他的子子孙孙——这是我环顾了铁砚山房的建筑、欣赏了铁砚山房内陈列的众多墨宝、瞻仰了照片上的邓稼先先生之后，对一个家族出现如此多的有作为的人物后的一种解读，并初步谙知了深蕴在数代邓家传承人的血脉中文化基因所固有的影响。

从踏上铁砚山房门前的土地，到登上龙山山顶为止，我浅薄的思想便宛如行走在崇山峻岭间，九曲十八弯的，又犹如一个接一个的问号盘亘在心头。我的视力不好。站在山顶，我辨不清哪里是铁砚山房的所在，若能看见，它会在脑海中勾勒怎样一副画面？然而，那看不见的存在中，必定有一种安静和神秘的温婉，让我心动。俯视身边的千沟万壑，一片翠绿，以及点缀其间的巨石，我的思想被抽空了。在这远离喧嚣的幻境里，四周只剩下了无垠的阳光，明净到虚无，照耀着专程到此造访的我们，然后，又像山中某棵灌木一般，归于寂寥。岁月在消失，博大的大龙山，在广袤的寂静和沉默中，用粗糙的手掌抚平了岁月，它荒芜的胸膛沉积了怎样的历史飞扬和隐忍？唯有从这里走出的人、创造的一些事，叠加起来才会厚重过母土，从而使龙山更逶迤、更巍峨。

而今，邓稼先之后的邓家传人已经远离了龙山，远离了铁砚山房，但我有理由相信，龙山及铁砚山房注定是他们生命的胎记或符号，无论他们住在什么样的住房里，他们向上的目光打量先祖时，思绪定会从头顶升起，一直飞回到巍巍高耸的大龙山，同时，他们也会被大龙山母土的力量激荡、感召，从而走向更加遥远……

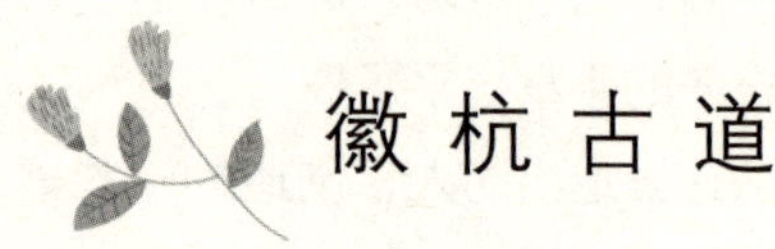

徽杭古道

徽杭古道是历史上徽商与浙商交流贸易的重要通道，也是我国继“丝绸之路”“茶马古道”之后的第三条著名古道。我不是土著居民或知识渊博的人，自然无法感触并知悉人文渊薮、历史厚重的徽州，但我早就知道层峦叠嶂的徽州地区藏掖着这样一条古道。它西起绩溪县伏岭镇，东至浙江省临安市马啸乡。自唐朝开始，尤其是明清以来，这条比以前走昱岭关至杭州缩短了近百里路程的崎岖山路，为徽州人走出大山，认识山外的世界，促进徽商和徽文化的发展发挥了重要作用。

徒步古道之前，友人告诉我这么一句顺口溜：“忙不忙，三天到余杭。”外出谋生的徽州人，大都从绩溪县伏岭镇起程，徒步徽杭古道去杭州、上海。从这种意义上说，这是一条为离家谋生却交付不起船舶费用的贫穷人准备的捷径。三天到余杭，那路途的行餐住宿又怎么办？友人似乎看出了我的心思，便讲解般地说：“行人带足了干粮，携着家人的喋喋嘱咐上路了。沿着古道的巨石上处处淌着甘霖，口渴了，折一截阔草叶，曲成水管状，一低头，就能喝个饱。更不用担忧路途远会露宿路旁，古道修建者，料到行旅的不易，算好脚力盖好了路亭。路亭多建于路旁开阔之地或岭头。高出地面二尺余许的木质或石质的长凳，就是‘千人睡床’。夜晚来临，行人大大方方地走进路亭，解开包袱，取出衣物，或垫或盖，身心便毫无遮拦地舒展了，也没有人会说一声谢谢，感激之心早已融在了行走的劳累中，交给黑夜去缓释，使得古道更迷人了一些……”

六月中旬，我们一行顶着骄阳，踏上了穿越古道的旅途。车抵伏岭镇鱼川村，但见巷道深深，却见不到什么人，然而，热情的村民早已在沿途墙上或转弯处画有“徽杭古道由此前进”的箭头标识。出村后天地豁然开朗，阡陌纵横，翠竹成林，我数次疑似走近了陶公的“桃花源”。走过一段田间小路，看见一座普通的石桥，友人告诉我，这就是赫赫有名的“江南第一桥”。因年久失修，桥身被洪水冲毁，原籍逍遥村旅台徽商胡泉波返里探亲时于1993年出资重修，仍名“江南第一桥”。当地村民献出了珍藏多年的旧桥额，嵌在东向桥体上，从而留下了一点古桥的痕迹和一段沧桑的历史。桥边是很有名气的“古道饭店”，墙上贴满了南来北往驴友们的标志和留言，别有一番情趣。过“江南第一桥”径直到“江南第一关”关脚便是岩口茶亭，茶亭的门楣上方书写“径通江浙”四个魏体大字。自西向东登关至关口，有青石板1400余级，这是徽杭古道保存最完整的一段盘山石阶小道，也是徽杭古道的精华所在。山势险峻，怪石嶙峋，青松郁郁，翠竹满山，远远望去，石板路逶迤向大山深处，犹如一幅徐徐展开的山水画卷，而其中又以磨盘石、天冠石、将军石、顺帆石最奇，让人惊艳不已。不经意间，顶端一孔云天耸立眼前，这就是著名的“江南第一关”。这里山峰高耸，巨岩连绵，南北夹峙。山涧小溪奏响灵动的潺湲，汇聚成蜿蜒其间的逍遥河水。关门由4根大长条石横架天然岩石上构成，门楣西刻“江南第一关”，东刻“徽杭锁钥”，下书“同治二年里人建造邵道棠题”。这些楷字，虽经风雨剥蚀，依旧赫然传神。关旁有拱石亭，是伏岭镇知名徽商邵在炳先生捐资建造，拱石亭门楣上刻有“履险如夷”四个魏体大字……站在关口，才知“第一关”气势不凡，俯视深涧巨谷，有一夫当关，万夫莫开之势，难怪乎太平天国侍王李世贤赞它为江南第一；明代抗倭名臣、兵部尚书胡宗宪登临关上，赞为江南险绝，并题名“江南第一关”，其实它本身只是一个两米多高的门洞，依山取势的，凸显了“第一关”的魅力所在。

从古道旁摩崖石刻上的筑道小史不难看出，早在唐代就有人于此往返了。而一代代的徽州人在此贩运食盐、茶叶、土产及山货，便走出了这条艰难的经商之路。《胡适传》中记载，一代文豪胡适也是从这条古道走出大山的。“1904年春天，胡适告别了母亲和家乡，跟随他的三哥，到上海去求学……他们经逍遥崖、江南第一关、栈岭，沿新安江、富春江而下，至余杭乘小船，行七天七夜才到杭州，然后乘火车，来到十里洋场的大上海……”由此可见当年经商、求学旅途之艰辛了。今人已经无法考证并记住那些修建者，他们的躯体早已归还于尘土，他们的筑道精神凝聚起来辟出了这羊肠山道。历史没有记载，人们的记忆里也没有传承。我们的登临，有“征服古道”的意思，然而更多的应是凭吊。现存于古道上的许多徽商遗迹，见证了徽州人的光荣与骄傲，苦难与泪水，却也承载了徽州女人企盼丈夫、儿子归来，由青丝到白发的艰涩人生。一路走来，我像太多的征服者一样，出了一身的汗，且与他们一样，对古道上几块显赫的山石注入了思考，所以，它们是我初次邂逅便结下的朋友，我们早已神会，冥冥中又注定此般相见恨晚。我没有能力去深度“挖掘”这样一条震撼人心的古道，打着旅游标签的我，唯一能做到的，是写上一两段记游的文字。

中午时分到达黄茅培村时，我们已是汗流浃背，饥肠辘辘了。路边小店有一个好听的名字叫翠竹山庄。老板娘热情地招呼，我们一行便在此用了中餐。同行的另一拨游人稍事休整后继续出发了，友人则看了我一眼，我知道，他在征询我是继续走下去，还是原道返回，因为载我们来的小车还停在鱼川村等我们呢，至此，我不得不中止行程了。遗憾虽大于喜悦，但一种酸涩感至今仍盘踞心头，难于言表。

回望古道，一路的皖风徽韵，烙给我太多的感动与赞叹！让我觉得那古道上的每一块石头，都是历史的见证者和记录者，只是我读不懂它。

敬畏与激活（姊妹篇）

最近几年，因为自费游或采风形式的行走，我踏访了一些古村落或景区。在偌大的中国版图内，我踏访的那些景点虽微不足道，窃以为它们承担和呈现着不一样的功能。

在白水湾停车场下车，徒步行走中，我们看到错落有致的新民居，却也感受到了一个普遍性的难题：村落空巢化。那些新民居隐在青山碧水间，美则美矣，却少了些许生机。我们都有对美好生活的追求，而城里，有更多的就业机会和干净舒适便捷智能的生活，因此，新民居里徒留一些枯坐的老人或为数不多的留守者，便不足为怪了。这是城镇化、城市化道路的必然结果。那么，规模不大的旅游景点白水湾，怎么配合驰名全国的天柱山景区，又怎样另辟蹊径地坐实乃止夯实自己？有没有更宜游的生态的方式吸引游客？怎样在尊重山水文化的同时切实改善景区的质量？一路上，一连串的不着边际的话题涌上了脑海。

有一点当是共识，我们对原有景点的保护和开发，譬如白水湾景区吧，不该仅仅只是“礼敬”，或如博物馆一样以景区方式把它展示出来。景区是需要游客的，尤其是那些鲜有人文底蕴徒有原生态山水的景区，包括山野间的房子、人烟，包括山林茶园和农事稼穑等理想中的景点。具有生态环境的硬件，有传统的历史，有现代化的生活才称得上美丽宜游。

碰巧，白水湾高空玻璃桥正式对外开放的次日，我们来到了这里。听朋友介绍，该景区并非最近开发，而是新接手的经营者，糅合新的旅游理念打造所致。动笔草写此文前，在潜山朋友口中得知，新接手的经营者姓金，无疑，我便沦为“拜金”者，或者是金总的一名“粉丝”了。他是建筑设计师？民间“艺人”？抑或现代化企业的管理者？不得而知。所以我乐意认定，不能谋面的金总是个有理想、情怀，带着创业梦想和智慧才情的“拓荒者”，是现代版的“潜山乡贤”，把全新的旅游理念和生活方式包括游客的渴盼，带入了乡村游。这该是新的民间力量、乡村秩序和产业形态的重新构建吧。

行走在高空玻璃桥上，惊险、刺激等语词只是外在的，也可以笼统说出的心灵感官的反应。立足观瀑台上，鸟瞰错落层叠的潜阳山川之美，“尽揽山水之形胜”成了我的独抒。我们行走远望，在俯仰之间，均能感受山的深秀，水的灵动，云的壮阔，树的无言。而散落视野内的新民居，簇簇点点地衬托出白墙黛瓦的朴素，坚实墙基的细腻，景区建筑的别致以及一份依山开发的粗犷……这些和自然山水巧妙天成的组合，借助一级级沿着山坡向上延伸的台阶来完成，于是我认定：这样的美是可以接通并抵达心灵的。是的，是“抵达”，因为我一时间找不到更合适的语词来表述。所以，在通过玻璃桥时，我虚构了新词：凌瀑虚步；在抵达最高层观瀑台时，无由地想起一句“赞美诗”：离灰尘渐远，距太阳更近——那些完全人工成分的台阶、护栏，是一级级通往天空的山坡，它让我们依偎地球，企及天空却又无法抵达，自然也就无法做到真正意义上的“离灰尘渐远，距太阳更近”，所以“诗意山水”这个新词中，凝聚了我们的企盼，更多的却是落差。

面对这样的“硬件”环境，个体的我们也只有亲临了，眼睛和身心切身感受了，才会打心眼里佩服那些“依山开发”者的眼界与心胸。在白水湾，我无疑觉得它是一把折扇或者一条暖色的丝巾，具体图案，只能用双脚丈量，用带着体温的双手去抚摸或打开，然后才能发出“美得惊心”的慨叹，它的纯净柔软里，散发着草木的清香。

自然山水需要敬畏，更需要激活。怎么激活？在白水湾，高空玻璃桥可谓是点睛之笔的拨动。我们常说风景如画，要知道，大师们“留白”的绘画里，赋予了欣赏者以想象的空间，讲究着墨疏淡，以留取空白来构建空灵的韵味，从而达到美的享受。这是渗透了“旅游美学”的原理吗？我不清楚，但我知道，架设玻璃桥之举，在全国虽不是首创，却也不是无中生有，而是设计者或经营者由“向自然索取”，转向“与自然共生”；那些具有灵动或脉动的山水并不遥远，往往就在身边，适时给它一次“华丽转身”，就能回馈游客一种“与天然山水对坐”的呼吸与节拍。于是在白水湾，我还读到了一种由匠心或匠意营建出来的精神家园。

又有朋友告诉我，我们面前的瀑布原本叫“黑虎瀑”，因为经营上的需要吧，改名“神龙瀑”了。这个悄然的变换，具备了对龙的图腾意识，这改动本身，一定是基于对社会、对人生以及对自然有着敬畏或深度的思考。这种敬畏或思考，潜在着一种质朴的“礼敬”和“激活”意识。于是，这种“转身”的含金量，在我看来，促成并深化了游客对龙的图腾意识，进而完成游客对景点表观认识上的再创造——流动的瀑布宛若一条龙！同时，也将一种想象的空间烘托出来……同时烘托出来的还有“龙虎相争”之说。大凡龙虎相争的地段，必定是“风水说”中的祥瑞之地。坊间有言，龙虎相争地，会形成一种抗衡力量，在压抑消极一面的人文或生态形成的同时，亦能酝酿积极一面的人文或生态的形成和蓄势待发。词语“钟灵毓秀”“人杰地灵”“鸾翔凤集”等，当是有力的佐证，而我们，也常常将这些词语运用到褒扬自己家乡的语句中。唐代柳宗元在《马退山茅亭记》中由是慨叹，“盖天钟秀于是，不限于遐裔也。”

也因此，我还想到了“礼失求诸野”。这话是否孔子说的，其中的“野”是否含有贬义，已经不重要了，重要的是，这个“野”是相对于都邑而言的，即指城邦以外的广大地区。于我这名文学爱好者而言，和人类学家的 field（实地考察、旅行或实习的意思）一样，热衷在“诸野”中对某些传世文献或“稗史”的记载，包括民间口传耳受的“风水说”等，加以尊重和重新理解，进而收获一种情境下出现的渊源与张力，亦即一种“文化自觉”吧，因为我笃信：民间是孕育人文的一条重要支流……

灵动山水脉动的“潭”

搭乘桐城师友的私家车，提前赶到颇有名气的三祖禅寺停车场，说好了的，我们一行在这里聚集。由是，我与“禅”或者“佛祖”，远远地打了个照面。

我是个很少踏足庵堂庙宇等佛教之地的人，对佛学、佛事、佛理等自然挂心不上，但我不可能完全隔绝它。我们身处的这个世间可谓纷争芜杂，遇上不顺心的事，多半哀叹运气不佳，心情也沉闷、忧郁，便寄望于无所不在的神佛，或希望消灾弭祸，或渴盼心灵渠道开通。每每看到一些信徒在梵音或木鱼声中安静灵魂，出来时却浑身轻松，我认定：那颗迷离的魂灵被佛的灵光、禅的意念救渡了。伫立三祖寺入口的收费处，我知道，这方圣地同样地将平素不理佛的我置于了庵堂之外，却将一种向往或畅想的奥义演绎给我看，同时挑逗我，得以最虔诚的形态投入那个仪式，方能领略“践行”的悠闲。

这是“泊车”所致，不是超乎寻常的安排。但这机缘之下，我读到了一种“禅定深山”和“禅意若水”——眼前的三祖禅寺，便是高于地表的一泓“深潭”。据我所知，我们一行中的黄复彩老师，是一名对“佛学”的禅定者与笃行者。他在小说创作上的建树，堪称一泓深潭的。事实证明，是日下午，黄复彩老师举行的《小说，说什么》的讲座，印证了这个命题，而身边的同道师友，于创作上，又何尝不是一泓或深或浅的“潭”？就此次采风创作活动而言，是白水湾灵动的山水吸引了这些或熟悉或陌生的“潭”聚集一起，只是，“潭”的脉动，令我这名文学爱好者置身“潭”外，但我没有自卑，毕竟我爬出了自己的“蜗牛”速度。

坐上“拼车”，不消多长时间便赶到了白水湾停车场。徒步行走中，一帘瀑布远远地映入了视野，我的脑海中，也便无端地回荡起叶圣陶先生《瀑布》中的诗句：“还没看见瀑布，先听见瀑布的声音。”那是瀑水丰腴季节才有的景象吗？我不清楚，但今天，我们一行却是先看见瀑布的。

时序已经进入初冬，正是水瘦山寒的季节。不过也好，初冬的山水更能烙给我们一幅“删繁就简三秋树”的惊艳，同时也激发出“领异标新二月花”的畅想——在文学创作上，文字的“删繁就简”能否激发出“领异标新”，和“最大技巧是无技巧”的创作谈是异曲同工的。

不知不觉来到了景区门前。气势恢宏的建筑上书写着“白水湾”三个金黄色大字。走进检票口，面前就是一方面积不大的水潭，有潺湲的水流声真切地传来。因为潭中淤积了冲击下来的泥沙，水面漂浮着落叶，潭水呈现浑浊的颜色——这样更好，潭水的清冽以及节令的真切便勾勒了出来。站在潭边，我没有看到“俶尔远逝，往来翕忽，似与游者相乐”的小鱼，但我体验到了千年前的柳河东先生临潭而记的心境，并放想起若干年前的某一天，该有一位背影渐淡的女子正临潭梳洗着，她没有留香的诗词，但潭边凝香的碧草也足够我们感慨万千的。穿过“瀑迎天下”的廊桥，因为我们的移步，景象随之变换了：一汪白水扯开一帘瀑布，吸引了我们的眼球。据了解，神龙瀑共有四叠，这里是它的尾瀑——如此看来，神龙瀑果真应验了那句俗语：神龙见尾不见首！也因为一睹神龙之首的迫切心情，沿途中，我留意最多的自然是该景点得以开发的硬件——瀑布，以及瀑布下清冽的水潭。

踏上拨动该景区点睛之笔的高空玻璃桥，鸟瞰远方及脚下的瀑布，一种“乱云飞渡仍从容”“无限风光在险峰”的峭拔，在毛公大气磅礴的诗词中得到了完美的诠释；待登上一级级观光台，我欣喜于尽揽在视野内多彩秀丽的景色，以及山势的陡峭与崎岖、林木的葱郁和挺拔，并且同慨苏翁的传世名句“横看成岭侧峰，远近高低各不同”，我能体验名句被挪用后的曼妙与妥帖，却无法详尽名句的艰难分娩。驻足这样的山水，我驽钝的思想莫名其妙地与天柱山衔接了起来，原本具有的“看山是山，看水是水”，顿时间升华到“看山不是山，看水不是水”的境地——这里与享誉全国的天柱山仅咫尺之遥，所以，我感念到了天柱山中奇峰的汇聚、峭壁的峥嵘崔嵬、飞瀑流泉的旖旎多彩，以及点缀在飞瀑下形状各异的深潭，自然的，我还看到了往来翕忽的高山小鱼。当然，我是无法写出像余秋雨先生《寂寞天柱山》那样的作品。也就在这默念和恍惚之间，我俨然看见棵棵青松在悬崖上争奇，块块怪石在奇峰上斗艳，团团烟云在峰壑中弥漫，朵朵霞彩在岩壁上流光。

我没有发现文友 B 君的走近，却听到了不容拒绝的邀请：“程默，我们来合个影。”我那神驰的思绪“短路”了，时空顿时变得狭小且平淡起来。就在对面文友按下快门的瞬间，我想到了泊车的三祖禅寺，于是觉得，这里及不远处的天柱山，都是佛祖馈赠给人间的偌大花园的冰山一角，虽然我不能见证它四季的美丽与魅力，但它们始终如一泓泓深潭，诱惑着我。文友继续他的移步换景了，我却没有动，奢盼将这灵动的山水移植到心间，然后在心头兑现出四季的美景。“巧笑倩兮，美目盼兮”，《诗经》中的那位贵妇人，一定是看遍春花秋月之后，才拥有一份特别的淡定与从容。这里，我仅借一句，能对应我面前的美景吗？于是，我想到了动身之前，在网站上搜索到的一句推介语：“景区四叠瀑布首尾相接，近看如银链，远看似蛟龙，水大撼山谷，水小若飞花。”

旅游结束时，我们又回到了出发时见到的那个小潭，它在暗示我像风一样漂向景区，穿越景区的时空，收获一种空旷和幽深，最终又像神龙瀑的水，轻盈地回归出发点呢？还是暗示我，此番造访，只不过是完成人生中一个个的闭合式的圆环？是的，这种旅游线路的安排是一种闭合式圆环，同我们从自己的居住点出发再回归一样，都是一种必须和闭合。所以，我再得机缘再次站在看似浑浊实则清冽的潭水前，思绪再次衔接到那位临潭梳洗的女子身上，她隔着岁月的清流，离我脉脉远去，可她走不出我追随的视线。于是我羡慕她，羡慕她的美丽和灵性；也喜爱她，喜爱她的灵动与脉动——无怪乎，她就命名白水湾了。谜一样的红颜曼妙地走了，走在风烟深处，真切的山水走进了我们清晰而朦胧的视野。

潜阳一日游中，我所见证的一座座“潭”，驻扎进了心底！

第五辑　素读或有感

最让我倾心的是行走中的发掘与哲思的述说……这其间注定要付出诸多的汗水和心血，历经诸多的痛苦与磨难。所以，并不见奇的大理石进入笔下，很自然地引起联想：“一个人应替自己设计一生，他的童年、少年、中年和老年应怎样改进，才算编织了一道道美丽的光环。”人生行走的意蕴，自然获得了不可磨灭的趋近高尚的、“彼岸”的意义。

诗无达诂，好的纯散文也一样。这仅是我个人的解读。

——《发掘行走的意蕴》

素净分泌出融融的暖

——读钱续坤散文集《闲雨轻敲鱼鳞瓦》

钱续坤的散文是具有明晰的文本意识的。这一点，我在10年前就坚定地认为。因为彼此结识较早，且彼此都爱好散文，所以，但凡看到他的散文，我都会留心学习。2015年9月，应我“集中拜读与学习”的央求，钱续坤便将即将付梓的散文集《闲雨轻敲鱼鳞瓦》（以下简称《闲》集）的电子稿发给了我，使得我近距离地感受到了整册《闲》集语言的叙述魅力——朴素干净的独抒，纷飞并泌出了融融的暖意。三次读罢整册书稿，我看不到他对生活的照搬或刻意拔高，而是坦诚地面对生活，独抒性灵。审美的五官交互感应，再通过文字这种载体流泻于笔端，便对原汁原味的生活进行了过滤与呈现。有了那审美的过滤与呈现，作品再现的生活场景就不是我们用肉眼看到的生活场景了，用钱续坤在县内举办的一次文学创作座谈会上的讲话就是：“通过移情和审美，过滤并再现生活场景。”

我在再三拜读钱续坤“童年琐忆系列作品”（这只是我的划分）的过程中，感到钱续坤的散文语境是平静的。因为我们有着相似的童年饥馑、游阅经历，所以他眼中的自然环境并非“假古董”，他也无意去渲染“假古董”的余悸，而是从“美食”“美味”的角度把自我和琐忆相契合。钱续坤的本职工作是审稿和写稿，这一优势，迫使他从一个陌生的角度去发现去描述，所以仔细研读他的散文，我们总能在大家熟悉的场景里找到陌生化的元素。如瓦片、炊烟、菖蒲、茶叶、草药、淬火、月光、乡间动物，等等。那些

“熟悉的陌生”升华成意象，鲜活了散文的意境，故而被各省市级报纸刊物采用，这得益于钱续坤多年的生活积累和审美情趣的修炼，与其说是钱续坤写作技巧的熟练不如说是他文风及操守的沉淀。读钱续坤的散文，我没有发现他要去刻意营造什么，而是自然而然地流露出对大自然的依偎、对亲情的呵护与敬重。以《闲雨轻敲鱼鳞瓦》为例：“细密的雨丝在鱼鳞瓦上无声地集聚，形成的豆大水珠从瓦檐中悄然滑落下来：一滴，两滴，三滴……这是母亲的叮咛，还是我的眼泪？这是家园的嘱咐，还是我的哽咽？……”在以前乡村随处可见的瓦片，业已升华到了“家的符号”。行文至此，具有“传染性”的乡愁一度被激扬起来，“乡愁永远都是美丽的，是我唯美生活中最诗意最眷念的部分，它滋润着我在异乡漂泊的干渴的心房，让我一次又一次挣扎在思乡的苦涩和甜蜜里……”戛然而止地收笔，将普遍情感的乡愁抑于笔端。一扬一抑之间，流泻出超然的喜悦。这种具有广度、硬度、温度和亮度的文字背后，分逸出来的正是那种融融的暖意。

钱续坤的叙述是实写和虚写的有机的结合。他的叙述是实的，记叙了他的所见、所闻与所历，在他的笔下，事情已不仅仅是生活的图景，而是心灵事件。文笔熟稔的钱续坤小心而简约地叙述一件事情的发生，然后便用心灵事件安排自己的散文，所以，他的独抒深入生命深处且特立独行。《淬火之美》《雨夜听埙》等篇章便是他的心理呓语，这种拓展“心灵呓语”的写作道路，使得他在选取平常物象进行实验和实践时，看似文风朴实但情思一度激扬，抬手即拾间，挖掘出了民俗且文化的一面。“看到黝黑的埙，听到呜咽的声，我在蓦然间发现其形状，何止像人的一滴眼泪，更像女人孕胎的子宫，说不定那女子难产死了，男人便做了埙来吹奏，以抒追思之情，来表怀念之心。”我“心甘情愿地被它折磨着，吞噬着，颤栗着，总觉得那是一种痛苦分娩的愉悦，是一种无贪无欲的禅境，是一种旷绝千古的妙韵。那声音应和着窗外的雨声，仿佛是在大地的腹腔里突兀地回荡，又仿佛是历史的回音在时光隧道里逡巡，冥冥之中，不仅激昂着生命的乐章，而且拷问着灵魂的真实”！

钱续坤把握虚写和实写的熟稔，没有必要去逐章摘句地加以引证了。但他极其巧妙地把握身体在场和心理在场的结合，可以说是《闲》集的又一特色。钱续坤身居宣传部门上班，因为工作本身的特殊性，域外和县内便如两条河流不断地冲击着他，滋养着他的散文视野。如收入第五辑的文章均属游记作品，其中有域外也有县内的景点，其他四辑作品都可以看成写县内的。其实，游记体裁的作品是最难写了，我们既不能写成“导游式的介绍”，也不能一味地空叹，切入点便在于一个“新”字。何为新？钱续坤的答案是“身体在场和心理在场的结合”。圆明园大家都不陌生，我也亲临过。但我的感受雷同于记住那段屈辱的历史，激励后人自强外，很难辟出新意。但钱续坤“捕捉”了一只乌鸦，通过听鸦、正反说鸦，说“乌鸦的‘嘎——嘎——’鸣叫”，“是一种激愤的控诉，一种悲壮的呐喊，一种诚挚的呼唤”。及至收笔，一种羿射九日后令人不安的静谧和深陷绝境的空旷所升腾的凄美令人时刻警醒：“乌鸦唿哨而起，‘嘎——嘎——’地鸣叫着，振翅向北方快速地飞去，飞去……”那幅令国人产生身心屈辱的场面，以及后来上演的战争，圆明园是铁的见证。实际上，这种挫败感早已沁在中国人的骨髓里了，除非前去参观者是一名被家人搀扶的健忘症患者，才没有正常的耻辱感。行文至此，低眼看电脑桌面的右下方，时间已过零点了，我索性走到窗前，看窗外的星月。曾经照过夏商一直照进明清的那星那月，定然没有今夜明亮！在这和平年代里，在这平常的时段，我再一次地沐浴了情感的洗礼，虽没有情感的升华与自身的图强，但我庆幸拥有一种被创后的安宁以及宁静漾开的幸福。“乌鸦反哺”啊，促使了多少炎黄子孙用实际行动去更好地爱国！

与钱续坤一样，我们会经常地涉足一些著名景点著名景区，因为那块“磁场”里“包含了太多的内涵，太厚的底蕴，在短短的时间内真正地看懂它，读懂它，并非一件容易的事情”。钱续坤妙用“散步的方式去感受”，“你不必想得太多，因为这是在散步，完全不必刻意去追求有所得与有所获，更不必去听导游的喋喋不休，去在意周围的人声鼎沸，许多事情首先需要你心领神会，然后是怅然万千也好，慨然万千也罢，全靠自己的一份心境去把握”。读罢这段文字，我默许地点了点头。及至拜读那篇《慨然褒禅山》，我的目光不由得凝滞了。那是钱续坤的慨然，但令我慨然的是钱续坤“身体在场和心理在场”的完美结合。这种更有意义、更接近本质的慨然，已然将有限的此时此地的身体在场抵达彼时彼地的生活解读。

换个角度说，钱续坤做到了在具象和抽象之间游刃有余。那种从朴实的文字间流露出来的暖，将灵魂解剖了。这种灵魂的解剖，是有根的宏大，并非空洞地说教。他在写风景时总是冷静的，把内心的所得所获降到最低，让读者的眼光跟随他简短的景点介绍，去重新审视，解读风景。而一旦进入历史文化的真实，钱续坤的笔触有些抑制不住了，产生多元化表达的渴求。如他“乡间植物”“乡间动物”“民俗文化”（我这样粗略划分）系列散文中写到的中秋的月光、女红、顶针、花语、茨菰、芦蒿、枇杷、康乃馨、萱草、黄花菜、水墨蝌蚪、蟋蟀，等等，令人不由觉得钱续坤是一名学识渊博的考究专家与美食家。这些篇章的纯文学性虽低了一些，但它们的学识性、趣味性、耐读性无疑提升了许多。笔者之所以单挑这三大系列的作品与纯散文区别开来，并非它们没有散文的特质，而是要强调这些作品的特点：客观且理性地叙述一段生活的始末或一个生活片段的始末，乃至一个现象的瞬间。叙述伊始，作者一改抒情（或者移情）的惯用手法，心境开阔，情绪平稳，旁征博引，妙趣连生，文末却凸现风雷。如《康乃馨·萱草·黄花菜》的结尾就是这样的：无论是康乃馨的“洋”，萱草的“雅”，还是黄花菜的“俗”，它们都写意着母亲的精神，塑造着母亲的形象，饰演着母亲的角色……在千家万户的生息里，在绵延万代的历史中，母亲花将常开不谢，永世飘香——母亲花，我爱她，我深深地爱她！文字里流淌的是生活流，却也是意识流，带给读者较强的艺术审美、知识求索和生活思考。粗看文题是某个时令的煽情文章，细读才知是内藏在人性深处的那根细腻的神经被节令触动，融融暖意在潮湿眼眶的同时，也灼亮了喧嚣尘世中容易被我们忽略的黑暗，犹如落水的石粒，溅起水花，涟漪久久漾开，也如白天里点亮灯光，光明虽覆灭在光明里，却是真切地存在。因此，这类散文的优势不在于独抒，而在于唤醒了一个独特的向心力与心理磁场——这不是溢美，喜爱散文的读者自然能从中详尽，并品尝那些藏在现象之后的智慧，若不然，历代的文人雅士，怎会留下同题的篇章，钱续坤又何处引用？

丰富的散文语言来自于作者对语感和语境的创造，但优秀的散文作家大都是在散文里创造“奇异的世界”。韩愈、王安石、柳宗元是如此，杨朔、沈从文、张爱玲是这样，余秋雨、汪曾祺、钱钟书更是亦然。要营建这个“新世界”——或说内容，得依赖性于自成风格的语言，熟稔的写作者方能达到内容与语言的高度谐和。钱续坤收在这本《闲雨轻敲鱼鳞瓦》中的散文，是否达到了这样的高度，我不敢断言，但钱续坤厚道的做人态度、大胆的创新走向、清醒的文本意识，都是值得许多写散文的朋友学习和借鉴的。

一条河流的呓语

——读钱续坤散文诗集《我只是一条河流》

一

散文诗，作为一种实践出来才百余年时间，经众多诗人与作家身体力行，兼之大量报纸刊物提供刊载阵地便迅速巩固起来的文体，它“现在的根基，已经很稳固了……”（郑振铎《论散文诗》）。因为它是“小感触”的产物（“有了小感触，就写些短文，夸大点说，就是散文诗，以后印成一本，谓之《野草》……鲁迅《南腔北调集<自选集>自序》），便不可避免地具有片断、偶然、突发的意念，这种意念，本质是诗意的。诗人或作家们，通过调动自己已有的生命经验与体验，将这种稍纵即逝的意念点燃成文字，便在绸缎般的文字中将有限放大甚至折射出无限，从而使小感触与肉眼世界、内心世界紧密地联系在了一起。

正是热衷散文诗创作与实践的诗人、作家们，日常注意对平凡物象的观察、思考乃至凝视，生活中那些昙花一现的美及游丝一般的主观感觉，便契合并呼应了主、客观之间的相通，从而，主观赋予平常物象以所附于的形象与美感，得到诗意地呈现——“适应灵魂的抒情性的动荡、梦幻的波动和意识的惊跳”（波德莱尔《巴黎的忧郁》卷首献词）。

二

钱续坤先生是我生活和写作上的良师益友，他的散文诗集《我只是一条河流》（九州出版社 2015 年 5 月版）付梓了，我无疑是拍手最多的人之一。“不是假设，古老的河道不见远帆的迹象，而我，作为一条河流，作为潺潺流淌的溪水，感觉到眼前起伏的波浪线，就是我们人生的生命线。”（《我只是一条河流》）“我只是一条河流，命运已经在冥冥之中，决定我这一生都必须沿着溪水的流向，缓缓地向前行进。”（《沿着河流的走向行进》）这是收入该集中的第一、二篇。开篇以“河流”起兴，点出抒情主体是河流，便是将河流拟人化了。作为自然存在体的河流，以人的身份出现，便是拟物为人再观物。这种观物，给景物与场景以生机、水灵，助情感以载体、喷发。

因为散文诗偏向爱情、山水、咏物等题材，所以景物与场景便是散文诗中不可或缺的意象，写作者经过感觉化、心灵化，作品中的景物、场景因情感色彩的渲染，美出五分，溢扬五分。钱续坤将散文诗集定名为《我只是一条河流》，我在再三通读全书后，便乐意将作品集中他所起兴的所有的景物与场景，看成是这条支流在注入主流后，所经过的流域中产生的生活景象。换句话说，这条河流是贯穿全书的纲，或者说，就是一条河在叙述它流域内的发祥史，有喜悦，自然也有悲怆。

三

钱续坤是一位勤奋的跨文体写作者。他的散文集《闲雨轻敲鱼鳞瓦》的电子稿，我曾先睹为快。如今，我又先读者一步拜读他的散文诗集稿，兀自感觉先声夺人地接受了他馈赠的两匹质地上乘的绸缎，作品言辞清新、妍丽，却不着痕迹，一如绸缎般滑溜爽手，耐搓揉，不起皱，读来亲切、舒服、妥帖——既有行云流水的从容淡定，也有花开花谢的抑扬缠绵；既有超拔出俗的奇特玄想，也有根植泥土的执着芬芳。

因为散文诗是诗与散文的结合，“或者干脆说：散文的语言，诗的结构；外壳是散文，内核是诗”（龙彼德《论散文诗》）。所以，诗歌的表现手段与散文的表述手段是同步且融汇贯通的，从而有机地增加散文诗作品的内蕴、情致与韵味，并富有弹性与张力，优秀的散文诗人更是如此。以下是笔者从钱续坤作品中择取的部分语句。

“铭心的怀念又正**潮汐**着多少莽莽苍苍的感伤。”（《唢呐》）“洒脱的弹者在水中**生动**着灵巧的十指。”（《高山流水》）“残月如刀，操琴的人将自己**孤独**在一片黑暗之中。”“一位孤苦伶仃的老人，正**佝偻**着石拱桥一般的岁月。”（《二泉映月》）“告别水声淋漓的心巷，一朵婉约的小红伞，在迷离的梦境中默然开放。”（《如梦令》）“那陶醉如酒色的火种，**生动**了乍暖还寒的民歌，也敲响了乡俗中那喜庆的锣鼓。”（《挂红灯》）“喜鹊在生动地啁啾；原来，我家的墙上有不少鸟雀筑起了新巢——那草体的鸟儿，那隶体的鸟儿，那篆体的鸟儿，在一片红光中扇动着翅膀，把瑞气和喜庆荡满了屋梁，把愉悦与吉祥漾在了每一个人的脸上。”（《红对联》）“时刻都在**美丽**着满园的风韵。”（《傲竹》）“白狐选择在此时突围，是想凭藉潜藏的同情，使猎人瞄准的利箭成为语气中的虚拟；使我绷紧的心弦，也不再是语法中的借代。”（《白狐》）“你听那蛙声，可是孩子吐奶的声音?”（《谷雨》）“让所有的心情和祝福，都在阳春三月，**绿成**一片青青的呢喃。”（《纸鸢高飞》）“惬意地把剩下的半盏船谣酣畅地喝下”（《春水东流》）“俏丽的微笑，**生动**了后世的线条。”①（《岩画》）“你**开花**的年龄在春天的枝头宁静。”②（《怀念》）

择取的这些语句中，明喻、暗喻、博喻、暗示、象征、比拟等手法是显而易见的，但加粗字体的词性都发生了改变。以最后两句为例，①句当理解为“俏丽的微笑，使后世的线条变得生动起来”。“生动”是形容词，在这里具有了使动的用法；②句中的“开花”是动词活用为形容词——这也让我想起了另外的两句与之相对应。对应①句的是余秋雨散文《莫高窟》中的语句：“为什么甘肃艺术家只是在这里撷取了一个舞姿，就能引起全国性的狂热？为什么张大千举着油灯从这里带走一些线条，就能风靡世界画坛?”对应②句的是诗句：“白色小马般的年纪。”（杨唤《二十四岁》）“小马”是偏正结构名词，在这里活用为形容词。

四

阅读是受着读者经验与爱好的制约的，这里特地一提的是《天净沙》（九章）。元代马致远的小令《天净沙》，大家都不陌生："枯藤老树昏鸦，小桥流水人家，古道西风瘦马。夕阳西下，断肠人在天涯。"有趣的是，钱续坤撷取了前三句中的 9 个意象，进行了二度创作，并统一在《天净沙》这个大"外延"之下。而后面的"夕阳""断肠人"这两个意象并没有着墨。这便像诗歌创作，戛然而止，留白于读者，激发有兴趣的读者去再度创造。我们姑且不谈论《天净沙》（九章）写得如何，单单这种撷取，便是一种创新与求异。诗贵创新，诗贵韵味，散文诗自然不例外。创新，迫使诗人、作家具有求异的能力，词语"标新立异"就是这层意思。求异就是不步人后尘，不落俗套，来点特殊化。钱续坤先生的《天净沙》（九章），在读者尚未拜读之前，便给了读者一个疑问与震颤。也因为这特殊，给读者留下了很深的印象。

五

因为，散文诗的语言更趋近散文的语言，因此，它避免了诗歌的朦胧、晦涩与歧义，从而为广大读者所喜爱。结集在这本散文诗集中作品都是钱续坤在 2000 年之前写就的，且大部分作品都发表在"小城大刊"的湖南益阳《散文诗》杂志上，因此，钱续坤成了散文诗这个写作板块上的知名作家，也因此，他于 2001 年 10 月荣膺地出席了由《散文诗》杂志社举办的第一届全国散文诗笔会。

——就以这篇读后感祝贺良师益友钱续坤先生，为不久后的我们奉上丰美的精神大餐。

钱续坤：1970 年生，安徽怀宁人，1991 年 6 月毕业于安庆师范学院中文系，曾任教淮南矿务局第十九中学教师、怀宁县皖河中学教师，1997 年调入《怀宁报》社任编辑、记者；现为怀宁县文联主席，兼任《怀宁文艺》主编。出版有散文诗集《我只是一条河流》、散文集《闲雨轻敲鱼鳞瓦》等。

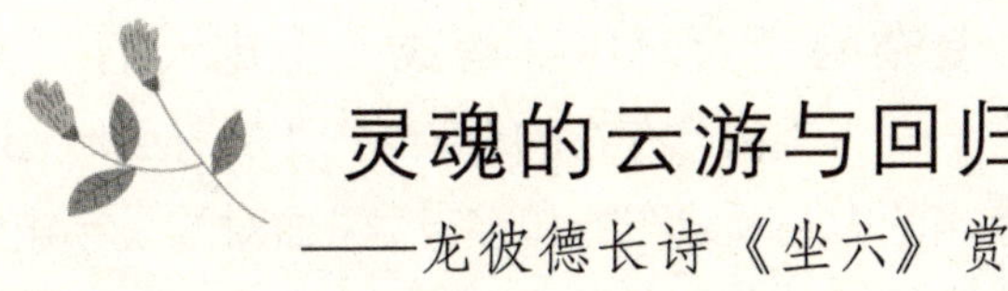

灵魂的云游与回归

——龙彼德长诗《坐六》赏读

散文集《幸福在路上》付印后，我小心地敬奉一本给年逾古稀的湘籍浙江诗人龙彼德先生，谢他19年来对我的提携与恩典。龙先生随即寄来了一封鼓励书信及去年8月出版的《坐在一个六上——〈坐六〉长诗系列及相关评论》。

中国诗自古就沿袭了短诗的传统。虽然历代也有一些百行以上的“长诗”，但像西方那样动辄数千行乃至万行的长篇叙事诗，中国诗歌史上是没有的。英国诗人T. S. 艾略特的抒情史诗《荒原》《四首四重奏》开“创造新史诗生命”的先河后，不少诗人仍在为新史诗做“注入多元化内涵”的尝试。龙彼德先生倾毕生诗学学养，自1988—2002年用15年时间写出6首相关联的《坐六》长诗系列，达1200余行（注：《坐六·说美》及《时间游戏》中第11、第14节，用散文跨文体写成）。2011年7月，《中国作家》杂志一次性推出了这个系列。金乐敏、张炯、顾祖钊、痖弦、洛夫等50位诗人、作家、评论家，先后发表了“议题只有一个，但涉及面却辐射至诗学史观、诗歌发生论、诗歌本质论、诗体论、创作论、诗歌美学等关乎诗学的所有理论体系的‘围论’”。长诗《坐六》系列由《坐六》《止水》《大海兽》《大裂谷》《听〈安魂曲〉的六个最佳地点》及《时间游戏》构成。

以数字为诗作命名自古有之。《坐六》中，诗人借助“六”这个咒语般的数字，从与“六”相关的内涵、架构（如与天地相通的“六面”“六气”，与人文自然相通的“六爻”，与神祇相通的“六神”，与道德相联系的“六殛”“六德”，与人的环境相通的“六识”“六境”，与心灵智慧相通的“六度”等。）跨越时空，出入三界，心驰万里，思接千载。以大胆不经的想象、神秘变幻的象征、张力十足的意象语言，托出蕴藏一生的诗性拷问和哲理思辨。《坐六》将人类置于天地四方之中，由“六合”“六识”“六欲”“六殛”“说美”（散文体，收入诗集《与鹰对视》中时，为“六美”）和“六度”等六个复杂的“六面体”构成一个庞大的“生命六面体”，暗示“坐六人”——人类自己存在的复杂性。“东南西北天地”组成“六合”，人类便处在宇宙的中心顾望四野和宇宙。“面对的是宇宙的苍茫生存的艰难/必须找到一个点把自己定在点上。”为此，人要充分调动固有的感觉——“六识”（眼识、耳识、鼻识、舌识、身识、意识）去感受并思考现实世界；正确处理心中的欲望——“六欲”（色欲、权欲、杀欲、贪欲、自为欲及创造欲）；合理应对上天对人类的六种惩罚——“六殛”（夭折、疾病、忧愁、贫穷、罪恶、瘠弱），形象的写照，寄予了诗人的悲悯；尽力抵制世上的诱惑——“说美”（楚太子染疾传说：“天上之美”“地下之美”“哲学之美”“艺术之美”“生命之美”“死亡之美”）。人生随时会追求或受到各种诱惑，当说到天上、地下、哲学、艺术、生命之美时，人回答说：“我没有兴趣。”当说到“扛大镰刀的骷髅拜访，不管你是否接纳，割生命如割河草……”时，人霍然跳起：“我宁要前五美，不要此一美！”人有不死的强烈愿望，但又缺乏不死之策，于是有了非永生之路，要追求永生，就得追求精神的无限与长存之美；及时地选择救赎的法门——“六度”。“度”是梵文 Pararmita（波罗蜜多）的意译。诗歌前，诗人直接介入，指出当代生活的六类新解：寻觅、回忆、独白、搏斗、梦想、奉献。由此，《坐六》取意“六六大顺”的同时，也暗含顺中有不顺，不顺中有顺，从而揭示了“坐六人”的处境、位置、感觉、意识、欲望、灾难、打击、追求、态度及自我解救的途径等。

诗人在长篇创作谈《灵魂的云游》中，说乐山大佛一坐就是一千二百八十余年，还将永远坐下去，由此，它（衍及为“他们”，即人类自己）是看穿一切看破一切，达到无念、无相、无住也无蔽的“大彻大悟”的象征。《圣经》有记：创造宇宙和人类的上帝，用六天时间创立天地，到第七日完成了创造的大工，并将第七日定为“圣日”。于是，诗人开篇写道：“不知何时坐下/也许是创世纪的第七日/（神造物的工已经完毕，将安息日定为圣日）/也许是今天现在即刻/没有选择也不容选择/竟然坐在一个‘六’上。”灵魂如此一番“云游”，诗人便将一切与生命有关、与人类有关、与世界有关的问题综合起来，将古今中外的许多人物和典故，用现实主义、浪漫主义、现代主义中的各种艺术手法，以及超现实的、象征的、抽象的、荒诞的各种手法都运用到自己的创作中来，构成种种奇特的、怪异的乃至荒唐的意象，去推进情感和思想的奔涌。灵魂“回归”之后，诗人于诗中相继拷问或感悟：“面对的是宇宙的苍茫生存的艰难/必须找到一个点把自己定在点上/是当耶稣基督在十字架上为人类赎罪/还是当一尊卧佛在禁欲寂灭中涅槃?”（六合）、“一万年短于一日，一亿顷小如一亩”“没有文化的乌鸦/却遗屎在你的头上”（六识·身识）、“一旦意识阴沉，世界便失去光辉”（六识·意识）、“东非裂谷是地球上最大的裂谷/可也不及那个贪婪的胃口”（六欲·贪欲）、“鬼魂从键盘上结队窜出/创造之歌使世界发抖”（六欲·创造欲）、“舞台的背景早已悄悄换过/你还想赖在新一出戏中?!”（六度·独白）、“当拍天的洪水再度啸起/挺身而出的是诺亚的子孙/砍下手臂饲虎/掏出肝肠喂鸽/一切的生命呵/请驾驭我这艘残躯……”（六度·奉献）

“痛苦与幸福同驻一枚果核/挑战与机会共处一个瞬间/数不清的显示在头顶光环/说不尽的围绕在身边芬芳/回声从各个星系传来/与你共舞的是整个宇宙。”（《大裂谷》诗句）我素来喜欢用“在路上”这个词语来勉励自己，它所蕴含的动态意念及需要为之做的努力，不仅属于诗人、哲学家，也属于我们每一个人。意大利文艺复兴时期诗人塔索说：“没有人配受创造者的称号，唯有上帝与诗人”；当代学者周国平提出“诗人哲学家”的命题，并在《哲学的魅力》中写道：“没有哲学的眼光和深度，一个诗人只能是吟花咏月、顾影自怜的浅薄文人……大哲学家与大诗人往往心灵相通，他们受同一种痛苦驱逼，寻求着同一谜的谜底。”人类赖以生存并钟爱的大地，会在“地球生病了吗？/人类想干什么?”（《大裂谷》）的反复诘问与反思下实现我们共同的梦想，从而做到“人诗意地栖居在大地上”（荷尔德林）。

《坐六》长诗系列，能让我们去感悟更多的“宇宙间最深刻的关系”，而面对《坐在一个六上——〈坐六〉长诗系列及相关评论》，我们就找到了“一种攀岩的阶梯、绳索、脚印”。

龙彼德：诗人、评论家、作家，1941 年 7 月出生于湖南沅陵，1964 年 7 月毕业于南开大学中文系，在黑龙江三江平原生活过 10 年，从事 17 年文学编辑，原浙江省《东海》文学月刊主编。出版作品集 50 余部。

一份博大的爱

——读龙彼德诗集《与鹰对视》

1999 年 2 月初，我欣喜地收到了浙江省文联文艺研究室龙彼德先生赠读的他的第 10 本诗集——《与鹰对视》。在扉页上，龙老师题写道："振华：最大的爱应献给人类。龙彼德 1999. 2. 4。"

《与鹰对视》共选入作者 20 世纪 80 年代以后的诗作 145 首。《辛德勒的名单》中有句名言："忘记过去很容易，记住却很难。"但诗人龙彼德却用诗的方式，记住了他自 1969 年下乡到黑龙江"北大荒"10 个春秋里所沐浴的"黑土地文化"。大自然雄奇壮丽的景观，被诗人汲取并创造性地再现于诗作之中，从而建构了他诗学中的第一个抒情体系——祖国体系。在《美人松》中，诗人借长白山下的美人松唱出了自己的爱国心曲："在斑驳陆离的世界/她只属于生她长她的中国/在风云变幻的时代/她只属于培她育她的黑土！"这故土之恋的爱，进入《洪汛鸟》中，诗人唱出了"我之所以不关闭我的歌喉/只缘我对多灾多难的祖国/还未爱够……"一声声杜鹃啼血，透视了诗人义无反顾、奋争不息的民族精神和爱国精神。

"青春体系"中的诗作犹如一枚枚多棱镜，展示了转型时期中人们的恋爱观、婚姻观、世界观等诸多方面的转变。早期诗作《爱的王国》《爱之海》堪称代表。

在诗人建构的第三个体系——"生命体系"中，《沙浴》可以说是代表之作。"一会儿被掩埋/只留出一颗烧不烂的头颅/一会儿全推开/准备着大潮再来时换一口气/为了康复/为了避难/我与我的族类/都在奋斗。”人生的价值与信念，显示出了人的主体精神与本质力量。

“因为某种既定的框架与成功的模式一旦形成，反过来又约束了诗人的进步与发展”（龙彼德《与鹰对视》自序），所以诗人在继上述三体系之后，又响亮地提出了“打破体系”。这无疑也就标示着上述三体系的自行消解（严格上是指将中国诗的优秀传统与外国诗的新鲜经验结合起来，见《与鹰对视》自序），使之揉碎再重新塑造。长诗《止水》《大裂谷》及《坐六》便是明证，而《坐六》又堪称代表。

长诗《坐六》由“六合”“六欲”“六识”“六殛”“六美”和“六度”等六个复杂的“六面体”构成一个庞大的“生命六面体”，象征“坐六人”——人类自己存在的复杂性，揭示了“坐六人”的处境、位置、感觉、意识、欲望、灾难、打击、追求、态度及自我解救的途径。最后，诗人像艾略特用雷霆之音宣告唯有信仰方能得救那样，也提出了度人到达幸福彼岸的“六度”，特别是强调了追求、信仰与奉献的意义，并在“六度”中呼唤：“一切的生命呵/请驾御我这艘残躯……”

龙彼德铸造了“中国式的现代诗”观，为沉寂冷漠的诗坛吹进了清风，由此，他在这块“人文园地”上收获着精神和希望，引领我们一步步趋近那人类的“彼岸”境界。

发掘行走的意蕴

——许松涛《跟着时光向前》读后

我是写作的门外汉，但这并不妨碍我爱书。前些日子网购到沈天鸿先生主编的《青少年必读的当代精品美文》系列，细细拜读之余，我不由被这19位散文作家们在接受生活重压乃至痛苦与苦难时，仍不忘激活灵魂深处的生存意识，进而迎合内心需求从事写作的精神打动了。捧读起许松涛的《跟着时光向前》，单就书名，我便感受到了一种莫名的幸福与慰藉。在这种与幸福对抗的痛苦的背后，谁又能道尽一名从事严肃文学写作者的辛酸与甘甜呢？

《跟着时光向前》精选了71篇散文，是许松涛“从事散文写作十余年来的创作概貌”，也是作者的“写作经历”和一次“审视自我”。全书分为三辑：“跟着时光向前”“延续是静悄悄的”和“鹧鸪的叫声”。它们分别是三篇散文的标题，每一条标题基本概括了“该辑所选篇目的共性主题”（《自序》）。

书中，最让我倾心的是行走中的发掘与哲思的述说。随便举一例，如《述说一种瓷》，文中的“大理石”和“瓷”，都是簇新的生命。但是，由普通的大理石和瓷的原体——泥土，砺炼成“工艺品”及“瓷”，这其间注定要付出诸多的汗水和心血，历经诸多的痛苦与磨难。所以，并不见奇的大理石进入笔下，很自然地引起联想：“一个人应替自己设计一生，他的童年、少年、中年和老年应怎样改进，才算编织了一道道美丽的光环。”这段自述，就可以看成是许松涛在拷问自己、发掘性灵。人生行走的意蕴，自然获得了不可磨灭的趋近高尚的、“彼岸”的意义。

我以前曾在报纸上零星地读过许松涛的散文，惊艳他平易、大气的文字背后所闪射并表达出的性灵；惊艳他从琐碎的物事上发掘出了宏远的意蕴；惊奇他将诗意与哲理有机地结合，从而使叙述与议论处于发散状态，张力性的语言，使全文具有了诗的韵味。“追逐河流的人，只不过在追逐自己一生的梦想，是在一把经历里整合自己的趋向，是渴望一次完整地交付与完成，是自内心的愿望被永远地接纳与承受，风景已成为精神的写意……”（《沿着河流走》）这里，许松涛关照的已不是一条河流，而是关注与河相依相存的人类自身——向往、希望、企盼。它们与斗折蛇行的河流一样、与河水般流失的日子一样，相伴相生。再三捧读此篇，“河沿上，三只蚂蚁在合力搬动一块兽骨，一只发出腐腥气味的牛角，浸在一滩咸水里，正结着霜花，河流仍轰然作响。顺流而下的逝水，忘情亦忘忧。远方：沙滩、平原、城郭……一些已经到来的未来，在已知之中，只剩辛辣”。这段文字与通篇的《久违了，蓝天》一样，刺痛了我的神经，这是一种理想与现实的失衡，一种对时间、对人生、对美好事物追求的无奈和苍凉，这种情感，夯实了诗意的所在。再如长散文《叙述雪的十九种方式》，文中的“雪”是气魄、自尊、赐予、审视、韵味、诗意等语词的共性的统称，更是“向往”的暗喻——向往美好的生活、向往美丽的恋情、向往远大的目标、向往与自然和谐相处，等等，因为，“雪是一种全部”。

捧读《跟着时光向前》，我仿佛看到，一个从事纯文学写作的作家，如何在现实中砥砺生活、叩问性灵，又如何像蚕一样“把桑叶吃下，将丝吐出”（《茧和蚕》）。在与庸俗现实保持对立与距离时，叙述日常生活，酣畅淋漓地书写梦想。

诗无达诂，好的纯散文也一样。这仅是我个人的解读。

许松涛：安徽省作家协会会员。从事散文、诗歌创作，已出版散文集《收藏阳光》《得雨轩笔记》《美人与香草》《底层》《桐城名士》《仰望天空》等，作品在《人民文学》《中华散文》《清明》《散文》等发表或以专辑推出。现供职于桐城市文联。

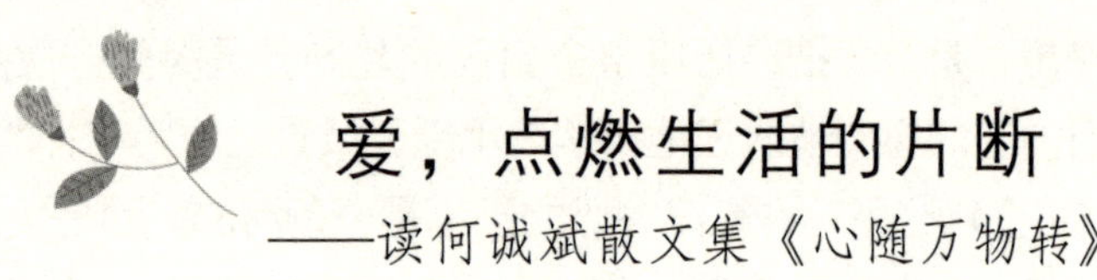

爱，点燃生活的片断

——读何诚斌散文集《心随万物转》

元旦期间，诚斌先生从合肥赶回怀宁，带回散文集《心随万物转》（敦煌文艺出版社2012年6月版）送给文友们，其中有我一本。奈何我忙于做摊点生意，新书被他人拿走——这份错过，是否与我第一次去拜访诚斌先生，明明近在咫尺却无缘谋识存在着某种关联？

寒假间借阅到诚斌先生的《心随万物转》，我用两个夜晚便囫囵吞枣了。因新书中“思想与理性之光闪烁文字之上”，我便再三啃读起来。在这之前，我于报刊及他的博客上拜读过一些他的散文，便有较深的印象：标题耐人寻味。如“一天两个红太阳”“我去老家看自己”“抵壁的阳光”“春雪是雷的贺卡”，等等；大部分文章不失大气和率意。这得缘于他的感悟敏思和现于纸上的心灵底色；灵动文字的叙述，给人一种灵光乍现的感悟。结合诚斌先生之前的人生阅历与生活积淀，兼之广大文友们冠之的“自由撰稿人”“写手”等无冕之衔，使我更加确信：“无技巧是最高的技巧”。朴素老实的述写之下，注定他与浅薄浮艳的词句无缘，所以文中多是深沉隽永、耐人寻味的章节。也许，语言的朴实浅显，才是他洞明世相后的返璞归真。

诚斌先生写景，很清新也很亮丽，让人读着不禁心生向往。他去金沙江，我们能从文字中“目睹”金沙江的旖旎风光，亦能端倪纳西族人别具风味的风土人情。去徽州，他那灵秀的字缝间抖落的却是古徽州的通灵——古旧建筑物上镌刻的图案，已不仅仅是装饰，而是以一种特殊的语言表达人们的虔诚，致使它们都被赋予了吉祥的涵义，让人觉得山水的灵气，建筑的灵光，是因为“神灵在其间灵动”，从而“透出诗意的空灵”。

诚斌先生曾经有过十年的“北漂”生涯。甲乙老师在《序》中说“他的文学功底就在这样的磨难中冶炼凝成”，由此，诚斌先生收获的不仅仅是编著书籍的定位准确，更多的是三部长篇小说、一本散文集以及大量散文、随笔作品的横空出世。2010 年一年间，诚斌先生写出了近 40 万字各类题材的作品；收在集子中的《桐怀路上的黎明》《硬座之熬》《白色桶》《离家的滋味》等篇什，这就是诚斌先生“北京—安庆”来回跑的产物。这些产物，表达的不仅仅是个人的感受，还有过出门经历的人们大多怀有的感受。描写这种底层生活，诚斌不是俯视，而是完完全全站在最底层，与同车共渡的人们一起，仰望世间的芸芸众生，所以写得咽泪入心、深刻入骨。他描写需要煎熬三个白天两个夜晚的漫长时间才能到家的民工的文字是这样的：“他的眼圈深黑，神情恍惚，呈现出一副深度疲倦的样子。他不时地打着呵欠，与邻座的一位老年妇女的叹息声相呼应，使我的心情显得非常的沉重。”写同一车次的一位送孙子给儿子儿媳看又带孙子回家的老太太的文字仅引用了老太太的两次问话：“‘几点了?’又是那个老太太向我问时间。”“‘现在几点了?’老太太问。”——这寥寥数语，无异一串复杂透顶的无奈，有着当今社会无法承受的重量和道不尽的悲凉!“与他同座的两个人下去了，他得以躺下去，可翻来覆去，难以入睡。”在这个物质生活高度发达的社会里，这是大多数民工乘车时的常态，而在那位民工的心中，竟成了苦苦追寻的梦想!“我不去丹东了，准备到江浙上海找事做，把老婆也带上，租间房子，让她给我做饭，送到工地上去。”民工同其他所有人一样，有灵魂有自尊，靠自己的双手挣饭吃，是顶天立地的大写的人。但是，凡有一线更好的出路，谁也不愿一如那位民工一般辛苦。所以，这短短几句，写出了多少在温饱线上苦苦挣扎的父老乡亲的艰难与辛酸!

诚斌也写社会的阴暗面，但不是一味地谴责批判，而是有着深层的反省与思考。如《大树边的泥塘》一文中，塘成为湖之后，“湖显得非常小，砌了石岸，造了石桥，就显得更小。它身边的那些小树都被挖掉，一律栽上从别处移过来的大树。有的大树活了下来，有的大树死了。水中放了鱼苗，长大后捞起来有股重重的泥腥气，化工品气，吃起来一点也不鲜美”。“他们（附近中学的学生）聚在一起说说笑笑。他们的青春气息与泥塘的腐败气息构成反差。他们等待身旁的枯树在春天重生？观看面前的黑泥消失，变成清澈的塘水?”《那些简单的消失》中，诚斌充满钙质的喟叹可谓振聋发聩：看不到的东西，就再也看不到了，如果它一直保存在记忆里，而不去触动它，也许还好些，可一旦故地重游，发现记忆里的一些东西消失了，顿时感动很茫然……世界原本是简单的，是人性的复杂，致使生活变得错综迷离。到底什么是生命中最重要的，又是什么在支撑着人类精神的天空，读者诸君自能深深体会到。

雨果说：“熄灭的火炬，以思想的方式复燃。”那么，在这浮躁的日子里，读一些励志、睿思的书籍，将会启发甚至唤醒我们心头生锈的爱。

何诚斌：1965 年生，安徽怀宁人。安徽省作家协会会员，安徽历史文化研究中心研究员。出版散文集《老儿戏》《心随万物转》《皖江历史人物散记》，长篇小说《小柏和外星犬》《跳蚤穿上红衣裙》《我的红楼》等 12 部。

动物世界里的人世百相

——读程谱长篇侦破童话《神探机灵猴》

程谱先生的长篇侦破童话《神探机灵猴》由团结出版社出版了，我是鼓掌较多的学生之一。

进入21世纪以来，我们的社会生活在经济新常态下健步运行，文学创作，也在多元的文化格局中持续发展。在这种物质生活与精神需求呈飙升的趋势下，文化生活的密切互动与联手，对生产文学作品形成了很大的冲击，置身其中的创作者，经历了较大的精神阵痛。在这种由内到外的深层变异中，作家们须跟紧步伐，重新认识和把握现实，进而自觉地进行题材尝试，可以说是面临了一定难度的挑战。而对从事儿童文学创作的作家们而言，靠创作儿歌、童谣、绕口令、童话等体裁的儿童作品，更是举步维艰。放眼少儿频道，随便按动遥控器，就有儿童们喜闻乐见的各类节目，广大学生家长及儿童作家，欲将没有控制能力的儿童们的眼光，转移到纸质的具有相同品位的文学作品上，可不是一蹴而就的事了。年过花甲的程谱先生，就创作体裁，进行了有益的尝试。

侦破题材，历来就是吸引小读者眼球的话题之一。它不仅要求写作者具备童心的推理能力和缜密的思维，还需具备成人读者自觉的审美眼光，使故事寓警戒、教育于一体，亦即教育行业所说的德育教育、励志教育。就长篇侦破童话《神探机灵猴》来看，各式各样的题材选择中，有直面当下社会现实的各种非常态的倾向，如拐卖、绑架、贪污、抢劫、传销、围殴、上网，等等；也有针砭时弊或现象的章节，如猥亵、赈灾、吸毒、作弊，等等。在115集童话中，有令人发指的文题，如“租车游猎，疯狂作案”“考试不好，集体施暴”“偷钱上网，砍杀亲人”“吸毒成瘾，杀人成性”，等等；也有传递正能量的呼吁，如“教师无德，摧残学生”“扶人成被告，诬说成网红”“女孩远去，遗书令人痛心”，等等。因为“一集一个故事”且在字数上的限制吧，程谱先生在各显其长的写法中，切近并彰显了日常生活的叙事方式，这种不约而同的写作追求，使得整本书虽在内蕴营构上具有现实的教育意义，且在外在形式表现上具有故事性，美中不足的是，过于“求收笔”，从而用“代述”替代了故事的“发展”。当然，儿童文学作品，不一定要求以曲婉的故事探赜索隐，不苛求日常生活的顺蔓摸瓜，揭示表象后的案件底蕴，从而使侦破童话在作者的生花妙笔下获得活力。书中，凡115个故事，有100多个属于扭曲的生活。它们是没有连贯性的故事，却统一在机灵猴、博士象和聪聪兔三位接案者身上弘扬一种正义的同时，探索了造成这一问题的深层社会性原因，描摹了为这一问题承担了不同负累的各色人等——借用动物世界，描摹人世百相。

承蒙程谱先生和我相交甚好，经常光顾我的租住房。他所说的一席话，也可以看成对此书的一种解读：在《神探机灵猴》里，当动物王国的风雨落进笔端时，我们能感受到芸芸众生中客观存在的不合理与不合法，如何让社会秩序更加亲和、和谐，这就是作家要做的努力和追求。可贵的是，程谱先生不只写了“森林王国”中存在的“血风”与无奈，还写了“好人吃牢饭，天晓得”，文中的“老牛”，可谓是“一失足，成千古恨”的人物，为了“我这恨的样子，提醒大家莫走我的路”，一句“一针见血”，投射出一份坚韧和顽强——努力引导众生除去浮虚与迷离，向着本真与坦然回归。人世的丰繁与斑斓，于此，一览无余地呈现了出来。

书中，个人化的角度、个性化的视点，揭示了人之初该持有“真善美”，人性与人情，在冰冷中复现原有的温度——这是成书的本意，又何尝不是从教师岗位上退休下来的作者，情怀的坚韧与持守？

作者还和我说，他正在写一部较长的《畅游海底世界》的童话作品，不管程谱先生要写什么，也不管他用哪种方式写，可以肯定的是，程谱先生会把切身的忧思，以童趣的方式告诉我们：他毕生从事的是“阳光底下最崇高的事业”——人民教师，会循着教师的职责写下去！所以，我殷殷地盼着佳作早日完成并付梓。

程谱：原名程玉生，教师，1950年生。怀宁黄墩镇人。中国儿童诗研究会理事，中国儿童文学研究会会员，安徽省作协、音协会员。在数百家报刊发表作品万余篇，出版专著36本。

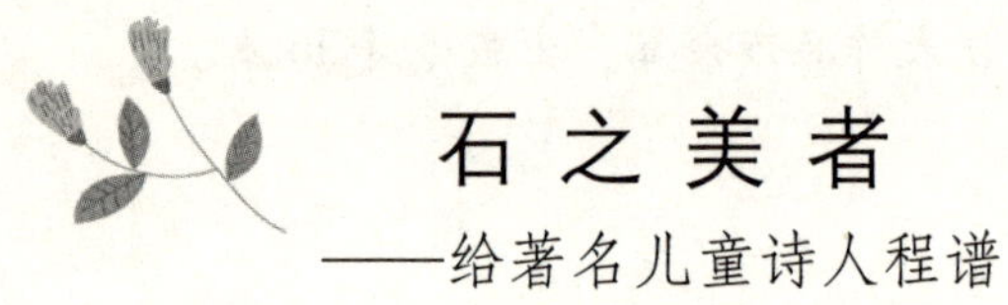

石之美者

——给著名儿童诗人程谱

舌耕之余笔耕不辍，将满腔的童心童趣谱成一首首童诗、童谣以及一篇篇挠痒童心的童话，这种几十年如一日地执着于儿童文学作品创作的活动，堪称“书痴”（程谱老师的网名便为“花山书痴”）。“书痴”——“痴”在忘乎所以，“书”在年作品产量保持在200篇（首）左右。2010年至2012年，程谱老师每年都在各类儿童报刊上发表作品达200篇（首），所以，这种“书痴”，是人生的大幸。

前几年，我不揣冒昧和浅陋，为程谱老师的“日、月、星”文集写了一篇评论。随后不久，我又欣喜地收到了他第二个“三部曲”的第一本文集《童年的创作》，为新书中的妙趣吸引，我觉得有必要再说说在儿童文学创作上已经大名鼎鼎的程谱。

将自己假身于童年，去读程谱老师的文字，这时，我的听觉、视觉、触觉以及嗅觉和味觉，一并地得到了极大的享受，飞翔起来的童心，自然就丰富了一回，饱餐了一顿。“走进大山”去“阅读童年”，大自然那旖旎的风光与天籁，便在心灵深处童话般的律动。顷刻间，清泉、净露便滋润开山涧的红花绿叶，粼粼星空便萦荡起蟋蟀的弹琴，童心所及的自然一隅，便在程谱老师犁云耕雨地触及和体贴下，变细切为宏大，变一瞥为底帧，爆出了童心的火花。那巨中之微，那静中之动，在他的笔端肆意流云着。童诗、童谣、童话等适宜于儿童们阅读的文学作品，程谱老师都很投入、很齐全、也很独到地摄入，融成了儿童文学作品均镂的气象，不囿于星玉的一枝一蔓，意境生动，气韵灵动，犹如他执教时用白粉笔和教鞭指认汉字一般，由浅入深地解析着每一篇课文。

程谱老师走上三尺讲台后，他那颗童心便和孩子们融到了一处。创作上，他开始用孩子们的眼光看世界：“放学时，下雨啦，雨儿浇开朵朵花……雨儿拉长线，对我打电话：‘他和她没有伞，请你送回家’……”这是荣获安徽省“五个一工程”奖的《雨花花》；“‘天上的学校’放了暑假，那么多的娃，跑到河边啦！是在拾贝壳？是在钓鱼虾？是在放纸船？是在采莲花？要不，就光着屁股，凫在水上划。远远地跑来一个娃娃，扎个猛子，不见了他。急得小伙伴们把眼睛直眨……”这是荣获“中国校园图书奖”“世界华文儿童合唱歌曲”一等奖的《星星的暑假》。教学上，程谱老师挥动着有节奏和韵律的白粉笔，化童诗为教鞭，让孩子们学得快，记得牢。“草原上，飞骏‘马’，万‘马’奔腾驰天下。‘川’字加马‘驯’马崽，马‘驮’货物‘马’力‘大’；‘户’字加‘马’‘驴’拉磨，‘奇’字加‘马’‘骑’大马。你骑‘马’，我骑‘马’，用‘马’组字来赛‘马’。”“写爸，‘爸’歪头；写妈，‘妈’身扭，一个头儿歪，一个身子扭，歪歪扭扭，爸妈喝醉了酒。”于是，讲台前的“蜻蜓、蜂儿、蝴蝶”们，在有趣地学习的同时，也反思了自己——程谱老师这腔执教的信念之灯，由此烛照了一条平凡却独特的创作之路，好比将一种基因提取后，移植进另一种生命体中，倾心地将童化了的语言，栽插进了孩子们的心田，那玲珑的“标本”，成就灵光乍现的佳作，笔走天地万物的，拓宽了儿童文学作品的题材，一并滋养着成年人的心田。尽管结在集子上的某些作品尚不够好，但有谁会去挑剔巨岩上生了一点青苔呢？

儿童文学作品的生命在于童趣。能在童趣上挖掘出灵动的意境和丰沛的气韵，当是儿童文学作家心理的扩充和审美的自觉。程谱老师持守着儿童文学作品的创作，如石韫玉，难怪乎著名儿童诗人潘与庆先生在赠他的诗作《石之美者》中称：“你是‘玉生’（程谱老师本名为程玉生），有着‘石之美者’的内涵……”高恩道先生在赠诗中赞他：“你是玉生，难怪每个细胞，都闪着美的光泽。”

注：“日、月、星”系程谱先生第一个“三部曲”，即《我们是太阳》《月亮的心思》《星星的暑假》等三部文集。

涌动的生命与伤痛

——读汪道林长篇小说《幸福路弯弯》

汪道林女士的长篇小说《幸福路弯弯》连载了，我是一口气地读完了它，因为我喜欢那种酣畅淋漓的阅读快感。

接到赠书，匆匆浏览一番，一个个鲜明的人物顿时鲜活起来，又交集到一处，齐刷刷地站到了我的面前。我喜欢“幸福”和“弯弯路”这两个意象，亦即走过了“弯弯路”，才能通向“幸福”——这是禅悟，也是定律，关键是走亦即追求的过程。汪道林便择取了20世纪80年代末亦即改革开放后，人们的思想观念发生急剧转变的这一特定的历史时期，以农村女孩舒伊梅“嫁入”城市为脉络，展现了以舒、谭、杨三家为代表的人们的情感纠葛及心路历程；以人物的出场顺序铺呈明线、暗线，最终又消解明线暗线，将人物“淬火”，升华出当时社会普遍存在的一种精神气象，紧紧地与我们所处的这个时代接轨。

幸福是每个人都渴望且苦苦追寻的温暖人心的名词兼形容词，但我还是喜欢用“弯弯路”来表达对《幸福路弯弯》的一种解读。明线上，“弯弯路”是女主人翁舒伊梅在父亲操纵下嫁入“豪门”的别无选择，也是婚姻失败的导火索。加上婆婆吴秀珍的漠视，舒伊梅的“豪门生活”自然好不到哪里去，好在小姑谭文婷对自己有知遇感。遇上杨仲夏一家后，舒伊梅欣喜过，感动过，但心中的痛苦、挣扎，包括最初对父亲的痛恨转变为理解和宽容，是不言自明的，这是舒伊梅的觉醒；吴秀珍自舒伊梅搬离谭家后，情感上随之由量变递进到了质变，这是二十世纪八九十年代婆媳僵化关系的再现和觉醒的开始。这两种觉醒，又何尝不是那转折年代寻常百姓家的一种影射和社会的缩影？暗线上，堂妹舒小冉爱上了舒伊梅心头的“白马王子”陈蓝诺，因为谭文婷的求职介入，舒伊梅见到了陈蓝诺，剧情顿时跌宕起来。然而，情节发展到最终，是舒伊梅拒绝了陈蓝诺，也暗示了离开杨仲夏，这种笔触和立意，与其说是一种放弃，不如说是另类的怀念，因为她要把自己置身在陈蓝诺、杨仲夏的生活圈之外，便是以永久守望的姿态，守望着灵魂！汪道林打破这种“有情人终成眷属”的套路，是以舒伊梅的彻底觉醒来实现的：“一个人仅仅靠善良是不可能获得真正的幸福，最重要的是树立人生的目标。”所以，汪道林的这种小说尝试，在尊重“写实”的同时，又完成了现代女性积极入世、处世的蜕变——舒伊梅通过自己的努力，找到了自己的价值观，而如何找到属于她自己的幸福，就更具有噱头了。这种难能可贵，切中脉搏地展现了当代人的生活状态以及婚姻状况。

《幸福路弯弯》是一部建立在现实生活基础上透视都市寻常人物、寻常生活，触及社会乃至人性柔韧深处的作品。舒伊梅从农村嫁入城市，不仅解决了“门槛”——户口问题，还“来之安之”地生活在了都市的屋檐下，所以，城市外衣下流动的真实，是走进舒伊梅包括我们内心并且贴近社会群体生活感受的真实再现。在都市的屋檐下，涌动的依然是生命与生命之间的“不是亲情胜过亲情”的真情，包括痛苦与得失，哭泣与欢笑，也包括追求与实现，等等。其间的百折千回，包括催人深思的纠结和情感，都值得我们珍视。作品中数十个主要的主人翁，均以流水的状态出现，或清澈或混浊，或急湍或舒缓，但汪道林通过细腻的心理与笔触，使他们都闪射出了人性的本真与妩媚。他们相对独立，却又紧紧相扣，感官层面上的律动，再现了跌宕的生活片段，细细解读之后，情感的励志升华，是“多或少、深或浅、早与迟”的事情，鉴于此，《幸福路弯弯》便具备了较强的耐读性和现实意义。

读他人的作品，尤其是读某作者的第一部长篇小说，一味地取悦称赞，就失去意义了。笔者虽然也写了一部，但一直处在不满意中，原因是我偏执地认为，长篇小说讲述完整的故事不是目的，打动读者只是第一层面的需要，最重要的是，需要人为地嫁接一个与时代相契合的“意义”——尽可能地再现社会背景，烘托典型的环境。这里一并提出来，期望得到方家的指点与提高。记得在《白鹿原》的开头，陈忠实先生便用一页纸的篇幅写下了巴尔扎克的一句话："小说被认为是一个民族的秘史。"既然是"秘史"，小说作家的任务就是将时代展开，将典型环境描摹出来，让读者自觉地去和文本中的主人翁同呼吸，共命运。换言之，创作长篇小说，就是考量故事匠的精工细作，也只有在语言、结构、背景上竭尽全力，读者才可能层层揭开文字的包装纸，领略到那惊喜的一部分。

阅读是一种亲历，是一种重返，是一次重新的辨别。此刻，散发着浓浓油墨味的《幸福路弯弯》，仿佛刚从弯弯路的尽头拾起，聚集了我幸福的、惊喜的目光，在细腻的文字深处，在业已不再的时代中，那些我们很"熟悉"的陌生人，袒露了他们的故事与心迹，让我看见了那些隐秘而发光的东西，并看见"时代的截面"上，那些不曾沉沦的精神的存在。

汪道林：女，笔名豌豆米，1976 年生，安徽怀宁金拱人，现供职于怀宁县城投公司。

诗意的陶醉

——读汪维伦散文集《闲锄窗月》

乡土情怀因其所具有的普遍性与持久性，而成为文学作品常写不衰的命题。又因为生命本身处在纷繁芜杂之中，矛盾的对立统一就在所难免。苦与乐，忧与喜，权力与义务，劳作与享受，等等，便构成了人生“又一个矛盾的空间”。

生活在大山里的散文作家、诗人汪维伦先生朴实而率真的散文，就是如此，并且让我嗅到了浓郁的生活芬芳，我的心不由跟随他那细腻的笔触行走于原生态的风物、山水之间，疼痛着他的疼痛，欣悦着他的欣悦。那像山花野草一般惹眼、像山泉一般清纯、像山涧一般深邃的文字，则似一位专业的植物学家、民俗整理专家，将大别山那一特殊地貌里的风物景点、人文习俗，简洁而生动、朴素却饱蕴思考地向我娓娓道来。向上的目光打量的虽是日常生活中的平凡物象，但一经他的烹煮，便挖掘出了它们的不凡与高大——“一个留神凝视过草的人，就这样让目光接受着这生生不息的草们的一次次洗礼”（《草的洗礼》）。再看《紫云英》的结束段：“大地上，一种新的东西生出，词典中便有一个新词出现，就像我和紫云英，或者我和妹妹，一个男孩牵着一个女孩的手，走向春天的旷野。”毕竟草儿们是从来不说话的，“从泥土中来，又回到泥土中去。人的轮回与一株花草又有什么不同?”（《野花丛中的祖父》）读着这样的句子，很欣喜、很幸福，却也有洞悉因果的淡然、释然，这种浸润着对生与死的哲学思辨，饱含了人生意义的终极思考和道德、价值的最终取向。汪维伦书写着，记录着，彰显着信仰之美、崇高之美。无论是对家乡风景、事物及乡民生存状态的透视与观照，还是对生活的剖析、反思以及忧患意识的深刻表现，作品散发的都是浓郁的地域风情和文化气息；表达的是“我们”（从‘我’走向‘我们’，贾平凹语）对人情世故与社会风尚的独特见解；炽热、真挚而又厚重的乡土情怀。

掩卷闭目，回味犁头尖、车前草、马蹄莲、马尾草、紫云英，等等，这些平凡的草，再细嚼“树”“花”“农具”“器具”等平常物事系列散文，“我们”与泥土、山村和大地的情感黏得更浓更稠了。

文学作品的生命在于意味（“文学就是意味”，沈天鸿）。有意味就有灵动的意境和丰沛的气韵，这当是散文作家心理的扩充和审美的自觉。汪维伦先生持守纯散文与诗歌的跨文体写作，如石韫玉。从谋篇到细节，从文字到气韵，为什么写得这样美呢？我想，是他在生命中发现了诗意，他为这诗意陶醉了。然而，汪维伦又摆脱了耽溺，以清醒的意识、细腻的笔触，将他的感受表现出来，通过文字传达给读者，形成了诗意散文的二度创造（愚认为“词的述说”这一辑中的作品属散文诗）。作为散文爱好者和写作者的我，久久地陶醉其间，不能自拔。

汪维伦：1964年生，安徽岳西县人，安徽省作家协会会员。主要从事诗歌、散文写作。现就职于岳西县地方税务局天堂分局。笔名微澜、龙于水等。

开启沟通“世界”的窗口

——读周国勋散文集《半坡竹园》

小书草草付印后，在我生活的乡下激起了一点反响，为此那些熟人们常“戏谑”地称呼我为“文化人”。面对“在这个世界上，没有别的东西比文化更难捉摸”（美国文化人类学家洛威尔）的“帽子”，我自感愧领。也鉴于这份无言的折磨与鞭策，我便强迫自己离文化人近些，再近些。

前不久，周国勋先生从仅剩的几本《半坡竹园》中拿出一本签名送给我，这对“好读书而不求甚解”的我来说，无异于收到了一份丰厚的精神食粮。周先生从教几十年，闲暇中勤奋地敲键写作，是当之无愧的文化人。他的生活圈虽定格于乡村，但收在集子中的绝大多数篇章可以说是选题妥帖，耳熟能详；叙述中肯，枝叶含情；句式开阖，行云流水。更可喜的是，绝大多数作品挖掘出了乡土的深意。用该书序作者何诚斌先生的话就是：“他没有刻意去写一篇所谓的大散文，而是紧贴大地，关注身边的小人物，写自己精神家园里的人情故事，抒发性灵，淋漓尽致。”

我读散文集有分辑的习惯。周先生的《半坡竹园》正好迎合了我的阅读味口——整册书分为村事、心香、闲情和游踪四辑。顾名思义，“村事”就是写乡村的物事风情。闲读这一辑的作品，便感觉我们曾是他笔下描摹的那些时事事件和心灵事件的经历者或见证者，那么温暖，那么亲切。故乡的人，故乡的事，故乡的情，乃至童年的印痕，重温之下，诱人追思，启人寻味。乡村面坊、种荞麦、烧火粪、过除夕、闹双抢、刮痱子、办白喜事，等等，无一不紧贴大地。若将它们串联起来，简直就是一方地域在特定时期内的关于风俗、关于人情的断篇，换言之，就是不为现在再现的民俗文化的一部分。我们这一辈之前，生活是饥馑的，但那清贫中烙有彼此幸福的时光。亲身经历过的人，那种记忆是永恒的，终生难忘的。当时的物质生活虽然凄苦、贫乏，但精神生活里却有着许多现代孩子所没有的快乐与充裕，这种“日月照天山，苦中寻乐欢”的积极入世、处世的心态，鼓舞并鞭策着人们扬起生活的风帆，始终高扬一种在“过日子”的同时，抓准“盼头”。周国勋先生用他曼妙的笔触帮我们从过往中打捞、沉淀，晾晒并发酵、酯制，破土后便长成了半坡“竹园”——清新、翠绿，枝叶吐香。如《乡村白喜事》一文中，周先生生动地描述了操办白喜事的全过程，文末撇开描述，得体地转入自己的观点：舆论提倡厚养薄葬，但风俗是很难改掉的，移风易俗推陈出新不是一蹴而就的事，有很多工作还有待我们努力去做。不过，我很欣赏乡村白喜事中的这个“喜”字，乡人顺应自然对死亡豁达坦然的态度，是值得崇尚的。

“心香”写自己、家人或亲友的生活片段。如在雕花床上去世的母亲、持有青铜熨斗的父亲、配有特殊嫁妆的妻子、姐的公爹，以及大外公、夫子、姑父，乃至《挽着她的手》中的他……这些曾经烙给周国勋先生太多牵挂和呵护的熟人，有的业已走完生命历程，成为了符号，但怀念他们“留下一份淳朴之真，这是我们应该记取的”。读“心香”系列散文，那些成为符号的熟人们，鲜活了，俨然不曾离去。他们的勤劳朴实，赢得了后人由衷的尊重。“父母和我的雕花床仍原封不动地搁置在那里，祖父母的床花板也完好无损地收藏在阁楼上。有人出高价收购，我说多少钱也不卖。有时回老屋，打开门窗，给卧室通通风，擦擦雕花床上的灰尘，任凭时光流逝，心存一份念想。”（《我家的雕花床》）及至《挽着她的手》中的他，已然将人世间相濡以沫的真爱，无限放大，在重蹈“执子之手，与君携老”的真情演绎的同时，也为青年夫妇们树立了榜样。

读罢上述两辑作品，我不禁掩卷沉思：周先生笔下的这些集体人格（鲁迅称之为“国民性”），是民族灵魂的一部分，一旦沉淀为文字，周先生便是在揭“文化”的面纱，尽管它恍如镜中花，水中月，却是真切地存在过。为此，我苦苦搜索文化的真切含义，最终淘出余秋雨先生的定义：“文化，是一种包含精神价值和生活方式的生态共同体。它通过积累和引导，创建集体人格。”茶文化、酒文化、饮食文化等可谓五花八门，统统囊在文化的大外延之内，人们用尽才华和智慧，给它们编制了概念和理由，却也引发了冲突与谈判，引用歌德的一句话就是："人类凭着聪明，划出了一条条界线，最后用爱，把它们全部推倒。"为此，"文化的最终目标，是在人世间普及爱和善良"。周先生用朴实的文字将许多往事细细挖掘，慢慢过滤，然后又像串项链一样串起来，正是怀着一颗对故土、对生活的挚爱之心。

"闲情"篇写平淡寻常生活之余的幸福、慰藉、感恩。这一辑作品中，有弥足珍贵的棒槌声，有走进美食城喝扎啤的痛快、过瘾，有为报恩父母，儿媳将除夕夜菜肴拎回家的温馨欢快，也有捡地衣、搭瓜架、采菊花的物质享受，愉悦身心。"随着新农村建设和城市化进程的加快，古老的棒槌终究要进入博物馆，那'啪哒啪哒'的棒槌声，将会彻底淡出我的生活，成为历史的绝响。"（《棒槌声声》）"搭瓜架，看起来是个简单的粗活，而从中发挥智慧，创造美丽，既有物质享受，又得身心愉悦，也不失为一件雅事。"

"游踪"写徜徉山水时的愉悦、感悟及思考。鉴于"看山是山，看水是水"和"看山不是山，看水不是水"这两种不同的心境，我就不再赘述了，但具有慧眼的读者能在周先生的叙述中找到那种"曾经去过"的相识感，以致衍生不同的感悟。

周国勋：1956年生，怀宁金拱镇人，中学高级教师，安徽省作家协会会员。出版散文集《故园的篱笆》《半坡竹园》等。

挖掘故事里的美好

——读郑生发诗文集《洪水中的麦子》

一个人，尤其是一名草根作家，只有植根于平凡的生活，笔下的美好才会持久而坚挺。对于怀宁的广大文学爱好者来说，大都知道郑生发其人，却很少谋其面，较少读其文。

现在，我又一次地读完了诗文集《洪水中的麦子》，读得较认真。有些段落读两遍，有些句子画红线。说实话，生发先生这本集子上所收入的散文和诗歌，我以前大都零星地读过，现在如此集中且比较投入地再三读它，首先，因为我与生发先生同在一个乡镇长大，可以说有地域之缘，作品中的“故事”包括乡谚俚语的使用，读来有一种莫名的亲切感和认同感；其次，我喜欢写读后感之类的小文章，这就迫使我必须潜下心去拜读了。

读完集子上的诗文，我认为这些文字恰当地表述了一位“浑身沾满泥土”的民间作者，在生存受到不可改变的现实重压时，所固有的痛苦和忧郁，以及决意“拥有一本属于自己的书”时所表现出来的执着与追求。“渴望一种安定的生活，一直是我的人生理想。读书，升学，就业，我走的是大多数跳出农门的农村孩子的共同之路，不过在这条路上，我走得并不顺利，大学毕业分配到工厂，曾经三次报考过国家公务员，但每次都只开了花，最终都没有结成果子，在工厂下岗后，又到县公安交警部门做从事交通安全宣传教育工作的辅警……”（《还有多少美好可以留存》）很老实很坦诚的叙述，让我觉得他是一个“有故事的人”。也正因为这位“有故事的人”坚持不懈，在

“苦”的领域做着“甜”的事业，所以，我能感受到他积极深入社会，用朴素而亲切的文字反映了底层人民生活的同时，更昭示我：一介卑微的生命，不会拒绝平凡生活的灿烂！

细读《吾乡吾土》《严父慈母》《辛辣往事》《人生况味》四辑中的系列纪实散文，我的第一印象是，郑生发先生有一种能用文字驾驭故事的好笔力，而每则故事讲述结束，生发先生都能撇开描述，得体地抛出自己的观点，亦即挖掘出故事里的美好。也正是这些平平淡淡的叙述，让我觉得他是在真正意义上“生发”开去，如《全生产队打平伙》一文的结尾就是这样的：“时至今日，离开村庄已是成人的我不知道几个乡亲像自己一样，还记得那次全生产队打平伙，还记得那顿油腻充足得令人难以接受的午餐。我并不是单纯怀念从前贫穷庸俗的乡下生活，而是越来越感动于其间闪耀出的人性的美好与善良。”打平伙弥补了失去家猪的缺憾，却“技巧”地帮助邻居跨越了忧伤！因为生发先生年龄与我相仿，经历有些近似，他所描述的故事包括他的亲人，大多关于我们的家乡，有些我甚至感同身受过，所以，我在阅读时一度情景再现，情怀不能自已。“自从老娘的病情确诊后，我就越来越怕拨打她的手机，我真怕有一天手机那头老娘慈爱而坚强的嗓音不再想起……”（《老娘的手机》）“正因为坚守，也因为等候，更因为无法预知，非唯母亲，所有逝去农民的末季庄稼，才让人觉得无比悲情。”（《母亲的末季庄稼》）“身处社会最底层的父亲让我从此领悟，真正的强势来源于一个人对社会和生活所拥有的态度。父亲留给我的不是有形的财产，而是无形的财富。”（《我的父亲很强势》）这种挖掘身边琐事和挖掘平凡人不平凡小事的千字文，一旦用“展现自我存在价值与意义”的朴素语言去“见事析理”，便感染了广大读者，而这，也正是郑生发先生以情动人的原因之一。这样想着，我便想起一句很有哲理的话来：融入水中的盐无形而有味。借用怀宁籍著名作家朱移山先生的话就是：“一些美好可能很难留存，但会有新的美好如期而至。只要生命信念不移，情怀阳光依旧，历史的演进总会不断地回馈惊喜。没有什么忧伤不可以超越！”（《有多少忧伤可以超越》）

长期与社会最底层的老百姓接触，郑生发的作品始终充满着“地气”，作品看似说故事，其实是平淡中蕴藏了深厚。《洪水中的麦子》既是单篇名也是书名，麦熟时“宁折勿弯”所“树立起充满阳刚的形象”，既是麦子面临“洪水”时的真实写照，更是和麦子同肤色的人类的精神底色。“我到如今为什么还念念不忘洪水中的麦子，是因为我把它当成广泛的比喻，甚至把它想象成纯洁正强遭玷污，美好正被人们轻易放弃。”（《洪水中的麦子》）很显然，这篇散文的主题外延已经涵盖了悲悯的范畴——格局决定结局，态度决定高度。郑生发就这般通过讲述“小故事”生发“大内涵”，用一贯的“故事”笔法，引领自己在文学的小路上一篇又一篇地向前着，不抱怨，不等待，也没有盲从，坚定地迈出自己的脚步，填平身后的坎坷，终于迎来了“拥有一本属于自己的书”的快乐。

郑生发是我见面最少的文学固守者，我和他的创作活动都处在需要发展和成熟的过程中。统观全书，第五辑的《激扬文字》（时事政论类）和第六辑的《如歌散板》（诗歌），因为自己“不懂”，权且省略过去了。就前面四辑而言，无论是内容还是体裁形式，甚至写作技艺，都有一些不尽人意的地方，而这，正是“不会做裁缝”却喜欢“网边”的我，更需要用毕生的精力和努力，去逐步得到丰富和完善的。既然这些作品都具备了“记录”的内核，具有了作品的本质，作为郑生发先生的文友兼老乡，我便要去认真地阅读，发现其中的真善美，以期与他共勉，然后写出更多更好的作品。

郑生发：1970 年生，安徽怀宁黄墩镇人，现供职于怀宁县公安交警大队。

因为坚定，所以纯粹

——路顺诗歌作品简评

一次次拜读路顺先生赠阅的诗集《失声》和《冥想》，我渐渐从他稍带诙谐、篇篇留白的作品里，捕捉到了亲切、宽厚、坚定和纯粹。继而，一种温暖的踏实感、熟悉感从心头升腾起来。

继 2007 年 11 月，由汉语诗歌资料馆出版他的第一本诗集《隔着玻璃》开始，2014 年，路顺连出两本诗集，可谓是较大的举措了。一方面，路顺默默地注视着身边的人情世态以及生活中容易被我们忽视的细节，心灵震颤之余，诗歌是他唯一的表达文本，创作积累便提升到了一定的质量和数量；另一方面，路顺的作品不断地散见于国内的各诗歌刊物，与朋友们沟通、交流，需要诗集这样一个比较集中的推介、交流平台。路顺的诗歌产量不算高，但他是个很努力、语言活力四射又自我要求颇为严格的人，他从不去写那些山水、风月甚至政治需要的诗歌，这份既定的坚定，使他的诗歌纯粹而笃定，读来意味隽永。

路顺写过的诗歌也许很多，只是他拿出来示人的作品却不多。他一再告诉我，收入《冥想》中的 6 首《幻灯片》不够好，还有待修改。《幻灯片》是一个系列，将达 100 余首，他得花 3 至 5 年时间才能完成。仅就收入《冥想》中的 6 首《幻灯片》而言，路顺业已构成了人间冷暖的一个小小的缩影。作品中，路顺叙事语调比较诙谐、荒诞，却也透视出诗意的机智。“七岁，我跑进/教室，跟着老师学‘1+1’。十二岁，对着/苹果说‘apple’。十五岁我是一个坏孩子。/在学校围墙角，抽着烟。逃学和斗殴成了/青春的代名词。十九岁，我是一名内线电工学徒/在正极和负极之间，找平衡……”（《幻灯片〈一〉》）语调平缓，实有激荡，读似剖白，实际潜藏悲慨、痛悔与自嘲——这份没有掺杂水分的真实，是“我们”那一代青年的普遍存在，但因其真实，却反而令成年之后的“我们”惊心动魄！回首便惭愧。

他写一对夫妇“冷战”：“第二天，重复着第一天。”男的“在阳台，向外张望”，女的“在卧室里/敲着键盘。与显示屏里的一些人，说着/不着边际的话题”。人生的婚姻大抵都有摩擦，日常生活难免有争争吵吵，但这吵闹也是爱。女的在吵闹之后的第二天“敲键盘”，正应验了乡间的那句俗语：“夫妻没有隔夜仇”，“不吵不闹不夫妻”。唯其如此，路顺的叙述才更加真实可信。“冷战”结束，夫妻俩最终如“客厅里，茶几上。那个/不倒翁，来回摇摆”。（《幻灯片〈二〉》）在这首诗里，男女主人翁是不确定的，却又是普遍地存在，他们因为什么冷战？还有“不倒翁”这一意象，都是路顺刻意的留白，所以说，不倒翁是实物，更是一种暗示与象征。路顺说《幻灯片》系列还有待修改，正说明他是一位日臻成熟、力求将诗歌写得更好的诗歌写作者，而这，也是很多知名诗人对他寄予更高期待的一个原因。

留白，原是绘画艺术里的一种术语，是让欣赏者有信马由缰的想象空间，在欣赏的过程中，欣赏者可以将自己的心情揉入画卷，独自悠游于艺术所赋予的空灵氛围中——未曾着墨处，烟波满目前。但留白这一艺术手法，使用于文学作品中，便是一种智慧，一种境界，它既给读者留下了一定的思考和想象的空间，又起到了“此处无声胜有声”的效果。“我只想描述一下/他看上去是个孩子，确切说/他的年龄在八九岁之间/脏和乱不应该写在他现在的身上/在我呆立之时，他捡起和着灰的馒头/冲我做个鬼脸，迅速走开。”这首名为《描述》的短诗，展开了一个小之又小的细节或是生活的一个侧面，其留白的部分完全多于路顺的“描述”。路顺捕捉了身边一个极其简单的细节的内在，“留白”个人的情感，做到了情与思的并举。路顺——这个寓意创作之路顺利的笔名，涵盖了创作出优秀诗作背后的多少辛酸与“失声”。

西方新批评和接受美学的观点曾言：阅读诗歌，可以不顾及诗歌的流派及作者的人生经历，而专注于诗歌本身，从而发现并再造诗歌的文本意义。但我不才，却喜欢中国诗学中的“诗品即人品”之说，因此，我在拜读诗歌作品的同时，喜欢将作者与诗歌联系起来。而进入路顺先生的诗歌，感觉他的视角比较独特、语感殊于常人，大量的留白所营造的想象的空间，让我触及了生命之乐、之疼，以及他对生活困厄的包容——诙谐蒸腾出血性和生命力，与时俱进的遣词托举起诗歌艺术的力量与刺玫瑰之美！

路顺：本名程敏，1979 年生，安徽怀宁金拱镇人。出版诗集《隔着玻璃》《失声》《冥想》等。代表作有《我不是英雄，我是傻蛋》《赛拉味》等。

我手写我口

——读陈小兵随笔集《散落的记忆》

南北朝时期，著名文学理论家刘勰提出了作文之“六义”：“情深而不诡，风清而不杂，事信而不诞，义直而不回，体约而不芜，文丽而不淫。”近日，朋友陈小兵先生将他以前写的随笔作品及游记文字结集，打印出来，冒着暑热送到我的打工单位门前，嘱咐让我给“清理”一番，为这份诚意及莫大的信任打动，我知道自己没有任何拒绝的理由。在此之前，尽管我比较清高地不喜欢读随笔作品，但回家挤出时间细细拜读之下，便感觉有一种“不诡”“不杂”的清新之风迎面拂来，滋润了心田中那大片的干涸与皴裂。细细品读之间，我渐渐悟出：那行文如风的生命，构筑了广大读者心灵上的另一道风景。

行走在陈小兵描绘的家乡山水以及他的文字和思想中，我强烈地感受到了一种纤韧与顽强，这种由文字闪射出的力量，有力地凸显了他对家乡的关注与依赖、对生存意义的思考以及对精神目标的追求所融入的理性的思索。怀乡系列、回乡系列作品及其他篇什，多次咀嚼之后，我深深地为之陶醉了。洁净的文字，强有力地烘托出家乡的风土人情、故事传说，同时也拷问着生于斯长于斯的每一颗灵魂。“在这个小城里，这样的桃花季节，却只见细雨纷飞，不见花开花飞，春雨飘飞，也没有真正的感觉，但心中的体悟却比在任何地方还要浓厚。或许是一种东西当它变得稀少的时候，才发觉它原来值得如此的珍惜！”（《花雨花飞》）陈小兵的这种一脉深情地触摸着自己的灵魂，表面上是他对身边的事或物的透析与感悟，实际上，是他对这片土地的感恩与报答。而这样的作品，其实质上属于纯散文系列了，我之所以在副标题上注明“随笔集”，奈何这样有深度感悟的作品，在这本集子中所占的比例不大。

诗人艾青说：“为什么我的眼里常含泪水？/因为我对这土地爱得深沉……”（《我爱这土地》）陈小兵也一样。身为一名行政人员，业余里依旧握笔杆子搞写作，对此，他应该担当些什么？他唯一能做的，就是给予关注，并加以呼吁。舍得下功夫并耗费笔墨来写这些关注自然，情系民生的文字，说明作者是肩负着一种责任感在写作。身为生活圈内的文友，譬如我，读着这样的文字，身心不由得和陈小兵一道，徜徉在他描述的关于故乡的自然风物里。但同时，又不由心生感动——感动兄弟小兵勇于为自然的鼓与呼，为我们这一代经历者及读者鼓呼。读他的《乡村处处皆花开》，以及《偷堰》《竹林记忆》《走在乡间的小路上》《老布鞋》《孝顺不能等》等篇章，朴实略显凝重的语言，多元地带给我们以社会的、人生的乃至人性的思考。我在感受到一种优美与轻灵所带来的享受的同时，不由得拷问自己：作为活体的人，我为生我的土地养我的亲人担当过什么？出于握笔杆子搞写作这一点，我又用文字为家乡、为亲人做了些什么？……

细嚼《走在乡间的小路上》《夜·静思》等文字，我为小兵的写作技艺打动了。作者倾情于人的生存，大地的处境，无不让读者欢心，并且喜欢上心灵被触摸后的那种幸福的“疼痛”。由此，我也喜欢在每个闲暇里与自己倾诉，不受任何干扰地思考，沉浸其间，我无需屈就什么，无需迎合什么，也无需装饰什么，这实在是件无比美妙的事情——这是小兵先生没有说出来的，但它融理性、哲思于描写、叙事、抒情，甚至议论之中，这种耐人寻味的句子，显得炭炉微明，砧锤镗镗。我只是一名读者，且是散文爱好者，对写作技艺不敢多言，但我相信，聪明的读者读过之后，自会悟出这些饱含深情的怀旧忆人、描摹风物的文字，蕴含了他对自然、社会以及对人生的深沉的爱与眷恋。

纵观全书，游记类的随笔文字比重最大，但我不敢恭维。既然小兵先生说该书是随笔作品及记游文字的叠加，自然有他的理由——所幸的是，读那些记游的文字，我有种身临其境的感觉——而于我，又何必对他拔高要求呢？毕竟，用文字来记录或表达，才是最主要的。

一本集子的出版无疑是对一个人一个时期写作成果的一次集中，也是对一个人一段时间创作的总结。有了这本集子，便可以更好地研究一个人在一定时段内创作手法的变化及其作品所呈现出的作者的一些新立意、新思考和新见解。

感谢小兵先生莫大的信任，并嘱咐我“清理”此文集！是为感。

陈小兵：1971 年生，安徽怀宁黄龙镇人，供职于怀宁县盐业公司。

时评：从“莫言获奖”到“哪里，哪里”

同许多中国读者一样，我们都感觉诺贝尔文学奖离中国籍作家很遥远。而2012年10月11日晚，中国读者却获知，“写下丰富作品”的中国作家莫言，“以魔幻现实主义融合民间故事、历史和现实”的特色，荣获2012年度诺贝尔文学奖，从而打破中国作家获得“诺奖”零的突破，跻身亚洲第五位获得此项殊荣的得主，着实令国人在相当长的时间内亢奋。这是我包括众多的读者没有预料到的——这种预料，指的是水到渠成的思想准备。

笔者只是一名草根作者，单就腹中的那点文学基础和素养，无法“纵观”且“权威”地罗列中华文学的意识形态，包括自然观、文学观、政治观、价值观、文明观，还有文学史观、文学发生论、方法论、本质论、美学等，它们都和西方文学有着较大差异。就创作观念而言，“二为方向”“双百方针”，“我们的文艺属于人民”（邓小平语）。这些“标准”都无可非议，但它们只提出了写什么和为谁写的标准，并没有要求怎么去写。所以，在实际创作的过程中，众多作家就会趋向于现实主义，趋向于普通老百姓阅读层次上的认可。

随着近些年来，尤其是新文化运动以来，大量国外优秀作品被译成中文并涌入国内文化市场，它们的优秀成果包括创作经验与方法如“新写实主义”“魔幻现实主义”“历史新感觉”，等等，被广大中国作家吸收、采纳并借鉴，从而创作出了为数可观、影响巨大的文艺作品。从这种层面说，莫言是他们的追随者、模仿者和传承者。在此之前，莫言的作品虽曾被译成多国文字出版，但我和众多读者一样，只熟知一部，那便是被张艺谋搬上银幕的中篇小说《红高粱》——故事中，那片广袤狂野的高粱地，被描绘成一个辽阔炫丽的空间。粗野的、民俗的一面，给人留下了很深的印象，可贵的是，在“抗日”的大背景下，那种内蕴在骨子里的爱国情结在故事中得以高扬、彰显。这是作品风格的大胆新奇，却也是对“母土”的深度挖掘，或者说是“接地气”。这些文化元素、民间元素自觉地进入作品，就不可避免地注入了“地方特色”。

诺贝尔文学奖自 1901 年开始，一直延续至今（除去中间几年因战争未颁奖），纵观诺奖得主，不难发现，有数位作家以故乡的弹丸之地，创作出震撼人心的鸿篇巨制。1949 年诺奖得主美国人威廉·福克纳创立了“约克纳帕塔法县”，1982 年诺奖得主哥伦比亚人加西亚·马尔克斯创立了一个叫马孔多的小镇，1993 年诺奖得主美国黑人女作家托妮·莫里森，她把南方地区的黑人奴隶追求自由的过程写得惊天动地。莫言因此创立了“高密东北乡”。在这个文学王国中，莫言勤奋耕耘，写出了丰厚的文学作品。从“高密东北乡”中的数百个父老乡亲身上，我们看到的是生命，是激情，是力量。他们浪漫，追求爱情，但同时也充满悲悯与同情。文学作品中闪射出的崇高的、正直的一面，正是人类亘古以来普遍推崇的伟大价值的所在。诺贝尔文学奖只是熟稔西方文学话语模式的一个标准，但它不是文学的唯一标准。莫言获得此项奖项说明：中国文学在西方产生了不可低估的影响，相信不久的将来，将会有更多的中国优秀作家、诗人，进入诺贝尔文学奖的获奖行列。

莫言获奖，与奥运会上的许海峰、刘翔、孙杨等人一样，都为中华民族打破了零的纪录，他们是这和平时期的英雄，受到崇拜，情在理中。所幸的是，在文学界没有引起“将肯定夸大化”的非理性的崇拜。若是出现一切媒体奔着冠军而去的场面，那么这种崇拜带来的只会是间接地伤害，更能深深地刺痛众多优秀作家、诗人们的心。莫言获奖后，《北京文学》率先推出了“寻找文学的意义”征文，相信有众多的写作者会投入那场讨论中去。

“莫言热”之后，我比较投入地读了几部他的作品，虽不能说它们如何如何完美，但它们在内容的选择、文本的叙述方式，以及内在精神气质的挖掘与剖析上，都与国外某些著名作品保持了同一性。而这正是莫言作品能进入诺贝尔奖评委的视线并最终问鼎该奖的关键。汉语言是世界上使用人数最多的语种，但英语是世界上使用国家最多的语种。大江健三郎、川端康成这两位日本作家，却能流利地用英语写作，欧美等发达国家能有众多作家获得此项奖项，自然也是一方面的原因。中国作家绝大多数用汉语写作，因此，我想说，更加妥帖地将国内众多优秀作家的作品传神达意地译成国外语言，让外国读者接受，依旧任重而道远——因为中国的成语包括作品中引用的历史典故，难以直接译出，尤其是成语和具有地方特色的口语、俗语。这让我想起了初次接触英语时，授课老师讲的一则笑话：某位国家领导人，带着夫人接见外宾，外宾夸赞那位夫人有气质，长得美，翻译人员翻译之后，那位夫人谦逊地回答说："哪里，哪里。"（本意为"您过奖了"）可此时，那位翻译直接译成了"Where？Where?"弄得那位外宾不无尴尬地指着那位夫人说："您的全身都美。"

附　录

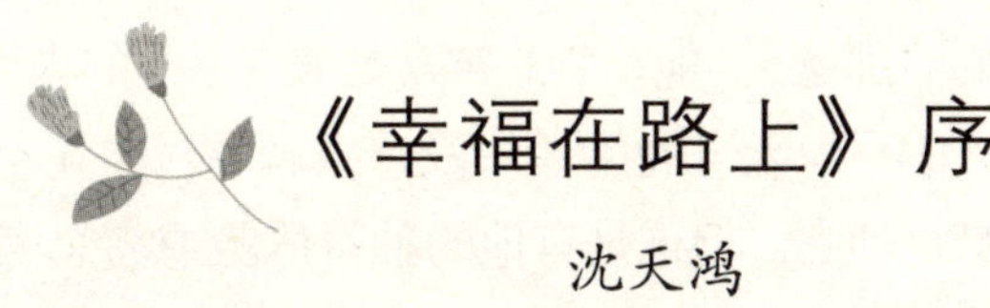

《幸福在路上》序

沈天鸿

所有的作家、诗人最初都只是一个文学爱好者。与一般文学爱好者不同的是，他们不仅爱好文学而且进行文学写作。在这种写作过程中，他们渐渐地，并且也是必须地把文学的标准确定了下来（必须有标准才能进行写作）。这些标准被确立以后，又成为“期望的目标，并激发人们为之努力，某一个人会在目标的实现过程中发现自己直接的或审美的价值”（杜威《经验与自然》）。

程默当然也是如此。“生活是一座土丘，将许多过往的事物掩埋，将多少不明确的意义风化吹走，只有文字将土丘下锈蚀的铁块拾起擦亮，将深埋其内的意蕴挖掘、标注，等待着人们修补和填充。”这段程默的自述可以看成是他在解释他爱上文学的原因。在这收录有他最初作品的第一本散文集中，我们可以看到他努力确立他的文学标准的足迹，看到他是如何逐步从一个文学爱好者转变成一个作者、作家的。

确立标准其实就是认识标准。就文学标准而言，极少有人能对“文学标准”做出贡献，一般能做的，就是确认出那个普适性的文学标准，并将它作为自己写作的标尺。程默这些散文中体现的正是这样的普适性的文学标准——通俗地说，普适性的文学标准就是将所写的通过语言的文学性使用，使其文学化。很显然，这是从形式方面确立的文学标准。从形式方面确立文学标准不仅没有什么不妥，而且非常正确，因为，文学作品正是以其形式，而不是以其内容与非文学作品区别开来的。

但这不是说内容就不重要。相反，都掌握了文学的形式技巧，并且功力相当的作者们的作品，甚至同一个作者的不同作品，之所以有好有差，很大程度上是由其所写的东西的包涵力和体现力来决定的。程默的散文形式技巧并不出众，但常常让人比如我觉得可读，有的甚至可以细读，就在于他所写的“那些”。他写到的常常是非常平凡的人例如他母亲、他自己或乡村中其他人的平淡无奇的生活片段，或者乡村中司空见惯的某现象、某物事，例如大鼓、唢呐。但这是有他的独特体验或者思考的生活中的人和事或物，独特的体验或者思考使这些被他撷取的平常的人事和物事获得了独特的价值。仅举《剪影》为例。在这篇散文中，独特的体验或思考比比皆是——“深冬的田野多么安详，宁静放大了一切的响声”；一位老农牵着一头耕牛出来饮水，“这熟悉的生活图景在清晨的薄雾里，让我感到了一丝寒意”。“未来的某一天”，我也会成为“面前这位形容枯槁的老人，或者成了那头站在饮水的池塘面前找寻一生记忆的耕牛”……这种体验的独特性，使散文获得了活力，以及丰富的未被完全说出的内涵。

再一点是程默散文中写到这些最底层——中国乡村农民的生存时常常伴随着的生与死。程默既写出了生的艰辛，也写到了艰辛的生中的安详和从容而产生的快乐（例如《静院》）。《场面》写的是乡村中老人的辞世和丧事，写得肃穆、淡然，“乡村里的大鼓和唢呐就是替亡人送葬准备的”。一般被认为是喜庆的乐器的大鼓和唢呐，却被程默发现它们被使用时其实是送葬。这个发现足以振聋发聩。

艰辛生存中的人们，有着许多艰辛的内心的和生活中的困惑与冲突，程默的散文对这种困惑与冲突有所揭示，而且程默让它们都获得了程度不同但都脆弱的和解与平衡。这些和解与平衡只能是脆弱的——世界上没有人能使它们获得牢固的和解与平衡。这种脆弱的和解与平衡有它的重要性：是继续生活下去的必需，也是生存的必需。而许多人生活中的从容，就建立在这种和解与平衡上。看出程默散文中的这一点，就知道程默的散文不是浮光掠影，而是有他的分量的。

能使自己的散文达到或者说拥有这些，其实是不容易的。

当然，程默的散文也仍然存在着这样那样的不足或者缺点，例如有的篇章结构有赘余，有的局部语言的使用也值得再考虑。但这些都是假以时日，可望以努力来改进的。

我和程默没有细腻的交往，只知道他大概40出头年纪，出生于农村、生活在农村。去年底他来信说他的脑动脉长了几个血管瘤。前些天他又来信说想在做手术前将自己的散文结集出版，希望我能给他写个序——谨以此序祝贺他的散文结集，并祝他手术成功！

2012. 3. 8

沈天鸿：安徽望江人，安徽省作协副主席、诗歌创委会主任、中国作协会员，安徽省报纸副刊研究会副会长，安徽省散文随笔学会名誉会长，高级编辑兼职教授。主要作品有诗集《沈天鸿抒情诗选》《另一种阳光》《我的世界》；散文集《梦的叫喊》《访问自己》；文学理论集《现代诗学》等。

在城市回望场院

——读程默散文集《幸福在路上》

何诚斌

结识程默之前，读了一些他的发表于报刊的散文，印象很好。当年他是一位乡村民办教师，笔触细腻干净，描写着学校和村庄内外的自然风物，而不属于风花雪月的那一类；他的笔随着万物的变幻拨动心灵之弦，时有喑哑音符的出现，我便觉得他的文章“有自己的东西”，值得玩味与欣赏。

后来，我见到了程默，读了他更多文章。他状物写景，思想的溪水在其间流动，愈显得纯净。将文章写纯可不容易，尤其在当今。程默纯于情感的真挚，纯于生命的本真，他排除时代杂音而独抒性灵，语言本于思想，推动意象的流动。被迫离开教师岗位之后，他漂泊于城市与农村之间，常常回望老家的场院，且怎么也走不出这种揪心的回望，他的状态及其感受，无不反映了像他一样离开农村在城市打工的一群人真实的生存状态，只不过他用文学表达了个人也是类群的思想。他在《在高河》一文中说：“对我而言，城市就是一杆巨大的十字架，暂时尚未束缚我的肉体，却将一颗向往的心牢牢捆绑。”向往什么？丰富的物质，充实的精神？两者都有才是最完美的，“一名脱离了农耕的农民，举家三口聚在一起，既能为孩子提供相对优越的读书环境，又能保障相对稳定的收入，当是时下的我，最大的满足了”。最低的欲望，却是最大的满足！可是，城市带给他的都是他所需要的吗？这就迫使他更多地回到精神家园，那颗纯朴的心不时地将他拉回村庄，逗留于场院。

我喜欢《场院》《静院》《醒院》《火笑》这几篇文章，它揭示了农村与城市文化冲突对人格心理的影响，这种冲突和影响完全凸现了程默的心思，他的祈求和他的悲忧，他的文化基因和附丽于此的审美情怀，也一一展现出来。即使像高河这种小城，也差不多抛弃了院落文化，渐行渐远。一个城市虽然有人家有着高墙大院，但四周的环境不同于乡村，它是封闭的，非同于“万物与我齐一”的村野文明所能闪射的自然人伦和谐光芒。“蓦地，那声熟悉的愉悦的鸣叫声再次传进了我的耳膜，我没有动，只是用眼光四下里打量了一番——好家伙，它竟然踱步在廊檐下，分享着母亲遗落的饭粒呢。当然，这种分享是具有风险的，因为差不多任何一个正常人不可能对一只鸟停落在廊檐下而无动于衷。如果有，那应该是一种爱怜，是作为高级动物的人对一只弱小者而薄发的怜悯。”（《静院》）生活在场院中的人们，不乏这种超越人类的怜悯。

程默对院落的回望、回忆、回归，意志坚挺如乡野大地上的树，痛苦也因此茂盛，“场院是村庄的符号，是家的一个中转站”（《场院》），可他被置于“中转站”很远的地方，场院里留下的是老人，他的亲情，于是他身在城市，心在场院，以至于他时时要回到场院，看望“孤零零”的母亲，回来后母亲特别高兴，“我幸福地坐在了母亲身边，暗自分享着天底下最崇高的母爱”，可每次回来便意味着离开，这对他是一种折磨。读这段感人的文字，我不由得想起生活在农村的一个个老人，我放下书，目光越过河流，看对岸农家的场院，这节日里，在外地打工的儿女们能回来看望父母吗？

游离于城乡之间的程默，不知有过多少心里的纠结，“属于我的时光宽容着我，让我这名脱离农耕试图捧起水杯喝饮料的寄居的旅人，在城市的某幢筒子楼里潜行，一穿梭就是五年了”，而宽敞的场院却闲置在那里。他在时光里宽容着自己，乃至萌生某种妥协。一日，他发短信对我说：“我不准备写了……专心去工业园上班，养活自己及妻儿……”我被这句话击倒了，感到无比沉重。执著于纯文学，而文学不能养活自己，反而会影响生计，文学的路走不通，以放弃的方式来护卫文学这块净土？我回答他：“不可不写，不可刻意地写。”刻意地写，挣稿费或者以写证明自己存在，他不愿意，那么写一些自己想写的文字，不求发表，未必就不被现实生活所接受。

程默散文的整个基调是沉郁的，但不是怨声载道与苦吟生活之艰，我在阅读时几次想到了尼采和叔本华这些证明与诠释人生“悲苦”或“悲剧”的哲学大师，也是这些悲观的大师点亮了人类形而上的“意志”之灯——积极入世生活。我还想到了加缪以及加缪所言：“人们必须相信，垒山不止就是幸福。”程默在追求幸福，他说“幸福在路上”，“我素来喜欢用‘在路上’——这个蕴含动态意念的词组来勉励自己”，他由此为小小的幸福而感动。他曾教过的学生对他的看望，老同事的问候，好友的相聚，他都会感到幸福。这是一种最质朴的幸福观。可见沉郁的背后是爱与幸福滋养他的文字——这正是程默散文可信与可赏之处，一如冬末的草根，带着绿意，触动心灵。《爱的站台》《守望生命的幸福》《凡人的幸福》这几篇就更加绿意盎然了。

从程默的散文中，我发现情绪也能够很纯粹地表达，而不至于陷入情绪化。这或许得力于他秉持早年精妙状物的语言素养，尽管这些年人生变故打击着他，但他坦然地将自然作为人生的参照，在思考中逼近灵魂的真实，将情绪化作情感和思想，置换为“在场”的关注，记忆与时光叠加为“存在本身”——智慧者多是视存在为本然，合理与不合理，生活在其中，收获在其中。程默没有以惯性逻辑顺畅地行文言志，而是时而转道，甩开他人的观点，辟入另一境界，这使叙述与议论处于发散状态，语言的张力使文意同时具有诗意，情绪带动情思，情思触发性灵。

我为幸福醉

——读程默及其散文集《幸福在路上》

陈唯忆

细雨绵绵，涤荡人心。岁月悠悠，痕留面颊。乐曲缠绵，心却跌宕不已，仔细梳理，是几分愁绪。也许，我本身是个感伤的人吧，又或许，是那缠绕着我为其沉思的字眼——幸福。

幸福，人生中最高的境界或结果，我们都很向往也很期待。往往，我们又无法企及，因为权益的欲望又或是生活的压抑。而我，也便苦闷其中。

五月的一天，我很荣幸也很意外地收到程默先生的新书，书名便是《幸福在路上》。看书名，赏封面，阅内容，我都为其痴迷，久久不肯放下那精神层面的需求。

其实，我和程默先生并非很熟悉——我们仅仅只谋面过一次。那是在怀宁作家协会举办的海螺山、独秀山、观音洞水库采风活动中。依稀记得那一次，我们之间同其他文友一样，没有过多交谈，只是在就餐时于酒桌上相互寒暄了几句。我们后来变得熟稔，是通过彼此的新浪博客，说起来，我就惭愧不已。

程默先生是一位谦逊也比较客气的学长。记得程先生看了我的拙文后，不吝地指点不足之处，并且留言：“年纪轻轻的，古典诗词不适合您。现代诗、散文、随笔都可以练笔……”，这般忠心的劝告，在此之前，我是没有经历也没有碰到的，从此之后，我便称呼他为“您”了，而他的指点和教诲，定不敢淡忘……

读完省作家协会副主席沈天鸿老师为程默先生的新书所作的《序》，我为程默先生笔下流淌的作品，以及对文学的执着追求感动了，同时也为沈天鸿老师精辟地指出“程默写出了生的艰辛，也写到了艰辛的生中的安详和从容而产生的快乐”。句子虽短，它指却很深，也因为这，我深深地感动了。

还依稀记得程默先生曾经通过博客，发给我这样的一张劝学纸条：“互相学习。现在我很羡慕你的，因为你年轻，多学习书本，书到用时方恨少，是我深切的痛悔。”字字都是那般的锥心，那般的真情。但我真想说一声对不起……

读完《小小的幸福》一文，我真的有种沉迷在幸福之中的感触。雨还在淅沥沥地下着，独自倚窗，当下的心境，颇为应和程默先生的语句：“应付，有时也需要道德底线的真诚和认真，虽然有点形似做戏，但人生时不时地处在戏中，时不时地收获着哪怕是最微小的感动和幸福……”

程先生的“幸福”，很简单，也很朴素。这是我对幸福的理解，对新书的解读，就如湖中的鱼儿，有水有草有自由，而不是拥有了这些不够，还幻想和盼着能够像蝴蝶鸟儿飞翔空中，这便是幸福，简简单单的幸福。有生之年，我也要珍惜所拥有的一切。并且牢记：花开数季，人仅一生……

程默的新书我还没细品完，好多文字，写得较深，况且有我不认识的汉字，唯叹自己学识浅陋，回去得好好翻开那本久未翻过的《新华字典》了。

真爱无言，真水无香。淡淡情谊，流溢拳拳劝学之情。谨以此文作为记，千言万语也表述不清心中的尊敬和爱戴，唯有祝愿：好人多平安！

陈唯忆：女，90后。现就职于民营企业从事企划宣传，爱好文学，诗歌、散文并习之。

代后记
文学路上引路人

2012年4月，我的第一部散文集《幸福在路上》自费付印1300册后，在朋友们的帮助下，很快便售尽了，为此，我写了一篇《自慰与救赎》的文章。在文章开头，我写道："不知不觉地，我爱上了写作，但写作真的是一件痛苦的事情……"一名布衣，既没有固定的工资收入，又没有渊博的知识，按理说与写作无缘，纵然有那份心意，也是年轻时的一种冲动，但我却坚持了下来，当成了一辈子的爱好。

我曾经将介宾结构的词语"在路上"，视为人生的主题，并借此勉励自己，因为我们随时处在时间的路上，处在社会的路上，处在人性的路上。而写作，正是心怀冲动的我最有力地应对"在路上"的方式，因为写作不仅仅是我打发业余时间的一种消遣方式，更是一种精神的自拔与救赎。

生命是不断追求、不断进步的过程。而对只有初中毕业却矢志文学写作的我而言，是"他们"，在我迷惘时点亮了前行的火把，尽管属于自己的路终需自己走下去，但紧要处出现的光明和温暖，会化成无穷的力量激励着自己。韩愈在写作他重要的论说文《师说》时继承了孔子的"三人行，必有我师"的观点，表明了任何人都可以做自己的老师，进而提出"师者，所以传道受业解惑"的著名命题。反观我的来路，正因为不少的文坛恩师给了我无私的恩典，才使得我走到了今天。

我读小学时，家父便去世了。初中毕业后，我听从兄长的建议，去了远在南方某山村扎营的堂兄的瓦工队，我被安排做“火头军”。一年后，堂兄的瓦工队相继接到了所在地乡镇卫生院的扩建工程及镇初中教学楼迁址工程。因为配有炊事员，我与木瓦匠师傅几十人住在搭建的工棚里。那时，精神层面的供求很匮乏，也很落后。无法施工的日子里，大家多半遛街，顺便买点日常生活用品，碰巧的话，能看上一场电影。一则我性情比较内向，二则我的日工资才二元五角钱，因此不愿上街，而看一些闲书成了我最大的爱好，遇到文中的好词佳句什么的，还亲手摘抄，两年下来，笔记做了六大本。那年上春，雨水较多，经常歇工。作为包工头的堂兄，心中自然是焦急而不快。某日回来，见我独自一人在看书，堂兄莫名地指着我说：“人家都出去了，就你像个大姑娘，成日里捧个‘灵牌子’，给你念书的时候不发狠……”，我一听就不快了，但念及他是我兄长，便溜到一边去了。

在好几位工友的劝说下，我勉强做到了年底，想起堂兄说我看书是捧“灵牌子”，我在心里便发誓，一定要在文字上做出一点成绩。次年，我没去南方而是居家进了一家村办水泥厂，成了一名企业员工。闲暇里，我便沉浸在各类书籍中，并赌气地鼓捣起豆腐块大的文章来填充报缝。接到第一张稿费单是在1989年，虽然只有三元八角钱，但我看到了一丝希望。此后，我便广种薄收，诗歌、散文、小说、评论，包括新闻报道，稍有空闲，便同时兼顾，颇有“只问耕耘不问收获”的意思。

程默同志：你好！

来信和稿件已收到，短诗集《青春风采》收录了你两首诗歌，已交由安徽文艺出版社出版。新作《梦幻》及《等待》，修改后，我誊抄一份后已推荐到《安庆日报》社。修改的原作寄给你，供你参考。若到县城来，请到我家来玩。

祝创丰！

孙必泰

×年×月×日

展开原作，只见“做手术”的诗句达12处之多，且在后面标注了①②③④……而纸张的空白处，则相应地做了简评以及修改的理由：“①处主意象选择不错，能很好地烘托主题‘梦幻’，但⑦⑨处副意象的选择，显得苍白了，故做修改；②处语言欠妥，所以将语句进行了‘破’与‘立’；③处进行了删改。现代诗嘛，标点符号也当慎重运用，相信你将来能理解并正确使用；之所以将④放在诗歌尾句，是想就这一首诗提提自己的意见：一、当你选择一个主题后，就必须紧扣主题，提炼几组辅助意象，把主题托住，使主题鲜活起来，《梦幻》一诗中，你提炼了⑥⑦⑨⑩等几个副意象，这是可喜的；二、就是辅助意象的组合。不论是何种流派的自由诗，它的行文结构并非只是一段诗意散文的分行排列。诗歌有诗歌的生命力，各意象的叙述，结构上要有跨跳，中心意象隐含在辅助意象的叙述中，让读者自行咀嚼，从而理解你的诗歌，这样才有韵味。所以同一首诗，不同的读者读后，就有可能获得不同的感受，这才是成功作品的魅力所在……”

因为这份巨大的“诱惑”，我红着脸拜识了走上文学道路以来的第一位师者——时任怀宁县文联主席兼主编《怀宁文艺》杂志的孙必泰老师。

这是一位身材魁梧且极其和蔼的长者。他的修养使他用平等的身份和心灵同我交流起来，并当场对着习作，指出习作中几处典型的语法错误。随即又就本县文学新人培养情况鼓励起我来：“市文联主办有《振风》杂志，副主编程多富先生就是怀宁人。程默，你以后可以寄作品给他，他可是小说创作上的一位‘伯乐’作家，以后有机会，不妨去认识一下，这对你的文学创作是有好处的。你这两篇散文习作，有一定的功底，你先放在这里。回去后，有空就多看些书籍，写出的文稿，自己要多加琢磨、多修改，誊抄后，不妨寄给我……”此后的《怀宁文艺》上，每一期都有我稚嫩的文字同读者见面，直到《怀宁文艺》被迫停刊。

1995年，正在山东青岛打工的我，突然接到母亲托人拍来的电报，问我是否愿意回家任代课教师。那一夜我失眠了：打工生活虽清苦一些，但工薪较丰厚；代课较为轻闲，但工资低了许多，不过其间得失又怎是能用金钱来衡量的？想起自己曾经发誓要在文字上来点建树，于是次日天明，我结算了打工工资，毅然背起行囊，踏上了南下的列车。

只有初中文化的我直到站在讲台前，才感到腹中的那点基础知识是适应不了教学需要的。半年后，我在其他同志的影响下，一边代课，一边报考了汉语言文学专业的大专班，偶尔写一点豆腐块填报缝。记得接到两门单科成绩结业证书的那天，我同时接到了发表了一篇万字小说的稿费单。是日夜间，妻子搂着熟睡的儿子，伏在我的胸前流下了结婚以来的第一抹热泪。那感人的情景深深地烙在我的记忆里，进一步激发了我完成自修学习和努力习作的热情。

这期间，我贸然拜访了从事文学写作以来的第二位、第三位师者，他们分别是《振风》杂志副编辑程多富老师及《安庆日报》副刊部主任沈天鸿老师，差不多就在同时，我还神交了蜚声中国诗坛却无缘谋面的湖南籍浙江诗人、作家龙彼德老师。原本都是教师出身的程多富老师及沈天鸿老师，大约是惊异我坚持不懈的毅力吧，进而将鼓励内化在了在任期间对拙作的认真修改并采用中。为此，我在随后几年开始酝酿的长篇小说中就有两位具有慧眼的伯乐式的编辑贯穿全书。他们分别是程多富及沈天鸿老师的化身，是本土的他们，对我的写作产生了巨大的导向与影响。

兹摘录电子版长篇小说《天堂的颜色》中的一段语句，来回馈程多富老师对我在小说写作上的提携与指导："你这篇小说的故事情节是可取的，题材选择上也符合时代的需求。改革开放后，我国是发生了翻天覆地的变化，尤其是农村，广大农民朋友们在很短的时间内相继改善了生活，解决了温饱问题，相当一部分农民还盖起了楼房，这是物质生活上的改变；精神生活上，许多新思想新观念正在渗入，并融入了进来。你适时地选择了这样的题材，是非常可取且可喜的，也是你逐渐成熟的一个表现。你长期生活在农村，创作上理应多在乡土题材上进行挖掘，但小说创作，不是单一的生活的再现，应该有作者的搜集、整理、加工、提炼的部分，行文时，也不能把什么都交代清楚了。从心理上讲，读者乐意接受喜剧的结局，但是生活是严峻的，世界是错综万象的，新旧观念的交替总是在矛盾中展开的，有时还会给人倒退的假象，所以，悲剧的结局，往往更能自觉地带动广大读者去积极思考。你构思的结局，应该有一定的'空白'，有容许读者思考的空隙。就你构思的《苦楝树下的欢歌》而言，蒋姚两家，结怨已久，蒋碧佳和姚文进最终能否结成眷属，取决于故事情节的慢慢发展，每一点的进步，应在生活和劳动上慢慢进行，你在行文上要步步留下暗示，结局的可能才是'欢歌'，读者读后便相信，随着新观念的不断渗入，蒋姚两家老人会接受这个现实。换一个角度说，你可以把主人公的命运交给读者，让读者循着你设下的伏笔去安排他们的命运……当然，这只是我个人的一点意见，不一定好也不一定正确，但你可以参考一下。"

"另一位给我印象深刻的当数安庆本土的全国著名诗人、评论家沈天鸿先生了。他寄给我的几十封来信，信封很特别，都是用旧信封拆开，里外倒置粘贴后再次利用；信封内多半装一张采用作品后的样报及同期的一份剪报，必要时才附上一张便笺——从另几位文友处得知，这就是沈天鸿先生与众不同之处，像他笔下的诗歌和散文一样，给人耳目一新的感觉。”这是散文拙作《满纸的感动》一文中的语句，现在读起其中一份便笺上的鼓励，心里便温暖了许多。“程默：你的这两首诗写得不错，给你上了‘天柱山’（报纸版面名，专发纯文学作品）。多看，多想，多练，就能提高你的写作水平。沈天鸿。”短短40个字，透出一份浓浓的关爱及无私提携的恩典。也正是在这样一位师者的帮助和指引下，安庆文坛的诗人、作家剧增，且影响巨大。

而我和龙彼德老师的神交，当追溯到代课前两年。其时我在街头旧书摊上翻阅，被一篇题为《黠》的短篇小说吸引住了（刊见1991.6期《东海》杂志，作者杜文和）。随即半价购下。回来翻阅，主编该刊的总编辑竟和书架上《爱的王国》的作者同名。心潮涌动之下，便整理了一篇诗稿寄给了龙彼德老师。信发出后，我不由后悔起来，心想：龙彼德老师乃当代诗坛名见经传的“诗歌县令”，他岂会抽暇理会我这万千读者中的一员？日审百稿的他，又岂会给我改稿、赐教？也许信一到编辑部便给扔进废纸篓了。顿时，我“成熟”地看到了自己幼稚的面孔。

然而事出我的意料。半月后，我竟然收到了龙彼德老师的亲笔信，而那首得意之作的右边，被铅笔逐句辨析过了。那一句“此句不是诗歌的语言”，令我记忆犹新。百感交集的我，自此每月总要寄一首诗作于他，而龙老师总会不厌其烦地加以指导。

1996年，我在村小学继续着“代课”的职业。因此，读书练笔的时间成了湿海绵中的水，挤挤总是有的。然而我怎么也不会想到，龙老师竟然给我邮来了10本装帧精美的图书。2000年，龙老师邮来几本新书，并附一封短信：“振华同志夏安：三首诗作收到，30行诗《春雪》，写得不错，业已荐到《江南》杂志。另两首议论成份重了一点，相对而言，张力便小了许多，仅提一点个人拙见，盼你自己认真琢磨为好。我最近调到了省文艺研究室上班，不再担任《东海》杂志主编了，所以对你的诗作只能提一些我个人的看法，不一定正确，仅供参考。同时奉寄朋友们送我的个人诗集、散文集，供你阅读……祝创作丰收！颂教安。握手！龙彼德。”

为此，我相继收到了龙老师个人的诗集《瀑布鸟》《与鹰对视》《铜奔马》《魔船》《爱之海》《年轻的海》《散文诗艺术技巧100种》，等等。直至2012年，散文拙著付印后，我还收到了他老人家的《坐在一个“六”上——龙彼德〈坐六〉长诗系列及相关评论》一书（浙江文艺出版社2011年8月版）。面对菲薄的纸片连缀而成的书籍，我感到了书页中所承载的厚重情感及沉甸甸的分量。因此，当我经常翻阅那一本本仍散发着油墨香味的赠书时，我表达不清读这些书时的复杂心情。也许，20多年如一日地鼓励和帮助无名作者的我，且无偿赠书的浩荡心怀，其本质便是一本耐读、启人深思的“大书”。

为了早日拿到毕业证书，我只有慢鸟先飞后落林。于是不管是热烈祥和的春节，还是暑热蚊叮的夏夜，我都克制自己静下心来，提前预习教材。在开展正常教学工作之余，我也学会了安排时间：课前课后的间隙时间及备课之余的空闲里，我用来习作诗歌、散文，若“突现”小说的题材，只好记下梗概或章节纪要；节假日则集中精力攻克自修教材……就这样，我考完了汉语言文学大专科的13门课程，极大程度上夯实了自己的文学功底、提高了自己对文学作品的审美观，同时也拿到那本浸透了我和妻子心血的毕业证书。随后，我又参加了普通话学习，自修了《教育学》《心理学》，拿到了教师资格证。好景不长，随着生源的急剧减少，我被镇教委辞退，随即辗转到陕西、湖北打工。外出的那些夜晚，为了完成自修学习时搁笔的长篇小说《天堂的颜色》及构思成熟的五部万字小说，也为了不影响其他工友休息，我的写作时段都是在卫生间里度过的。

最后一位重点提到的师者，我荣幸见过两次面，他就是安徽歙县《紫阳》杂志的主编周德钿老先生。有着50多年创作经验的他，用“著作等身”来形容，一点也不为过，曾被《人民日报》报道过。

那是2009年春夏之交，我在《新安晚报》上读到一篇写周老的文章，随即朝周老书信一封，为他退休后仍一如既往地扶持文学新人、不计年过花甲地再次担任《紫阳》杂志主编而喝彩。书信寄出半月，我便荣幸地收到了改版后的三期《紫阳》杂志。周老自2008年9月继任《紫阳》主编至今，借《紫阳》杂志的平台，开设了“开城延师”栏，先后刊登有铁凝、张抗抗、王安忆、季宇、葛崇岳等全国知名作家、翻译家的作品，在丰富《紫阳》杂志版面的同时，也为《紫阳》注入了新血液，增强了《紫阳》的可读性、耐读性，杂志品味无疑提升了几个台阶。我在细细拜读之余，觉得一家县级杂志能办出如此高的水平，确属难得，心潮涌动之下，便将完稿不久的长篇小说《天堂的颜色》第一章约一万二千字独立出来，取名《半路夫妻》，传了过去，拜请周老提提意见。不曾想在秋季号上，周老给编发了。此后，我便萌发了有朝一日要亲自去求教的念头。

2012 年 4 月，我怀着接受了《紫阳》及周老的恩典，却无以回报的心情将散文集寄给周老一本。收到拙著的周老，随即打来电话，针对作品的不足提出了建设性的宝贵意见，使我受益匪浅。同年，黄山日报社及歙县古城办等多家单位联合举办了“徽州府衙杯”征文，我便用心写了一篇，直至 2013 年 3 月下旬，大赛组委会用电话通知我，我所写的散文获得了“徽州府衙杯”征文奖项。那一夜，我异常兴奋，不仅仅是因为获奖了，更多的是我终于有机会可以去拜见心仪已久的周德钿老师了。于是，我决定从打算收藏的文集中，带上 10 本送给歙县的文学朋友们。2015 年，值《紫阳》出刊第 200 期之际，周老约我写一点文字，感动之余，我便草写了近 3000 字的《名城的靓丽名片》并刊发了出来。2016 年，犬子升学，我硬是要他填报了黄山市的一所高校，然后乘机去了周老家做客。

直到现在，我依然和上述五位文学恩师保持着或疏或密的联系，时刻牢记着他们对我的谆谆教诲与恩典，以此激励自己在文字中走得更深更远。因为我坚信：有“恨心”就有恒心，有压力才有动力。如果我连这点“恨心”都失去了，那我还能找到动力支撑自己在文字中像蚂蚁一样爬行吗？权力，此生我无法实现了，金钱、名誉，我从来不曾奢盼，但我在文学这条大道上毕竟是迈开了自喜的一步，现在想来，得感谢堂兄当年那番变了味的刺激和文坛众多编辑老师们的抬爱吧。

29 年来，我常有劣作见诸一些报纸刊物，但我一直牢记着诸位老师们的批评与鼓励。同时记住的还有他们对规范化语言写作的孜孜追求以及他们谨慎求实、平易近人的高尚情操。面对文坛众多老师和朋友的无私提携与帮助，我自感愧领了一份份恩典，而我希望自己能做到的是尽量地让他们对我少失望一些。文中提及的五位师者，只是我“接触”最多的，也是许多关心我、指导我、提携我的众多师者的代表。孙必泰老师（1937.4—2017.10.20）已经作古人世，沈天鸿老师尚 60 开外，其他 3 位已是 70、80 高龄的老人了，这里，我且祝福他们，保重身体啊，各位老师，再活上二十年，三十年……

2011 年末，我无意间检查出脑血管上长了 3 个血管瘤（需两次开颅手术才能摘除），因为没有足够的经济能力去摘除它，写作活动便被迫压缩了下来，但我仍坚持着。不管写作带给我怎样的人生，甚至遭受怎样的生活窘迫，毕竟我认真地付出过、写过，必将坚持下去。

作　者